KB264209

한국 신화의 생성과 소통 원리

한국 신화의 생성과 소통 원리

오 세 정 著

한국학술정보[주]

책 머리에

국어국문학과를 선택한 것은 시(詩)를 쓰고 싶어서였다. 대학에서 선생님들을 만나고 배우면서 다양한 영역에서 새로운 작품들과 방법론을 접하게 되었다. 그러다가 대학 3학년 즈음, 고전문학사를 배우면서 고전문학에 매료되었고, 특히 신화(神話)의 세계에 빠져들었다. 허무맹랑하고 비현실적이기만 한 신화가 알고 보니 문화적·문학적 상징의 보고이며, 얼마나 많은 에너지를 갖고 있는지 새삼 감탄하지 않을 수 없었다. 시를 쓸 만한 재능이 없다는 것을 깨달을 무렵, 때마침 내 앞에는 신화가 있었다. 신화를 보면서 가슴이 뛰었고 신화는 짝사랑의 대상이 되었다. 학부를 마치고 대학원을 진학하면서 송효섭 선성님으로부터 기호학을 배웠다. 뜨거운 신화와 냉정한 기호학의 간남은 나에게 있어서 평생의 연구 목표를 세우게 하는 결정적 계기가 되었다.

석사학위 논문과 학회 논문들을 쓰면서 나의 관심사는 여전히 신화였으며, 신화를 보다 다각도로 바라보려고 애썼다. 그리고 그간의 관심과 논의에 대한 중간 보고서 격으로 박사학위 논문 <한국 신화의 제의적 서사 규약과 소통 원리 연구>을 쓰게 되었다. 이 논문은 한국 신화의 전체적 체계를 세우고자 하는 원대한 목표의식 속에서 쓰여졌다. 그러나 이 논문의 애초 기획과 목표의식이 얼마나 충실하게 실현되었는지, 스스로 되돌아보면 많이 부끄러울 따름이다. 그럼에도 불구하고 이 논문을 수정·보완해서 책으로 세상에 다시 선보이는 이유는 더 많은 사람과 소통하기 위해서이다. 충분한 변명이 될 수 없음을 알지만, 이 책을 바탕으로 더 많은 고민과 진지한 연구를 위해서 나 스스로에게 하는 약속이다.

이 책은 신화의 생성과 소통의 원리를 제의(ritual)와의 관련 속에서 해명하고자 한다. 다른 서사 장르와 달리 신화는 서사의 내용이 신성한 존재의 신이한 행적에 관한 이야기라는 점과, 전승과정에서 신화를 진실한 것으로 수용한다는 점을 그 특징으로 들 수 있다. 신화의 이러한 특징은 신화가 생성되고 소통되는 연행 맥락인 제의와의 관련 속에서 제대로 규명될 수 있다. 신화를 단순히 태고적 서사로 고립시킨다면, 신화의 역동적이고 생산적인 의미생산 과정과 수용 과정을 결코 이해할 수 없다. 신화의 본 모습은 제의와의 직접적 관련성 속에서 드러날 수 있는 것이다. 제의는 의미를 산출하고 소통하는 의사소통의 행위 중의 하나로 강력한 형식적 규칙을 가지며, 제의 연행은 특정한 메시지를 산출할 뿐 아니라 제의 참여자들로 하여금 특정한 의사소통, 즉 의미 작용을 강제한다. 제의 속에서 신화는 메시지가 되며, 이 제의 연행 속에서 신화는 신성한 이야기, 진실한 이야기로 소통·전승되는 것이다.

기존의 신화 연구는 신화를 제의와의 직접적인 관련 속에서 다루지 않았거나, 제의와 신화를 단순한 1 : 1의 대응관계로 다루어 왔다. 무속신화에 관한 연구에서는, 건국신화나 문헌신화에 비해서 제의에 관한 관심을 가진 것은 사실이지만 신화와 제의의 관련 양상 자체의 원리를 찾고자 한 경우는 흔치 않다. 신화와 제의의 관계를 메시지와 의사소통의 장(field) 내지 틀(frame)로 파악함으로써 제의 연행 중에 소통되는 신성한 메시지인 신화의 성격을 보다 잘 규명할 수 있으며, 신화가 가지는 장르적 성격을 보다 명확히 드러낼 수 있다.

신화를 제의라는 특수한 의사소통의 체계 속에서 다룸으로써 신화가 어떻게 생성되는지, 또한 어떤 원리에 입각해서 소통·전승되는지 접근할 수 있다. 역으로 신화 메시지를 통해서 신화를 생성·소통하는 제의의 성격을 밝힐 수 있다. 신화의 생성 원리, 즉 신화의 제의적 서사규약은 형태론적인 구조와 의미론적 구조를 아우른다. 먼저, 신화의 기본적인 형태, 즉 제의적 신화소(神話素)를 찾고 그것들의 결합과 전개 원리를 밝힐 것이다. 나아가 제의적 신화소가 결합된 한 편의 서사가 재현하고 있는 세계상의 의미구조는 어떤 제의화의 의미 작용의 원리를 따르는지를 밝힐 것이다. 이러한 논의를 바탕으로 신화 메시지가 전승 집단의 문화체계 속에서 어떻게 인식·수용되며 전승되는지에 관해서도 규명할 것이다. 신화의 생성과 소통의 원리를 한국 신화의 두 체계인 건국신화와 무속신화를 비교·대조하면서 공통 기반과 변별점을 논할 것이다. 그렇게 함으로써 건국신화와 무속신화에 대해서 보다 종합적인 시각으로 접근할 수 있을 것이며, 한국 신화의 전체 체계의 일단을 밝힐 수 있을 것으로 기대한다.

이 책의 본론은 크게 세 장으로 구성된다. 본론 첫 장에 해당하는 Ⅱ장은 신화의 형태적 서사규칙에 대한 논의로 신화에 나타나는 제의적 신화소(ritual mytheme)를 바탕으로 어떤 원리로 서사가 구성되는지를 살핀다. Ⅲ장에서는 신화 서사의 구성 요소와 구성 원리를 바탕으로 신화가 재현하고 있는 세계상의 의미론을 밝힐 것이다. Ⅳ장에서는 신화와 제의를 메시지와 소통의 관계를 중심으로 고찰함으로써 신화가 어떻게 소통되고 전승되는지를 논할 것이다.

볼품없는 이 한 권의 책이 나오기까지 너무나 많은 분들의 도움을 받았다. 늘 부족한 제자에게 격려와 충고를 아끼지 않으셨던 서강의 국어국문학과 선생님들에게 머리 숙여 감사드린다. 송효섭 선생님을 통해서 신화와 기호학의 세계에 눈을 뜰 수 있었다. 선생님은 내 삶의 이정표와 같으신 분이다. 인자하심과 엄격하심으로 제자들을 지켜주셨던 지금은 하늘에 계신 성현경 선생님과, 고전문학에 대한 관심과 안목을 길러주신 정요일 선생님, 성호경 선생님, 선배 같은 자상함으로 나를 일깨워 주신 김현주 선생님께 감사드린다. 박사 논문 심사 때 주심을 맡아 가르침을 주신 서대석 선생님께 감사드린다.

나의 논문과 이 책이 나오기까지 조언과 질책을 아끼지 않았던 선배·동료들, 특히 연구실 동료들에게 많은 도움을 받았다. 거친 문장을 어렵게 읽어가며 교정을 맡아준 조현우 선생에게 감사한다. 출판을 제안해준 한국학술정보에게도 감사의 마음을 전한다. 책 서문에 감사의 말을 주저리주저리 쓰는 것을 보고 촌스럽다고 비난했던 내가 그 촌스러움을 벗어나지 못하는 것은 바로 이 순간만큼은 내 자신과 주변을 둘러볼 수 있기 때문일 것이다.

눈앞의 현실도 제대로 보지 못하던 시절, 공부를 해야겠다고 꿈을 꿀 때부터 곁에서 나를 지켜준 사람들이 있다. 자식 걱정으로 머리가 하얗게 센 부모님, 내가 선택한 길 때문에 너무나 많은 것을 버려야 했던 내 아내에게 도무지 빚을 갚을 수가 없다. 무책임한 내가 할 수 있는 것은 묵묵히 나의 길을 가는 것이리라 핑계를 대는 것 뿐. 그 핑계를 끝까지 믿음과 애정으로 지켜줄 부모님과 가족, 사랑하는 아내에게 감사한다.

목　차

I. 서 론

1. 문제 제기 및 연구 목적

본 연구의 목적은 한국 신화의 생성 원리와 소통 원리를 밝히는 것이다. 신화 서사가 어떤 요소로 구성되어 있으며, 그 구성요소의 성격이 어떠한지, 그리고 그 요소들이 어떻게 결합되어 전개되는지를 밝힐 것이다. 1차적으로 신화의 서사 생성 원리를 밝히고, 이를 바탕으로 신화가 전승집단의 문화 체계 속에서 어떻게 소통되고 전승되는가를 밝히고자 한다.

논의의 전개를 위해서 먼저 신화 서사의 특징을 제대로 인지하는 것은 중요하다. 신화를 서사시(敍事詩), 최초의 문학 내지 서사문학의 원형으로 간주하면서 서사 일반의 원형성·보편성에만 초점이 맞추어지는 것을 피하기 위해서이다. 신화는 두 가지 측면에서 다른 서사문학 내지 문학 장르와 두드러진 차이를 보여준다. 첫째, 신화에서 다루어지는 내용은 특정한 주제나 특정한 인물과 사건으로 한정적인 성격을 드러낸다. 신화는 신성한 존재가 출현하여 새로운 문화를 창조하거나, 그러한 존재가 신으로 좌정(坐定)되는 이야기이다. 신화는 신(神) 내지 신성한 존재에 관한 이야기이므로 여기서 재현되는 세계상(世界像) 또한 현실의 세계와 뚜렷이 구별된다. 또한 현실 세계 속에서는 존재하지 않거나, 쉽게 발생하기 힘든 사건들이 발생하고, 그 사건을 통해서 드러나는 가치 또한 현실적인 것과는 분명히 변별된다.

둘째, 신화 전승자의 태도 측면에서 신화의 주요 특징을 찾을 수 있다. 신화 전승자들은 신화의 메시지를 진실한 것으로 받아들이는데 주목해야 한다. 앞에서도 언급했듯이 신화는 현실 세계를 기준으로 볼 때, 다른 서사장르와 비교해서 가장 비현실적인 내용을 다루고 있다. 그럼에도 불구하고 신화 전승자들은 신화의 내용, 혹은 신화에서 이야기하고 있는 비현실적 사건을 진실한 것으로 수용한다. 그렇기 때문에 신화는 단순한 문학 텍스트의 차원을 넘어서서 역사 텍스트로서의 성격을 갖기도 한다.

요컨대 신화는 현실 세계와 뚜렷이 구별되는 존재의 출현과 그들의 행적을 기술하고 있는 텍스트이며, 그러한 신화 텍스트를 신화의 전승자들은 진실한 것으로 받아들이며 추앙한다. 이러한 신화의 가장 근원적인 특성을 고려할 때, 신화가 단순히 허구적 이야기로만 한정될 수 없으며, 여타의 서사장르의 텍스트와는 다른 생성과 소통의 원리가 존재할 것이라는 가설을 세울 수 있다. 전체적인 논의의 전개는, 먼저 신화가 어떤 요소와 원리로 구성되는가를 살피고, 그리고 서사를 통해 드러나는 세계상과 이념을 함께 고찰할 것이다. 이를 바탕으로 신화를 수용하는 전승자들의 태도, 즉 신화 전승집단이 신화를 어떻게 해석하고 전승하는지 아울러 살필 것이다.

이 책은 신화 텍스트의 생성의 원리, 즉 텍스트 내적 서사 규약과 신화 텍스트의 소통 원리를 밝히기 위해서 제의(ritual)와의 관계 속에서 신화를 다룰 것이다. 신화는 제의라는 특정한 연행 맥락 속에서 생성되고 소통되었다. 무속신화에서는 이와 같은 제의와의 관련 양상이 현재까지도 잘 나타나기에 직접 관찰이 가능하다. 한국의 무속제의의 연행 과정에서는 해당 거리별로 모셔지는 신들의 내력을 무당이 구술(口述)하는데, 이 구술 연행물이 바로 무속신화이다. 이 같은 신화와 제의의 직접적인 관련 양상은 비단 무속신화에만 국한되는 것이 아니라, 건국신화에도 적용할 수 있다. 건국신화가 역사의식을 가진 사관(士官)에 의해서 기록·전승 독자적인 영역을 구축하기 이전에는 국가적 제의 연행 속에서 구술되었을 것으로 추정할 수 있다.[1]

　제의는 단순한 모방적 행위나 일상의 습관적 행위가 아니라, 특정한 메시지를 산출하며 집단의 공통된 경험을 축조하고 의미화하는 틀(framework)이다.[2] 제의 연행은 신성성에 대한 표현과 그에 대한 인식을 강제하는데, 신성성은 이것을 수용하는 인간의 감정을 확실하고 의혹의 여지가 없는 것으로 인식하게 만드는 담론적 특징을 가진다.[3] 제의의 신성성은 제의의 참여자들에게 거룩한 실재를, 검증할 수 없을 뿐 아니라 오류가 없

---

1) 무속신화, 즉 서사무가(敍事巫歌)는 현재에도 제의 연행 공간에서 불려지는 것을 직접 확인할 수 있지만, 건국신화가 제의 속에서 연행되었다는 직접적인 근거는 없다. 그러나 건국신화와 무속신화의 서사적 측면에서의 상동성을 찾게 되고, 과거의 제천제의(祭天祭儀)에 관한 기톤 연구를 통해서, 건국신화도 무속신화와 마찬가지로 특정한 제의 맥락 속에서 구술 연행 되었을 것으로 추정된다.
　김열규는 건국신화 역시 무속신화와 마찬가지로 근본적으로 '본풀이'이며, 무속 원리에 기대어서 이루어진 왕권의 본풀이라고 여긴다.
　김열규, 「『삼국유사』와 신화」, 김열규·신동욱 편, 『삼국유사의 문예적 연구』, 새문사, 1982, p.Ⅲ18.
　조동일은 고대의 제천제의와 건국신화를 직접적으로 관련시키고 있다. 하늘에 제사를 지냈다는 것을 하느님을 섬기는 굿을 했다는 의미로 파악하고, 그 하느님을 신화에서 환웅 또는 해모수의 아버지라고 하는 신격으로 규정하고 있다. 국중대회(國中大會) 기간 동안 나라 무당이 굿놀이 행사를 주도하면서 어떤 순서에 이르렀을 때, 오늘날 제주도에서처럼 마을 무당이 마을신의 본풀이를 길게 부르듯이, 건국시조의 내력을 서사시로 들려주었을 것으로 보고, 건국신화는 이 서사시의 후대 축약형으로 본다.
　조동일, 『한국문학통사』 1, 지식산업사, 2000, p.73.
2) Catherine Bell, *Ritual Theory, Ritual Practice*, Oxford University Press, 1997, p.219.
3) Roy A. Rappaport, *Ecology, Meaning, and Religion*, North Alantic Books, 1979, p.213.

14

는 본질적인 것으로 인정하게 만드는 제의적 연행의 담론적 효
과라 할 수 있다.4) 결국 신화는 제의 연행 중에 소통되는 신성
한 메시지이며, 따라서 신화가 갖는 신성성의 의미와 효과는 제
의와 관계 속에서 실체를 드러낼 수 있는 것이다.

　신화의 본질적 특성이 제의와 직접적인 관련성 속에서 있음
에도 불구하고 한국에서 진행된 초기 신화 연구는 그 관련성을
무시한 채 시작되었다. 한국에서의 신화 연구는 중세 사회에서
근대적 사회로의 이행 과정에서 제국주의와 식민지 상황과 직
접적 관계 속에서 출발했다. 그 결과 신화가 갖는 문학사적 의
미나 원형성에 대한 탐구 이전에 신화를 민족의 정체성을 찾게
해주는 고대 국가의 초기 역사로서 다루었다.5) 이들 논의에서
는 신화를 민족문화의 근원 내지 민족 정신사의 근원으로 파악
했다. 이 시기 한국 신화의 대표는 단연 <단군신화>였는데, 『
朝鮮歷史』(1895) 이래 대부분의 역사 교과서가 단군을 건국
또는 민족의 시조로 기술하였다. 심지어 교과서의 단군 관련 기

---

4) 김성례, 「무교신화와 의례의 신성성과 연행성」, 서강대학교 종교신학연구
　소, 『종교신학연구』 10, 분도, 1997, p.110.
5) 최남선은 한국의 신화에 대한 초기연구의 선구자격이라고 할 수 있다. 일
　인(日人)학자들이 <단군신화>에 대해서 논할 때, 우리 신화가 민족주의
　사상 고취를 위해 날조되었다는 점과 우리 신화가 신화로서의 체계가 부
　족하다는 등 부정적인 연구 결과를 내어 놓자, 이에 반발하여 초기에는
　주로 <단군신화>에 관한 연구 결과를 발표했다. 이후 여러 신문, 잡지에
　신화 관련 연구 성과를 발표했는데 그의 논고들은 『육당 최남선 전집』(현
　암사, 1973)에 실려 있다. 대표적인 논문을 소개하면 다음과 같다.
　「단군론」, 『동아일보』, 1926. 3. 3~7. 25, 「단군소고」, 『조선』 186,
　1930., 「조선의 신화」, 『매일신보』, 1939. 2. 16~3. 13.
　최남선은 신화를 우리 민족의 고대 역사로 인식했으며, 이후 많은 민족주
　의 국학자들이나 사학자들에 의해서 이러한 인식은 계속되었다.
　김재원, 『단군신화의 신연구』, 정음사, 1947.
　이병도, 『한국사』 고대편, 을유문화사, 1959.

술들이 1905~1906년 사이에는 신인(神人)이 아니라 인간 환웅과 인간 단군으로 기술하고 있다.6)

이 같은 신화 연구관은 이후에도 오랜 기간 동안 신화를 문학 텍스트로 보기보다는 역사 텍스트로 간주하는 경향을 낳게 했다. 역사적 관점에서 신화를 접근함에 따라 응당 무속신화보다는 건국신화가 신화 연구의 관심 대상이 되었다. 반면에 무속신화는 건국신화와 달리 역사학의 연구 대상이 되지 못했으며, 민속학에서 관심을 갖고 연구되기 시작했다. 일제 시대에 민속학, 인류학, 종교학 차원에서 무속에 관한 연구가 시작되었으며, 일인(日人) 학자들에 의해서 무속제의 조사와 무속신화 채록이 이루어졌다.7) 민간의 종교 내지 생활풍속으로서 무속에 대한 연구가 시작되고 그 연장선 속에서 무속신화가 다루어지게 된 것이다. 요컨대 건국신화는 역사학에서, 무속신화는 민속학에서 주로 다루어지면서, 한국의 두 신화 체계는 각각 다른 영역의 연구 대상이 되었으며, 종합적인 체계를 이루지 못하고 고립되게 되었다.

1970년대 이후에 서구의 문학 이론과 구술 문학에 대한 관심의 증대로 신화에 대한 활발한 연구와 논의가 이루어지기 시작했다8) 70년대에서 80년대로 넘어오면서 한국 신화에 대한 연

---

6) 이정숙, 「동아시아 역사 속에서의 정치와 신화」, 『기호학 연구: 환상, 네러티브, 신화』 15, 한국기호학회, 2004, p.216.

7) 손진태, 「조선상고문화의 연구-샤머니즘이란 무엇인가」, 『동광』 3, 수양동우회, 1927.
    ______, 「조선상고문화의 연구-조선고대종교의 토속학적 연구」, 『동광』 6, 수양동우회, 1927.
    이능화, 「조선무속고」, 『계명』 19, 계명구락부, 1927.
    赤松智城・秋葉隆, 심우성 역, 『朝鮮巫俗의 硏究』(1937), 동문선, 1991.

8) 황패강, 『한국서사문학연구』, 단국대학교 출판부, 1972.
    김진홍, 「신화의 구조적 분석」, 『종교학서설』, 전망사, 1972.
    김열규, 『한국의 신화』, 일조각, 1976.

16

구가 질적으로나 양적으로 많은 진전을 보였다. 무속신화에 대한 관심과 무속에 대한 관심이 증가하면서 건국신화 위주의 연구에서 그 영역을 확장하게 되었다. 특히 무속신화와 건국신화가 동일한 뿌리를 가진다는 점이 밝혀졌으며, 두 신화 체계가 내용면에서는 차이를 보이지만 기본적으로 동일한 모티프와 구조로 이루어졌다는 점도 지적되었다.9)

또한 해방이후부터 꾸준히 민속학적 관점에서 신화에 대해 연구가 진행되었다. 구술문학인 무속신화(서사무가)의 채록10)과 굿판에 대한 연구, 무당에 대한 연구 등이 이루어지면서 제의와 관련된 신화 연구가 진척되었다.11) 신화에 대한 최근의 연구 경향은 현장 중심의 연행론과 구술문학적 관점에 입각한 연구가 주를 이루며, 비교 신화학에 입각한 연구가 활발하게 진행되고 있다.12)

    ______, 『한국 신화와 무속연구』, 일조각, 1977.

9) 서대석, 『한국 무가의 연구』, 문학과 사상사, 1980.
    ______, 「고대건국신화와 현대구비전승」, 『민속어문논총』, 계명대출판부, 1983.
    송효섭, 「삼국유사 소재 시조전승의 서사문법」, 『어문논총』 9, 전남대학교 어문학연구회, 1986.
    장주근, 「구전신화의 문헌신화화 과정」, 『이두현교수정년기념논문집』, 1989.
    조동일, 『한국문학통사』 1, 지식산업사, 1989.

10) 특히 1970년대 이후 무가조사가 본격화되었다. 특히 김태곤은 전국 각지 무당을 통해 채록한 자료들을 집대성하기도 했다.
    김태곤, 『한국무가집』 1~4권, 집문당, 1971~1979.

11) 김태곤, 『황천무가 연구』, 창문사, 1966.
    ______, 『한국무속의 연구』, 집문당, 1981.
    최길성, 『한국무속의 연구』, 아세아문화사, 1978.
    ______, 『한국무속의 이해』, 예전사, 1994.
    장주근, 『한국 신화의 민속학적 연구』, 집문당, 1995.

12) 여기서는 신화에 대한 최근 논의의 대표적 유형과 그에 해당하는 대표적 논저만을 소개한다. 최근 연구현황은 참고문헌에 소개하기로 한다.

신화에 대한 관심과 연구가 증대한 것은 사실이지만 앞서 언급한 신화의 신성성과 진실성의 두 가지 성격을 함께 고려한 체계적인 논의는 찾아보기 힘들다. 특히 제의와 신화의 관계를 진지하게 다룬 논의의 성과가 없는 것이 아쉽다. 무가와 무속신화에 관한 연구를 통해 제의 연행에 관심이 증대했지만 한국의 신화체계에 적용될 만한 신화의 생성 원리와 소통 원리에 대한 논의, 즉 제의와 신화를 총체적으로 조망하지는 못하고 있는 실정이다.

서구의 경우 제의학파에 의해서 신화 연구가 활성화되면서13),

김영일, 「한국무속서사시의 서사구조 연구」, 서강대학교 박사학위 논문, 1986.

이수자, 「제주도 무속과 신화연구」, 이화여자대학교 박사학위 논문, 1989.

박경신, 「무가작시 원리에 대한 현장론적 연구」, 서울대학교 박사학위 논문, 1991.

황패강, 『한일신화의 연구』, 지식산업사, 1996.

김재용·이종주, 『왜 우리 신화인가』, 동아시아, 1999.

최원오, 『동아시아 비교서사시학』, 월인, 2001.

한국구비문학회 편, 『동아시아 제 민족의 신화』, 박이정, 2001.

조현설, 『동아시아 건국 신화의 역사와 논리』, 문학과 지성사 2003.

13) 제의에 관한 본격적인 문학적 연구는 영국의 캠브리지 대학을 중심으로 한 '제의학파'에 의해서 시작되었다. 해리슨(J.E. Harrison), 콘포드(F.M. Conford), 쿠크(A.B. Cook), 머레이(G. Murray) 등은 제의가 신화와 신학에 선행한다는 신념을 갖고 고대 문화·예술을 연구했다. 논자들마다 정도와 관심 분야의 차이는 있지만, 기본적으로 서구의 문학·예술이 제의와 직접적인 관련이 있다는 논지는 공통적이다. 이들의 대표적 논의들을 소개하면 다음과 같다.
J.E. Harrison, *Prolegomena to the Study of Greek Religion*, Cambridge University Press, 1903.
__________, *Themis: A Study of the Social Origins of Greek Religion*, The World Publishing Co., 1912.
A.B. Cook, Zeus, Cambridge University Press, 1915.
Gilbert Murray & Francis Fergusson, *The Idea of Theater*,

신화와 제의의 관계에 대한 논의가 활성화되었다. 이들이 제안했거나, 이들의 논의를 바탕으로 생성·확장된 논의들의 핵심은 신화와 제의를 기본적으로 '로고메논(logomenon, 말해지는 것)'과 '드로메논(dromenon, 행해진 것)'이라는 '말 : 행위'의 2분법적 도식 속에서 양항 체계로 이해하는 것이다.14) 이러한 관점으로 말미암아 신화와 제의는 1 : 1의 대응 짝을 이루거나, 동일한 것의 양체제로 널리 인식되었다.15) 이 대응의 논리는 동일한 것에 대한 다른 표현으로 간주되어 오히려 신화와 제의의 역동적인 관계나 각각의 실체가 갖는 특징에 대해서 경시하게 되는 결과를 초래하기도 했다. 신화와 제의의 상동성을 지나치게 강

Prinston University Press, 1927.

　　　　　　　, *The Classical Tradition*, Cambridge University Press, 1927.

F.M. Conford, *Thucydides Mythistoricus*, 1907, Greenwood Press, 1969.

제의학파가 문학연구에 끼친 공적은 성년식, 풍요제의, 즉의식 등 이른바 입사식 혹은 통과제의의 절차 내지 리듬이 희곡 혹은 산문문학의 기본구조를 이루고 있는 것을 발견한 점이라고 할 수 있다.

김열규, 「신화비평의 국면들」, 박철희·김시태 편, 『비평론』, 탑출판사, 1994, p.446.

14) 이러한 관점은 제의학파에 의해서 널리 유포되었다. 제의학파는 인간의 원초적 문학·문화·예술이 제의와 직접적인 관계 속에서 탄생한 것으로 생각했다. 신화는 제의를 언어화한 것(구술 상관물)이며, 제의의 기본 논리와 구조가 신화에 고스란히 담겨있는 것으로 여겼다. 제의학파는 신화와 제의의 관계를 로고메논(logomenon, 말해진 것)과 드로메논(dromenon, 행해진 것)으로 파악했으며 이는 이후 신화 연구에 결정적인 영향을 미쳤다.

J.E. Harrison, Temis(2d ed)., Merdian, 1962, p.378.

15) 이러한 입장은 신화가 말이고 제의가 행위라는 차이에도 불구하고, 신화와 제의가 모두 초월적인 것에 대한 지향을 담고 있다는 점에서 크게 동질적이며, 그래서 신화가 제의의 짝이 되며, 서로가 서로를 함축한다고 여기는 것으로, 결국 신화와 제의를 동일한 것으로 간주한다.

W.G. Doty, *Mythography: The study of Myths and Rituals*, The University of Alabama Press, 1986, p.73.

조하게 되면, 결국 동일한 것으로 취급하게 되며 모든 서사가 곧 제의, 다시 말해 행위(제의)를 언어로 기술한 것이 되고 만다. 또한 통과제의나 입사식과 같은 제의 형식을 모든 문학에서 보편적으로 찾을 수 있는 구조나 모티프로 취급한다견16), 이는 제의의 본질이 될 수 없다. 오히려 인간의 보편적인 사고나 행위 패턴으로 간주하는 것이 더 설득력 있을 것이다.

한국에서 진행된 제의와 신화를 직접적으로 관련지어 논의한 대표적인 예로는 김열규와 현용준을 들 수 있다. 김열규는 서구의 제의학파 논의를 적극 수용하여 한국 문학에 적용시켰다. 그는 신화의 구성 원리가 두속제의의 원리에 기반 하고 있다는 점을 밝혔으며, 한국의 신화와 고전 서사체의 구조가 통과제의나 성인식과 같은 제의적 구조와 동일하다는 점을 밝혔다.17) 이와 같은 제의적 구조와 무속의 원리가 서사와의 직접적인 관련이 있음을 밝힌 것은 중요한 업적이라 할 수 있겠다. 그러나 이같은 논의가 활성화되고 확장되지는 못했으며, 제의와 신화(이야기)의 관련 양상 자체에 관한 연구가 보다 다양하고 심도 있게 진척되지는 못했다.

---

16) 제의의 절차에 입각한 주인공의 성장 내지 성숙 과정은 현디 문학이론에서 입사식 소설(intitation story)에서 잘 드러난다. 입사식 소설의 유형을 체계화시킨 마르쿠스는 그 개념을 확대해서, "주인공의 지각이나 성격의 확대 발전을 다룬 소설이면 넓은 의미에 있어서 입사식 소설에 해당한다."고 말했다.
Mordecai Marcus, "What is an initiation story?" *Critical Approaches to Fiction*, ed., Kumar & Macken, McGrow-Hill, 1968, p.212.
성현경, 『한국옛소설론』, 새문사, 1995, p.272에서 재인용.
그러나 마르쿠스의 개념에 따른다면 대부분의 서사는 모두 입사식이 될 것이며, 이때 입사식은 제의가 아니라 인간의 보편적 행위에 불과한 것이 된다.

17) 김열규, 『한국의 신화』, 일조각, 1976.
_____, 『한국 신화와 무속연구』, 일조각, 1977.
_____, 『한국문학사』, 탐구당, 1983.

　현용준은 제의와 신화의 관계에서 제의학파의 일반적인 논의인 '제의 선행설(先行說)'을 거부하고 '신화(이야기) 선행설'을 주장했다. 현용준은 신화와 제의의 관계를 검토하기 위해 무속 제의와 본풀이의 관계를 검토해서, "신화와 제의의 관계는 상즉적(相卽的)이고, 신화가 선행하여 그것이 의례로 재현 표출"되며, "신화의 내용이 제례 행위로 재현"된다고 결론 내린다.[18] 그러나 이야기를 대본으로 연행할 수도 있다는 점을 인정하더라도, 행위를 문자로 기록할 수도 있는 가능성을 완전히 불식시킬 수는 없다. 이러한 선후 논쟁은 제의와 신화를 단순한 1 : 1의 대응물로 보고 다양한 관계 양상을 고려하지 않기 때문에 생겨나는 문제점이라 할 수 있다.

　이 책에서는 동일한 것의 양 체제로서 제의와 신화를 파악하는 관점에서 벗어나 새로운 관점에서 접근하고자 한다. 신화를 제의라는 의사소통의 장에서 생성되는 메시지로 파악한다. 다르게 표현한다면 제의는 신화 담론을 생성하는 틀인 것이다.

　제의와의 직접적인 관련 속에서 신화를 논의하지는 않았지만, 레비-스트로스(C. Lévi-Strauss)와 바르트(R. Barthes)가 언급한 신화의 특징에서 중요한 방향점을 발견할 수 있다. 레비-스트로스는 신화를 시(詩)와 가장 대립되는 언어적 표현물로 파악했다. 시가 심각한 왜곡의 대가를 치르지 않고서는 번역될 수 없는 언어 행위라면, 신화는 최악의 번역이라 하더라도 그 신화적 가치는 손상 받지 않는다는 것이다.[19] 이는 시가 단일한 의미로 고정되기 힘든 반면, 신화는 특정한 하나의 의미로 고정될 수 있음을 의미한다. 바르트는 신화를 특정한 의미 작용이 일어

---

18) 현용준, 「한국 신화와 제의」, 『무속신화와 문헌신화』, 집문당, 1992, p.306.

19) Claud Lévi-Strauss, 「구조주의 신화학」, 김병욱 외 편역, 『문학과 신화』, 예림기획, 1998, p.257.

나는 이야기로 파악하는데, 일반적인 기호의 의미 작용인 기표
와 기의의 결합이 아닌 2중의 의미 작용, 즉 자연적인 것을 역
사화한다는 점을 밝힌다.20)

　레비-스트로스의 지적처럼 신화가 단일한 의미로 고정될 수
있다는 것은 신화 텍스트를 구성하는 기본적인 원리나 원칙이
존재한다는 것을 전제한다. 또한 그러한 기본적인 형태적 원리
는 다양한 해석이 아니라, 구조를 통한 단일한 의미의 산출이
가능하다는 것을 의미하는 것이기도 하다. 레비-스트로스는 구
조주의적 관점에서 '신화의 랑그(langue)'를 찾았는데, 시각을
조금만 바꾸면 신화의 랑그, 다시 말해서 신화의 생성 규약을
강제하는 특정한 틀이 존재한다고 충분히 가정할 수 있다. 바르
트의 지적과 같이 신화의 의미 작용은 신화 텍스트의 구조적
측면보다는 과정적 측면에서, 다시 말해 텍스트 자체의 성격이
기보다는 담론의 성격, 즉 담론화된 텍스트의 성격에서 찾을 수
있는 논리인데21), 그의 논의를 확장시킨다면 신화는 제의라는

---

20) Roland Barthes, 정현 역, 『신화론』, 현대미학사, 1995, pp. 29-45 참고.
21) '텍스트(text)'나 '담론(discourse)'만큼 논란이 많고 쓰임의 범주가 다양
　　한 용어는 찾기 힘들 것이다. 이 용어들은 많은 논자들이 다양한 방식으
　　로, 다양한 영역에 사용하기에 어떤 단일한 의미로 한정짓기가 거의 불가
　　능하다. 일단 이 책에서 사용하고자 하는 텍스트와 담론의 함의는 대략
　　다음과 같이 잠정적으로 규정하기로 한다.
　　일반적으로 텍스트는 언어학, 커뮤니케이션학에서 주로 사용하기로 소통
　　과정에서 수신자와 발신자가 주고받는 메시지이다(피스크). 텍스트는 쉽
　　게 말해서 나에게 드러난 대상으로, 일단 경계를 한정지을 수 있는 것이
　　다. 문학 이론에서는 텍스트가 '이야기(historie)'와 '담론(discourse)'로
　　구성된다고 보고, 전자는 내용, 즉 '무엇(what)'에 해당하고 후자는 형
　　식, 즉 '어떻게(how)'에 해당한다고 여긴다(채트먼). 여기서 텍스트, 즉
　　문학작품이 내용과 형식으로 구성되었음을 강조하고, 이야기가 어떻게 담
　　론화되는지에 관심을 가진다.
　　담론을 텍스트와 동일시 여기는 경우도 있으며 담론을 어떤 공통된 언술
　　들의 집합으로, 혹은 다양한 언술들을 규범화하는 실천으로도 여긴다(푸

담론화 장치를 통해서 작용한다고 할 수 있다.

신화를 제의와의 관계 속에서 파악함으로써 신화의 서사구조나 규칙이 갖는 특성을 보다 면밀하게 파악할 수 있을 것이다. 신화의 구조가 입사식, 혹은 통과제의라는 보편적인 구조, 즉 서사와 행위를 본질적으로 동일시하는 단순하고 추상적인 결론이 아니라 신화 담론의 규칙을 찾을 수 있다. 이 담론의 규칙은 서사의 형태적인 구성 원리뿐 아니라, 서사가 재현하고 세계상의 의미론적 구조까지 아우른다. 나아가 소통과정의 메시지로서 신화가 전승집단의 문화 체계 속에서 어떻게 인식·수용되며 전승되는지에 관해서도 밝힐 수 있을 것이다. 이 책에서는 한국의 두 신화체계, 건국신화와 무속신화를 비교·대조하면서 공통기반과 변별점을 밝힐 것이다. 초기 신화 연구에서는 다른 분야의 연구 대상이었으며, 이후에는 공통점이 지나치게 강조되어 각각의 실상을 놓치게 된 두 신화체계를 보다 체계적이고 종합적인 시각으로 접근할 수 있을 것이다.

코). 텍스트와 담론을 대비시켜 본다면, 텍스트가 커뮤니케이션의 산물, 즉 기호들의 코드화에 의해 통일성을 이룬 구체적 체계로서 구조적이라면, 담론은 텍스트를 생성하는 기호학적 과정이라고 볼 수 있다. 이렇게 본다면 텍스트는 담론이 실현된 장, 혹은 담론이 형성되는 텃밭으로 볼 수 있으며(송효섭), 담론은 구체적인 형태를 띠지는 않지만 텍스트를 이루는 역동적 과정으로 텍스트에서 그 흔적을 찾을 수 있게 된다.
John Fiske, *Introduction to Communication Studies*, Routledge, 1990, pp.3-4.
Michel Foucault, *The Archaeology of Knowledge*, Sheridan Smith, trans., A.M., Tavistock, 1972, p.80.
Seymour Chatman, 김경수 역, 『영화와 소설의 서사구조』, 민음사, 1996, pp.20-21.
송효섭, 『초월의 기호학: 뮈토스와 로고스로 읽는 삼국유사』, 소나무, 2002, pp.16-17.

2. 연구 방법 및 전개 과정

이 책에서 신화를 이해하기 위한 가장 핵심의 열쇠어는 바로 '제의(ritual)'이다. 제의라는 용어가 문학, 종교학, 인류학, 역사학, 사회학에 걸쳐 두루 사용되는 용어이기에 용례는 다양할 수밖에 없으며 이미 정해진 개념의 범주를 넘어서 사용되고 있기도 하다. 그러나 일반적으로 동의할 수 있는 제의의 기본 개념은 다음과 같은 공통 기반을 바탕으로 한다. 제의는 사회적·개인적 삶에 있어서 중요한 국면을 맞아 변화가 요구되는 상황이나 공동체의 질서에 위험이 처한 상황에서 신비한 존재나 힘들과의 관계를 맺는 경우의 형식화된 일련의 행위라고 규정할 수 있다.22) 이러한 제의의 기본 정의를 염두에 두고, 인간의 사회·문화적 행위 속에서 구체적으로 어떤 것들을 제의라고 규정지을 수 있을까? 먼저, 제의가 발생하는 상황을 고려하면 크게 두 가지 범주로 묶을 수 있다.

개체나 집단의 연속적 삶 속에서 행해지는 무수한 통과제의들, 예를 들어 탄생의식, 성인식, 결혼식, 이·취임식, 장례식 등이 여기에 해당된다. 앞 선 예들은 주로 개인의 삶에 해당하는 것이지만, 국왕의 이·취임식은 집단의 통과제의로 확장될 수 있으며, 추수감사절이나 신년맞이 의식 등도 집단의 통과제의라고 할 수 있을 것이다. 통과제의는 말 그대로 한 단계에서 다음

---

22) 여기서 규정한 제의의 기본 개념은 다음의 논의를 바탕으로 한다.
　　Emile Durkheim, *The Elementary of Religious Life*(1st. 1915), J.W. Swain, trans., Free Press, 1965, pp.339-340.
　　Victor Turner, *The Forest of Symbols: Aspects of Ndembu Ritual*, Cornell University Press, p.6, p.29.

24

단계로 넘어가는 중간 단계에서 행해지는 제의이다.

다음으로 제의는 어떤 특정한 문제 상황의 발생했을 때, 그 문제를 해결하기 위한 목적으로 행해지는 경우가 있다. 이 경우 발생한 문제 상황은 개인을 포함한 공동체의 안위 혹은 질서 유지에 위협이 생기는 심각한 상태를 의미한다. 다시 말해서 가정이나, 마을, 확대해서는 국가의 범위에서 특정한 재앙이 닥쳤을 때, 흔히 제의를 통해서 이를 극복·해결하고자 했던 예들을 쉽게 찾아 볼 수 있다. 기우제(祈雨祭)가 대표적인 예이며, 과거에는 귀신이나 화(禍)를 쫓는 제의가 흔히 행해졌다.

첫 번째 상황에서 행해지는 제의와 두 번째 상황에서 행해지는 제의가 항상 배타적으로 일어난다고 할 수는 없으며, 서로 겹쳐질 수도 있다. 가령, 장례식과 같은 제의는 일정한 삶의 사이클에서 삶의 마지막 단계에 행해지는 제의로 대표적인 통과제의이다. 장례식은 한 개체는 죽음 이후의 세계, 즉 사이클의 다음 단계로 진입하기 위해 행해지는 제의라고 볼 수 있다. 말 그대로 통과의 성격이 존재한다. 동시에 장례식은 특정한 문제 상황에서 화를 피하기 위해 행해지는 제의로 파악할 수 있다. 죽음이나 사령(死靈)은 집단 구성원들에게 공포의 대상일 수도 있으며 그로 인한 두려움이나 재앙을 피하기 위해서 장례식이 연행될 수 있는 것이다.

이상은 제의에 대해 언급할 때 가장 보편적인 관심의 대상이 되는 내용들인데, 이때 제의는 특정한 상황에서 인간 행위로 실행된 구체적 사건, 현상으로서 제의이다. 제의에 관한 과거의 연구는 주로 제의가 발생하는 상황이나 특수한 시기와 관련되어 진행되었다. 이로 말미암아 제의의 본질이나 다양한 관계망을 전체적으로 조망하는 것은 불가능했으며, 제의를 인간 사회에서 특정한 시기에 행해지는 사건으로 그 외연을 한정하게 되었다. 인류학자들이 서구 바깥의 지역, 즉 동양이나 식민지를 조사하는 과정에서 특정한 제의 행위에 관심을 갖게 되었다. 이들에 의해서 제의는 일상생활의 행위와 구별되는 특별히 의식화된 행위로 인식되었다. 인류학자들에 의해서 파악된 제의는 앞서 지적한 바, 제의학파의 주된 논의인, 사고에 대립되는 '행위'로서의 제의의 성격이 부각된 것이다.

　또한 제의에 관한 많은 연구들은 제의의 다양한 성격과 담론적 성격이 아니라, 종교적인 성격에 초점을 맞추어서 진행되었다. 문제 상황의 발생 시, 재앙이나 화를 피하기 위하서 행해지는 제의는 종교적 의식 내지 신 관념과 결부되기 싶다. 따라서 이 두 번 째 제의에서는 제의의 근원적 성격보다 종교적 관념이나 신앙체계가 보다 근원적 연구 대상이 되었으며, 이 속에서 발현된 하나의 종교적 의식 형태로 제의가 국한되었다. 게다가 이 같은 관점은 제의의 종교적 성격 중에서도 특정한 영역을 과도하게 조명함으로써 시각의 범위를 더욱 좁혀 버렸다. 여기서는 특히 제사의 대상이나 종교적 의식(儀式)의 절차, 사제나 무당 등에 초점이 맞추어 연구가 이루어졌다.23)

　그러나 최근 제의에 관한 접근은 이러한 인지론적 관점을 비판하면서, 종교적 특성에 대한 지나친 강조나 '언어: 행위'의 2분법을 거부하고 새로운 문화적 해석을 시도하고 있다. 벨(C. Bell)은 제의를 "사람들이 자신의 세계를 창조하고, 재창조하는 문화적 역동성의 창(window)"24)으로 여긴다. 그는 제의의 중심 성격을 "행위의 제의화(ritualization)를 강제하는 틀(framework)"로 파악하고 제의의 이 같은 기능에 관심을 가진다.25) 벨의 논점은 한 차원 높은 연구 방향

---

23) J. Ralph Lindgren & Jay Knaak, ed., *Ritual and Semiotics*, Peter Land Publishing Inc., 1997, p.72.

24) Catherine Bell, 앞의 책. p.3.

설정과 관점의 확장을 이끄는데, 제의를 구체적인 행위로만 이해하는 것을 넘어서게 해준다. 요컨대 제의에서 행해지는 행위뿐만 아니라, 보다 복잡한 요소들로 구성되어 존재하는 양식으로 간주하는 관점의 재정립이 필요한 것이다. 나아가 다양한 요소들이 어떻게 서로 얽혀 있으며, 이 제의가 인간의 행위와 사고에 어떤 영향을 미치는지, 인간의 사회문화의 체계 속에서 어떻게 기능하는지를 보다 면밀히 고찰할 필요가 있는 것이다.

이러한 관점을 정립하게 되면, 인간의 사회적 행위의 특정한 양식으로 제의를 바라볼 수 있으며, 특히 의사소통의 특정한 유형으로 이해할 수 있다. 인간의 커뮤니케이션에서는 다양한 양식들이 동원되는데, 예를 들어 '놀이, 비놀이, 환상, 제의' 등을 들 수 있다.[26] 인간의 여러 행위나 소통 양식 중에 일상적인 것들과 구별되는 전술한 예들은 각 유형들을 지배하는 양식적 특성에 의해서 변별된다는 점을 이해해야 한다. 가령, '놀이'는 일상적 행위와 뚜렷이 구별되는 양식적 특성 내지 규칙이 존재하는데, 놀이 속에서 행위자들은 그러한 특성과 규칙을 인지하고 그 세계 속에서 자연스럽게 행위하게 된다. 놀이에 참여하는 참여자들은 일상적 규칙과는 차이 나는 놀이의 규칙을 인지하고 그 규칙에 따라 행동하고 사고(적어도 하는 척이라도)해야 한다. 이러한 비일상적 행위의 양식적 특성은 틀(frame)로 이해할 수 있다.[27]

---

25) 같은 책, p.219.

26) Gregory Bateson, 박지동 역, 『정신과 자연』, 까치, 1990, p.311.

27) 프레임(frame, 틀)은 놀이나 제의와 같이 특정한 유형의 인간 행위에서 외부의 일상적인 현실 세계의 법칙과 구별되는 자체의 틀을 의미한다. 가령, 놀이에서는 그 놀이 속에서 적용되는 규칙이 있으며, 행위자들은 그 세계 속에서 행위의 의미가 결정된다. 프레임에 관한 논의는 다음 글 참고.
Gregory Bateson, "A Theory of Play and Fantasy", *Steps to an*

특히 제의는 그 형식이 워낙 강고하고, 여타의 행위들과 뚜렷이 구별
되는 여러 자질들을 갖고 있다. 라파포르트(R.A. Rapparport)는 제의
의 본질이 그 형식성에 있다고 말하며, 다음 사항을 제의의 형식상 특
징이라고 지적했다.

    (1) 제의의 형식은 연행자 이전에 이미 약호화되어 있다.
    (2) 제의는 형식적 절차를 가진다.
    (3) 제의의 형식은 불변한다.
    (4) 제의에서 연행이 중요한 요소이다.
    (5) 제의는 실제적인 효험을 가진다.[28]

제의의 형식상 특징을 통해서, 오랜 세월의 흐름에도 불구하고
제의의 원형적 전승이 어떻게 가능한지, 그리고 제의의 힘이 얼
마나 강력한지를 알 수 있다. 제의의 형식, 내지 형식적 절차는
이미 현재의 제의 참여자(내지 연행자)들 존재 이전에 누군가에
의해서 약호화(encode)되어 있다. 다시 말해서 제의에서 행해지
는 행위나 몸짓, 언술, 복식(複式), 갖가지 도구 등의 구성과 의
미, 절차와 기능 등이 이미 하나의 체계적인 기호체로 존재하는
것이다. 그리고 그 기호체계는 현재 존재하는 참여자들보다 선행
하는 것이기에 이미 주어진 것, 내지 선험적인 것으로 간주된다.
또한 그러한 약호는 자체로 신성성이나 권위를 인정받게 되며,
따라서 불변한다. 제의의 참여자들이나 그 문화권의 사람들은 이

Ecology of Mind, Ballantine, 1972.
  Eirving Goffman, *Frame Analysis*, Northeastern University
Press, 1986.
28) Roy A. Rappaport, *Ritual and Religion in the Making the
   Humanity*, Cambridge University Press, 2000, pp.32-49.

같이 고정적인 제의의 격식을 좀처럼 위반할 수 없다.

제의의 장을 하나의 틀로 간주할 때, 그 제의에서 행해지는 여러 행위나 언술은 개인의 경험과는 무관한 것일 수 있다. 그런데 해당 제의에 참여하기 위해서는 개인의 독자적 경험이 아니라 그 제의 전승자 내지 참여자들이 겪었던 동일한 경험과의 일치를 요구받게 된다. 그렇지 않을 경우 그 제의 상황에 본질적으로는 참여할 수 없게 된다. 또한 제의는 항상 집단적으로 연행된다. 그 집단의 크기는 한 가정에서부터, 마을, 크게는 국가, 인류 전체에 이르기까지 다양한 양상을 띤다. 제의의 다양한 양상에도 불구하고 제의는 이러한 집단성으로 말미암아 민속문화 내지 민족문화의 위상을 갖게 되면서 전승되는 것이다.

이렇게 강한 형식적 특성을 가진 제의는 일상생활 속에서 행해지는 여타의 관습적 행위와 분명히 구별되는 특정한 인간 행위양식으로, 그 속에서 행해지는 행위나 소통되는 메시지는 제의의 형식에 강한 지배를 받게 된다. 다시 말해서 제의의 틀 속에서 신화 메시지는 생성되고 의미화되는 것이다. 제의 속에서 연행되는 행위나 언술은 특정한 메시지를 형성하며 초월적 존재를 향해 소통을 꾀한다. 이렇게 본다면 제의는 분명 의사소통 행위의 특정한 양식임이 명백하다.

최근 제의에 관한 연구 중에서, 제의의 본질을 인간의 의사소통 행위와 직접 관련짓는 예로 로센불러(E.W. Rothenbuhler)의 논의를 들 수 있다. 그는 제의를 종교적 행위나 현상을 넘어서, 인간 생활에서 보편적으로 찾을 수 있는 소통 형식으로 다루고 있다.[29] 특히 제의를 명사적으로만 다루는 것이 아니라, 형용사

---

29) 이 경우에 보편적이라는 말은 제의적 행위, 내지 제의가 일상적 행위와 동일시된다는 의미가 아니다. 인간이 일상생활을 영위하는 것처럼, 제의도 실제 생활 속에서 보편적으로 발생하는 소통행위이며, 이 같은 소통행

적으로 다룸으로써, 일상생활에서 나타나는 제의적인 소통 행위
에까지 관심 영역을 확대한다. 로센불러는 각각의 사건으로서의
제의를 '명사적 제의(ritual as noun)'로, 사건들이나 행위의 제
의적 측면을 '형용사적 제의(ritual as adjective)'3C)로 파악한
다. 다시 말해서 성인식, 취임식, 결혼식 같은 구체적인 개별 제
의는 명사적 제의에 해당하며, 한 개인이 구애 행각을 할 때 종
교의식을 흉내 내거나, 형식화된 전통적 몸짓을 하거나 발화를
한다면 그 행위 속에는 제의적 성격, 즉 형용사적 제의가 들어
있는 것이다. 이렇게 구별함으로써 제의를 장례식, 성인식과 같
은 행위나 사건만을 제의로 한정하고 그러한 개별적 행위에서
만 제의의 성격을 추출하는 것이 아니라, 인간의 여러 일상적
행위에서도 제의적인 성격을 찾을 수 있는 것이다.

　제의를 형용사적으로 다룸으로써 의사소통의 제의들뿐 아니
라, 제의로서의 의사소통을 연구하는 것이 가능해진다.31) 그에
따르면 제의는 "진지한 삶 속에서 상징적으로 효과를 미치거나
참여하는데 있어서 적절하게 패턴화된 행위의 자발적 연행"32)
이라고 정의된다. 여기서 제의는 상징적으로 효과를 내는, 다시
말해서 타인과의 소통이 전제가 되며, 개인적 행위가 아닌 패턴
화되고 전형화된 행위라는데 주목해야 한다. 요컨대, 그는 제의
를 특정한 사건으로 다루기보다는 다양한 사건이나 행위들 속
에서 찾을 수 있는 다양한 제의적인 국면을 살핌으로써 제의의
소통체계로서의 성격을 밝히고 있다.

위는 인간에게 있어서 보편적인 것이라는 의미이다.
30) Eric W. Rothenbuhler, *Ritual Communication-From Everyday
　Conversation to Mediated Ceremony*, Sage Publications, 1988, p.4.
31) 같은 책, pp.4-5.
32) 같은 책, p.3.

신화와 제의의 관계를 살펴 볼 때, 먼저 의사소통의 장으로서 제의가 있으며, 그 제의 속에서 생성되고 소통되는 메시지로서 신화가 있다. 이 신화는 제의라는 소통의 양식적 특성과 힘에 의해서 통제되고 영향을 받게 되며, 그러한 성격이 신화 속에 반영되어 나타난다. 메시지인 신화를 구성하고 있는 요소나, 이 요소들 간의 결합 방식이 의사소통으로서 제의에 의해 결정된다. 다시 말해서 제의라는 소통의 틀이 메시지를 구성하고 의미를 결정하는데, 이렇게 생성된 메시지의 구성 요소들과 결합 방식을 통해서 메시지의 성격과 소통의 양식적 특성을 찾을 수 있다. 여기서 제의라는 소통의 장 내지 틀 속에서 생성된 메시지인 신화의 구성요소를 제의적 신화소라고 일단 명명하면, 이들의 관계를 다음과 같이 정리할 수 있다.

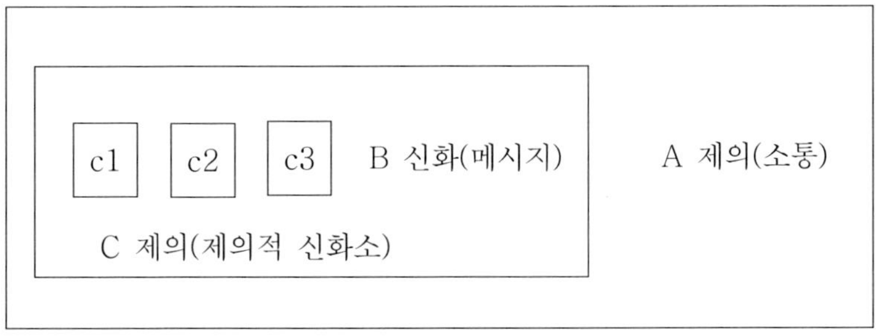

의사소통 차원의 제의(A)가 있고, 이 제의 속의 신화 메시지(B)는 제의적 신화소(C)인 c1, c2, c3, …… 로 구성된다. 메시지가 외부 틀의 규범에 따라 제의적 형식으로 구성되는 것이다. 이 서사 속 구성 요소로서 제의적 신화소들이 어울려 특정한 이념을 산출하며 세계를 구성하는 원리는 특정한 목적과 효용을 위해 의미 작용 하게끔 하는 제의화(ritualization)의 원리 때문이다. 이 제의화의 원리는 제의 A의 목적이나 효용과 관계된

다. 다시 말해서, 제의적 신화소 C와, 이것들의 결합으로 구성
된 신화 메시지 B의 의미 작용을 통해서 제의 A의 성격을 추론
할 수 있다. 이렇게 파악하게 된 제의 A의 성격을 갖고서 다시
B와 C의 성격을 재조명할 수 있을 것이다.

논의는 추론의 방식 중 가추법(abduction)의 원리에 따라 이
와 같은 순환적인 접근을 시도할 것이다. 먼저 하나의 규칙을
세우는데, 이때 규칙은 잠정적인 것이다. 주어진 신화 텍스트를
통해서 확정된 명제를 도출하고, 이를 바탕으로 다시 가설적 명
제를 수립하거나 처음에 세운 잠정적인 규칙을 수정할 수 있게
된다.[33] 신화가 제의 속에서 연행된다는 것은 잠정적인 가설이
다. 이것을 잠정적인 규칙으로 삼아 신화 텍스트들의 경우를 분
석하여 얻은 결과가, 실제로 신화 텍스트가 제의와 직접적인 관
련이 있음을 검증한다. 신화 텍스트는 제의적 신화소로 구성되

---

33) 연역법은 확정적인 규칙을 바탕으로 확정적인 경우를 통해서 가설적인 결
과를 도출한다. 귀납법은 확정적인 결과를 통해 잠정적인 경우와 잠정적
인 규칙을 찾는다. 가추법은 잠정적인 규칙을 세우고 잠정적인 경우를 통
해 확정적인 결과를 도출한다(여기까지는 연역법과 동일한 과정이다.). 이
결과를 기반으로 최초에 서웠던 규칙을 수정하거나, 새로운 규칙을 세우
게 된다(이는 귀납법의 과정이다.). 고정된 결과를 찾는 고정된 과정이 아
니라 상호적이며 순환적인 추론의 과정이 가추법이라고 할 수 있겠다.

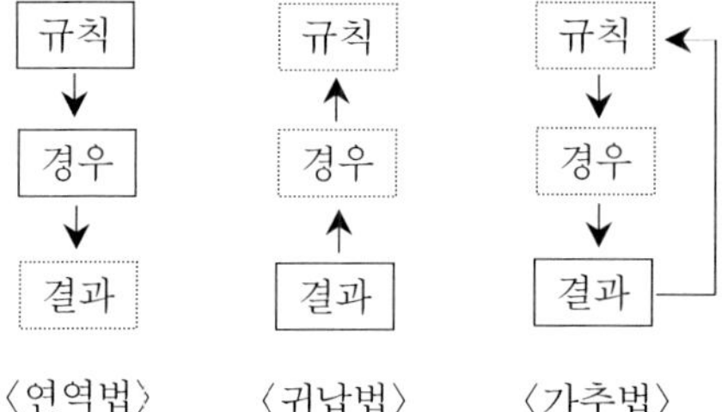

(실선의 사각형은 이미 검증된 명제를, 점선의 사각형은 합리적 절차에
의해 생산된 잠정적 명제를 의미한다.)
Umbert Eco, *Semiotics and the Philosophy of Language*, Indiana
University Press, 1986, pp.40-41.

32

며, 이 구성의 원리는 해당 제의의 목적 및 효용과 직접적인 관련을 가진다. 이를 바탕으로 신화 텍스트가 보여주는 세계상의 의미 작용이 해당 제의의 목적 및 효용과 일치하는 제의화의 원리에 따른다는 것을 검증할 수 있을 것이다. 전체 제의의 성격이 어느 정도 밝혀짐에 따라 이를 바탕으로 다시 신화 메시지의 성격을 살피고 이를 제의 속에서 신화 메시지가 어떻게 소통·전승되는지를 밝힐 것이다.

이상의 논의들을 전제로 해서 본론 구성은 다음의 순서에 따른다.

Ⅱ장에서는 1차적으로 신화의 형태론, 즉 신화가 어떤 주요 신화소로 구성되었는지를 살핀다. 신화가 전달하고 보고하는 사건은 특정한 규칙을 가지는데, 행위 주체의 존재론적 변화를 위한 규범화된 패턴을 따른다. 이러한 사건은 구체적 제의 내지 제의적 사건이라고 말할 수 있다. 한 행위 주체가 겪는 이 같은 제의적 사건들을 독립된 신화소로 파악하고 '제의적 신화소(ritual mytheme)'로 명하기로 한다. 가령, 한 행위 주체가 특정한 방식으로 탄생하는 과정이 있다면 이는 탄생과 관련된 제의적 신화소가 될 것이며, 행위 주체가 결혼을 하기 위해서 보이는 패턴화된 행동이 있다면 이는 혼인과 관련된 제의적 신화소인 것이다.

이 제의적 신화소는 서사 문면에서 아주 간단하게 하나의 사건으로 제시될 수도 있으며, 아주 장황하게 기술될 수도 있다. 행위주체의 여러 행위들이 특정한 하나의 제의적 목적을 위해 구성되고 진행된다면 이는 하나의 제의적 신화소가 될 수 있다. 신화에서 찾을 수 있는 이와 같은 제의적 신화소는 어떤 것이 있으며, 이 제의적 신화소가 어떤 원리에 따라 구성되는지를 밝힐 것이다.

Ⅲ장에서는 Ⅱ장에서 논의된 결과를 바탕으로 신화 서사가 재

현하고 있는 세계상을 살필 것이다. 문학 텍스트가 재현하는 세
계상은 현실의 것과는 분명 차이가 난다. 문학의 세계, 문학 텍스
트가 생성하는 세계는 현실 세계와 구별되는 세계의 원리를 가진
다. 현실 세계와 구별되는 문학의 세계를 가능 세계(possible
world)로 본다면, 이 가능 세계는 미메시스(mimesis)의 의미론이
지배하지 않는 새로운 의미론(지시이론)에 의해서 밝혀질 수 있
다. 특히 신화 텍스트는 현실 세계와 뚜렷이 구별되는 지표들을
가지며, 이러한 구별은 바로 신화의 정체성과 관련된다. 문학 텍
스트를 분석하고 해석함에 있어서 주된 의미론적 기능을 담당했
던 미메시스의 의미론(mimetic semantics)은 문학에서 재현된
세계를 현실 세계와 직접적인 관련물로 보았으며, 이를 바탕으로
의미를 찾고자 했다. 그러나 이러한 논의는 다양한 문학의 세계,
문학이 재현하는 다채로운 세계상을 설명하지 못했다. 특히 신화
와 같은 서사는 과드한 허구성 내지 비현실성으로 말미암아 일반
적인 서사와 달리 취급되었다. 특히 신화를 인식론과 연계시킬
때, 신화는 이성과 합리성에 위배되는 것으로 배척되어 왔으며,
이러한 입장은 후대에까지 지속되었다.[34]

 최근 새롭게 제시된 가능 세계의 의미론(possible-worlds se-
mantics)은 텍스트에서 재현된 세계상은 나름대로 독립된 하나의
가능 세계를 구성하며, 여기서의 기호학적 작용은 현실 세계에 대
한 모방이 아니라 가능 세계 속에서의 지시 기능[35]이라고 주장한

---

34) 플라톤의 경우 실제로 신화를 지었으며, 그 스스로가 신화가 진실은 아니
  지만, 진실을 끄집어 낼 수 있게 한다고 말했다. 그러나 그의 제자 아리스
  토텔레스는 그러한 스승을 보면서 플라톤은 갈수록 철학자, 지혜의 친구
  가 아니라 신화의 친구가 되어간다고 말했다.
  Bernald J. F. Lonergan, "Reality, Myth, Symbol", ed. Alan M.
  Olson, *Myth, Symbol, and Reality*, University of Notre Dam
  Press, 1980. pp.32-33.

다. 이 이론은 기호의 힘으로 대상을 축조하고 세계를 만들어내는 것을 가능하게 한다. 세계 속의 존재들은 어떤 본질적인 자질들로 구성된 것이 아니며, 개념이나 이름은 한정적인 묘사들의 집합이 아니다. 지시(reference)는 담론적 절차로서, 대상들의 언어 외적 실체에 의존하는 것이 아니라, 기호학적 관습(convention)에 의존하며 그에 따라서 담론은 대상을 구성, 즉 의미 작용을 하는 것이다.36) 담론 속에서 행해지는 다양한 실행들(practice)의 잠재적 약호로서 이 기호학적 관습은 바로 제의화(ritualization)37), 즉 제의적 의미 작용에 의해 결정된다.

IV장에서는 신화가 제의라는 의사소통의 장에서 어떻게 소통되는지를 살필 것이다. 먼저 제의라는 특정한 의사소통의 기본적 특성을 살펴볼 것이다. 의사소통을 구성하는 제반 요소를 일상적 의사소통과의 비교를 통해서 제의적 의사소통의 특성을 밝힌다. 다음으로 제의가 가진 메시지로서의 성격에 관해서 중점적으로 살필 것이다. 제의에서 소통되는 메시지의 성격은 본질적이며 불변하는 '정전(正典)적인 메시지(canonical message)'와, 상황 의존적이며 가변적인 '자기 지시적 메시지(self-referential message)'로 구분할 수 있다.38)

신화들의 여러 전승본들을 비교 검토하여 정전적인 메시지와

---

35) 미메시스 의미론과 가능-세계 의미론에 관한 논점은 다음 글 참고.
Lubomír Doležel, "Mimesis and Possible World", *Poetics Today* 9 : 3, 1988.

36) Ruth Ronen, *Possible World in Literary Theory*, Cambridge University Press, 1994, p.45.

37) 이 개념은 제의에 의해서 형식적으로 강제된 의미 작용을 말한다. 자세한 개념에 대한 설명은 III장에서 논하기로 한다.

38) Roy A. Rappaport, 앞의 책, p.52-54.
메시지의 구분과 성격에 대해서는 IV장에서 자세하게 다룰 것이다.

자기 지시적인 메시지를 구별하고 해당 신화의 메시지가 어떻게 변화하는지, 혹은 고정적으로 전승되는지를 살필 것이다. 이 메시지들의 성격은 메시지를 소통하는 전체 의사소통의 제의와 직접적인 관련을 맺는다. 메시지의 성격을 바탕으로 건국신화를 메시지로 삼는 제의와 무속신화의 제의의 성격을 살필 수 있다. 각 신화 체계에서 강조되는 메시지의 종류와 메시지의 기호작용에 따라 해당 체계에 대응되는 제의가 어떤 의사스통 유형인지를 밝힐 수 있을 것이다. 이때 각 메시지가 구성되는 원리를 기호학적 관점에서 접근할 것이다. 기호학에서의 기호 구성의 기본 논리는 각 메시지의 드러난 성격뿐 아니라, 기호가 어떤 기반을 바탕으로 구성되는지, 또한 각 기호의 성격과 그에 따른 기호작용의 원리를 접근하는데 용이하다.

3. 연구 대상

이 책에서는 한국의 신화체계를 건국신화와 무속신화로 양분해서 분석할 것이다. 신화는 "신에 관한 이야기, 자연현상이나 사회현상의 기원과 질서를 설명하는 이야기, 신성화되는 이야기"[39]로 흔히 인식된다. 신화에서 주체는 인간적 존재라기보다는 신성화되는 존재 내지 신격(神格)이어야 하며, 그들은 인간들이 기념하고 숭배할만한 업적을 이룩해야 한다. 이러한 조건들을 충족시키는 이야기를 신화라고 할 때, 신화의 하위 갈래를 설정할 수 있다. 설정은 논자에 따라서 세부적으로 많은 신화

---

39) 장덕순 외, 『구비문학개론』, 일조각, 1993, p.29.

갈래를 설정하기도 하며40), 건국신화와 무속신화로 양분하기도
한다.41)

　필자는 신화에 대한 기존의 양 체계 분류에 기본적으로 동의
하며, 체계 분류를 새롭게 하는 것을 연구의 목적으로 삼지 않
기에, 건국신화와 무속신화로 한국 신화체계를 양분해서 논의를
진행하고자 한다. 한국에 전하는 많은 신화들을 내용상 분류할
경우는 크게 국가 건국이나 국왕 즉위의 내용을 다룬 건국신화,
무속 종교에서 숭배의 대상이 되는 신들의 본풀이를 다룬 무속
신화, 그리고 천체나 인간세계, 자연물들의 창조를 다룬 창세신
화로 크게 삼분할 수 있을 것이다. 그런데 한국의 경우에는 창
세신화가 독립된 형태로 전해지기보다는 무속신화에 편입되어
전하고 있다. 이런 점을 염두에 둘 때, 창세신화를 독립적인 신
화체계로 설정하기에는 다소 무리가 있기에 한국의 신화체계는
건국신화와 무속신화로 설정하는 것이 타당하다고 본다.

　이 두 신화체계는 뚜렷한 범주적 특징을 갖고 있다. 신화에서
다루는 인물과 사건의 성격, 그리고 전승 맥락이 그러하다. 건
국신화는 국가 건국이라는 역사적 사건과 직접 관련을 맺으며,

---

40) 김헌선은 '문헌에 정착된 건국시조신화, 문헌에 정착된 여산신과 남신의 신
　화, 문헌에 정착된 성씨시조신화, 구전으로 전해지는 예사신화, 무당노래
　로 전해지는 일반신 신화, 무당노래로 전해지는 당신의 신화, 무당노래로
　전해지는 조상신의 신화'의 8가지로 분류한다.
　김헌선, 『한국의 창세신화』, 길벗, 1994, pp.13-16.
41) 논자들에 따라 약간의 차이는 있지만, 신화를 건국신화(국조신화)와 무속
　신화(서사무가)로 양분하는 입장은 다음과 같다.
　홍기문, 『조선신화 연구』(초판 1964), 지양사, 1989.
　현용준, 『무속신화와 문헌신화』, 집문당, 1992.
　송효섭, 「역사담론과 제의담론－한국 신화의 양항성에 대한 관점」, 『설화의
　기호학』, 민음사, 1999.
　서대석, 『한국 신화의 연구』, 집문당, 2001.

건국주(建國主)의 탄생이나 탄생과 관련된 배경, 업적 등이 소개된다. 또 건국신화는 『三國史記』, 『三國遺事』, 『朝鮮王朝實錄』 등 역사서에 기록되어 전한다. 반면 무속신화는 무손의 다양한 신격들의 유래를 이야기한다. 비신격의 존재가 특정한 과정을 거쳐서 신격으로 좌정되는 이야기가 제의의 주재자인 무당에 의해서 구술되어 전승된다.

한국에서 국가를 건국한 주인공들과 그에 관련된 기록들이 다수 전해진다. 고조선의 건국과 관련된 환웅과 단군의 이야기인 <단군신화>, 북부여의 건국신화인 <해모수신화>, 고구려의 <주몽신화>, 신라의 <혁거세신화>와 <탈해신화>, 가락국의 <수로신화> 등이 있다. 이 밖에 건국과 관련된 주인공들로, 백제의 건국과 관련된 인물인 비류와 온조, 후삼국 시대의 건국 주인공들, 조선의 건국 주인공이 있다. 이들의 이야기들은 후대 역사서 등에 전승되지만 건국신화라고 보기에 몇 가지 문제점들이 있다. 건국신화는 신화 중에 건국에 관한 사건이 중심이 되는 이야기를 칭하는 것인데, 비류와 온조, 후삼국의 인물들, 조선의 이성계는 모두 건국을 한 인물이지만, 이들의 이야기는 신성성이 부족하다. 다시 말해 건국의 이야기이지만 신화로 인정하기에는 논란이 있을 수 있다.

대조적으로 역사서에 전하며, 특정한 국가를 배경으로 하는 신성한 이야기이기는 하지만 건국이나 즉위라는 사건을 직접적으로 다루지 않은 이야기도 존재한다. 바로 <알지신화>가 대표적인 예라고 할 수 있다. 알지는 신라의 김씨 왕족의 시조로서, 신성한 존재로 숭앙받으며, 그의 이야기가 신라의 역사 속에 독립되어 전해지고 있다. 그러나 알지 자신이 왕이 되거나 나라를 세우지는 않았다. 엄밀하게 말하면 <알지신화>는 '왕조 시조신화'이지 건국신화는 아니라고 할 수 있다.42)

38

이 책에서 건국신화의 뚜렷한 표지들을 갖고 있는 신화들을 선별해서 다루고자 한다. 고조선의 〈단군신화〉, 북부여의 〈해모수신화〉, 고구려의 〈주몽신화〉, 신라의 〈혁거세신화〉·〈탈해신화〉, 가락국의 〈수로신화〉를 대상으로 한다.43) 그런데 이 신화들은 여러 전승본(version)들이 전하는데, 동일한 제하의 이야기라 하더라도 전하는 사서나 기록물에 따라서 차이가 크기도 하고, 혹사하기도 하다. 따라서 각 신화들을 소개할 때에는 어떤 종류의 전승본들이 존재하는지를 살피고, 특정한 전승본을 분석대상으로 삼은 이유·기준을 밝힐 것이다. 건국신화의 서사 구조를 살피는 Ⅱ장에서는 이 여섯 신화를 모두 다룰 것이다. 이후의 Ⅲ, Ⅳ장에서는 논의의 필요에 따라 전형성을 띤 신화를 선정하거나, 동일한 패턴의 신화들은 묶어서 논의할 것이다.

무속신화는 무속제의에서 불려지는 무가(巫歌) 중에 각 거리별로 모셔지는 신들의 내력담인 서사무가를 이른다. 이른바 본풀이라고 칭하는 이 무속신화는 무속의 세계 속에서 존재하는 신들이 다양한 만큼 그 수 역시 많다. 사령(死靈)을 담당하는 신이 있는가 하면, 생산을 관장하는 신이 있고, 집과 가족을 수

---

42) 건국신화의 주인공은 대부분 천상에서 강림한 존재들인 경우가 많다. 그들은 나라를 세운 최초의 군왕이며, 이들은 이 왕족의 시조이기도 하다. 그래서 건국신화는 대부분 시조신화이기도 하다. 예외가 있다면 바로 〈알지신화〉가 될 것이다. 이 신화는 신성성이 이야기 속에서 강조되며, 여타의 신화들과 유사한 구조를 갖고 있지만, 직접 자신이 건국하거나 왕위에 오르지 않는다. 따라서 이 책에서는 논의 대상에서 제외하기로 한다.

43) 〈탈해신화〉의 경우에는 다소 논란의 소지가 있다. 탈해는 신이한 탄생, 성장 과정을 거쳐서 왕위에 오르는데, 서사 전개는 일반적인 건국신화와 동일한 패턴을 보여준다. 그러나 탈해가 건국의 주인공이 되기에는 다소 문제가 있다. 신라 국왕의 사위가 되고, 왕위를 이어받게 된다. 비록 왕국을 새롭게 건설하지는 않지만, 박씨 왕조에서 석씨 왕조로 바뀌게 되며, 즉위한다는 측면을 감안해서 〈탈해신화〉는 건국신화 체계에 편입시켜 논의하기로 한다.

호하는 신이 있으며, 별과 관련된 신이 있다. 또한 무속신화는 건국신화보다 훨씬 더 많은 각편들이 전한다. 후자가 기록되어 비교적 안정적으로 전승되며, 또한 권위 있는 사서에 기록되게 되면 그 권위를 인정받아 후대 기록에 전범이 되기 때문에 각편의 편차가 심하지 않다. 반면에 무속신화는 구술(口述)되기 때문에 안정적으로 고정되어 전승되지 않는다. 동일한 제하의 무속신화라 하더라도 구연자에 따라 혹은 구연의 상황에 따라 이본들이 차이의 편폭이 크다. 또한 무속 신앙은 통합적인 종교 체계가 아니며, 지역 주민들과 밀접한 관련 속에서 토속성을 강하게 띠기 때문에 통일된 경전 같은 것을 확보하기 힘든 것이 사실이다. 따라서 전국적인 분포를 보여주는 무속신화가 있는가 하면, 특정지역에서만 국한되어 전승되는 무속신화도 있다.

무속신화를 연구대상으로 선정함에 있어서 발생하는 또 다른 문제점은 바로 현재성이다. 건국신화는 특정 국가를 대상으로 생성되고 전승되기에 그 국가의 운명과 함께 한다. 또한 한국의 건국신화는 앞서 살핀바, 중세이전의 국가, 즉 고대국가에 한정되어 있다. 중세이후 건국된 국가들은 대부분 불교와 유교와 같은 안정적인 사상·종교체계를 바탕으로 하고 역사에 대한 합리적 의식을 전면으로 내세우기 때문에 신화적 상상력이 갈수록 제거되어 갔다. 이에 비해서 무속신화는 오늘날의 무속제의 속에서도 여전히 구술되고 있으며, 과거의 텍스트가 아닌 살아있는 현재의 텍스트인 것이다.

이 같은 사정을 감안할 때, 연구의 대상을 한국에 전하는 모든 무속신화를 체계적으로 다룬다는 것은 거의 불가능하다. 따라서 연구 대상을 한정해서 몇 편의 신화만을 다룰 것이다. 선정 기준은 지역적 분포와 신격의 성격, 서사 구조 등이다. 건국신화와 마찬가지로 선정한 신화들의 이본별 현황이나 선정 기준에 대해서는 해당신화를 소개하면서 병행할 것이다. 본 연구에서 선정한 무속신화는 다섯 편으로, 먼저 한국의 전역에서 전승되는 대표적 2대 무가인 <바리공주>와 <당금애기>를 대상텍스트로 선정한다. <바리공주>는 제주도를 제외한 한반도 전지역에서 전승되는, 사령을 관장하는 신격에 관한 신화이다. <당금애기>는 제주도까지 포함한 전지역에서 전승되는, 아기를 점지하는 삼신신(생산신)의 이야기이다. 다음으로 지역별 신화로는 중부지방에서 주로 전승되는 가택신의 내력을 담은 <성주풀이>와 호남지방에서 주로 전승되는 <칠성풀이>를 대상 텍스트로 선정한다. 두 신화는 해당 지역에서 성행하는 대표적 신화들이며, 뚜렷한 신격유래담의 성격을 잘 보여준다.

동해안과 남해안 지역에서 성행하고 있는 대표적 제의인 '별신굿'에서는 반드시 <심청무가>가 불려진다. 굿의 빈도나 인기면에서 보자면, 한국의 대표적인 무가임에 확실하지만, 이 무가는 신화라고 보기에는 다소 문제가 있다. 신화의 가장 중심적인 내용인 신의 출현이나 신격으로의 변신이 나오지 않기 때문에 일단 논의 대상에 제외하기로 한다. 그러나 서사의 구조면이나, 무가와 인접 장르의 교섭 등 관련 문제를 다룰 때 <심청무가>에 대해서 언급하도록 하겠다.

이상에 소개한 신화들은 모두 본토의 무속신화들이다. 제주도는 무속이 가장 성행하는 지역으로 많은 무속신화들이 전한다. 본토의 무속신화들과 유사하거나 동일한 신화들도 있고, 제주도에만 독립되어 전하는 고유한 신화들도 있다. 이 같은 상황을 볼 때, 한국의 무속신화 연구에 있어서 제주도가 갖는 위상은 아주 중요하다. 본토와 제주도의 신화의 비교 연구, 제주도 신화의 독자성에 대한 진지한 고찰이 필요하다. 이 같이 제주도는 지역적 특색이 고려되어야 하기에 제주도 무속신화에 대한 보다 체계적이고 독립된 연구가 필요하겠으나, 이 책에서는 전체적인 연구 목적에 해당하는 측면만을 고려할 것이다. 제주도 신화 중에서 본토의 신화와 유사점이 많으며, 한국 신화 체계에서 보편적인 양상을 잘 보여즈며, 또한 제주도 무속제의에서 성행하고 있는 <이공본풀이> 한 편을 연구 대상 텍스트로 선정하기로 한다.

Ⅱ. 신화의 구성 요소와 원리

1. 신화의 제의적 신화소와 구성 원리

이야기, 즉 서사(narrative)는 "한 두 명 혹은 여러 명의 서술자에 의해서 한 두 명 혹은 여러 명의 듣는 이에게 전하는 하나 내지 그 이상의 현실의 사건에 대한 보고, 혹은 허구의 사건에 대한 보고"44)이다. 프린스(G. Prince)의 서사에 대한 이와 같은 정의는 서사를 이루는 핵심 요소를 파악하기에 용이하다. 여기서 찾을 수 있는 서사의 핵심 요소는 이야기하는 사람인 서술자(narrator)와 이야기 듣는 사람인 피서술자(narratee), 그리고 사건(event)이다. 서사를 이투고 있는 이 세 가지 기본 요소들은 의사소통 행위의 요소들과 아주 유사하다는 것을 알 수 있다. 의사소통이 이루어지기 위해서는 서사 상황과 마찬가지로 발신자, 수신자, 메시지의 요건이 기본적으로 충족되어야 한다.45) 앞에서 살폈듯이 제의 역시 인간의 의사소통의 한 양식이다. 제의에서도 일반 의사소통 과정에서 필수적으로 요구되는 수신자와 발신자가 존재하며, 제의에서 소통되는 메시지가 존재한다.

서사에서 사건(event)이 갖는 함의는 매우 중요하다. '서정(抒情)'이 아닌 서사라는 장르적 구별은 바로 이 '사건'을 전달하고

---

44) Gerald Prince, 이기우 · 김용재 역, 『서사론 사전』, 민지사. 1992, '서사 narrative' 항목.

45) 의사소통을 이루는 기본 요소와 그 기능에 관해서는 Ⅳ장. 신화의 소통과 전승 원리, '1. 의사소통으로서의 제의와 메시지로서의 신화'에서 설명하겠다.

44

보고하는 성격에 의해서 규정된다고 할 수 있다. 그렇다면 서사에서 전달·보고되는 사건은 어떠한 것인가? 이야기 속의 사건은 분명히 일상과 구별되는 무언가 특별한 것, 가치 있는 것이어야 한다. 사람들이 일상 속에서 겪는 일상적인 일을 이야기의 형식으로 듣고 전하기도 하지만, 그 이야기 자체를 '서사'라고 인식하지 않으며, 문학적인 것 내지 시학적인 것으로 받아들이지는 않는다. 이렇게 특정한 의미와 가치로 한정되는 서사 속 사건은 이야기해서 전할 만한 가치가 있는 것이어야 한다. 신화는 이러한 점에서 전승집단이 꼭 전하고, 듣고 기억해야할 사건을 전하는 서사라고 할 수 있다. 그러기에 신화는 기억되고 보존되기 위해서 특정한 연행 맥락 속에서 끊임없이 반복 재생되는 것이다.

서사에서 사건은 행위자에 의해 야기되거나 경험되는 한 상태로부터 다른 상태로의 '전이(轉移, transition)'을 이루어야 한다. 이때 전이라는 말은 사건의 핵심 성격이 바로 '과정(process)'과 '변화(change)'라는 점을 강조한 것이다.46) 이러한 변화의 과정을 반드시 수반한 전이라는 서사 사건의 본질은 제의의 본질적 성격과 일맥상통한다. 제의야말로 존재의 질적 변화를 위해 필수적으로 요구되는 인간 문화 속에서의 대표적인 행위 양식이라고 할 수 있을 것이다.47) 이 사건은 반드시 인간 존재가 행한 행위의 결과이거나, 인간 존재에게 영향을 미치는 것이다. 인물이 사건을

---

46) Mike Bal, *Narratology: Introduction to the Theory of Narrative*, Christine van Boheemen, trans., Tronto University Press, 1985, pp.13-14.

47) 리치에 따르면 제의는 사회적으로 인식된 존재의 전체성을 획득하는 과정과 중요한 이동 내지 변화의 단계에 설정되는 초인간적인 시간에 생기는 사회적 의미의 경계라고 규정한다. 리치는 두 세계의 경계 영역에서 전이를 위해 행해지는 제의의 성격을 강조했다.
Edmund Leach, *Culture and Communication: The logic by which symbols are connected*, Cambridge University Press, 1976, pp.33-36.

통해 겪게 되는 변화라는 점을 중점적으로 본다면 서사와 제의는 기본적으로 유사한 본질을 가진다고 말할 수 있다.

　서사가 상황의 변화를 기술하는 것이라면, 서사 속 행위 중 '제의'와 직접적으로 관련된 것들을 찾을 수 있다. 특정한 인물의 탄생이 중심 사건으로 서사에서 기술될 수 있으며, 특정인물의 통과제의를 거친 과업완수가 중심으로 서술될 수도 있다. 신화에서는 신적 존재들의 특정한 행위들이 대부분 중요한 사건으로 인식되며 이러한 행위들은 특정한 존재론적 변화를 수반한다. 또한 신화에서는 기술 대상이 되는 세계에 재앙이 닥치거나 문제 상황이 발생하고, 이를 극복하기 위해서 행해지는 행위들도 두드러지게 드러난다. 그렇다면 신화 속 사건들 중, 서사를 전개해 나가는 데 있어서 필수적이며 중요한 사건들은 '제의적 사건(ritual event)'이라고 칭할 수 있을 것이다.

　신화 서사 속에서 찾을 수 있는 사건으로서의 제의, 즉 제의적 사건이 전체 신화 서사 속에서 독립적 요소로 작용하는 것을 '제의적 신화소(ritual mytheme)'48)로 명명하기로 한다. 이

---

48) 신화소의 개념은 레비-스트로스가 사용하면서 보편화되었다. 구조주의 언어학에서 학문적 자양분을 흡수한 레비-스트로스는, 언어의 기본 요소인 음소·형태소·의미소와 같이 신화 텍스트를 구성하고 있는 기본 요소인 신화소를 상정했다. 신화소는 신화의 기본적 최소 단위인데, 이것은 보통 신화 속에서 이야기되는 중요한 관계들을 묶어서 표현하는 짧막한 문장으로 이루어진다. 즉 신화소는 관계들의 복합체를 표현하는 문장들이다. 예를 들어 〈오이디푸스 신화〉에서 "오이디푸스가 그의 아버지를 죽이다."와 같은 문장을 레비-스트로스는 신화소로 제시한다. 신화소에 대한 개념은 다음 책 참고.
Claud Lévi-Strauss, *Structural Anthropology*, Claire Jacobson & Brooke G. Schoepf, trans., Doubleday, 1967.
그런데 여기서 신화소를 단순히 이야기를 요약, 축약한 문단으로 간주해서는 안 된다. 이 신화소는 서사 속의 관계들 속에서 중요한 의미를 가지는, 서사 전개에 있어서 필수적으로 요구되는 어떤 변화를 수반하는 핵심 사건

야기 속에서 찾을 수 있는 제의적 신화소는 인물들이 수행한 개별 행위, 즉 'A가 낯선 남자를 만나다.'와 같은 최소 단위의 행위가 아니다. 단일한 의미로 묶을 수 있으며, 서로 밀접한 관련을 맺고 있는 행위들의 최소 단위 집합(set)인 것이다. 가령, 여성 인물과 남성 인물이 만나고 헤어지고, 임신하고 출산한다면 이러한 일련의 행위들이 '인물의 탄생'이라는 점에 초점이 맞추어져, 하위 행위들이 결합해서 하나의 집합으로서 의미를 갖는다. 이 경우의 개별 행위들의 집합이 탄생의 제의적 신화소라고 할 수 있다. 신화는 제의적 신화소들이 연결되어 하나의 전체 서사를 이루고 있는데, 이러한 서사의 구성 요소와 그 결합의 원리를 찾아 독립된 서사의 내적 규칙인 신화의 형태론, 즉 1차적인 신화 서사의 원리를 찾을 수 있을 것이다.[49]

제의적 신화소들은 행위 주체의 특정한 과업 성취라는 점에서 독립된 이야기 화소이기도 하며, 동시에 서사 속에서 다른 신화소들과 관련을 맺으면서 전체 서사의 성격을 결정하기도 한다. 결혼과 출산과 같은 신화소들은 대부분 직접적인 인과관계를 맺거나 순차적으로 진행된다. 혹은 성인식을 치른 뒤 결혼을 올리기도 하며, 성인식을 치른 후 즉위식이 진행되기도 한

과 관련된다는 점을 기억해야 한다.

[49] 레비-스트로스는 신화를 분석함에 있어서 기본 요소를 찾고, 이들이 결합하는 방식에 주된 관심을 가졌다. 비록 신화가 실제에 있어서 언어의 일부이고, 따라서 언어의 범주에 속하는 것일지라도 신화 속의 언어는 독특한 규칙에 지배받는다. 다시 말해서 신화는 일상 언어와는 차원을 넘어서는 다른 규칙에 의해 구성된다는 것이다. 레비-스트로스는 실제 신화 분석에서 보여주었듯이 동일한 의미를 가지는 패러다임을 묶어서 어떤 의미가 텍스트에서 산출되는지, 신화가 어떤 대립적인 의미를 중재하고 있는지를 밝히고자 했던 것이다.
Claud Lévi-Strauss, 「구조주의 신화학」, 앞의 글, pp.258-259, 263-266.

다. 이렇게 독립적인 개별 신화소가 순차적으로 제시되며 각각
이 원인과 결과가 되거나 계기적인 전개과정을 이룰 수 있다.
경우에 따라서는 제의적 신화소가 종속적 관계를 이루기도 한
다. 상위의 제의적 신화소를 구성하는 하위의 신화소가 존재할
수 있는 것이다. 가령, 한 주인공의 입사식 내지 성인식을 위해
서 결혼과 같은 과업을 요구할 수 있다. 이 경우 결혼은 상위의
입사식·성인식을 위한 하위 신화소로 기능한다. 이와 같이 각
각의 신화소들이 어떻게 관련 맺는가에 따라서 신화 서사가 재
현하는 세계상이 어떤 양상인지 구체적으로 드러나며, 그리고
신화가 드러내는 중심 이념을 형상화하는 방법 또한 결정될 것
이다.

2. 건국신화의 구성 요소와 원리

(1) 삶의 중요 국면에서 행해지는 제의

1) <단군신화>

　한국의 건국신화 중에서 가장 고형(古型)이며, 대표격 신화인
<단군신화>는 『三國遺事』를 비롯해서, 『帝王韻紀』, 『世宗
實錄』, 「應製詩註」 등 많은 문헌에 전하고 있다. 이 장에서는
가장 안정적인 서사형식으로 인정받는 『삼국유사』에 실린
<단군신화>를 대상으로 분석한다.50) <단군신화>의 내용을 인물

---

50) 신화를 전하는 문헌은 고려시대부터 조선시대에 이르기까지 개인의 기록

의 1차적 행위 내지 최소한의 사건을 중심으로 서사 단락을 정리하면 다음과 같다.

(1) 환인의 서자 환웅이 인간 세상에 뜻을 두다.
(2) 환웅은 환인으로부터 천부인(天符印) 세 개를 얻어 인간 세상에 내려오다.
(3) 환웅은 천부인과 무리 삼천을 거느리고 태백산정 신단수에 내려 신시(神市)를 열다.
(4) 환웅이 인간 360여사를 다스리다.
(5) 곰과 호랑이가 사람이 되고자 환웅에게 빌다.
(6) 환웅이 쑥과 마늘을 주고 백일 동안 햇빛을 보지 말라고 곰과 호랑이에게 이르다.
(7) 곰이 금기를 지켜 여자가 되고 호랑이는 지키지 못해 인간으로 화하지 못하다.
(8) 웅녀는 단수 아래에서 자식 갖기를 빌다.
(9) 환웅이 사람으로 변해 결혼하여 아들을 낳으니 단군왕검이다.
(10) 단군이 평양성에 도읍을 정하고 비로소 국호를 조선이라고 칭하다.
(11) 단군이 1500년간 나라를 다스리고 1908세에 아사달에 숨어 산신이 되다.

이 이야기는 천제(天帝)의 아들 환웅이 인간 세상에 강림하여

물에서 국가 정식 역사서 등 다양하다. 또한 신화마다 전하는 문헌은 차이가 난다. 이 책에서는 각 개별 신화의 독립된 특성보다는 한국의 신화 체계 속에서 갖는 의미 탐구에 더 큰 목적이 있기에 일단 논의의 편의상 『삼국유사』에 실린 건국신화들을 1차적 대상 텍스트로 삼는다. 필요에 따라 다른 문헌에 실린 이야기와 비교하도록 하겠다.
〈단군신화〉는 〈주몽신화〉와 더불어 한국의 건국신화 중에서는 가장 많은 전승본이 있다. 전승본별 차이점에 대해서는 Ⅳ장에서 다루기로 한다.

나라를 세우고, 인간으로 화한 웅녀와 결혼하여 아들을 얻고, 그 아들 단군이 조선을 건국한다는 내용이다. 이야기의 서사 단락은 단일한 의미를 지니는 것으로 통합할 수 있다. 또 행위 주체에 따라서 서사 단락을 더 큰 단위의 단락으로 다시 분류할 수 있다. <단군신화>에서 가장 핵심이 되는 사건 내지 행위를 정리할 수 있다. 서사 단락 (1)~(4)까지의 내용은 환웅의 강림(降臨)이 주된 신화적 사건이라고 할 수 있다. 서사 단락 (5)~(9)까지의 내용은 웅녀의 변신, 환웅과 웅녀의 결혼이 주된 사건이다. (10)은 단군의 건국(즉위), (11)은 단군의 치적과 소멸이 중심 사건이다. 각각의 서사단락에서 환웅, 웅녀, 단군이 행위의 주체로 등장한다. 그렇다면 <단군신화>는 행위 주체별로 다시 세 개의 하위 서사로 구성되어 있음을 알 수 있다.

> A. 환웅의 서사: A-1. 환웅이 인세에 관심을 가져 무리 삼천
> 을 이끌고 강림하다
> A-2. 환웅이 신시를 열고 인간을 다스리다.
> B. 웅녀의 서사: B-1. 웅녀가 금기를 지켜 인간으로 화하다.
> B-2. 웅녀가 기원하여 결혼하고 단군을 출산
> 하다.
> C. 단군의 서사: C-1. 단군이 조선을 개국하고 나라를 다스리다
> C-2. 단군이 산신령이 되다.

이상의 하위 서사에서 행위주체와 관련된 중심사건들은 제의 내지 제의적 행위라고 할 수 있다. A에서는 환웅의 서사에서는 출현(탄생)과 즉위, B에서는 웅녀의 서사에서는 변신·결혼·출산, C에서는 단군의 서사에서는 탄생·즉위·소멸(죽음)이 각각 중심 사건이다. 이와 같은 중심 사건들은 인간사에 있어서 가장

보편적인 통과제의의 성격을 고스란히 드러낸다.

제의는 행위로 이루어지며, 필수적으로 상황의 변화를 요구한다. 서사 역시 상황의 변화를 기술하는 것이라면, 서사 속 행위 중 '제의'와 관련된 것들을 찾을 수 있다. 그런데 상황의 변화를 유발하는 것이 모두 제의라고 할 수는 없다. 제의 내지 제의적 사건이나 행위는 현실적·일상적 상황에서 벌어지는 느슨한 변화가 아닌 특별히 중요한 의미를 가지며 중요한 상황에서 행해지는, 강력하게 규범화된 관습적 행위와 관련 된다. <단군신화>에서 중심 사건은 초인간적 상황에서 신성에 의한 제의적 성격을 강하게 드러내고 있다. 환웅의 인간 세상의 출현은 신성한 명령에 따른 것이며, 왕으로의 즉위식에서는 무리 삼천을 데리고 산정에서 행해진다. 웅녀가 여인으로 변신하기 위해서 환웅의 금기 제시와 이의 수행이 요구되며, 단군은 왕이 되어 나라를 다스리고 이후 산신령이 되어서 인간세상을 떠난다. <단군신화>를 구성하는 세 개의 하위 서사는 제의적 행위를 포함하거나, 제의 과정에 대한 기술로 파악할 수 있다. 이를 정리하면 다음과 같다.

A: 환웅의 탄강(誕降)의식과 취임식
B: 웅녀의 성인식, 결혼식(출산)
C: 단군의 취임식, 장례식

<단군신화>의 서사 구성의 핵심 요소는 서사 내 주요 행위 주체인 환웅, 웅녀, 단군의 제의적 신화소이다. 이 신화는 고조선의 건국 주인공인 단군의 출생 내력 내지 그 부모의 내력에 관한 것인데, 특히 신적 존재의 강림과 웅녀의 변신이 주요하게 다루어지고 있다. 단군의 탄생이 있기 위해서 시간상 먼저 존재

했던 그의 부모대의 중요 사건들이 신화를 구성하는 핵심요소
가 되고 있는 것이다.

2) <해모수신화>

<해모수신화>는 북부여의 건국신화로 알려져 있으나, 독립된
이야기 형태로 전하는 것은 『三國遺事』에 실린 「북부여」뿐이
다. 오히려 <해모수신화>는 「東明王篇」의 전반부에 더 상세한 이
야기가 전한다. 이와 같은 사정은 이규보 당대의 시대적·역사적
상황과 관련이 있을 것이다. 이규보가 「동명왕편」을 기술하기 전
에 읽었을 것으로 추정되는 『舊三國史』에는 『삼국유사』의
<해모수신화>보다는 훨씬 상세하고 풍부한 내용이 있을 것이다.
일연은 『삼국유사』를 편찬하는 과정에서 해모수 관련 기사를
간략하게 정리해서 수록한 반면, 고려시대 이후부터 주몽이 해모
수의 전통을 계승한 것으로 보는 입장이 대두됨에 따라 이후 <해
모수신화>는 독자성을 상실하고 <주몽신화>에 편입된 것으로 추
측할 수 있다. 이와 같이 독자성을 상실하고 <주몽신화>에 편입
된 <해모수신화>는 『帝王韻紀』나 『世宗實錄』에 실린 <주몽
신화>에서도 마찬가지로 확인된다. 일단 본 연구는 독립적으로
전하는 이야기인 『삼국유사』에 전하는 내용을 대상으로 분석한
다. 중심사건을 바탕으로 정리하면 다음과 같다.

(1) 천제가 오룡거(五龍車)를 타고 흘승골성에 강림하다.

(2) 도읍을 정하고 왕위에 올라 국호를 북부여라 칭하다.

(3) 스스로를 해모수라고 칭하다.

(4) 해모수가 아들을 낳으니 이름을 부루라 하고 해(解)로써 성씨
    를 삼다.

52

　독립적으로　전하는　<해모수신화>는　이와　같이　매우　간략하다.　기본적인　사건만을　요약해서　전하고　있는　듯한　느낌을　준다.　그렇지만　신화의　기본골격은　갖추고　있다고　볼　수　있다.　<해모수신화>에서는　행위주체가　해모수　1인으로　한정되어　있다.　서사　단락　(1)은　천제의　강림,　(2)와　(3)은　건국(즉위)　과정,　(4)는　태자　생산과　왕위　계승으로　요약된다.　비록　결혼과　관련된　사건이　직접　제시되지는　않았지만,　논리적으로　(3)과　(4)　사이에　결혼과　관련된　사건이　있었을　것으로　충분히　추론할　수　있다.　<단군신화>와　마찬가지로　<해모수신화>에서도　이야기의　핵심적인　사건을　제의의　기술로　볼　수　있다.

　　A-1.　해모수의　탄강의식
　　　2.　해모수의　취임식
　　　(해모수의　결혼식)
　　　3.　태자　생산과　왕위　계승의식

　<해모수신화>의　기본　제의적　신화소와　서사　전개는　천상으로부터　신격의　강림,　취임식,　그리고　결혼과　태자　생산,　태자에　의한　왕위　계승으로　<단군신화>와　거의　유사하다.　차이점은　해모수가　결혼　과정에　대해서　자세히　소개되지　않았으며,　그의　배우자에　관한　기록이　누락되어　있다는　점이다.　<단군신화>의　경우　제목과　달리,　실제　이야기는　환웅이　업적이나　행위가　주되게　기술되고　있다.　이는　단군을　환웅의　후계자라는　점을　통해서　그　신성성을　드러내기　위해서이다.　반면,　<해모수신화>는　천상에서　내려온　신격인　해모수에　모든　초점이　맞추어져　있기에,　그　후계자에　대한　이야기는　독립된　<해모수신화>에서는　자세히　언급되고　있지　않다.

3) <수로신화>

가락국의 건국신화인 <수로신화>는 『三國遺事』에 비교적 상세하게 전하고 있으며, 『高麗史』와 『世宗實錄』 등에도 간략하게 전하고 있다. 『삼국유사』의 「가락국기」에 전하는 수로 관련 기사를 대상으로 이야기를 요약하면 다음과 같다.

(1) 구간(九干)이 가락국 지역을 다스리다.
(2) 구지봉에서 소리가 나면서, 사람들에게 군왕을 맞이하도록 명하다.
(3) 천명(天命)에 따라 사람들이 노래와 춤으로 군왕을 맞이하다.
(4) 하늘에서 자주색 줄이 땅에 닿고, 줄 끝에 금빛 상자가 매달려 내려오다.
(5) 알에서 수로가 태어나고, 성장하여 왕이 되다.
(6) 수로가 탈해의 왕권 도전을 물리쳐 탈해를 쫓아내다.[51]
(7) 구간 등이 배필 맞기를 권하자, 왕은 천명을 기다리겠다고 거절하다.
(8) 왕이 신하를 바닷가에 보내 신부를 맞이하다.
(9) 허황옥의 요구로 왕이 직접 마중을 나가 결혼하다.
(10) 허황옥이 자신의 내력을 들려주다.
(10)-1. 허황옥의 부모의 꿈에 천상황제가 수로에게 딸을 시집보낼

---

51) 탈해가 가락국으로 와서 수로와 경쟁하는 바로 이 대목이 신라의 기록과 다르게 나타난다. <탈해신화>에서는 탈해를 태운 배가 가락국에 도착하였지만 다시 선회하여 신라로 향했다고 전한다. 탈해와 수로의 직접적인 경쟁이 있었는지, 어느 기록이 정확한 것인지는 두 이야기만으로는 판단하기 어렵다. 자국의 국왕에게 유리하도록 이야기가 윤색되었을 가능성이 높다는 점은 추측할 수 있다. 그러나 두 이야기를 비교해 보면, 탈해가 경쟁에서 패한 뒤 신라로 옮겨갔을 확률이 더 높다. 이와 관련해서는 <탈해신화>를 다루면서 다시 논의하기로 한다.

것을 명하다.

(10)-2. 허황옥이 찐 대추와 하늘에 가서 반도(蟠桃)를 얻어 결혼하러 가락국에 오다.

(11) 수로와 허황옥이 백성을 잘 다스리다.

(12) 허황옥이 곰 꿈을 꾸고 태자를 생산하다.

(13) 왕후가 죽고, 10년 뒤에 왕도 죽다.

<수로신화>에서도 행위 주체를 중심으로 하위 서사를 살펴볼 수 있다. 중심이 되는 것은 응당 수로와 허황옥의 행위이다. 이야기 서두에 나오는 천명(天命)은 비록 수로의 직접적인 행위로 볼 수는 없지만, 수로의 강림을 통고하는 것으로써 수로와 충분히 연관시킬 수 있다. 이 이야기를 크게 전반부는 수로의 서사로(서사 단락 (1)~(8)까지의 내용), 수로의 탄강과 즉위에 관한 것이며, 후반부는 행위주체인 허황옥의 도래와 결혼에 관한 것이다(서사 단락 (9)~(12)까지의 내용). 후반부의 서사에서는 허황옥뿐 아니라 수로도 행위 주체로 등장하지만, 서사를 진행하는 주요 행위 주체는 허황옥이라고 할 수 있을 것이다. 수로와 허황옥의 하위 서사를 정리하면 다음과 같다.52)

A. 수로의 서사: A-1. 하늘의 명에 따라 가락국 백성들이 수로를 맞이하다.

A-2. 수로가 알에서 깬 후 성장하여 국왕이 되다.

A-3. 천명에 따라 허황옥을 맞아 결혼하다.

B. 허황옥의 서사: B-1. 허황옥의 부모가 천명에 따라 딸을 시집보내다.

B-2. 허황옥이 결혼 바다와 하늘에 가서 결혼 예

---

52) 허황옥의 서사는 그녀가 가락국에 도착하여 자신의 과거 행적을 수로에게 말로 전하고 있다. 이 부분은 시간 순서대로 재구성해서 제시한다.

물을 구하다.
B-3. 허황옥과 수로가 결혼하고 태자를 생산하다.
B-4. 허황옥이 죽다.
A. 수로의 서사: A-4. 수로가 죽다

수로의 서사와 허황옥의 서사에서 가장 핵심적인 대목 역시 제의적 행위와 연결시킬 수 있다. <수로신화>에서 중심 사건에 대한 묘사는 탄생, 취임, 결혼, 출산 등의 제의에 관한 것이며, 이러한 제의는 신명(神命)에 따른 것임이 명기되어 있다. 특히 <수로신화>는 수로가 인간 세상에 출현하는 대목과 허황옥과 결혼하는 대목에서 신성한 존재가 개입하고 있음을 강조한다. 전자에서는 하늘에서 직접 소리가 있어서 구간과 백성들에게 수로의 탄생을 맞이할 것을 지시한다. 허황옥이 수로의 배필이 되는 것 또한 꿈에 황천상제가 나타나 지시한 바이다. 허황옥은 신비로운 여행을 통해서 결혼 하례물을 준비한다. 서사는 이와 같이 두 주인공의 중심 행적을 전하고 있는데, 다시 말해 두 주인공의 신성한 제의에 관한 기록이다. 두 주인공을 중심으로 하위 서사와 대응짝을 이루는 제의는 다음과 같다.

A: 수로의 탄생제의, 취임식, 결혼식, 장례식
B: 허황옥의 성인식, 결혼식, 출산, 장례식

<수로신화>에서는 군왕으 탄생에서 죽음까지 주인공의 일대기를 중심 사건별로 구성해서 보여주고 있다. 이 이야기 역시 건국신화의 서사 구성의 기본요소가 행위 주체의 통과제의의 항목과 동일하다. 등장인물의 일대기, 즉 ‘탄생-성장-죽음’이라는 전형적인 삶의 과정에서 탄생, 취임, 결혼, 출산, 장례로

이어지는 제의적 신화소가 순차적으로 제시되고 있다.

4) <혁거세신화>

신라의 초대왕인 혁거세에 관한 신화는 『三國史記』, 『三國遺事』에 비교적 상세히 전하고 있다. 이 밖에 『世宗實錄』, 『東國與地勝覽』, 『東國通鑑』 등에 간략한 내용이 전하고 있다. 『삼국유사』에 그 내용이 가장 상세하게 기술되어 있는데, 여기서 전반부는 혁거세에 관한 기록이 아니라, 신라 지역의 기존 지배 세력인 육촌장에 관한 내용이다. 여기서는 혁거세 관련 기록 부분을 가려 분석 대상으로 삼는다. 내용을 단락별로 정리하면 다음과 같다.

(1) 6부의 조상들이 알천 언덕에 모여 덕 있는 자로 군주를 삼아 나라를 세우기로 하다.
(2) 양산 아래 나정 곁에 하늘로부터 빛이 비치고 백마가 꿇어 앉아 절하는 형상을 하다.
(3) 말이 하늘로 올라가고 그 자리에 알이 있다.
(4) 알을 깨어 보니 동자가 나오자 몸에서 광채가 나서 혁거세라고 칭하다.
(5) 사람들이 천자가 강림하자 덕 있는 배필을 구하다.
(6) 이날 알영정 가에 계룡의 왼편 갈비에서 동녀가 나오다.
(7) 사람들이 궁실을 지어 두 성아(聖兒)를 기르다.
(8) 남아의 성을 박으로 하고 여아의 이름을 알영이라 하다.
(9) 혁거세와 알영이 13세에 왕과 왕비로 즉위하고 국호를 서라벌, 혹은 사로라 칭하다.
(10) 혁거세와 알영이 승천하다.

(11) 태자 남해왕이 왕위를 계승하다.

살펴 본 바와 같이 <혁거세신화>는 <수로신화>와 유사한 구조를 가진다. 소개한 이야기의 전반부는 기존의 통치 세력들이 하늘에서 강림한 동자를 잘 보필해서 군주로 삼고, 성장한 혁거세가 건국·즉위한다는 내용이다. 후반부는 동일한 시점에 혁거세의 배필인 알영의 탄생과 성장과정을 다루고 있다. 혁거세가 먼저 제시되고 이후에 알영이 제시되지만 실제로 두 주인공은 같은 시간대에 탄생하고, 둘 다 함께 거두어져 양육된다. 왕과 왕비로 즉위하는데 결혼과 즉위가 함께 이루어졌는지, 결혼 이후 즉위식이 행해졌는지 정확하지는 않지만 두 사람은 다른 신화와 비교해 볼 때 상당히 동등한 입장에서 서술되고 있음을 알 수 있다. 혁거세와 알영 사이 태자 생산에 관한 이야기가 직접 언급되고 있지는 않지만 혁거세 사후 태자 남해왕이 왕위를 계승하는 것으로 미루어 보면 결혼 이후 태자 생산이 이어졌음을 추측할 수 있다. 이상의 논의를 혁거세의 서사와 알영의 서사로 구분해서 제시하면 다음과 같다.

A. 혁거세의 서사: A-1. 하늘로 빛이 내리고 그 자리에서 알을 얻다.

　　　　　　　　A-2. 혁거세가 알에서 깬 후 성장하여 국왕이 되다.

　　　　　　　　A-3. 혁거세가 알영과 결혼하다.

　　　　　　　　A-4. 혁거세가 죽다.(왕위를 태자에게 계승하다.)

B. 알영의 서사: B-1. 알영정 계룡에서 알영을 얻다.

　　　　　　　　B-2. 알영이 성장 후 왕후가 되다.

　　　　　　　　B-3. 알영이 태자를 출산하다.

　　　　　　　　B-4. 알영이 죽다.

이야기의 내용은 이상과 같이 혁거세의 서사와 알영의 서사로 구분된다. 전술했던 <수로신화>의 서사구조와 거의 유사함을 알 수 있다. 각각 왕과 왕후의 등장, 취임, 결혼, 사망 등이 순차적으로 다루어지고 있다. 남녀 두 주인공의 서사에서 중심되는 제의적 사건을 정리하면 다음과 같다.

A: 혁거세의 탄생제의, 취임식, 결혼식, 장례식
B: 알영의 탄생제의, 결혼식(출산), 장례식

<혁거세신화>는 <수로신화>와 마찬가지로 중심인물의 일대기를 다루고 있으며, 출생에서 성장, 죽음으로 이어지는 삶의 싸이클에서 중요한 단계에 행해지는 통과제의가 중심사건으로 제시되고 있다. 특히 <혁거세신화>에서는 다른 신화와 달리 왕과 왕후, 즉 혁거세와 알영 두 인물의 일대기가 동등하게 제시되고 있는 점이 특징적이다.

5) <주몽신화>

<주몽신화>를 전하는 기록물은 다양하며, 그 내용도 약간씩 차이를 보인다. 가장 자세한 기록은 「東明王篇」인데, 기본 골격은 『三國遺事』 「고구려」조와 유사하다. 다만 「고구려」조에서는 도강(渡江)하여 졸본지역에서 왕국을 세우는 과정은 간단하게 소개되고 있는 반면, 「동명왕편」이나 『三國史記』에서는 송양과의 쟁투과정이 상세하게 묘사되고 있다. 또한 「동명왕편」이나 『삼국사기』에는 주몽의 영웅적 자질이 부각되는 행적이 『삼국유사』에 비해서 상대적으로 많이 묘사되어 있다. 그렇지만 기본적인 이야기 골격은 거의 유사하다고 볼 수 있다. 다만 일연이 밝히고 있듯 『주

림전』에는 주몽의 어머니인 유화를 하백의 딸이 아닌 왕의 시녀로 기록하고 있다는 점이 한국의 사서와 두드러진 차이점이다. <주몽신화>의 내용은 『삼국유사』「고구려」를 기본으로 하고, 「동명왕편」에서 상세하게 묘사하고 있는 부분을 첨가해서 내용을 정리한다.53)

(1) 금와가 태백산 우발수에서 유화를 얻다.

(2) 유화가 자신의 사연을 금와에게 말하다.

  (2)-1. 하백의 딸이었는데 해모수와 사통하다.

  (2)-2. 해모수가 유화를 버리고 떠나자 아버지에게 내침을 당하다.

(3) 금와가 유화를 별궁에 가두다.

(4) 유화가 일광(日光)에 감응하여 알을 낳다.

(5) 금와가 알을 내버리자 짐승들이 보호하다.

(6) 알을 깨고 주몽이 탄생하다.

(7) 주몽은 금와의 왕자들보다 능력이 뛰어나다.

(8) 주몽이 꾀를 써서 준마를 얻다.

(9) 왕자들이 주몽을 시기하여 죽이려 하다.

(10) 주몽이 왕자를 피해 도망하여 강에 이르다.

(11) 주몽이 주문을 외자 물고기, 자라가 강을 건네주다.

(12) 졸본지역에 이르러 도읍을 정하고 국호와 성을 정하다.

  (12)′ 졸본지역에 이르러 비류왕 송양과 경쟁을 벌이다.54)

---

53) <주몽신화>의 전승본별 차이점에 대해서는 Ⅳ장에서 자세하게 논의하기로 하고 여기서는 생략한다.

54) 이 대목 이하는 『삼국유사』에서는 없는 대목이다. 『삼국사기』와 「동명왕편」에서는 비교적 상세히 묘사된 중심 사건들이다. 여기서 첨가된 사건은 『삼국유사』에 실린 이야기의 전체적인 서사전개와 전혀 모순을 일으키지 않는다. 『삼국유사』에서는 건국과정 자체에 관심을 가진 것이라기보다는 주몽의 탄생과 성장과정에 초점을 맞춤으로써 생략한 대목이 아닌가 추정된다.

(12)´-1. 주몽이 송양과 활쏘기 시합을 해서 이기다.

(12)´-2. 주몽이 비류국 고각을 훔쳐다가 오래된 것인 양 속이다.

(12)´-3. 주몽이 나라의 선후로 부용을 하자고 하자 썩은 나무로 궁궐을 지어 속이다.

(12)´-4. 주몽이 흰 사슴을 잡아 거꾸로 매달고 비를 청하자 비가 내려 송양이 항복하다.

(12)´-5. 7일간 산에 구름이 끼고 소리가 들리더니 궁궐이 완성되다.

(13)´ 주몽이 승천하자 남겨둔 옥편으로 장례를 지내다.

이상에서 살필 수 있듯이 <주몽신화>는 주몽 탄생 이전의 부모 관련 이야기와, 주몽 탄생 이후 왕이 되기까지의 이야기로 양분할 수 있다. 주몽의 탄생은 논란의 여지가 많은 부분이지만, 기본적으로 일광에 감응하여 유화가 알을 낳았다는 것이 전하는 기록에서는 공통적이다. 주몽의 부계(父系)가 해모수로 직접 제시되지는 않지만, 유화 부인의 존재로 인해 주몽의 모계(母系)는 어느 정도 분명한 셈이다.

주몽은 탄생에서부터 신성성을 인정받지 못하고 오히려 부정됨으로써 고난을 겪게 되는데, 이 과정에서 비범한 능력을 보여준다. 이러한 능력은 이후 왕위에 오르기 위해 정당화되는 군왕의 징표로 이해할 수 있다. 『삼국유사』에서는 졸본지역에서의 건국 과정과 주몽의 사후(死後)가 생략되어 있지만, 다른 기록물에서는 상세하게 기술되어 있다. <주몽신화>에서 주된 행위주체는 단연 주몽이지만, 이야기의 전반부는 주몽의 어머니인 유화에 관한 서사로 볼 수 있다. 유화와 주몽을 중심으로 하위서사로 나누어 정리하면 다음과 같다. 『삼국유사』에 나오는 내용을 중심으로 하고, 첨가된 부분을 괄호 속에 넣기로 한다.

A. 유화의 서사: A-1. 유화가 천제 해모수와 만나 사통하다.
A-2. 유화가 쫓겨나 금와에게 잡혀서 일광감응으로 알을 낳다.
B. 주몽의 서사: B-1. 주몽이 난생하자 버려지고, 다시 어머니에게 보내져 알을 깨고 나오다.
B-2. 주몽이 금와의 아들을 피해 졸본지역으로 도망하다.
B-3. 주몽이 (송양과의 경쟁에서 승리하고) 고구려를 건국하다.
[B-4. 주몽이 죽다(승천하다).]

<주몽신화>에서 살필 수 있는 중심 사건에서도 주인공들은 신이한 행적을 보여준다. 해모수와 유화의 결연과정이나, 유화의 주몽의 출산과정, 그리고 주몽의 쟁투 과정에서 일반적인 행위와 유표화되는 여러 징표들을 찾을 수 있다. <주몽신화>의 하위 서사 역시 각각 제의와 연결시킬 수 있다.

A. 유화의 결혼식, 유화의 출산의식
B. 주몽의 탄생의식, 성인식, 취임식, (장례식)

<주몽신화>는 <단군신화>처럼 건국 주인공의 부모대에 관한 이야기와 건국 주인공 당사자의 이야기가 모두 나온다. <단군신화>는 건국 주인공의 부모에 관한 이야기가 중심적으로 다루어짐에 비해서 <주몽신화> 건국 주인공 당사자의 활약상에 초점이 맞추어져 있다는 점에서 차이가 난다. 반면 건국 주인공이 중심적으로 서술된 <수로신화>와 <혁거세신화>에 비해서 <주몽신화>에서는 배우자에 관한 이야기가 제대로 다투어지고 있

지 않다는 점이 특이하다. <주몽신화>는 신성한 부모에게서 태어났지만, 시련을 겪고 과업을 성취해 나가는 투쟁적인 일대기가 제의적 신화소를 중심으로 서술되어 있다.

6) <탈해신화>

신라의 석씨 왕가의 시조인 탈해에 관한 기록은 『三國史記』, 『三國遺事』, 『東國與地勝覽』 등에 전한다. 여기서는 내용이 가장 상세한 『삼국유사』에 실린 내용을 대상으로 한다. 여기서는 탈해의 탄생에 관한 내용이 서두에 먼저 제시되지 않고 신라 땅에 도착한 것부터 시작된다. 그리고 자신의 출생과 관련된 이야기는 탈해가 직접 이야기한다. 논의의 편의상 시간 순으로 정리해서 제시하면 다음과 같다.

(1) 용성국(龍城國) 왕이 적녀국(積女國)의 왕비를 얻어 살다.
(2) 용성국 왕이 알을 얻자 상서롭지 못한 일이라 하여 바다에 띄워 보내다.
(3) 탈해가 탄 배가 가락국에 머물지 않고 계림 동쪽으로 가다.(탈해와 수로가 왕권을 두고 투쟁하다.)55)
(4) 탈해가 신라에 도착하다.(탈해가 패배하여 신라로 도망가다.)
(5) 탈해가 토함산에 올라가 석총을 짓고 7일간 머무르다.
(6) 탈해가 하산해서 호공의 집을 속임수로 빼앗다.
(7) 남해왕이 탈해의 됨됨이를 보고 맏공주의 배필로 삼다.

---

55) 「가락국기」에 따르면 이 대목에서 다소 차이가 난다. <수로신화>에서는 침범해온 탈해를 물리쳐 쫓아낸 것으로 되어 있는 반면, <탈해신화>에서는 싸움에서 패했다는 부분이 빠지고 단지 가락국을 경유해서 신라로 들어온 것으로 되어 있다.

(8) 백의가 탈해보다 물을 먼저 마시려다 물그릇에 입이 붙다.

(9) 노례왕이 죽자 탈해가 왕위에 오르다.

(10) 탈해가 죽자 신명에 따라서 장례 지내다.

　탈해는 용성국 국왕의 아들로 태어나지만, 난생(卵生)했다는 이유로 본국에서 버림받게 된다. 본국에서 쫓겨 온 탈해는 가락국을 거쳐 신라에 안착하게 되는데,56) 속임수로 집과 집터를 뺏고 신라왕의 맏사위가 된다. 신성성을 발휘하여 자신의 가치를 높이고 결국 왕이 죽자 왕위에 오르게 된다. 이야기에서 중심 사건을 정리하면 다음과 같다.

　A-1. 탈해가 용성국에서 난생하자 바다에 띄워 버려지다.

　　2. (투쟁에서 패해서) 가락국에 안착하지 못하고 신라로 옮

　　　　기다. 속임수로 호공의 집과 터를 빼앗다.

　　3. 노례왕의 맏사위가 되다.

　　4. 왕위에 오르다.

　　5. 왕이 죽자 신명에 따라 장례를 치르다.

　〈탈해신화〉는 〈주몽신화〉와 유사한 구조를 보여준다. 탄생과

---

56) 〈수로신화〉에서 언급했듯이 가락국에서의 탈해의 행적은 다소 불투명하다. 〈탈해신화〉의 전승집단인 신라에서 국왕의 과거 행적 중 불리한 것을 윤색했을 가능성이 높다 〈수로신화〉에 따르자면 탈해가 수로에게 왕권을 놓고 도전했다가, 수로에게 탈해가 패배하여 가락국을 떠나는 것으로 되어 있다. 탈해가 신라에 와서 최초에 한 일을 살펴보면, 토함산에 올라 석총을 짓고 7일간 머물렀다. 그리고 하산하여 자신이 살만한 곳을 찾아 호공의 집을 빼앗는다. 이와 같은 행적은 가락국에서 피퇴한 탈해가 자신의 약점을 파악하고 새롭게 재생제의 과정을 거쳐 힘을 갖추는 과정으로 이해할 수 있다. 이주 세력의 약점을 극복하기 위해서 집과 터를 빼앗았으며, 신라에 와서는 지배세력과 직접적인 마찰을 피하고 자신의 명망을 넓혀 나간다.

정에서 부정시되어 버림을 받게 되며, 이후 새로운 곳에서 투쟁 과정을 거쳐 왕위에 오르게 된다. 두 신화의 차이점은 <주몽신화>에서 주몽의 어머니인 유화의 이야기가 소개되는 반면, <탈해신화>에서는 주로 탈해의 행적만이 강조되고 있다. 그러나 탈해의 탄생에서 성장, 즉위까지의 기본 골격은 주몽의 것과 거의 동일하다. 탈해 역시 국왕의 아들로 태어나며, 지상에서 인간 존재에 의해서 난생한다. 또한 여타의 신화와 마찬가지로 <탈해신화>에서도 탈해의 중심 행적이 제의와 관련된 것이며, 이 과정에서 신이함을 보여준다. <탈해신화>는 탈해를 중심으로 탄생에서 성장, 결혼, 취임, 그리고 장례식으로 이어지는 인간사에서 가장 보편적인 중심사를 다루고 있다. <탈해신화>에서의 중심 사건을 제의에 대응시켜 보면 다음과 같다.

A: 탈해의 탄생제의, 성인식, 결혼식, 취임식, 장례식

건국신화 여섯 편을 대상으로 분석한 결과 공통적으로 찾을 수 있는 서사 구성 요소를 찾을 수 있다. 건국신화를 구성하고 있는 기본적 요소는 탄생, 결혼, 즉위, 죽음과 관련된 제의적 신화소들이다. 이야기별로 약간씩 차이가 있지만, 기본적인 요소를 바탕으로 가감되고 있음을 알 수 있다. 이러한 제의적 신화소들을 포괄하는 상위의 제의를 상정할 수 있는데, 즉 삶의 중요한 국면에 행해지는 제의(life-crisis ritual)가 그것이다. 동일한 패턴으로 제의적 신화소가 반복되며 구성되는 것은 이러한 상위의 제의와 직접적인 관련을 맺고 있기 때문이다.

(2) 시간적 원리에 따른 단선적·직선적 구성

앞에서 다룬 제의적 신화소의 전개 과정을 통해서 건국신화의 기본적인 구조를 찾을 수 있다. 건국신화들은 도두 동일한 제의적 신화소를 가지고 있는데, 건국 주인공의 탄강(誕降), 개국과 즉위, 결혼 등이 그것이다. 물론 개별 이야기에 따라서 가감되는 신화소가 있다. 혹은 이야기에서는 직접 드러나지 않지만 행해졌을 것으로 추정되는 사건이나 행위도 존재한다. 결혼이나 출산에 대한 별다른 언급이 없더라도 후계자가 왕위를 계승하는 이야기에서는 결혼이나 출산이 행해졌지만, 문면에서 생략되었음을 짐작할 수 있다. 요컨대 건국신화는 신성한 존재의 탄생이나 출현 그리고 즉위라는 기본 골격을 가지는 서사이다. 각국의 건국신화는 시조의 탄생, 결혼, 후계자의 탄생과 계승 등 순차적으로 구성되며, 행위 주체별로 독립된 하위 서사가 병렬적으로 결합되어 있다고 볼 수 있다.

각각의 신화를 중심 제의적 신화소별로 정리하면 다음과 같다.

<단군신화>

<해모수신화>[57]

---

57) 〈해모수신화〉의 표에서 실선이 아닌 점선 부분은 텍스트 문면에 명기되지는 않았지만 서사의 정황을 미루어 볼 때, 존재했을 것으로 추정되는 요소이다.

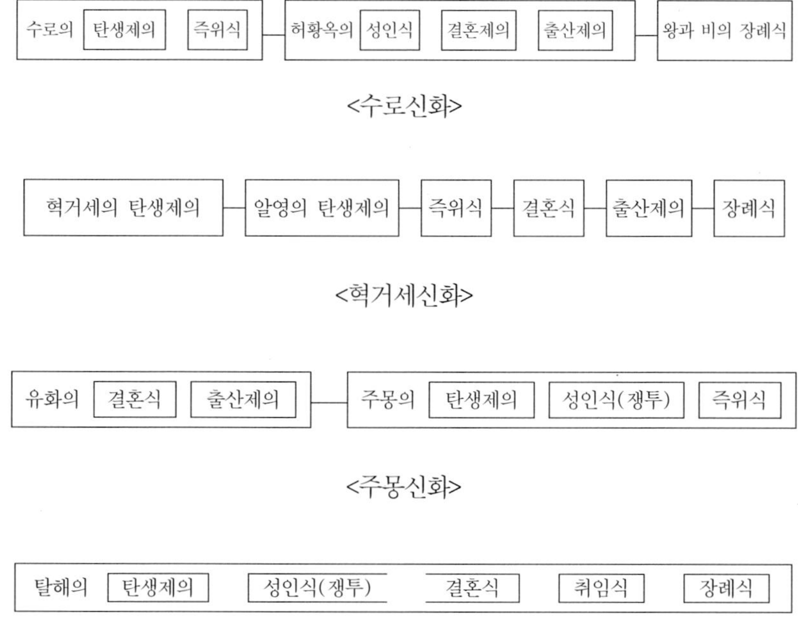

<단군신화>와 <해모수신화>에서는 신이 직접 강림해서 건국(즉위)하게 되는 내용이고, <혁거세신화>와 <수로신화>는 하늘의 명에 따라 강림한 신적 존재가 성장한 후에 왕으로 추대되는 내용이며, <주몽신화>와 <탈해신화>는 난생한 존재가 신격 획득을 위한 과정을 거친 후 즉위하게 되는 내용이다. 모든 신화들은 탄생(출현)에서 즉위라는 기본 골격 위에서 진행된다. 건국의 주인공들은 모두 비인간적 존재, 즉 신적 존재이다. 환웅과 해모수는 천제의 아들, 혹은 천제로 나타나며, 혁거세와 수로는 천명에 의해 인간 세상에 출현하고 인세를 다스리는 신적 존재로 난생한다. 주몽과 탈해는 혁거세와 수로와 마찬가지로 난생하지만, 하늘에서 직접 강림하지 못하고 지상에서 인간

의 몸에서 알로 태어난다. 그러기에 신성의 강도는 다른 존재들에 비해서 약하다. 주몽이 자신의 부계 혈통을 해모수에서 찾는 이유도 이러한 신성의 결핍 때문이라고 추론할 수 있다.

주인공의 신성성의 강도는 차이를 보이지만 모두 부계 혈통은 천신으로 상정되어 있거나, 그 후예로 볼 수 있다. 신성을 갖춘 존재가 출현해서 행한 가장 중심 업적은 인간 세상에 도읍을 정하고 국가를 세우는 것이다. 신성성의 강도에 따라 출현에서 즉위까지 과정은 다소 차이를 보인다. 환웅과 허모수의 경우에는 인간 세상에 출현하자마자 곧바로 건국해서 즉위한다. 혁거세와 수로는 직접 신이 강림한 경우가 아니라, 천명에 의한 알이 인간 세상에 출현하고, 알에서 나온 후 일정기간 성장한 후에 왕위에 오르게 된다. 상대적으로 신성성이 가장 약한 주몽과 탈해는 알에서 깬 후에도 태어난 곳에서 인정을 받지 못해, 타지로 쫓겨나게 되며 자신의 힘으로 왕위에 오르기 위해 고된 시련을 극복해 나간다. 건국 주인공들의 출현과 즉위까지의 과정을 간략하게 정리하면 다음과 같다.

(1) 환웅, 해모수:
　　신의 **직접 강림**(무리를 이끌고) → **즉위**
(2) 혁거세, 수로:
　　하늘의 명 → **난생** → 성장 → **즉위**
(3) 주몽, 탈해:
　　지상에서 **난생** → 성장(고난 극복) → **즉위**

<단군신화>와 <해모수신화>에서는 주인공의 출현과 거의 동시에 건국과 즉위가 이루어지고, 이어서 결혼과 태자 생산, 그리고 태자에 의한 왕위 계승으로 이야기를 끝맺는다. <혁거세신

화>와 <수로신화>에서는 즉위한 후에 왕후를 맞이하는데, 이 과정에서 다른 신화와 달리 배우자들의 출신 성분과 신성성이 부각되고 있다. <주몽신화>와 <탈해신화>에서도 결혼이 있으나 다른 신화와 달리 중요하게 다루어지지 않고 있다. 또한 배우자의 신성성이나 출신성분에 대한 언급은 없다. 주몽은 첫 배우자를 금와의 동부여에 남겨두고 고구려로 건너오며, 이후에 상봉한다는 내용은 없다. 두 번째 배우자에 대한 언급 역시 별달리 없다. 탈해는 신라에 옮겨 와서 자신의 기반을 다지고, 그 능력을 인정받아 왕의 사위가 되지만, 배우자에 관한 언급이나 결혼에 관한 기록은 구체적으로 나타나지 않는다. 이렇듯 <주몽신화>와 <탈해신화>에서는 결혼이 중요한 신화소로 작용하고 있지 못함을 볼 수 있다.

결혼의 신화소는 환웅과 해모수, 혁거세와 수로와 같이 탄생에서 순탄하게 즉위로 이어지는 경우에만 주되게 작용하며, 주몽과 탈해와 같이 즉위 자체가 서사의 중심 신화소가 되는 경우에는 결혼이 중심 신화소로 작용하지 않는다는 것을 알 수 있다. 이 경우에서는 오히려 결혼이 성인식 과정에 포함되고 있는데, 주몽도 왕이 되기 이전에 결혼하여 유리를 생산하며, 탈해도 왕에 오르기 전에 왕의 사위가 된다. 신성성을 온전히 갖추지 못한 주인공들은 왕위에 오르기 위한 특정한 자질들이 요구되는데, 결혼이나 출산과 관련된 신화소들은 즉위를 위한 준비 과정 속에 속한다고 볼 수 있다. 이를 정리하면 다음과 같다.

(1) 환웅, 해모수:

　　신의 직접 강림(무리를 이끌고) → 즉위 → **결혼**

(2) 혁거세, 수로:

　　하늘의 명 → 난생 → 성장 → 즉위 → **결혼**

(3) 주몽, 탈해:

　　지상에서 난생 → 성장(결혼) → 즉위

　신화에서 탄생과 즉위가 필수적인 제의적 신화소이지만 결혼 역시 보편적으로 나타나는 신화소로 그 의미가 크다. 환웅과 해모수는 신격의 직접 출현으로 곧바로 즉위하지만 자신이 다스리는 인간세상의 완전한 질서 수립을 위해 결혼은 필수적이다. 왜냐하면 타계(他界: other world) 출신인 건국 주인공들이 지배 지역에 완전히 뿌리 내리고 왕위를 계승하기 위해서이다. 결혼은 곧이어 출산과 직결되는데, 건국주인공의 1차 과업이 건국이라면, 다음 과제는 이 신성한 왕국의 안정적인 왕위 계승은 필수적인 것이다. 타계 출신, 내지 이주 세력인 지배자들의 후계자를 출산하는 것은, 완전한 정착을 의미하는 것이기도 하다. 환웅은 단군을, 해모수는 해부루(금와, 주몽)의 후손을 생산함으로써 왕위를 지속적으로 계승하게 한다.

　혁거세와 수로는 환웅이나 해모수와 달리 천명에 따라 인간세상에 난생한다. 알에서 깬 후 성장해서 왕위에 오르게 되는데, 주인공 탄생 이전에 존재하던 기존 질서에 수용되는 초기 과정을 거친다. 혁거세가 강림한 신라 사회는 육촌장이 이미 그 지역을 다스리고 있었으며, 수로의 가락국은 구간이 통치하고 있었다. 육촌장과 구간 역시 신성한 존재이지만 보다 발전된 사회 과정에서 요구되는 더욱 강력한 왕권을 소유한 군왕이 필요했고, 혁거세와 수로는 이 과정에서 추대되었다고 할 수 있다.

　혁거세와 수로는 각각 알영과 허황옥을 배우자로 닺이하는데, 두 배우자는 신성한 존재로 부각되고 있다. 알영은 혁거세가 탄생할 즈음, 우물가 계룡의 몸에서 태어나는 신성한 존재로 혁거세와 마찬가지로 출생하자마자 거두어져 왕후로 추대된다. 허황옥은 아유타국이 공주 신분으로 천명에 의해 수로의 배필로 점지 받는다. 알영이 계룡에게서 탄생한 신이한 존재이지만, 허황옥은 인간의 몸에서 태어난 존재이다. 그러나 허황옥이 비록 인간의 소생이기는 하지만, 수로와의 혼사 과정에서 천명을 받았으며, 또한 하늘로 여행하여 혼수를 준비한다. 허황옥의 천상여행은 신격을 획득하는 과정으로 파악할 수 있다. 이러한 여행 모티프는 여성 주인공인 무속신화에서 동일하게 등장한다.58)

왕후의 신성성이 강조된 이 두 이야기를 통해서, 고조선이나 북부여에 비해서 토착 세력의 힘이 강했던 지역인 신라와 가락국에서는 왕이나 왕가의 신성성을 강조하기 위해 신성혼(神聖婚)이 중요시하고 있음을 알 수 있다. 이러한 사정은 환웅이나 해모수에서 볼 수 있었던 수직적 결혼과 달리 혁거세와 수로의 결혼이 수평적 관계로 나타나는 점에서 근거로 찾을 수 있다. 환웅과 웅녀의 명령하는 존재와 복종하는 존재의 관계, 해모수에게 일방적으로 버림받는 유화의 복종적인 여성상과는 달리 허황옥과 알영의 지위는 남성 주인공과 거의 동격으로 평등하게 다루어지고 있다.

주몽과 탈해의 경우 결혼이 독립된 하나의 중심 신화소가 아니다. 이러한 점은 이후 전개되는 서사에서 새로운 문제점을 야기하게 된다. 남성 주인공의 결혼이 앞서 언급한 신화들에서와

---

58) 허황옥은 인간적 존재로 분명히 출생은 비신적(非神的) 존재이다. 그러나 신격인 수로의 배필이 되기 위해서 신성 획득이 요구되며, 이에 따라 천상 여행을 하게 된다. 인간에서 신격으로 변신하게 되는데, 존재론적 변화를 위해 허황옥은 타계 여행이라는 변신을 위한 통과제의를 거치게 된다. 무속신화에서는 신격이 아닌 여성이나 자식들이 자격 획득을 위해 수행하는 여행 모티프와 동일하다. 가령, 바리공주는 최초에는 인간의 몸에서 태어나는 비신적 존재이지만, 지옥 여행과 타계 여행을 거치고 무조신(巫祖神) 내지 사령신(死靈神)이 된다. 당금애기 역시 마찬가지이다.

달리 중심적 사건이 되지 못한다는 것은 결혼의 의미, 즉 결혼 이후 연결되는 출산과 왕위 계승이 순탄하지 못함을 암시한다. <주몽신화>와 <탈해신화>에서는 주인공의 즉위 이후에 안정적인 후계자 생산과 왕위 계승이 이어지지 못한다.

<주몽신화>의 경우, 『삼국유사』에서는 후계자에 대한 언급이 따로 없이 주몽이 건국하고 즉위하는 것으로 이야기가 끝난다. 다른 기록에서는 주몽의 후계자인 유리왕자 이야기를 뒤에 첨가하고 있다. 그러나 유리가 왕위를 계승하는 이야기에서 확인할 수 있는 것은 유리가 순탄하게 왕위를 계승하지 못한다는 점이다. 주몽에게는 고구려로 건너오기 이전에 부여땅에서 낳은 유리와 고구려에서 낳은 우리와 배다른 형제인 비류와 온조가 있다. 유리의 등장은 배다른 형제들과의 왕위 계승 문제에 갈등을 촉발시키는 계기가 된다. 유리가 주몽에게 장자로 인정을 받게 되자, 비류와 온조는 남하하여 백제를 세우게 되는데, 이 과정은 일종의 형제간의 왕우 경쟁이라고 할 수 있을 것이다.59)

탈해의 경우도 마찬가지이다. 독립되어 전하는 <탈해신화>만을 놓고 살필 때에도 이야기에서 후계자 생산과 왕위 계승이 언급되지 않는다. 『삼국유사』와 『삼국사기』에 전하는 다른 기록을 살펴보면, 탈해왕대에 김알지를 발견하고 왕자로 삼는다는 기록이 전한다.60) 그리고 실제 역사상 기록을 통해서 확인할 수

---

59) 김현, 『폭력의 구조/시칠리아의 암소』, 문학과 지성사, 1998, pp.80-83. 여기서 김현은 지라르(R. Girard)의 관점에 입각해서 신화에서 지워진 박해의 흔적을 찾는다. 비류와 온조의 기사는 유리의 출현으로 남하하여 각각 도읍을 정하지만, 온조는 안정적으로 정착하지만 비류는 참회하여 죽은 것으로 되어 있는 부분은 박해의 흔적, 내지 형제간의 갈등으로 파악하고 있다. 설화 속 형제는 대부분 경쟁하고 불화하는 짝패들로, '주몽/대소', '유리/비류', '비류/온조' 모두 왕위를 놓고 싸우는 경쟁자들인 것이다.

60) 『삼국유사』, 『삼국사기』 두 문헌 모두 탈해왕대에 관한 기록에서 이와 같은 이야기를 전하고 있다. 『삼국유사』의 金閼智脫解王代에서는 왕이 숲

72

있듯이, 탈해의 후손은 왕위를 계승하지 못한다.

고구려에서는 주몽의 아들이 왕위를 계승했으나 그 과정에서 형제들의 경쟁과 분열을 살필 수 있으며, 신라에서는 탈해가 왕위에 오르지만 이후 자신의 아들이 왕위를 계승하지 못한다. 결국 결혼이라는 신화소가 중심적인 요소로 작용하는가 하지 못하는가는 이후에 전개되는 사건과 직접적인 관련을 맺고 있음을 알 수 있다. 결혼과 후계자 생산·왕위 계승 문제를 정리하면 다음과 같다.

  (1) 환웅, 해모수:
     신의 직접 강림(무리를 이끌고) → 즉위 → **결혼** → 후계자 생산, **왕위 계승**
  (2) 혁거세, 수로:
     하늘의 명 → 난생 → 성장 → 즉위 → **결혼** → 후계자 생산, 왕위 **계승**
  (3) 주몽, 탈해:
     지상에서 난생 → 성장(결혼) → 즉위…… (결혼) → **후계자 왕위 계승에 문제**

<주몽신화>와 <탈해신화>는 다른 신화와 구별되는 제의적 신화소가 존재한다. 다른 신화의 주인공들에 비해 탄생과정에서 신성성이 강하게 드러나지 못한다. 이러한 신성성의 결핍으로 말미암아 신적인 존재 가치를 인정받지 못하고 스스로의 힘으로 신성성을 갖추어야 한다. 주몽과 탈해는 군왕이 되기 위한 통과제의

___

에서 궤를 얻어 거기서 사내아이를 얻어 길일을 가려 태자로 책봉하는 것까지 나온다. 이후 알지는 태자직을 양보하고 왕위에 오르지 못한다. 『삼국사기』 신라본기, 脫解 尼師今에서도 유사한 내용이 전한다.

를 거치게 되는데, 이는 일종의 성인식에 비견할 수 있다. 주몽과 탈해의 신화는 전체적으로 볼 때 탄생에서 왕이 되기까지의 시련 극복과 과업 완수의 입사식 구조라고 할 수 있다.

성인(成人)으로 인간 세상에 출현한 환웅이나 해도수와 달리 난생한 주인공들은 일정한 성장과정을 거쳐야 한다. 그러나 같은 난생이라 하더라도 혁거세와 수로와 같이 신성성이 강력한 존재들은 성장과정에서 시련이나 문제 상황이 발생하지 않는다. 이미 지상에 탄생하면서부터 즉위가 보장된 존재들이며, 아무런 문제없이 왕위에 으르게 된다. 이와 달리 주몽과 탈해는 시련 극복과 과업 완수라는 성인식에서의 전형적인 임무를 부여 받게 된다.

주몽은 금와 밑에서 출중한 능력을 시기 받아 마굿간지기로 일하며, 이후 금와의 왕자들에게 죽임의 위험에 처하자 어머니와 부인을 버려두고 도망한다. 『삼국유사』에서는 졸본지역에서의 건국 과정이 간략하게 언급되지만 다른 기록에서는 같은 지역 경쟁자인 비류왕 송양과의 경쟁 역시 치열했음을 알 수 있다. 여기서 주몽은 신적인 능력을 보여주기도 하며, 속임수를 써서 상대를 물리치기도 한다. 그리고 결정적으로 하늘의 도움을 받아 완전히 송양을 압도하게 된다. 시련의 과정을 모두 거치고 비로소 주몽은 온전한 국가의 온전한 왕이 된다.

탈해 역시 마찬가지이다. 국왕의 소생임에도 불구 난생했다는 이유로 본국에서 쫓겨나게 되며, 수로와의 왕권 경쟁에서 패하여 또 도주하게 된다. 퇴패해서 신라로 쫓겨 들어온 탈해는 토함산에 올라 석총을 짓고 기거한 후에 호공의 집과 터를 뺏고 자신의 능력을 신라에서 발휘해서 드디어 왕의 사위가 된다. 두 주인공의 탄생에서 즉위까지 강조되고 있는 이 같은 성인식을 도식화하면 다음과 같다.

(3)-1. 주몽:

지상에서 난생, **부정시 됨** → 시련 → 탈출 → **쟁투** → 즉위

(3)-2. 탈해:

지상에서 난생, **부정시 됨** → 쫓김 → 패배 → 탈출 → **쟁투** → 즉위

모든 신화에서 탄생과 즉위라는 제의적 신화소는 공통적으로 나타나는 반면 다른 신화소들은 다소 차이가 있다. 서사에서 강조되고 기술되는 정도의 차이는 물론이고, 어떤 신화에는 존재하는데 다른 신화에는 존재하지 않는 신화소도 있다. 신화에 따라 결혼식이 강조되기도 하며, 입사식이 강조되기도 한다. 이러한 차이점은 신화 주인공들이 처한 상황에 기인하는 것으로 볼 수 있다. 신화에서 찾을 수 있는 제의적 신화소들은 각각 인물의 특정한 자질이나 과업을 드러내기 위해서 기능한다. 이 신화소들은 인물들이 어떤 존재인가, 즉 존재론적 자질(being)에 대한 해명이면서, 또한 인물들이 행하는 것(doing)에 관해 기술한다. 건국신화에서 찾을 수 있는 공통 신화소인 탄생은 인물들의 자질에 관한 것이며, 그들의 주된 행위는 건국이다. 각국의 건국신화는 특정한 사건이 강조되기도 하지만 신성한 혈통, 내지 출신임이 반드시 전제되어야 하며, 여기서부터 건국의 정당성이 확보된다. 건국신화는 한 국가의 기원, 최초의 군왕에 관한 이야기로 이들의 행위는 최초와 시작의 의미에서 신성함을 획득한다.

각각의 신화는 건국(즉위)라는 목적을 위해 신성의 힘을 통한 사회 통합과 지배라는 특정한 이념을 표현하고 있다. 이 과정에서 신화는 건국의 주인공을 중심으로 새로운 문화 창조를 강력하게 역설하고 있는데, 이 문화 창조를 위해 필요한 신성의 힘을 제의를 통해 실현하고 있다고 볼 수 있다. 서사에서 중심 사

건, 즉 제의적 신화소들은 기본적으로 탄생에서 시작하여 과업 완수에 이르기까지 순차적으로 제시된다. 신성한 존재가 태어나고, 성장하고, 결혼하고, 과업을 이루는 순서는 시간의 흐름에 따라 단계적으로 진행된다. 이야기에 따라서 핵심적인 신화소가 가감되기도 한다. 그러나 건국신화는 직선적인 구조를 명확히 보여주며, 단일한 목적을 향해 사건이 수렴되어 진행됨을 살필 수 있다.

건국신화는 건국의 주인공뿐 아니라, 그 부모에 관한 이야기나 배우자에 관한 이야기가 중요하게 다루어진다. 건국신화는 대부분 2대에 걸친 이야기가 언급된다고 할 수 있다. 논자에 따라서 건국신화의 구조가 3대기로 간주되기도 하지만[61], 기본 줄기는 2대기이며 건국 주인공을 중심으로 조부대나 아들대의 이야기는 신화에 따라 선택적인 요소라고 할 수 있겠다.[62] 건국

---

61) 한국에서 신화를 포함한 설화, 나아가 구비문학 연구가 본격적으로 시작되던 당시, 최초의 체계적인 신화론 개설서에서 신화를 3대기 구조로 파악함으로써 오랜 기간 동안 정설로 인정받았다.
장덕순 외, 『구비문학개설』, 일조각, 1971, pp.36-37.
최근의 논의로는 조현설이 건국신화의 신격 기능체계를 논하면서 3대기의 형식을 인물들의 3기능에 대응시켰다. 반면에 이지영은 건국신화 구조를 3대기로 한정하려는 태도를 비판하며 4대기 구조도 존재함을 강조하며, 2대기를 기본으로 하고 중첩되어 3, 4대기가 발현된다고 본다.
조현설, 앞의 책.
이지영, 『한국 신화의 신격 유래에 관한 연구』, 태학사, 1995.

62) 〈단군신화〉의 경우는 환인과 환웅, 단군의 등장으로 전형적인 3대기 형식으로 취급된다. 그러나 환인은 이야기에서 독자적인 인물로 취급할 수 없으며, 환웅의 부계로 소개될 뿐이다.
〈해모수신화〉의 경우는 기록에 따라 차이를 보이는데, 해모수가 직접 천제로 나오기도 하며, 천제의 아들로 나오기도 한다. 후자의 경우에도 천제에 대한 언급은 없다. 해모수에서 해부루로 이어지는 기록과, 해모수에서 주몽으로 이어지는 기록이 있는데 이때에도 독립된 서사에서는 2대가 주로 언급된다. 「동명왕편」에서는 주몽의 아들인 유리왕자가 등장하지만 다른 〈주몽신화〉에서는 그렇지 않다.

신화는 주로 부모의 행적에서 건국주의 행적으로 이어지는 경우와 건국주의 행적에서 태자 생산으로 이어지는 2대기에 걸친 이야기가 주를 이루고 있다. 전자의 경우는 〈단군신화〉와 〈주몽신화〉가 대표적이며, 후자는 〈수로신화〉와 〈혁거세신화〉를 들 수 있다. 〈단군신화〉와 〈주몽신화〉에서는 건국주인공인 단군과 주몽의 혈통에 대한 신성화를 중심적인 서사의 목적으로 삼고 있으며, 〈수로신화〉와 〈혁거세신화〉는 건국주가 신적인 존재로 인간세계에 직접 그 모습을 드러냈기에 혈통의 중요성보다는 안정적인 왕위 계승을 중심으로 이야기가 전개되고 있음을 알 수 있다. 그러기에 이 두 신화에서는 부계혈통에 대한 언급은 없지만 배우자에 관한 이야기와 결혼이 서사 내 중요한 축을 이루고 있다.

건국신화는 건국주의 부모에 관한 이야기와 건국주의 이야기, 건국주의 배우자의 이야기가 각각 전체 서사를 이루는 하위 서사이다. 인물별 하위 서사는 각각의 인물의 특정한 자질이나 업적을 드러내며, 이는 다시 전체 서사의 중심 주제에 부합하게끔 기능한다.

〈단군신화〉에서는 환웅의 출현과 업적, 이어서 웅녀의 등장과 변신, 단군의 탄생과 즉위의 세 개의 하위 서사들이 하나의 큰 서사를 이루고 있다. 환웅을 중심으로 볼 때, 이 이야기는 "환웅신화"이며, 단군을 중심으로 볼 때는 "단군신화"이다. 이 이야기는 두 건국 주인공의 이야기가 하나로 통합된 이야기로

〈혁거세신화〉와 〈수로신화〉는 하늘에서 알로 탄생한 주인공들의 이야기이다. 그러기에 건국주인공들의 부계가 설정되어 있지 않다. 건국주인공들이 결혼하여 아들을 출산함으로써 2대에 대한 이야기로 그친다. 〈탈해신화〉의 경우에는 탈해의 부모대에 대한 언급이 나오지만 탈해의 아들에 관한 이야기는 제대로 소개되지 않는다.

볼 수 있을 것이다. 이는 <해모수신화>와 <주몽신화>의 결합에서도 마찬가지이다. 여기서 하위 서사들의 관계는 서로 긴밀히 연결되어 순차적인 관련성을 맺으면서 진행된다. 환웅의 등장에 이어서 웅녀의 등장, 다시 이 둘이 결합하여 단군이 탄생함으로써 서사가 전개된다.

이와 같이 건국신화들은 중심 행위의 인물 중심과 시간 전개 순서에 따라 구성되어 있음을 알 수 있다. 이러한 구성 원리는 전대(前代)의 이야기에 이어 후대(後代)의 이야기가 전개되는 시간의 순서에 의한 것이라는 점이 두드러진다. 그리고 각각의 하위 서사들은 독립되어 다른 하위 서사의 인물들과 관련을 맺지 않고 있다. 부모대의 이야기가 완결되면, 다음 대의 이야기가 전개되는데, 이때 다음 대의 이야기에 부모의 이야기가 삽입되거나, 인물의 행위가 겹쳐지거나 하는 경우는 없다. 가령, 주몽이 건국하는 과정에서 해모수가 개입하는 일은 없다.

이러한 직선적, 단선적 구조는 인간의 시간에 대한 기본적 인식과 일치한다고 볼 수 있다. 건국신화는 인간사의 시간적 전개 과정에서 가장 핵심이 되는 사건에 대한 인식이 두드러진다. 제의를 크게 두 가지로 나눌 때, 터너(V. Turner)는 '삶의 중요 국면에 행해지는 제의(life-crisis ritaul)'와 '재앙을 막기 위한 제의(ritual of affliction)'로 나누었다.[63] 이러한 구별은 제의가 언제, 어떠한 상황에서 행허지는가에 주로 초점이 맞추어진 것이며, 각 제의의 목적도 다르다. 이 기준에 의하면 한국의 건국신화는 특정한 재앙이 발생하자 이 재앙을 해결하기 위해서 행해지는 제의가 아니라 삶의 중요 국면에서 행해지는 제의의 성격이 강함을 알 수 있다.

---

63) Victor Turner, 앞의 책, p.6.

인간사에서 가장 중요한 분기점들은 각각 탄생, 성장, 결혼, 출산, 이·취임식, 죽음으로 요약 가능하다. 이러한 분기점들에서 인간들은 어느 문화집단을 막론하고 모두 제의를 치렀다. 이러한 삶의 분기점들은 반드시 특정한 순서를 가지며, 어느 지점이 반드시 전제되어야 다음 지점으로 이동 가능해진다. 이는 철저히 시간적인 인식과 구조를 가진다. 다음 단계로 진입하기 위해 주되게 행해지는 의식적인 행위들은 제의적인 사건으로 신화 서사 전개에서 핵심적인 신화소로 작용한다.

건국신화에서 주되게 기념할 만한 사건들은 건국 주인공의 탄생과 즉위, 신성한 결혼과 왕위 계승자의 출산이다. 인간사에서도 보편적으로 행해지는 이러한 사건들을 중심으로 전개되는 건국신화는 인간세계의 대표자인 주인공의 삶을 제의적 단계를 거침으로써 완성된다는 것을 강조하고 있다.

신화는 전승집단의 가치 있는 문화에 대한 창조와 기원을 설명하는 이야기이다.[64] 카오스(chaos)에서 코스모스(cosmos)로의 전화, 즉 무질서·균질한 상태의 세계에서 질서·비균질적 상태의 세계로의 전화[65]가 바로 문화의 시작을 의미한다. 새로운 세계로의 진입, 새로운 문화의 창조는 특정한 분기점의 마련, 즉 비균질적 상태의 세계로의 변화에 대한 기준점을 제시하는 것이다. 직선적이며 단선적인 시간상의 흐름에서 분기점을 마련한다는 것은 인간의 문화적 국면의 창조를 의미하는 것이다. 시간 속의 존재인 인간이 의식적으로 창안한 이 분기점은 존재의 삶이 균질한 상태의 지속이 아니라 새로운 세계로의 진입, 즉 변화가 발생한다는 것을 입증하는 것이다.

---

64) Mircia Eliade, 이은봉 역, 『신화와 현실』, 성균관대학교 출판부, 1985, p.14.
65) Mircia Eliade, 이동하 역, 『성과 속』, 학민사, 1996, p.12-20.

건국신화에서 찾을 수 있는 제의적 신화소는 자연적인 시간에 간격을 마련하는 것이며, 사회적으로 인식된 존재의 전체성을 획득하는 과정과, 중요한 이동 내지 변화의 단계에 설정되는 초인간적 시간(no man's time)에서 생기는 사회적 의미의 경계66)를 함의한다. 지속적 흐름 속에서 사회적 의미의 경계를 만드는 일, 즉 인간은 시간의 흐름 속에서 균질한 상태의 존재가 아닌 역사적 존재로 탈바꿈하는 것과 연결된다.

건국신화에서 보편적으로 중요시되는 신화소는 바로 건국 주인공의 탄생 내지 인간 세상의 출현에 관한 것이다. 환웅과 같은 신격이 인간 세상의 군주로 출현함은 그 자체가 새로운 탄생을 의미한다고 볼 수 있다. 새로운 시작을 의미하는 탄생과 관련된 제의적 신화소가 모든 신화에서 주되게 다루어지며, 또한 다음 세대로의 계승 내지 건국 주인공의 죽음으로 이야기가 끝난다. 단군은 인간 세상을 떠나 산신이 되며, 「동명왕편」에서는 주몽이 승천하자 옥편으로 장사지내는 등, 장례와 관련된 신화소가 제시되고 있다. 건국시조가 인간 세상에서 죽음을 맞고 신격으로 재생한다 하더라도 이들은 두 번 다시 인간 세상에 출현하지 않는다. 이는 시간적 인식과도 궤를 같이 하며, 역사적 의식과도 직결된다.67)

---

66) Edmund Leach, 앞의 책, pp.33-34.
67) 송효섭, 『설화의 기호학』, 민음사, 1999, p.51-52.

3. 무속신화의 구성 요소와 원리

(1) 재앙을 막기 위한 제의

1) 〈바리공주〉

〈오구풀이〉라고도 불리는 〈바리공주〉는 〈당금애기〉와 더불어 한국의 대표적인 무속신화이다. 제주도를 제외한 전지역에서 전승되는 이 무속신화는 사령제(死靈祭), 오구굿에서 반드시 불려지는 핵심 서사무가이다. 바리공주는 부모를 회생시키기 위해 갖은 고생을 겪은 후 무조신(巫組神)으로 좌정되어 망자(亡者)의 혼을 저승으로 인도하는 임무를 받게 된다. 〈바리공주〉의 내용을 서사단락으로 정리하면 다음과 같다.68)

(1) 어비대왕이 나라를 다스리며 살다.

(2) 어비대왕이 복자(卜者)의 말을 어기고 날짜를 앞당겨 결혼하다.

(3) 대왕 부부는 공주만 여섯을 낳고 왕자를 낳지 못하다.

(4) 어비대왕이 일곱째로 태어난 바리공주를 황천강에 버리다.

(5) 바리공주가 석가세존의 도움으로 비리공덕 할아비와 할미에게 거두어져 양육되다.

(6) 대왕부부가 병에 걸려 죽게 되다.

---

68) 〈바리공주〉는 〈당금애기〉와 더불어 가장 많은 지역별 전승본을 가지는 무속신화이다. 지역별 전승본에 따라 내용상 이질성을 보이기도 한다. 몇 종류의 지역 전승본이 있지만 중부지역의 전승본이 이야기의 구조나 신화적 성격을 잘 보여주기 때문에 본 논의에서는 중부지역 전승본 중에서 〈말미(바리공주)〉(문덕순 구연, 『한국무가집』 1)를 분석 대상으로 한다. 〈바리공주〉의 이본별 차이점과 성격에 대해서는 Ⅳ장에서 다룬다.

>   (7) 청의동자가 다기를 버린 죄값이라 말하고 약과 약수를 먹어야
>   낫는다고 예언하다.
>   (8) 딸들이 생명수 구하기를 거부하자 한 신하가 바리공주를 찾아
>   나서다.
>   (9) 바리공주가 소식을 듣고 궁궐로 돌아가 부모와 재회하다.
>   (10) 바리공주가 약수를 찾아 지옥통과 등의 여행을 시작하다.
>   (11) 바리공주가 무장승을 만나 약수를 얻기 위해 나무 삼년, 불
>   삼년, 물 삼년 해주다.
>   (12) 바리공주가 무장승의 요구로 결혼하여 일곱 아들을 낳아주다.
>   (13) 바리공주가 무장승과 함께 약을 얻어 궁궐로 돌아오다.
>   (14) 바리공주가 부모를 회생시키다.
>   (15) 바리공주가 어비대왕으로부터 이승과 저승을 관장하는 신직
>   (神職)을 부여받다.

서사 단락 (1)에서 (8)까지는 주로 어비대왕이 행위의 중심 주체로 서사를 이끄는 주인공이다. 어비대왕의 결혼과 바리공주의 출산과 유기(遺棄), 득병의 순서로 전개되며 어비대왕이 죽게 되는 문제 상황이다. 서사 단락 (9)에서 (13)까지는 바리공주가 부모를 만나고 부모를 회생시키기 위해 약수를 구하기까지의 내용이다. 여기서는 주로 바리공주가 행위주체로 등장한다. (14)와 (15)는 대왕부부의 회생과 바리공주의 좌정으로 서사 내 문제가 해결되고 안정적인 질서를 회복하고 있음을 보여준다.

이상의 내용은 전반부에서는 어비대왕이 주로 행위주체로서 문제를 일으키는 자(trouble maker)로 등장한다. 이후에는 바리공주가 행위주체로 어비대왕이 일으킨 문제를 해결하는 인물(peace maker)로 활약한다. 그런데 <바리공주>의 서사 전개는

건국신화들과는 다른 양상을 보여준다. 건국신화에서는 주인공의 아버지가 행위주체로 등장하는 서사와 자식이 행위주체로 등장하는 서사가 구분되어 있음에 반해, 여기서는 복합적으로 나타나며, 동시간대의 사건이 제기되기도 한다. 다시 말해서 한 행위주체의 행위가 일단락되고 다음 행위주체로 사건 전개가 넘어가는 그런 단선적인 구조를 보이지 않는다는 것이다. <바리공주>에서 중심사건의 전개 과정을 행위주체에 대응시켜 순차적으로 제시하면 다음과 같다.

※ a: 왕이 행위주체인 사건/b: 바리공주가 행위주체인 사건
a-1. 대왕부부의 결혼 → a-2. 대왕부부의 출산(공주만 생산) → b-1. 바리공주의 시련(유기)과 구원 → a-3. 대왕부부 득병 → b-2. 바리공주의 시련(구약 여행) → a-4. 대왕부부 죽음 → b-3. 바리공주가 부모 회생시킴 → a-5. 대왕이 바리공주에게 신직 부여 → b-4. 바리공주 좌정

이상과 같이 <바리공주>는 왕이 행위주체인 사건과 바리공주가 행위주체인 사건이 번갈아 가며 진행되며, 각 사건은 서로 밀접한 연관관계를 맺고 있다. 행위주체별로 따로 정리하지 않고 전체 서사에서 중요한 사건을 간추려 제시하면 다음과 같다.

대왕부부의 결혼 → 1차 시련(바리공주 유기) → 대왕부부 득병 → 2차 시련(구약여행) → 대왕부부 회생 → 바리공주 좌정

여기서 어비대왕 혹은 대왕부부는 금기를 위반하고 죽을병에 걸리게 된다. 바리공주의 헌신적인 희생으로 말미암아 대왕부부는 다시 소생하게 되는데, 이야기의 핵심은 바로 이 부분이라고

할 수 있다. 대왕부부는 '결혼', '출산', '죽음'의 인간적인 삶의 순환 과정 속에서 '죽음'이라는 부정적인 상황에 마주치게 되는데, 대왕부부의 죽음은 단순한 한 인간 개체의 소멸을 의미하는 것이 아니라, 한 나라의 국운(國運)이 걸린 심각한 사회적 위기 상황이다. 이러한 문제 상황을 해결하기 위해서 선택된 막내딸인 바리공주는 약수를 얻기 위해 지옥을 통과해야 하며, 무장승이 요구하는 노동과 결혼, 출산의 임무를 완수해야 한다.

약을 얻기 위한 과정에서 행해지는 바리공주의의 시련은 일종의 자격을 갖추기 위해 행해지는 통과제의로 볼 수 있다. 결국 바리공주는 모든 임무를 완수함으로써 약수를 얻게 되고, 그 약수로 부모를 회생시키고 자신은 사령을 담당하는 신으로 좌정된다는 점에서 일면 통과제의, 즉 성인식으로 파악할 수 있다. 그러나 관점을 달리 하면, 바리공주의 이와 같은 일련의 행위를 단순히 통과제의로 한정할 수는 없다. 통과제의 중 특히 성인식은 사회적 삶 속에서 개체의 성숙, 사회적 존재론적 지위의 변화와 관련된 것이다. 비록 바리공주가 인간에서 신으로 변하지만 애초의 바리공주의 행위는 그러한 존재론적 변화가 목적이 아니라 죽게 된 어비대왕을 살리기 위함이 목적이다. 아버지이자 한 국가의 왕을 살리기 위해 스스로 시련과 고통을 받아들인 바리공주의 행위는 통과제의의 성인식보다는 희생제의로 보는 것이 더 타당하다.69)

<바리공주>는 중심인물인 어비대왕과 바리공주를 중심으로 두 가지의 제의가 서로 얽혀 있음을 볼 수 있다. 어비대왕은 금기를 위반하고 죽게 되지만 결국 바리공주의 희생으로 재생하게 된다. 어비대왕을 중심으로 볼 때, 서사의 문제 상황이 대왕의 죽음이

---

69) 희생과 희생제의에 관한 보다 자세한 논의는 Ⅲ장, 2. '(2) 희생 논리와 인간세계의 문제 해결'에서 다루기로 한다.

고, 문제 해결이 대왕의 소생이라면, <바리공주>는 대왕의 재생 제의가 전체 서사구조에서 핵심적인 신화소로 작용하고 있다고 볼 수 있다. 반면 바리공주는 문제 상황을 해결하기 위해서 희생 당하는 인물로 희생제의의 주인공, 즉 희생양(scapegoat)이라고 할 수 있다. 요컨대, 바리공주의 희생은 부모의 입장으로 볼 때 희 생제의로, 바리공주의 좌정을 중심으로 보면 자격 획득을 위한 통 과제의, 즉 성무식(成巫式)이라고 할 수 있다. <바리공주>는 크게 다음과 같은 두 가지 제의과정이 서사화되어 있다고 할 수 있다.

   A. 어비대왕: 재생제의(병굿)
   B. 바리공주: 희생제의, 성무식(신직 획득)

건국신화에서도 하위 서사를 이끄는 개별 행위주체들이 등장 한다. 그러나 앞에서 살폈듯이 건국신화는 이 주인공들의 행위 는 자신의 영역에서 일단 일단락됨에 반해, <바리공주>에서는 어비대왕의 소생을 위해 자신을 희생하는데, 부모와 자식이 동 일한 사건에 얽혀 있다는 점에서 차이가 난다. 이러한 점은 다 른 무속신화에서도 마찬가지로 확인된다.

2) <당금애기>

<제석본풀이>라고도 칭하는 이 무속신화는 우리나라 전역에 서 전승되고 있는 대표적 서사무가로, 재수굿이나 안택굿 등에 서 필수적으로 연행되고 있다. 제석신과 생산신인 당금애기의 결연(結緣)담을 주되게 다루고 있는 이 신화의 내용을 서사 단 락별로 정리하면 다음과 같다.70)

(1) 스님이 서천서역국에서 당금애기를 만나다.

(2) 스님이 당금애기에게 시주하라고 하다.

(3) 스님이 자루를 찢어 쌀을 흘리자 당금애기가 일일이 주워주다.

(4) 스님이 당금애기에게 하룻밤 유할 것을 요구하여 같은 방에서
    자다.

(5) 스님이 거부하는 당금애기를 설득해서 동침하다.

(6) 스님이 다음날 박씨를 주고 떠나다.

(7) 당금애기가 임신하자 오라비들이 작두로 죽이려 하다가 어머니
    의 만류로 뒷동산 돌함 속에 가두어 굶겨 죽이기로 하다.

(8) 당금애기가 산속에서 아들 삼태를 낳다.

(9) 당금애기의 어머니가 딸과 손자들을 집에 데리고 오다.

(10) 당금애기가 남편 없이 아들 셋을 키우다.

(11) 아들들이 당금애기에게 자신들의 출생에 관해 묻다.

(12) 당금애기와 아들들이 박씨줄을 타고 스님을 찾아 가다.

(13) 스님이 아들들을 시험하여 혈육임을 확인하다.

(14) 스님이 당금아기와 아들들에게 신직을 주다.

  이 이야기의 전반부는 스님과 당금애기의 결연 과정이 중심
사건이다. 이야기 후반부에는 아버지 없이 태어난 아들들이 성장
해서 어머니와 함께 아버지를 찾아 상봉하는 내용이 중심이다.
서사 단락 (1)~(6)까지의 내용은 스님과 당금애기의 만남과 결
연이 주되게 진술되고 있다. 이야기 전반부는 스님과 당금애기의
결혼제의가 중심 사건이라고 할 수 있겠다. 서사 단락 (7)~(10)
까지의 내용은 스님이 떠나고 홀로 남은 당금애기가 가족들의

---

70) 〈시준굿〉, 박월례 구연, 『한국무가집』 1
    〈당금애기〉는 지역별로 많은 전승본이 전하기 때문에 이야기의 내용이 차
    이가 나기도 한다. 이와 관련해서는 Ⅳ장에서 다룬다.

핍박을 견디며 아들 3형제를 출산, 양육한다. 여주인공 당금애기의 시련이 가장 두드러지는 대목이라고 할 수 있겠다. 여기서의 중심 사건은 출산(탄생)과 관련된 제의라고 할 수 있겠다. 서사단락 (11)~(14)까지의 내용은 성장한 아들 3형제와 당금애기가 스님을 찾아 나서게 되고, 결국 가족이 상봉하고 신으로 좌정된다. 이 이야기에서도 <바리공주>와 마찬가지로 행위주체들이 서로 연결되어 있는데, 각 행위주체들이 다른 행위주체와 복합적으로 관련되어 있으며, 전체 서사 속에서 계속해서 등장한다. 행위주체별로 정리하지 않고 서사에서 핵심이 되는 사건을 중심으로 제시하면 다음과 같다.

스님과 당금애기 결혼 → 당금애기의 시련(이별과 출산·양육) → 가족 결합 → 당금애기와 아들들 좌정

<당금애기>를 통해서 스님과 당금애기, 3형제를 중심으로 각각의 행위 주체에 해당하는 제의과정을 대응시킬 수 있다.

A. 스님: 결혼식(가족 구성)
B. 당금애기: 결혼식(출산), 취임식(신직 획득)
C. 3형제: 탄생제의, 성인·취임식(신직 획득)

이 이야기는 2대에 걸친 주인공들이 헤어졌다가 모두 상봉하는 것으로 이야기가 끝난다. <당금애기>는 부부의 만남·이별·재결합을 다루면서, 특히 여성 주인공이 시련을 극복하고 가족이 재결합하는 과업을 성취하는 내용이 중심을 이루고 있다. 각각의 인물들은 이야기 속에서 가족 구성, 신직 획득 등의 과업을 성취하게 된다. 이야기 속에서 각 행위주체들은 자신들

에게 주어진 과업을 완수하게 되는데, 각자가 독립된 영역에서 독자적인 힘으로 성취하는 것이 아니라 서로가 긴밀히 연결되어 있으며, 이러한 관련 속에서 과업을 성취한다.

먼저 스님의 경우, 스님의 결혼제의의 목적은 가족의 구성이다. 아내와 자식을 얻음으로써 제대로 된 가족 구성이 완성된다고 볼 때, 이 이야기는 스님의 결혼제의가 전체 서사의 가장 상위의 사건이라고 할 수 있다. 스님에게 결혼이 가장 중요한 가치라는 점은 건국신화의 신성한 주인공들과 관련 속에서 의미를 추적할 수 있다. 이야기에서 스님은 애초에 신적인 존재로 등장한다. 그는 신이한 능력을 갖추었으며, 미래를 예언하며 변신술을 부릴 줄 아는 신격이다. 스님은 등장할 때부터 이미 지상의 불안전하며 미약한 지상적 존재가 아니다. 존재론적으로 상위의 신격인 스님의 결핍 요소는 바로 가족인 것이다. 건국신화에 등장하는 신격인 남성 주인공들이 추구하는 가치가 신성혼이라는 점을 이미 언급했다. 마찬가지로 이야기 속에서 신격인 스님 역시 뛰어난 배필을 만나 자신의 결핍요소를 충족시키고 보다 성숙된 존재로 변신이 필요한 것이다.

스님 입장에서 가장 중요한 결혼·가족 구성이라는 사건이 종결되기 위해서 당금애기와 3형제의 사건이 작용하고 있다. 당금애기의 경우, 여성으로서 남편을 만나고 아들을 출산함으로써 그 역할을 다하게 된다. 특히 결혼과 출산·양육이라는 여성의 기본적 임무를 완수하는데 있어서 당금애기는 시련을 겪게 된다. 그것은 바로 지아비 없이 출산·양육을 스스로의 힘으로 해결해야 한다는 점이다. 특히 임신한 것이 들통 나자 작두에 목이 잘릴 절체절명의 위기를 겪게 되며, 동산의 돌함 속에 감금되어 굶어 죽게 되는 위기도 겪게 된다.

당금애기는 이러한 시련을 잘 극복하고 동산의 돌함 속에서 홀로 힘겹게 아들 3형제를 출산하고, 자식들을 잘 키워낸다. 아들 3형제는 아버지 없이 성장하지만, 일정한 나이가 되자 스스로 아버지의 존재를 찾아 어머니를 다그친다. 아들 3형제는 아버지를 찾음으로써 자신들의 정체성을 찾게 된다. 당금애기와 아들 3형제가 자신에게 주어진 과업을 완수하게 되는 것은 스님의 가족 구성이라는 상위의 과업이 완수됨을 의미한다. 그러자 신격인 스님은 자신의 아내와 아들들에게 신직을 부여한다.

3) <성주풀이>

성주풀이는 가택신인 성조(성주)의 본풀이인데, <성조본가>, <성주풀이> 등으로 불려진다. 이 성주풀이는 크게는 두 가지 유형이 전승되는데, 경기도 지역에서는 황우양의 이야기인 <성주본가>가, 경남 지방에는 <성조신가>71)가 있다. 두 유형 모두 가택신의 내력이라는 점에서는 동일하나 구체적 내용에서는 많은 차이를 보인다. 후자는 전자에 비해 그 전승 지역이 한정적이어서 특정 지역의 전승유형이라고 볼 수 있다.72) 황우양의 이야기인 <성주풀이>의 내용은 이본별로 큰 차이를 보이지는 않는다. 공통적인 내용을 중심으로 정리하면 다음과 같다.73)

---

71) 성조풀이의 대략적인 내용은 다음과 같다. 천궁대왕과 옥진부인 사이에 태어난 성조는 어려서부터 총명하고 탁월한 능력을 지녔다. 성장 과정에서 시련을 겪고 결혼과 가족을 얻게 되며, 인간 세상에 집 짓는 것을 알려주고 집의 주재신이 된다. 그런데 성주풀이와 달리 서사의 중심 갈등은 성주의 주색 방탕한 생활과 간신들의 모략에 따른 귀양살이로 나타난다. 제의에서 대상 신격은 집의 주재신이라는 점에서 동일하지만, 이야기는 전혀 다른 것이다.

72) 서대석, 『한국 신화의 연구』, 앞의 책, p.315.

73) 여기서는 다음에 제시한 전승본들을 바탕으로 공통점을 제시한다. 무속신화는 구술 전승되기에 고유명사 등도 이본별로 차이가 난다. 논의의 편의

(1) 성주와 성주부인의 본이 제시되고 천하궁에서 토목공사를 하려
　　하다.

(2) 황우양이 적임자로 선발되어 차사가 잡으러 간다.

(3) 황우양이 차사에게 말미를 얻자 부인이 떠날 채비를 해 주다.

(4) 부인이 황우양에게 말대답을 하지 말라는 금기를 주다.

(5) 황우양은 부인의 금기를 잊고 소진랑을 만나 옷을 바꾸어 입다.

(6) 소진랑이 돌아와서 남편 행세를 하나 부인이 알아차리다.

(7) 소진랑이 부인을 겁박해서 납치하다.

(8) 부인이 구메밥 삼 년을 먹으며 소진랑과 결연을 연기하다.

(9) 황우양은 흉몽을 꾸고 집으로 돌아와 부인의 혈서를 발견하다.

(10) 황우양이 소진랑의 소행임을 알아차리고 잡으러 가다.

(11) 부인이 황우양을 알아보고 소진랑을 징치하게끔 돕다.

(12) 황우양은 성주가 되고 부인은 지신(地神)이 되다.

　서사 단락 (1)~(4)까지는 황우양과 부인이 결혼하여 살다가
황우양이 집을 떠나게 되는 내용이다. (5)~(9)까지의 내용은 황
우양의 실수로 인해 소진랑이 부인을 납치 겁박하는 서사 내
문제 상황이다. 서사 단락 (10)~(12)까지는 황우양과 부인이 소
진랑을 징치함으로써 주인공 부부가 상봉하고, 신으로 좌정하게
된다는 내용이다. 이 이야기에서 중심이 되는 사건을 정리해 보

상 이야기의 핵심 인물의 명칭을 각각 '황우양', '소진랑'으로 통일하기로
한다.

명칭	전승지역	구연자	채록자	발표지	발표연도
성조본가	고양	이성녀	적송지성, 추엽융	조선무속의 연구	1937
성주굿	화성	심복순	김태곤	한국무가집3	1978
성주굿	화성	김수희	김태곤	한국무가집3	1978
성주굿	안성	송기철	조희웅	구비문학대계1-6	1982

면 다음과 같다.

> 황우양과 부인의 결혼 → 1차 시련(이별) → 2차 시련(소진랑의 부인 겹박) → 황우양과 소진랑의 쟁투 → 황우양과 부인의 상봉과 좌정

이 이야기는 여타의 신화들과 달리 주인공 당대의 이야기로 한정된다. 황우양이 부인의 금기를 지키기 않아 문제가 발생하지만, 부인의 지혜와 도움으로 문제를 해결하고 다시 부부가 상봉하고 신으로 좌정한다. 이 이야기는 두 명의 남녀 주인공이 각각 주어진 시련을 극복하고 신으로 좌정되기까지의 통과제의(신직 획득을 위한)를 주되게 다루고 있다.

A. 황우양: 통과제의(신직 획득)
B. 부인: 통과제의(신직 획득)

이야기에서 황우양에게는 여러 가지 자격 획득을 위한 시험이 드러남에 반해서, 황우양의 부인은 현명하고 재주가 남다름에도 불구하고 상당히 수동적 인물로 나타난다. 애초의 황우양은 지상적 존재인데 천상의 명을 받아 천하궁 토목 공사를 하러 가게 된다. 황우양이 집을 비우게 되자 이야기의 중심 문제인 소진랑의 횡포가 시작 된다. 황우양은 집을 떠나면서 아내가 일러준 금기를 지키자 않아 사실상 문제를 일으키는 최초의 인물이 된다. 근본적으로 문제를 일으킨 자는 소진랑이지만, 부인의 도움으로 이 문제 상황을 충분히 피해갈 수 있었는데 황우양의 부주의로 문제가 발생한다. 소진랑이 남편이 없는 사이 부인을 겹박하고 납치한다.

이러한 문제를 해결하는데 있어서도 황우양은 여전히 부족한

모습을 보여준다. 황우양 스스로의 힘으로 문제를 해결하고 쟁투에서 승리해 과업을 완수하는 것이 아니라 아내의 도움이 문제 해결에 결정적인 역할을 한다. 소진랑을 징치하고 부부가 상봉하고 이들은 다시 정상적인 가정을 복원하게 된다. 가즉의 해체와 복원이라는 점에서 무속신화의 보편적인 특성을 찾을 수 있다. 이 이야기에서는 남녀 주인공의 역할이 분명하게 구별된다. 가족의 복원이라는 주제는 결국 남편인 황우양을 통해서 가능하며, 부인은 원조자로서 분명하게 제한되는 것이다. 이 점은 한국 무속신화에서 나타나는 가부장(家父長) 중심의 가족 구성 원리와 상통하며, 여성의 희생이라는 결정적인 기능에서도 마찬가지이다.

4) <칠성풀이>

<칠성풀이>는 관북·관서 지방과 호남 지방에서 전승되는 무속신화로, 전실의 소박과 전실 아들과 후실부인과의 갈등 등 가정 내 문제를 주로 다룬 신화이다. 전승본별로 내용이 축소되거나 생략되기도 하지만 기본적인 내용에서 큰 차이는 없다. 공통적인 내용을 중심으로 요약하면 다음과 같다.[74)]

(1) 칠성님과 매화부인이 결혼하다.
(2) 부부 사이에 자식이 없자 치성을 드린다.
(3) 매화부인이 태몽을 꾸고 7형제를 낳다.
(4) 칠성님이 일곱 쌍둥이를 출산한 것을 알고 매화부인을 소박하다.

---

74) 여기서는 아래에 제시한 전승본들의 공통 내용을 바탕으로 서사단락을 제시한다. 편의상 이야기의 혁심 인물의 명칭을 각각 '칠성님', '매화부인', '옥녀부인'으로 통일한다.

(5) 칠성님이 옥녀부인에게 새장가를 가다.

(6) 매화부인은 혼자서 7형제를 키우다.

(7) 7형제가 성장하자 어머니에게 아버지를 찾다.

(8) 7형제는 천상으로 아버지를 찾아 올라가다.(매화부인 죽음)

(9) 칠성님이 7형제를 보고 시험을 해서 친자임을 확인하다.

(10) 옥녀부인이 7형제를 시기하여 죽일 음모를 꾸미다.

(11) 칠성님이 내막을 모른 채 옥녀부인을 살리려고 7형제를 죽이려 하다.

(12) 금사슴이 나타나 음모를 폭로하고 7형제를 살리다.

(13) 하늘의 심판에 의해 7형제는 살고 옥녀부인은 죽어 짐승이 되다.

(14) 아들 7형제가 칠성님을 모시고 고향에 와서 연당에 빠져죽은 어머니를 소생시키다.

(15) 가족이 재회하고 각각 신격으로 좌정되다.[75]

<칠성풀이>는 크게 네 개의 단위로 나눌 수 있다. 첫 번째는 서사 단락 (1)~(4)로 칠성님과 매화부인의 결혼과 출산, 두 번째 부분은 서사 단락 (5)로 매화부인의 시련과 칠성님의 재혼, 세 번째 부분은 서사 단락 (6)~(13)으로 아들 7형제의 시련과

명칭	전승지역	구연자	채록자	발표지	발표연도
칠성풀이	부안	박소녀	임석재	줄포무악	1970
칠성굿	부여	이어인연	김태곤	한국무가집1	1971
칠성굿	순창	김야무	김태곤	한국무가집2	1976
칠성풀이	고창	배성녀	김태곤	한국무가집3	1978
칠성풀이	정읍	오판선	박순호	한국구비문학대계5-6	1987

75) 7형제가 칠성신이 된다는 점은 공통적이나 이본에 따라 칠성님과 매화부인의 신직이 다르거나, 언급이 없는 본도 존재한다.

옥녀부인 징치, 네 번째 부분은 서사 단락 (14)~(15)로 매화부인 소생과 가족 재회이다. 처음 두 부분은 1대인 부부의 이야기이며, 나머지 부분은 2대인 아들 7형제의 이야기이다. 다소 많은 등장인물이 나오나, 일단 중심 사건별로 다시 정리하면 다음과 같다.

> 칠성님과 매화부인 결혼, 출산 → 매화부인의 시련(이별, 육아, 죽음) → 7형제의 시련 → 옥녀부인 징치 → 매화부인 소생, 가족 상봉 → 좌정

이야기 속의 인물별로 어떤 과업을 완수하는지 살펴보자. 먼저 칠성님의 경우, 다른 무속신화에서와 마찬가지로 결혼과 이를 통한 가족 구성이 중심 과업이다. 칠성님은 매화부인과 결혼을 하지만, 매화부인이 7형제를 낳자 소박하고 만다. 이로서 이 이야기의 중심 문제인 가족의 해체가 일어난다. 전실을 소박한 이후 칠성님은 다시 후실을 맞이해서 가족을 재구성하고자 한다. 그런데 전실 소생인 아들 7형제가 칠성님을 찾아와서 새로운 가족 갈등이 생겨난다. 후실과 전실 부인의 아들들이 갈등을 일으키는데, 후실인 옥녀부인이 간계를 꾸며 7형제를 제거하려 한다. 결국 아들들의 희생과 활약으로 사악한 후실을 징치하고 전실을 소생시켜 완전한 가족 구성에 성공한다. 칠성님을 중심으로 볼 때, 결국 이 이야기는 칠성님을 대표로 하는 가족 구성에 관한 이야기로 볼 수 있다.

전실인 매화부인은 처음에는 여성으로서 순탄한 삶을 영위한다. 칠성님과 결혼을 하고, 출산까지 하게 되지만 7형제를 한꺼번에 낳았다는 이유로 남편에게 미움을 받아 결국 쫓겨나고 죽게 된다. 아무런 잘못도 없이 남편에게 버림받고 혼자 힘으로

아들들을 키우는 희생적인 여인상을 보여준다. 매화부인은 이야기 속에서 가장 비극적인 인물로 묘사되는데, 자신의 힘으로 비극적 상황을 극복하지는 못한다.

아들 7형제는 아버지 없이 성장한 후, 스스로 아버지를 찾아 나서게 된다. 칠성님을 만나 자식임을 인정받지만 사악한 후실에 의해서 죽을 위기에 빠진다. 그러나 하늘의 도움으로 위기를 모면하게 되고 아들 7형제는 죽은 어머니를 살리고 가족 결합을 최종적으로 완수하게 된다.

인물별로 해당되는 제의과정을 대응시키면 다음과 같다.

   A. 칠성님: 결혼식(가족 구성), 취임식(신격좌정)
   B. 매화부인: 결혼식(출산, 육아), 재생제의, 취임식(신격좌정)
   C. 7형제: 성인식(아버지 찾기, 어머니 소생), 취임식(신격좌정)

<칠성풀이>는 <당금애기>와 마찬가지로 1대의 부부의 이야기와 2대의 아들들 이야기가 모두 나온다. 이 이야기에서도 남성은 주로 문제를 일으키는 자, 즉 가해자의 입장으로, 여성은 희생자의 성격이 강하다. 그리고 부모대의 문제를 해결하는데 있어 2대의 자식들의 희생과 활약이 두드러진다.

5) <이공본풀이>

<이공본풀이>는 제주도에서 전승되는 무속신화인데, 불전 설화인 <안락국태자경>을 수용하여 신화화한 것으로 알려져 있다. 비록 외부에서 전래된 이야기에 영향을 받았다 할지라도 한국의 다른 무속신화와 비교해 볼 때, 그 형태나 내용이 전혀 이질적이지 않음을 알 수 있다. 천상의 꽃관감의 직무를 맡는 생사(生死)

관장의 신격에 관한 내용인데, 정리하면 다음과 같다.76)

(1) 김진국 아들 원강도령과 임진국 딸 원강아미가 결혼하다.

(2) 원강도령이 저승의 서천 꽃밭을 지키는 꽃감관으로 간택되어 이승을 떠나다.

(3) 원강아미는 혼자서 제인장자 만년장자 집에서 종으로 살면서 아들을 낳고 키우다.

(4) 아들 할락궁이가 15세가 되어서 아버지를 찾아 나서다.

(5) 만년장자가 겁탈하려다가 완강하게 거부하는 원강아미를 죽여 대밭에 버리다.

(6) 할락궁이가 만년장자의 추적을 피해 서천꽃밭으로 가다.

(7) 할락궁이가 아버지를 만나 환생꽃과 악심꽃을 받아 어머니의 원수를 갚으러 이승으로 오다.

(8) 할락궁이가 악심꽃으로 만년장자와 그 가족을 죽이다.

(9) 할락궁이가 환생꽃으로 어머니를 소생시키다.

(10) 할락궁이 모자가 서천 꽃밭으로 가서 가족이 상봉하다.

(11) 할락궁이가 서천 꽃밭 꽃감관이 되다.

<이공본풀이>의 서사 전반부는 원강도령과 원강아미의 이별을 이야기하고 있다(서사 단락 (1)~(2)). 부부가 이별함에 따라 부인은 곤경에 처하게 되는데, 그 상황에서 아들까지 낳고 주인의 겁박에 시달리다가 결국 죽게 된다(서사 단락 (3)~(5)). 서사의 후반부는 성장한 아들 할락궁이가 아버지를 만나고(서사

---

76) <이공본풀이>의 이본은 그다지 많지 않으며, 전승본별로 서사의 내용도 큰 차이를 보이지 않는다. 안정적인 서사 구조를 보이는 텍스트를 한 편 선정해서 분석 대상으로 다르기로 한다.
<이공본풀이>, 안사인 구연, 『제주도무속자료사전』, 신구문화사, 1980.

단락 (6)~(7)), 어머니를 소생시키는 아들의 활약상이 다루어진다(서사 단락 (8)~(9)). 아들의 활약으로 죽은 어머니는 소생하고 가족들이 모두 상봉하게 된다(서사 단락 (10)~(11)). 중심 사건 별로 정리하면 다음과 같다.

> 원강도령과 원강아미 결혼 → 원강아미의 시련(이별, 출산과 육아) → 할락궁이의 시련과 탈출 → 원강아미의 죽음 → 부자 상봉 → 만년장자 징치, 어머니 소생 → 가족 상봉 → 할락궁이가 신직 받음(꽃감관)

원강도령은 원강아미 결혼해서 행복하게 살지만, 천상의 꽃감관직을 맡게 됨에 따라 문제가 발생한다. 임신한 부인과 같이 천상으로 가던 중 결국 부인과 이별하고 혼자 길을 떠나게 된다. 원강도령은 최초에는 지상적 존재이지만 꽃감관직을 맡음으로써 신격으로 변신하는 인물이다. 원강도령은 자신의 직책 수행을 위해 부인을 버리고 떠나게 되고, 이야기의 중심 문제 상황인 가족이 해체되는 국면을 맞이한다. 남편과 헤어지고 홀로 남게 된 원강아미는 만년장자에게 협박을 받으면서도 꿋꿋이 아들을 출산하고 양육한다. 아내의 희생과 장성한 아들의 활약으로 다시 가족은 상봉하게 된다. 이렇게 본다면 이 이야기 역시 원강도령이라는 가족의 대표격을 중심으로 결혼제의의 확장된 결과인 정상적인 가족 구성이 핵심 사건이 될 것이다.

원강아미는 남편의 출세를 위해 자신을 희생하는 무속신화의 전형적인 여성인물의 성격을 보여준다. 원강아미는 남편의 출사 길에 자신이 방해가 된다고 하여 스스로 만년장자집의 몸종이 된다. 이후 주인의 갖은 협박과 위협에도 불구하고 슬기롭게 역경을 헤쳐 나가고 정조를 지키며 아들을 양육한다. 그러나 결국 주인인 만년장자에 의해서 죽게 되는 비극적 인물이다. 원강아미의 재생은 그의 아들 할락궁이에 의해서 이루어진다.

할락궁이는 아버지 없이 태어나지만 결국 스스로의 힘으로 아버지를 찾고 어머니를 소생시키는 인물이다. 최종적인 문제해결은 아들 할락궁이에 활약에 의해서 완수된다. 할락궁이의 활약으로 해체되었던 가족이 정상적으로 결합된다. 그리고 할락궁이는 아버지가 맡았던 신직을 계승하게 된다. 할락궁이는 시련을 극복하고 주어진 과제를 해결함으로써 신으로 좌정되는 전형적인 성인식(통과제의)을 마치게 된다.

인물별로 주된 행위를 중심으로 제의와 관련시키면 다음과 같다.

　　원강도령: 결혼식(가족 결합), 취임식
　　원강아미: 결혼식(출산, 육아), 재생제의
　　할락궁이: 통과제의(성인식), 취임식

<이공본풀이>는 1대 인물들인 부부의 만남과 헤어짐과 재상봉을 다루고 있으며, 2대인 할락궁이의 성장과 부모를 위한 쟁투도 다루고 있다. <성주풀이>가 주로 1대의 부부의 문제를 다루고 있다고 할 수 있고, <당금애기>는 1대의 부인이 활약이 중심이며, <바리공주>는 2대인 자식의 활약상을 주로 다루고 있다. 이에 비해 <이공본풀이>는 1대의 문제와 2대의 문제가 비교적 균등하게 다루고 있다는데 있어서 무속신화의 가장 확장된 서사구조를 보여준다고 할 수 있다. <이공본풀이>와 <칠성풀이>가 유사한 구조라고 할 수 있다.

1대의 여성의 역할이 강조될 수도 있고, 2대의 자식의 역할이 강조될 수 있지만 무속신화는 가족의 해체와 가족의 결합

내지 구성이라는 기본 구조를 공통적으로 보여준다. 여기서 가족의 해체라는 기본 문제 상황을 유발시키는 장본인은 가족의 대표격이라 할 수 있는 1대의 남성이며, 1대의 여성, 즉 부인이나 2대의 자식들은 이 문제를 해결하기 위해서 시련을 겪고 자신을 희생한다.

무속신화에서 나타나는 핵심적 서사구성 요소가 동일한 패턴임을 알 수 있다. 가족의 대표인 가장이 일으킨 문제를 해결하기 위해서 부인이나 자식들이 시련을 겪고 희생을 하며, 과업을 완수한다. 서사에서 제시된 문제 상황은 가족의 해체라는 공통점을 가지는데, 이는 단순히 가족 구성원이 이별하는 차원의 문제를 넘어서서 구성원의 생사와 관련된 혹독한 상황으로 치닫게 된다. 사회의 기본 구성 요소인 가족에게 닥친 이러한 문제를 해결하기 위해서 행해지는 제의는 '재앙의 막기 위한 제의(ritual of affliciton)'라고 추상화할 수 있다. 이 상위의 제의와 직접적인 관련 속에서 무속신화의 제의적 신화소가 구성되며, 작동하고 있는 것이다.

(2) 공간적 원리에 따른 중층적·순환적 구성

이상의 제의적 신화소의 분석을 통해서 무속신화의 기본 구조를 추출할 수 있다. 무속신화들도 건국신화에서 찾아 볼 수 있는 신화소를 가지고 있는데, 주인공의 탄생, 결혼, 즉위(취임식) 등이 나타난다. 건국신화에서 주인공이 왕이나 왕후로 등극하는 것과 같은 선상에서, 무속신화에서는 주인공이 신직을 받게 되거나 신격으로 변신을 이해할 수 있다. 건국신화가 왕위 즉위(건국)가 공통적인 과업이며 중심 가치라면, 무속신화는 해당 신격으로의 좌정이 이에 대응된다.

그러나 건국신화와 무속신화는 몇 가지 점에서 뚜렷이 구별되는 차이점을 보인다. 먼저 건국신화에서는 주인공의 탄생이나 지상 세계의 출현이 가장 먼저 기술됨에 반해서, 무속신화에서는 주인공의 탄생 부분이 생략되거나 간략하게 처리되는 경우가 흔하다. 이는 건국신화가 주인공의 선천적 자질이 서사에서 가장 중요한 출발점이 됨에 반해, 무속신화에서는 인물의 태생적 자질이 건국신화에 비해서 덜 중요하다는 것을 말하고 있다. 오히려 무속신화에서는 인물의 타고난 자질보다는 인물이 어떤 행위를 행하는가에 초점이 더 맞추어진다고 할 수 있다.

또 다른 두드러진 차이점으로 건국신화에서는 왕으로 즉위한 후에도 이야기가 끝나지 않고 다른 사건들이 첨가되기도 하는데, 무속신화에서는 그렇지 않다. 건국신화에서는 사후 이적이나 후계자 계승 등이 주로 언급됨에 반해서, 무속신화는 신으로 좌정하기까지의 과정이 서술되고 이야기를 끝맺는다. 신으로 좌정된 인물들은 인간적 삶에서의 최종적 종결점인 죽음과는 거리가 멀기 때문이다. 이 신들은 주로 인간의 세속적 삶에 도움이 되거나 인간들의 삶과 밀접한 관련성을 가진 존재들로 영구히 인간 세상과 관계하면서 그 역할을 수행한다. 무속신화의 인물들의 소멸이나 죽음이 다루어지지 않는 것은 논리상 당연한 것이다.

무속 신화의 중심 이념을 신격으로의 좌정이라고 본다면, 서사 속에서 신으로 좌정되는 인물들을 중심으로 탄생 혹은 출현 단계에서 신으로 좌정되기까지의 내용을 사건별로 정리할 수 있을 것이다. 그러나 무속신화는 건국신화처럼 인물들과 행위들이 병렬적이고 단선적으로 연결되어 있지 않다. 따라서 서사 내에서 지배적인 가치를 몇 가지 설정하고, 그 기준에 따라 서사 속 인물과 행위를 중심으로 전개 과정을 살펴보겠다. 먼저 서사 속 신격으로 좌정되는 명시적인 인물이 어떤 경로를 거쳐서 최종 과업을 완수하는지를 살펴보면 다음과 같다.

(1) <바리공주>:

바리공주: 탄생 → 버려짐 → 시련 극복 → **부모 회생** → **좌정**

(2) <당금애기>:

당금애기: (탄생) → 버려짐 → 시련 극복 → **남편 찾기** → **좌정**

(3) <성주풀이>:

황우양 부인: 결혼 → 남편과 이별 → 시련 극복 → **남편 찾기** → **좌정**

황우양: 결혼 → 천상 과업 맡음 → 아내와의 이별 → **아내 찾기** → **좌정**

(4) <칠성풀이>:

7형제: 아버지 없이 탄생, 성장 → 시련 극복 → **어머니 회생**
→ **좌정**

(5) <이공본풀이>:

할락궁이: 아버지 없이 탄생, 성장 → 시련 극복 → **어머니 회
생 → 좌정**

(1), (4), (5)의 이야기는 자식들이 죽은 부모를 회생시키는 것이 공통적으로 나타난다. (2), (3)의 이야기는 아내가 남편 없이 시련을 겪다가 남편을 찾게 되는 점이 공통적이다. 자식의 희생과 활약이 중심이 되는지, 아내의 희생과 활약이 중심이 되는지에 따라 두 가지 분류가 가능할 것이다. 이렇듯 한국 무속신화는 자식이 부모를 회생시키고 가족 결합을 성취하거나, 아내가 남편을 찾아서 가족 결합을 성취하는 이야기라고 볼 수 있다.

자식이 부모를 위해 희생하거나, 아내가 남편을 위해 희생하는 두 가지 요소가 모두 들어가 있는 이야기도 있다. <칠성풀이>에서 매화부인은 남편에게 버림받아 외지에서 자식과 살다가 죽게 된다. 이후 소생해서 남편을 다시 만나게 된다는 점을 중심사건

으로 간주한다면, <당금애기>나 <성주풀이>와 동일한 유형으로도 볼 수 있다. <이공본풀이>에의 원강아미도 동일한 맥락에서 이해할 수 있다. 요컨대 2대까지 이야기가 이어질 경우에는 1대에서는 아내의 희생과 활약이, 자식대에서는 희생당한 어머니를 회생시키는 자식들의 희생과 활약이 두드러진다. 다섯 편의 이야기 중에서 부모대와 자식대의 인물들이 모두 중심적으로 드러나는 <칠성풀이>와 <이공본풀이>는 아내의 희생과 자식의 희생·활약이 모두 나타나는 것이다. 두 이야기에서 여성을 중심으로 사건 전개를 전개하면 다음과 같다.

(4)´ <칠성풀이>:

　　매화부인: 남편과 이별, 육아 → **시련, 죽음** → **소생** → 가족 결합 → 좌정

(5)´ <이공본풀이>:

　　원강아미: 남편과 이별, 출산, 육아 → **시련, 죽음** → **소생** → 가족 결합 → (좌정)[77]

　　이상을 통해서 한국 무속신화에서는 최초의 문제 상황이 주로 가족의 해체에서 비롯된다는 것을 알 수 있다. 부부가 헤어지게 되거나 부자(녀)가 헤어진다. 가족이 해체되는데 주된 문제 제공

---

77) <이공본풀이>에서 남성 주인공의 어머니인 원강아미는 할락궁이의 활약으로 다시 소생하지만 이야기에서는 딱히 신직을 받는다는 대목이 없다. <이공본풀이>와 유사한 구조인 <칠성풀이>는 7형제의 활약으로 소생하게 된 생모인 매화부인이 가족들과 함께 신직을 받는다는 점을 미루어 볼 때, <이공본풀이>의 원강아미도 신직을 받았을 가능성은 크다. 이 같은 경우는 <당금애기>에서도 마찬가지이다. 스님을 찾아간 당금애기와 아들 3형제 모두 신직을 받는다. 일단 분석 대상으로 한 텍스트에서는 명기되지 않기에 괄호 속에 넣기로 한다.

자들은 주로 남성으로 남편이나 아버지이다. <바리공주>에서는 바리공주의 아버지인 어비대왕이 딸을 유기하며, <당금애기>에서는 스님이 아내를 버리고 홀로 떠나간다. <칠성풀이>에서도 칠성님이 전실을 소박하여 7형제와 함께 내쫓는다. <성주풀이>나 <이공본풀이>에서는 남성 주인공들이 스스로 떠나거나 내치지는 않지만 자신의 과오로 말미암아 여성인 아내가 납치된다는 점을 볼 때 동일한 역할을 수행한다고 볼 수 있다. 가족의 대표자인 남성이 아내와 자식을 내쫓거나 버림에 따라 해서 문제가 발생하게 되는데, 정작 문제를 일으킨 당사자들은 그 문제 해결에 직접적으로 나서지 않는다. 주로 자식이나 아내가 문제를 해결하고 남성들을 찾아오는 것으로 이야기가 전개된다. 남성들은 문제를 일으키는 자이며, 가족 결합이라는 과업의 최종 수혜자이기도 하다. 최종 수혜자를 중심으로 각 이야기를 정리하면 다음과 같다.

(1) <바리공주>:

    어비대왕: 바리공주를 **유기함** → 득병, 죽음 → 바리공주 희생 → **소생, 가족결합**

(2) <당금애기>:

    스님: 당금애기를 **유혹함** → **홀로 떠남** → 부인 희생 → **가족결합**

(3) <성주풀이>:

    황우양: 임무 받음 → **부인의 말을 듣지 않음** → 부인 희생 → **가족결합**

(4) <칠성풀이>:

    칠성님: **매화부인과 자식 내침** → 부인과 자식 희생 → **가족결합**

(5) <이공본풀이>:

    원강도령: 꽃감관직 받음 → **홀로 떠남** → 부인과 자식 희생 → **가족결합**

　가족결합의 최고 수혜자를 이들 남성들로 본다면, 무속신화들은 이 남성들의 결혼제의, 혹은 성인식이 서사의 중심 사건이라고 볼 수 있다. 이들 남성들은 한 가정의 가장(家長)이라는 단순한 의미를 넘어 특정 집단의 대표라는 상징적 의미를 갖는 경우가 많다. 대표적으로 <바리공주>의 어비대왕은 주인공 바리공주의 아버지라는 가정적 지위에 따른 의미뿐 아니라, 한 국가의 국왕이기도 하다. 또한 어비대왕은 단순히 인간세상의 왕으로만 볼 수 없는데, 이야기의 결말 단계에서 바리공주와 무장승 등에게 신직을 주는 신격으로까지 표현되고 있다. 어비대왕뿐 아니라 가족 결합의 최종 수혜자인 신화의 남성 주인공들은 대부분 인격으로 파악할 수 없는 존재들이다. 가부장제 속에서 가장인 남성은 개인으로서의 성격뿐 아니라, 집단의 대표격의 성격을 띤다는 것을 쉽게 연결 가능하다.

　가장인 남성으로 대표되는 집단의 완성이 무속신화의 공통된 주제라면, 그러한 가정의 완성을 가능하게 하는 것은 시련을 겪고 자신을 희생하는 존재들이 있기 때문이다. 무속신화는 이들 수혜자와 희생자의 이중적인 증층 구조로 되어 있다. 실제로 이 무속신화들의 제목이나 해당 거리명을 살펴보면 흥미로운 점을 찾을 수 있다. 대표적으로 <바리공주>는 <오구풀이>, 즉 오구대왕의 본풀이라는 명칭으로 불리기도 하며, <당금애기>는 <제석본풀이>, 즉 당금애기는 남편인 제석신의 본풀이로 불리기도 한다. <칠성풀이>의 경우 수혜자인 아버지의 이름이 '칠성님'으로 나오고, 아들들은 칠성신이 되는데, 이름이 겹치고 있다. 그러기에 '칠성님'의 본풀이로도, 아들들인 칠성신들의 본풀이로도 해석 가능하다.78) 무속신화에서 찾을 수 있는 제의적 신화소가

────────────────

78) 동일한 맥락에서 동해안 별신굿에 행해지는 '맹인거리'에서는 <심청무가>가 불려진다. 수혜자인 맹인 아버지를 중심으로 이름을 붙인 경우라고 하겠다.

희생하는 인물의 제의와 그 희생의 수혜자의 제의가 서로 중첩
되어 있음을 신화별로 도표로 제시하면 다음과 같다.

어비대왕의 재생제의(병굿)	바리공주의 희생제위

<바리공주>

스님의 입사식(결혼제의)	당금애기의 희생제의

<당금애기>

황우양의 즉위식, 입사식	부인의 희생제의

<성주풀이>

칠성님의 즉위식, 입사식	매화부인의	희생제의	재생제의	7형제 희생제의

<칠성풀이>

원강도령의 즉위식, 입사식	원강아미의	희생제의	재생제의	할락궁이의 성인식

<이공본풀이>

이상에서 한국 무속신화는 특정한 문제 상황에서 문제를 해결하기 위해 특정한 제의가 행해지는 것을 서사화한 것이라는 점을 알 수 있다. 주로 상위의 신격이나 존재를 위해서 하위 존재들이 고난을 겪는 희생제의가 행해지고, 그 결과 상위 존재와 희생양 모두 과업을 성취하거나 신격으로 좌정된다. 무속신화의 기본적인 서사 형식은 이처럼 문제를 일으킨 자와 문제를 해결하는 자, 내지 수혜자인 상위격의 인물과 그 희생자의 제의적 행위가 중첩되어 있음을 알 수 있다.

희생하는 인물들로 인한 최고의 수혜자들의 성격은 각 이야기마다 약간씩 차이가 난다. 희생과 과업을 성취한 자에게 직접 신격을 부여하는 존재가 있는가 하면, 가족의 희생과 과업으로 인해 자신도 신격이 되는 존재도 있다. <바리공주>의 어비대왕은 인간세계의 왕으로 나오지만 바리공주에게 신직을 직접 부여하는 인물로서, 바리공주보다 상위의 신격임을 알 수 있다.

이야기 속의 인물이 직접 신직을 부여하는 또 다른 인물로 <당금애기>의 스님을 들 수 있다. 스님은 처음부터 끝까지 신성한 존재로 나타나며, 자신의 가족들에게 모두 신격을 부여한다. <이공본풀이>의 원강도령도 하늘에서 꽃관감의 신직을 받는 인물로 신적 존재이다. 이들은 이미 완전한 신격이기 때문에 이야기 끝에 좌정하는 부븐이 빠져있다.

반면 <칠성풀이>의 칠성님은 이야기 종결부에 견우성 신직을 받는 것으로 되어 있는데, 이는 칠성님이 아직 완전한 신격이 아니라는 점을 알 수 있다. <성주풀이>의 황우양 역시 이후에 성주신이 되는 것으로 미루어 처음에는 완전한 신격이 아님을 알 수 있다. 그러나 칠성님이나 황우양 역시 이야기 속의 다른 인물들에 비하면 분명 신성한 존재임이 뚜렷이 드러난다. 칠성님의 경우, 아들 7형제가 아버지 칠성님을 찾아 천상으로 올라간다. 이점을 미루어 볼 때 칠성님은 천상적 존재였음을 알 수 있다. 반대로 소박맞은 매화부인은 지상에 내려와서 7형제를 혼자서 기르다가 죽게 된다.

<성주풀이>의 황우양 역시 완전한 신격은 아니지만, 신성성을 일정 갖춘 존재로 파악할 수 있다. 이본에 따라 황우양의 출생신분이 비교적 자세히 소개되기도 하는데, 이 경우 황우양은 천신(天神)인 부친과 지신(地神)인 모친 사이에서 탄생한 존재임이 드러나기도 한다. 또한 천하궁에서 누각이 무너지자 황우양을 호출하게 되는데, 이때 차사가 지상으로 내려가서 황우양을 데리고 천상으로 올라간다. 비록 황우양이 지상에서 살고 있었지만 천상에서 그를 불러 일을 시키는 것은 그가 그저 평범한 지상적 존재가 결코 아님을 보여준다. 요컨대 칠성님과 황우양은 완전한 신격은 아니지만, 인간적 존재는 아닌 비신적(非神的) 존재라고 할 수 있겠다.

이상과 같이 서사 내에서 희생의 최고 수혜자인 남성 존재들의 양상은 다양하게 나타나지만, 분명한 것은 문제를 일으키며, 희생의 이익을 받는 가장(家長)인 남성들은 모두 서사 속 다른 인물들보다는 신성한 존재 내지 상위의 존재로 설정되어 있다는 점이다. 결국 무속신화는 상위의 존재를 위해 누군가가 희생함으로써 주어진 문제를 해결하고 특정한 과업을 완수하는 제의구조로 짜여져 있는 것이다.

제의는 반드시 존재론적 변화를 수반한다. 건국신화에서 왕으로 즉위하는 것이 가장 중요한 변화라면, 무속신화에서는 비신격 내지 인격에서(세속적 존재) 신격(신성한 존재)으로의 변화가 필수적이다. 제의적 신화소는 인물들이 어떤 자질을 가진 존재이며, 혹은 어떤 행위를 하는가에 초점이 맞추어져 있다. 건국신화에서 탄생이나 부모의 혈통이 강조되는 것은 주인공의 자질을 중요하게 여긴다는 것을 의미한다. 반면 무속신화에서는 비신격이나 인격에서 신격으로 변신하는 존재들은 어떤 혈통, 어떤 선천적 자질이 중요한 것이 아니라, 어떤 행위를 수행하는가가 더 중요하게 다루어진다. 존재론적 자질의 변화, 즉 상위격으로 격상하기 위해서는 반드시 특정한 행위를 통해 과업을 성취해야 한다. 주인공의 희생이 바로 신격으로 변화하기 위한 필수적 행위라고 할 수 있다.

　무속신화의 주인공들이 신격으로 변화하는 과정을 좀 더 면밀히 고찰해 보면, 인물들이 항상 특정한 공간으로 이동한다는 공통점을 찾을 수 있다. 무속신화의 주인공들은 애초에는 비신격이거나 인간적 존재로 나타나는 경우가 대부분이다. 이 인물들은 특정한 공간을 이동함으로써 혹은 그 이동을 통해 시련을 극복하고 특정한 자격을 획득함으로써 신격으로 좌정된다. <바리공주>의 경우는 주인공 바리공주의 공간 이동이 이야기 속에서 아주 뚜렷이 드러난다. 이 신화는 주인공 바리공주를 중심으로 어떤 공간으로 이동하느냐에 따라 서사가 전개된다고 할 수 있을 정도이다. 바리공주는 최초의 탄생 공간에서 시작해서, 비리공덕 부부의 신성 공간으로, 다시 지옥으로, 무장승의 신성 공간으로 이동한다. 이러한 이동을 통해서 주어진 과업을 완수하고 신격의 자질을 획득하게 된다. 이는 다른 무속신화에서도 마찬가지이다.

　<당금애기>에서 당금애기와 아들 3형제는 스님이 거주하는 신성 공간으로 이동하며, <칠성풀이>의 아들 7형제는 세속 공간에서 칠성님이 사는 신성 공간으로 이동하며, <성주풀이>에서 황우양은 지상에서 천상, 다시 지상으로 이동하며, <이공본풀이>의 원강도령과 할락궁이는 세속적 지상 공간에서 신성의 천상 공간으로 이동한다.

각 신화에서 인물별 공간 이동을 정리해 보면 다음과 같다.

(1) <바리공주>:

바리공주: 세속 공간(어비대왕 국가) ⇒ 신성 공간(비리공덕부부의 공간) ⇒ 세속 공간 ⇒ **(지옥)** ⇒ 신성 공간(무장승의 거주 공간) ⇒ 세속 공간(어비대왕의 국가)

(2) <당금애기>:

스님: 신성 공간(스님의 거주 공간) ⇒ 세속 공간(서천서역국) ⇒ 신성 공간

당금애기: 세속 공간(집) ⇒ **(동산의 돌함)** ⇒ 세속 공간(집) ⇒ 신성 공간(스님의 거주 공간)

(3) <성주풀이>:

황우양: 세속 공간(황산뜰) ⇒ 신성 공간(천하궁) ⇒ 세속 공간(소진뜰) ⇒ 세속 공간(황산뜰)

부인: 세속 공간(황산뜰) ⇒ **(소진뜰)** ⇒ 세속 공간(황산뜰)

(4) <칠성풀이>:

매화부인: 신성 공간(칠성님 거주 공간) ⇒ 세속 공간(지상) ⇒ **(죽음)** ⇒ 신성 공간

7형제: 신성 공간(칠성님 거주 공간) ⇒ 세속 공간(매화부인과의 거주 공간) ⇒ 신성 공간

(5) <이공본풀이>

원강도령: 세속 공간 ⇒ 신성 공간(서천 꽃밭)

원강아미: 세속 공간(만년장자의 집) ⇒ **(죽음)** ⇒ 신성 공간(서천 꽃밭)

할락궁이: 세속 공간(만년장자의 집) ⇒ 신성 공간 ⇒ 세속 공간 ⇒ 신성 공간

　최종적으로 부여받는 신직의 종류에 따라 주인공들이 속하는 공간의 종류는 달라진다. 가령 천상의 꽃감관직을 맡게 되는 할락궁이는 신격으로 좌정한 후 천상이라는 신성 공간에 거처하게 될 것이다. 반면 망자를 위무·인도하는 신직을 맡은 바리공주나, 인간 세상의 성주신과 지신 역할을 맡게 된 황우양과 그 부인은 세속 공간에 머물면서 신직을 수행하게 된다. 중요한 것은 세속적 공간에서 특정한 공간, 주로 신성 공간으로 이동하는 경로를 거쳐야지만 존재론적으로 변화를 꾀할 수 있다는 점이다.

　각 신화에서 세속 공간과 신성 공간으로의 이동경로를 표시하는 과정에서 독특한 공간이 나타나기도 한다. <바리공주>에서 나타나는 지옥, <당금애기>에서 나타나는 동산의 돌함, <성주풀이>에서 부인이 잡혀가게 되는 소진뜰은 신성과 세속이라는 이원적 가치부여를 하기에는 다소 모호하다. 이와 유사한 기능을 하는 것으로 <칠성풀이>와 <이공본풀이>에서는 여성주인공들이 죽게 되는데, 이때 이 인물들이 거처하는 공간 역시 단순히 세속/신성의 공간으로 의미부여할 수는 없다. 이들 인물들은 보통 인간들이 할 수 없는 시련을 겪는데, 이 시련을 나타내는 공간으로 볼 수 있으며, 가장 극단적인 시련은 즉음으로 죽음에 해당하는 공간이 따로 설정되지 않기도 하는 것이다. 따라서 언급한 이 공간은 일종의 경계 공간으로 설정하는 것이 타당할 것이다.

　이 경계 공간은 신성/세속 내지 천상/지상의 이분법적 의미체계를 벗어난 공간이며, 일종의 시련의 공간으로 존재론적 변화를 가능하게 하는 일시적인 공간으로 표상된다. 바리공주가 부모를 회생시키기 위해 천상의 약수를 구하려 가는 과정에서 통과해야하는 지옥, 당금애기가 가족들로부터 죽임의 위험을 받게 되는 공간인 동산의 돌함, 황우양의 부인이 소진랑에게 납치되어 갇히게 되는 소진뜰은 여성 주인공들의 시련을 단적으로 표상하고 있는 공간인 것이다. 매화부인과 원강아미의 경우에는 이야기 속에서 실제로 죽음을 맞이하게 되는데, 이 죽음에서 소생하는 것이야말로 시련을 극복의 최고의 단계로 볼 수 있다. 시련의 공간을 통과한다는 것은 죽음에서 소생한다는 것과 마찬가지의 의미로 파악할 수 있다.

무속신화에서 주인공이 신성을 획득하거나 신직을 부여받기 위해서는 반드시 특정한 공간의 이동이라는 과정을 거쳐야 한다. 지상적 존재가 천상으로 이동함으로써 그 과정에서 신격의 자격을 획득하기도 하며, 시련을 겪고 희생을 감수하는 여성 주인공의 경우에는 경계적 공간, 즉 시련의 공간을 통과한 후 새로운 자격을 획득하기도 한다.[79] 이러한 점은 건국신화의 주인공과는 대비된다.

건국신화의 주인공들은 애초에 신격으로 나타나는 경우가 대부분이다. 환웅이나 해모수, 혁거세와 수로 등은 천제의 아들,

---

79) 신화는 기본적으로 변신에 관한 이야기라 할 수 있다. 신격이 인간 세상의 왕이 되는 이야기(건국신화)도 있으며, 왕이 아닌 존재가 왕이 되는 이야기(건국신화 중에서 주몽이나 탈해의 이야기), 혹은 인간적 존재에서 신격으로의 변신하는 이야기(무속신화)가 바로 신화이다. 건국신화의 왕들도 사후에 신성한 존재로 화한다는 것을 감안하면, 신화는 온통 존재론적 변화를 다룬 이야기라고 할 수 있을 것이다. 이러한 존재론적 변화를 위해서는 특정한 과업을 성취해야하는 것은 당연한 논리이며, 이 과정에서 신화의 영웅들은 공간 이동을 하게 되는데, 공간 이동이라는 측면을 유심히 분석해보면 특정한 경계 공간을 거쳐서 새로운 공간, 내지 타계(他界)로 진입한다는 것을 알 수 있다. 경계 공간은 문화적 의미가 중첩되거나, 고정적 의미가 지배하지 않는 공간으로 새로운 가능성이 농축되어 있는 공간이라 할 수 있다. 이 경계 공간을 통과하는 자가 이야기 속의 주인공이 되며, 이야기 속의 가치를 실현하거나 획득할 수 있게 된다. 오세정, 「제의적 공간과 신화적 인식」, 학국소설학회 편, 『공간의 시학』, 예림기획, 2002, pp.61-68.

내지 하늘의 명에 의해서 인간 세상에 강림하는 존재들이다. 이들이 하늘에서 내려와 인간 세상에 자신의 국가를 건설하는 과정에서 특정한 자격 요건이 요구되지는 않는다. 이미 신성성을 충분히 갖추었고, 그것을 발현하면서 인간 세상에 등장했기 때문이다. 반면, 인간 세상에 완전히 뿌리 내리고, 동화되기 위해서 필요한 조건으로 결혼과 후계자 생산이 요구되는 것이다. 이러한 완전한 신격의 주인공들은 더 상위의 신격을 획득할 이유가 없기 때문에 타계 여행이나 특정한 공간 이동은 불필요하다. 반면, 완전한 신격을 갖추지 못한 주인공인 주몽과 탈해는 자신들의 영웅성을 더 발휘한 후에 그 조건을 충족하고 왕위에 오르게 되는 것이다. 이들의 공간 이동 내지 여행에는 시련이 수반되는데, 이 시련은 주인공들의 존재론적 변화를 위한 필수 조건이라고 할 수 있다.

그러나 무속신화의 주인공들의 공간 이동은 건국신화의 주인공의 공간 이동과는 차이점이 있다. 주몽과 탈해는 애초에 태어난 자신의 원거주(原居住)공간에서 쫓겨나가거나 추방되어 새로운 공간으로 이주해서 자신의 국가 기반을 세우게 된다. 이들의 공간 이동은 세속적 세계 속에서 이루어지는데, 성(聖)/속(俗)의 공간 이동은 아닌 것이다. 반면 무속신화의 주인공들은 주로 인간세계 저편 너머 세계로의 이동이 두드러진다. 성과 속의 대립 차원에서의 공간 이동은 무속신화의 주요한 특징으로, 무속신화의 전반을 지배하는 의미·가치체계와도 결부되는 것이다.

무속신화는 무속 체계 니에서 숭배 받는 신들의 니력을 풀고 있는데, 어떻게 이러한 신들이 탄생하게 되었는가가 중심사이다. 즉 해당 신이 아니었던 존재가 어떻게 해서 그러한 신이 되었는가 하는 점이 서사의 기본 골격이 되는 것이다. 무속신화는 당연히 자격 획득을 위한 공간 이동이 필수적으로 요구된다고

112

할 수 있다. 무속신화는 비신격 내지 인격의 주인공이 세속적 공간에서 신성 공간으로 이동하는 것이 모든 서사의 공통 구조라고 할 수 있다. 무속신화의 주인공들이 행하는 공간 이동은 서사 속 주인공이 가치를 실현하고 새로운 문화 가치를 생성해 내는 원동력인 것이다.[80]

이상의 논의를 통해 무속신화의 서사 구성의 원리는 공간적 원리에 지배받고 있음을 알 수 있다. 서사 속 사건의 전개가 공간의 이동과 직접적으로 관련되며, 인물의 중심 가치 실현 또한 공간 이동과 관련되어 있다. 또한 무속신화는 건국신화와 달리 당대의 주인공이나 부모들, 혹은 자식들과의 관계가 서사 속에서 긴밀하고 복잡하게 얽혀 있다. 건국신화는 각 인물별로 비교적 안정적이고 독립적인 하위 서사를 갖는 반면, 무속신화에서는 인물별 상호 관련 속에서 서사가 포개져 있다. 건국신화는 주로 부모대와 자식대의 2대기 구성이 기본적으로 전개되는데, 이때 1대의 인물들이 이야기가 일단락된 후, 2대의 인물로 서사가 전개되는 것이 일반적이다. 반면 무속신화는 1대 인물들의 이야기가 완전히 해결되지 않은 채 2대의 이야기가 전개되며, 2대의 이야기 전개 과정을 거친 후에 다시 1대의 이야기와 중첩되게 된다.

전술했듯이 무속신화는 가족의 대표격인 가장이 유발한 문제를 해결하기 위해서 배우자나 자식들이 희생한다. 다시 말해 가장의 특정한 과업을 성취하기 위해 하위 서사의 주인공인 인물들의 행위가 포함되어 있다. 바리공주가 약수를 구하고, 사령을

---

80) Y.M. Lotman, *Universe of Mind-A Semiotic Theory of Culture*, Indiana University Press, p.151.
공간 이동과 관련된 문화적 함의에 대해서는 III장에서 보다 자세히 다룰 것이다.

돌보고, 가사 노동을 수행함으로써 자신이 신격이 되는 자질을 획득하지만, 이 과업을 성공해야지 대왕부부를 소생시킬 수 있는 것이다. 당금애기의 희생과 통과제의가 성공해야 스님의 가족 구성이라는 과업이 최종적으로 완수된다.

무속신화의 서사구조가 이렇듯 인물들의 중첩된 관계를 띠는 것은 무속신화의 제의적 신화소가 주로 특정한 문제 상황에서 발생하는 '재앙을 막기 위한 제의(ritual of affliction)'[81](줄여서 재앙 제의로 칭하기로 한다.)와 직접 관련되기 때문이다. 재앙 제의는 한 사회 공동체 속에서 인간의 힘으로 해결하기 힘든 문제를 제의를 통해서 해결하고자하는 목적을 가진다. 가족의 해체라는 기본적인 문제 상황에서 이를 해결하기 위해서 는 희생하는 인물들이 필요하다. 전체 공동체의 입장, 혹은 가족의 대표자의 입장에서 보자면, 주어진 문제 상황의 해소를 위한 일련의 행위들은 재앙을 극복하고자 행해지는 제의와 일맥상통한다. 재앙을 극복한다는 것은 안정적인 상홯으로 사태를 반전시키는 것을 의미하는데, 이는 곧 복을 부르는 것과 마찬가지이다. 한국의 무속제의가 기본적으로 원화소복(遠禍召福)을 목적으로 한다는 것은 널리 알려진 바이다.

요컨대, 무속신화의 서사 구성 원리는 1차적으로 이야기에서 드러나는 주인공들의 공간 이동에서 찾을 수 있으며, 인물별 서사가 시간적 순서에 의해서 단계적·단선적으로 진행되는 것이 아니라 상위 격인 인물의 서사 속에 희생하는 존재의 서사가 포함되어 있다는 점이다. 건국신화는 시간적 구성 원리에 따르며, 인물들의 행위나 사건들은 각각 독립된 요소로 존재하는 반면, 무속신화는 공간적 구성 원리에 따라 인물들의 행위나 사건

---

81) Victor Turner, 앞의 책, p.6.

들이 겹쳐져 있다.

시간성과 구별되는 공간성의 특징은 가역성(可逆性), 즉 다시 돌아 올 수 있다는 점이며 시간적 연속성이나 흐름에 있는 것이 아니라 공시적이라는 점이다. 시간이 직선적이고 일회적임에 반해 공간의 중복 가능하며, 회귀 가능하다. 서사에서 찾을 있는 기본적인 제의 역시 전체의 큰 제의 과정 속에 작은 제의들이 포함되어 있는 공간적 구성인 것이다.

또한 무속신화의 서사 전개는 애초의 문제 상황에서 시작해서, 최종적인 사건의 마무리가 최초의 상황으로 되돌아와서 그 문제를 극복한다는 것으로 종결된다. 서사에서 제시되는 최초의 상황은 가족의 결합이다. 남녀 주인공들이 결연을 하거나, 부모와 함께 가족을 구성하게 된다. 이후 가족이 해체되는 문제 상황이 발생하는데, 이때의 문제 상황은 단순한 가족의 이별이 아니라, 여성이 죽을 위기에 빠지거나, 겁탈을 당하게 된다거나 하는 심각한 상황이다. 이 문제를 해결하기 위해서 여성이나 자식들의 고난의 여정이 시작된다. 이 과정이 끝나게 되면 최초의 상황, 즉 가족들이 다시 재회하거나 완전한 가족 구성을 완수하게 된다.

이 점을 통해서, 무속신화의 구성이 최초의 문제 상황에서 시작해서 시련을 극복하고 과업을 성취함으로써 결핍된 요소나 재앙의 요소를 제거하고 원상 복귀하는 순환적인 구성임을 알 수 있다. 이러한 순환적 구성 역시 공간적 구성이 갖는 특성으로 공간의 가역적 성격과 공시성에 부합된다.

4. 소 결

건국신화에서는 서사의 중심 사건이 특정한 제의적 사건들, 즉 제의적 신화소로 구성되어 있음을 살폈다. 이 제의적 신화소들은 구체적인 행위로 표현되는데, 탄생(출현)의식, 결혼식, 성인식, 즉위식, 장례식 등으로 나타난다. 이와 같은 신화소들은 인간의 삶에서 중요한 국면에 행해지는 제의(life-crisis ritual)와 일치한다. 건국신화 각편들에서 보편적으로 찾을 수 있는 제의적 신화소로 탄생과 관련된 신화소와 즉위와 관련된 신화소가 있다. 다시 말해서 건국신화의 가장 기본적인 사건은 신성한 존재의 탄생과 즉위인 것이다. 또한 개별 신화에 따라 강조되는 제의들이 다르게 나타나기도 한다. 신화에 따라서 결혼이 강조되기도 하며, 자격을 갖추는 성인식이 강조되기도 한다.

무속신화에서는 주어진 상황의 차이에도 불구하고 기본적으로 두 가지의 제의적 신화소가 얽혀 있음을 알 수 있다. 먼저 문제를 유발시키면서, 자식이나 배우자의 희생을 통해 과업을 완수하거나 재탄생하게 되는 수혜자의 제의와, 자신을 희생함으로써 각 텍스트에 주어진 문제 상황을 해결하고 이후 신직을 받게 되는 희생자의 제의가 있다. 무속신화에서 찾을 수 있는 제의적 신화소를 볼 때, 이는 발생한 문제 상황을 극복하기 위해서 행해지는 재앙 제의(ritual of affliction)의 성격이 강하다는 것을 알 수 있다. 이야기에 제시된 재앙, 즉 문제 상황은 여러 가지 양상으로 표출될 수 있지만, 무속신화에서는 상징적으로 가정의 해체와 관련된 문제 상황이 주어진다. 금기를 위반해서 가족의 대표자가 죽기도 하며, 가장의 출세와 이익을 위해서 가족 구성원들이 시련과 고통을 겪기도 하며, 아버지의 부재로 말미암아 정체성의 혼란을 겪는 자식이 등장하기도 한다. 남편의 버림으로 말미암아 여성이 죽음을 맞이하거나, 홀로된 여성이 다른 남성에 의해서 겁박당하고 죽임을 당하기도 한다. 여기서 인간세계의 가장 기본적 단위이며, 사회의 근간이 되는 집단인 가정(가족)의 해체, 가족의 죽음과 이별 등이 인간사의 가장 중요한 문제라는 가치관을 살필 수 있다.

신화 서사에서의 제의적 신화소는 특정한 구성 원리에 따르는데, 건국신화는 시간적 구성 원리, 무속신화는 공간적 구성 원리가 두드러진다. 건국신화는 '건국'이라는 신성한 사건을 기점으로 인간세계의 새로운 질서와 문화가 시작되는 것을 천명한다. 새로운 출발, 즉 새로운 시간의 시작은 신적 존재들의 행적에서부터 유래한다. 이러한 행적은 인간 사회에서 보편적으로 기념할 만한 시간 사이클에서의 중요한 분기점과 일치하는 것이다.

건국신화에서는 신적 인물들의 행적이 서로 관련을 맺으면서 진행되는데, 시간의 전개 방향과 마찬가지로 직선적이며, 한 인물에서 다른 인물로의 전개는 단선적으로 진행된다. 결혼 이후 출산, 출산 이후 성장과 같이 계기적으로 연결되는데, 이때 중심 사건들은 시간적 순서에 따른다. 인물들의 행동반경 역시 한 공간에서 다른 공간으로 이동하면 더 이상 이전의 공간으로 회귀하지 않는다. 건국신화의 신성한 주인공들이 인간 세상에서 삶을 마무리하고 신격으로 재생하는 경우를 찾아 볼 수 있는데, 이때에도 더 이상 인간세계와 직접적인 관련을 맺지는 않는다.

무속신화는 중심인물의 공간 이동을 중심으로 서사가 진행되는데, 특히 신격을 획득하는 존재는 세속 공간에서 신성 공간으로의 이동을 통해서 특정한 과업을 성취하고 자격을 획득하게 된다. 이렇게 신격을 획득한 존재들은 인간적 존재에서 신격으로 변신하지만, 여전히 인간세계에서 자신의 역할을 수행하는 것이 대부분이다. 신의 지위에 올랐다고 해서 무속신화의 주인공들은 그들만의 공간으로 이주하고, 신성의 영역에서 활동하지는 않는다. 다시 말해서 무속신화의 인물들은 인간의 보편적인 시간의식, 즉 탄생과 관련된 과거의 시간 속에 존재하기보다는 항상 공시적인 형태로 존재한다고 볼 수 있다. 이는 공간의 가장 중요한 특성인 가역성과 현재성과 밀접하게 연관된다.

또한 무속신화에서는 최종 수혜자가 희생자의 행위에 직접적인 영향을 받는다. 최종 수혜자의 과업 완수는 다른 희생자들의 과업 완수를 통해서 이루어지는 중층 구조를 가지며, 가족의 해체와 복원이라는 구조는 최초의 가족 결합에서 최후 재결합으로 순환적으로 전개된다. 희생자 역시 주어진 문제를 해결하기 위해서 자신을 희생하고 나면 문제를 유발한 존재르부터 신직을 받게 된다. 공간의 이동 경로 역시 단선적이지 않으며 최초의 공간으로 회귀하는 경우가 일반적이다.

Ⅲ. 신화의 세계상과 이념

1. 신화의 가능 세계와 제의화의 의미 작용

Ⅱ장에서는 신화의 서사구조, 즉 서사의 핵심이 되는 제의적 신화소가 무엇이며, 이들 요소들이 어떻게 구성되어 있는지를 살폈다. 이 장에서는 Ⅱ장에서 밝힌 서사 구성의 원리에 입각해서 각 신화들이 재현하고 있는 서사 속의 세계상(世界像)에 대해서 살펴보고자 한다. 건국신화는 삶의 사이클에서 중요한 분기점마다 행해지는 제의를 바탕으로 시간적 구성 원리에 따라 구성되며, 무속신화는 공동체에 문제 상황이 발생하자 이를 극복하기 위한 제의를 바탕으로 공간적 구성 원리에 따라 구성됨을 밝혔다. 이제는 이러한 구성 원리에 의해 서사에서 재현하고 있는 세계상이 어떠한 모습이며, 이 세계상을 통해서 어떤 이념을 제시하고 있는지 살필 것이다. 서사를 분석하는데 있어서 가장 기본적으로 요구되는 것이 형태론적 분석이라면, 이를 바탕으로 보다 체계적인 의미론을 구축할 수 있을 것이다.

의미는 대상에 잠재된 것이 아니라, 형태들의 전체 구조 속에서 파악되고 조망될 수 있는 것이다. 즉, 의미는 구조를 통해서 파악될 수 있는 것이다. 이 같은 관점은 구조주의(structuralism) 서사학, 신화학의 주된 성과이자 중심 이념이다. 구조주의적 관점은 종래의 형이상학적인 의미론의 자의적 해석을 거부하고 객관적이고 체계적인 틀을 수립했다. 그러나 구조주의적 관점은 대상 텍스트의 전체적인 구조, 즉 랑그에 지나치게 관심을 가져 보편

성을 찾기에는 용이하지만 개별 텍스트의 개성적 성격을 찾기에
는 부족한 것이 사실이다. 또한 구조주의, 구조주의적 서사론은
의미론에 관한 이론 체계라기보다는 형태론에 관한 것이라는 느
낌을 지울 수 없다. 이 장에서는 구조주의적 관점을 기본적으로
수용하면서 보완책으로 '가능 세계(possible world)'의 의미론을
접목하고자 한다.

하나의 서사는 서사 속에서 특정한 세계를 구성, 구현하고 있
는데 이러한 세계는 단순히 현실 세계와 대비되거나 현실 세계
에 종속된 세계가 아니다. 서사에서 재현된 세계상은 그 서사의
특성을 잘 드러낼 수 있는 것으로, 특히 신화에서는 전승집단의
문화적 제 요소들을 살필 수 있다. 또한 장르 차원에서 서사의
특성에 대해서도 고찰할 수 있을 것이다.82) 문학 텍스트에서 재
현하고 있는 세계가 단순히 현실을 모방하고 있다는 논리에서
벗어나 문학 텍스트 자체가 구성하고 있는 또 다른 세계에 대
해 주목하면서 '가능 세계'에 관한 논의가 활성화되었다.

'가능 세계'라는 개념은 가능성과 필연성의 연구에서 자연스
럽게 생겨난 것으로, 가령 목초가 붉은 색일 수 있는 것이 가능
하다면, 이때 붉은 목초밭은 하나의 가능 세계가 될 수 있다는
것이다.83) 이러한 가능 세계는 "질서 잡힌 세 개의 항목"으로
구성되는데, 대상들의 집합(모든 가능 세계들의 집합)과, 이 집

---

82) 라이언은 문학 텍스트를 이해하기 위해 가능 세계 이론을 도입하여, 현실
　　세계를 바탕으로 다양한 세계들(텍스트의 실제 세계, 텍스트의 지시 세계
　　등)과의 관계를 중심으로 허구의 유형학을 제시한다. 그는 이러한 관계들
　　이 어떤 양상성을 띠느냐를 가지고 서사의 하위 유형, 즉 장르적인 특성
　　을 고찰하고 있다. 이와 관련된 논의는 아래 글 참고.
　　Marie-Laure Rayan, "Possible Worlds and Accesbility Relations:
　　A Semantic Typology of Fiction", *Poetics Today* 12 : 3, 1991.

83) Joseph Melia, "Possible Worlds", *Routledge Encyclopedia of Philoso- phy*,
　　Routledge, 1998, p.570.

합 속 원소로 실제 세계, 그리고 전체 집합 속에 속한 다양한 세계들 사이에 규정된 세계, 즉 상대적 가능성 또는 접근 가능성으로 구성된다.84) 가능 세계 이론에서 다양한 가능 세계들이 존재하고, 그를 인식하기 위해서는 '실제 세계(actual world)'가 기준이 되어야 한다.85) 실제 세계와의 관계를 통해서, 특정한 가능 세계가 어떤 식으로, 실제 세계와는 다른 양상을 통해서 세계 속의 관계를 형성하고 있는지 살필 수 있다. 이 가능 세계의 이론은 실제 세계와의 대비를 통해서 또 다른 세계의 양상을 설정할 수 있는데, 이는 신화 텍스트를 이해하는데 많은 도움을 준다. 신화 텍스트야말로 현실의 실제 세계와 뚜렷이 구별되는 유표적 사건들, 다양한 관계망들이 존재하기 때문이다.

신화 텍스트에서 제시되고 있는 세계는 분명 일상적인 세계 혹은 실제 세계와는 구별되는 세계임을 알 수 있다. 여기서 구별은 오늘날의 실제 세계와의 구별뿐 아니라, 신화가 기록되던 당시의 실제 세계와도 구별된다. 신화가 신성함을 본질로 하기에, 그 기이함에 대해서는 일찍부터 주목을 받아왔다. 신화가 제작되고 유포되던 시기를 지나 그것을 문자로 기록하던 후대에 와서도 마찬가지였다. 이러한 신화의 세계상의 특징에 대해 『삼국유사』의 저자 일연은 기이(紀異)편 서문에 다음과 같이 강조했다.

---

84) Marie-Laure Ryan, 앞의 글, p.553.
85) Lubomír Doležel, 앞의 글. p.484.
　　이 글에서 돌레첼은 가능 세계 모델에서 파생될 수 있는 의미론의 세 가지 테마를 다음과 같이 언급했다.
　　(1) 허구적 세계들은 사건들의 가능한 상황의 집합이다. (2) 허구적 세계들의 집합은 무제한적이며 최대한 다양하다. (3) 허구적 세계들은 실제 세계로부터 접근 가능하다.

대저 옛날 성인이 바야흐로 예악으로써 나라를 일으키고, 인의로써 가르침을 베푸는데 있어 괴력난신은 어디에서도 말하지 않았다. 그러나 제왕이 장차 일어나려 하면 부명을 받고 도록을 얻게 된다고 하여 반드시 여느 사람과 다른 것이 있었다. 그런 후에야 능히 큰 변화를 타서 대기를 장악하며 큰일을 이룰 수 있는 것이다…… 그렇다면 삼국의 시조(始祖)가 모두 신이한 가운데서 나왔다고 해서 무엇이 괴이하겠는가? 이것이 기이편을 이 책의 첫머리에 싣는 까닭이며, 그 의도가 여기에 있다.86)

여기서 일연은 삼국의 시조에 관한 기록, 즉 신화들의 내용을 '신이'한 것으로 규정하고 있으며 신화의 내용이 일상적인 범주에 속하지 않는 낯선 것(異)이라는 점을 분명히 인식하고 있다. 당대의 가치 기준에 따르면 성인은 '예악으로 나라를 세우고, 인의로 교화'해야 하는 것이 마땅한데, 이는 당대의 지배적 세계관이 유교적 합리주의임을 알 수 있게 해주는 대목이다. 그러나 신화의 내용은 인간의 것과 다른 것이 필수적이며, 이것으로 인해 대업을 이룰 수 있다는 점을 일연은 강조한다. 즉 신화 텍스트가 재현하는 세계는 인간적 세계와는 차이가 나는 것이며, 이 차이야말로 신화의 본질임을 강조하고 있는 것이다.

문학 텍스트의 해석을 재현된 세계와 현실 세계와의 직접적 관련물로 보았던 '미메시스의 의미론(mimetic semantics)'과 달리 '가능 세계의 의미론(possible-worlds semantics)'은 현실 세계와 재현된 텍스트의 세계의 차이에 주목한다. 허구 세계를 다양한 가능 세계의 한 양상으로 파악하며, 현실 세계를 기준으로 차이 나는 세계의 원리를 찾고자 하는 것이다. 신화야말로

---

86) 大抵古之聖人 方其禮樂興邦 仁義設敎 則怪力亂神 在所不語 然而帝王之將興也 膺符命 受圖籙 必有以異於人者 然後 能承大變 握大器 成大業…… 然則三國之始祖 皆發乎神異 何足怪哉 此紀異之所以漸諸篇也 意在斯焉.

텍스트가 재현한 세계가 현실의 세계와 극명한 차이가 전경화(前景化)되는 서사이다. 그런데 신화는 허구와 현실 사이를 방황하는 가장 극단적인 장르라고 할 수 있다. 문학으로서의 정체성과 역사로서의 정체성을 함께 지니고 있는 신화는, 텍스트가 재현하는 세계상이 현실과 대비해 과도한 비현실성을 띠면서도 동시에 신화를 접하는 사람들(전승자)은 진실한 것으로 받아들이는 모순점을 지닌다. 이러한 모순이 발생하는 원인은 신화가 재현하는 세계상에 대한 의미론, 즉 신화 텍스트가 구축한 세계 속 의미 작용의 메커니즘 때문이다.

신화 텍스트의 의미 작용은 전승집단의 의식을 지배하는 강력한 사고틀, 즉 제의라는 틀(프레임) 속에서 일어난다. 무언가 다른 어떤 것을 대신(의미)하는 것을 취하는 과정이 일반적인 언어기호의 원리인 자의성에 따른 사회적 약속이 아니다. 제의 연행 속에서 일어나는 의미 작용, 즉 '제의화(ritualization)'에 따른 의미 작용으로 이루어지는 의사소통은 전형화된 제시와 반응 패턴들의 조합으로, 자의성에 따른 자연적 선택보다는 관습에 기초한 의사소통이 될 것이다. 이 같은 제의화는 '은유적 패턴의 명시화'로 볼 수 있는데, 여기서 은유는 단순한 비유적 표현으로 한정되는 영역이 아니라 인식의 과정을 의미한다. 인간이 현재 사용하는 다른 어떤 것을 의미하는 것을 취할 때, 비관습적 사용들을 위한 전용적 표지(delicated token)라고 여기는 과정과 동일하다.[87] 다시 말해 제의화는 일반적 은유보다 훨씬 더 강력하게 대상과 의미를 연결시키는 힘을 가진 의미 작용이라고 할 수 있다. 이 같은 제의화의 의미 작용은 에코가 '백과사전'이라고 부른 은유로 상정되는 인식론적 환유를 형성

---

[87] J. Ralph Lindgren, "Semiosis as Ritual", Robert Kevelson, ed., *Law and the Human Science*, Pater Lang Publishing Inc., 1992, p.247.

124

하게 된다.88) 동일한 문화공동체 속에서 일치하는 인식론적 환유뿐 아니라 정서적 환유, 즉 공동체 내부의 결속과 합의를 이끌어내는 것 또한 이 제의화의 주요 기능인 것이다. 그러기에 인간의 생활은 제의화된 맥락 속에서 길들여지는데, 참여자들은 자신들의 제의화된 행위를 "장소, 사건, 힘, 문제, 전통에 대한 응답"으로 보게 되는 것이다. 제의의 참여자들은 이러한 방식 속에서 이 응답을 "주어진 환경 속에서 자연스럽고 적절하게 행해진 것"으로 간주하게 된다.89)

제의라는 전체 틀 속에서 강제되는 관습의 힘은 일상세계 속의 습관적(routine) 관계 맺기가 아니라 새로운 관계 맺기를 가능하게 하며, 한 번 의미화된 대상은 쉽게 변하지 않고 고정된다.90) 이러한 제의적 관습(ritual convention)은 단순한 인간 사회의 집단화된 습관의 범위를 넘어서는 의사소통의 하나의 고유한 유형을 만들어내는 강력한 규범을 형성하게 되는 것이다. 즉, 제의는 인간 생활에서 일상적으로 이루어지는 행위나 소통이 아니라, 특정한 경험을 위한 특정한 격식에 의해 작용하는 메타-양식으로서 제의를 연행하는 집단에게 경험의 의미의 패러다임, 기어츠(C. Geertz)의 "무엇의 모델(model of)"과 "무엇을 하기 위한 모델(model for~)"91)로서 기능하는 것이다.92)

---

88) Umbert Eco, *Semiotics and the Philosophy of Language*, Indiana University Press, 1986, p.127.

89) J. Ralph Lindgren, 앞의 글, p.247.

90) 제의, 혹은 제의적 행위 등을 설명함에 있어서 반복이라는 행위, 고정된 형식의 특성으로 말미암아 제의를 습관(habit, routine)의 개념으로 보기도 한다. 이는 제의의 특성을 제대로 파악하지 못한 사례인데, 제의의 신성성과 강제성 등의 근원적 원리와 영향력을 간과했기 때문이다. 이와 관련된 내용은 다음 글 참고.
Eric W. Rothenbuhler, 앞의 책, pp.28-29.

91) Clifford Geertz, *The Interpretation of Cultures*, Basic Books, 1973,

이 장에서는 신화에서 재현된 세계상을 통해 어떤 차이가 존재하며, 그 차이가 어떤 방식으로 생성되는지를 살펴볼 것이다. 신화의 세계상을 가능 세계로 간주하고, 현실의 세계와 구별되는 신화 속 세계를 구성하는 의미론을 밝힐 것이다. 세계의 축조는 기호로 구성되며, 그 세계 속의 대상들은 기호와 연결됨으로써 의미를 가지게 된다. 이 의미 작용의 원리를 찾기 위해서 신화의 세계상을 몇 가지 항목으로 나누어서 살피는 것이 유용하다. 라이언(Marie-Laure Rayan)은 가능 세계 의미론을 제시하면서 장르와 접근 가능성의 관계들을 도식화했고, 9개의 접근 가능성 목록을 다음과 같이 제시했다.93)

(A) 자질들의 동일성(Identity of properties)

(B) 목록들의 동일성(Identity of inventory)

(C) 목록의 양립 가능성(Compatibility of inventory)

(D) 연대기적 양립 가능성(Chronological compatibility)

(E) 물리적 양립 가능성(Physical compatibility)

(F) 분류학적 양립 가능성(Taxonomic compatibility)

(G) 논리적 양립 가능성(Logical compatibility)

(H) 분석적 양립 가능성(Analysitic compatibility)

(I) 언어적 양립 가능성(Linguistic compatibility)

이러한 접근 가능성의 목록들을 문학 장르에 대비시키면, 문학

---

pp.93-94.

92) 김성례는 제의 연행이 갖는 이러한 문화적 기능을 설명하면서, "무엇의 모델"로서의 제의는 연행 집단 성원의 정신과 마음의 질서를 신성한 메시지로 도식화하는 것으로, "구엇을 위한 모델"로서의 제의는 경험의 어떤 변화를 실현시키는 것으로 파악했다.
김성례, 앞의 글, p.111.

93) Marie-Laure Ryan, 앞의 글, pp.558-567.

126

장르의 특성이, 일반적 세계의 의미론적 차이와 허구들의 의미론적 차이간의 구별을 통해서 드러날 수 있다. 가령, '정확한 논픽션(accurate nonfiction)' 장르는 모든 항목에서 접근 가능하다[+].(접근 가능한 것은 +로 표시, 접근 가능하지 못한 것은 −로 표시하기로 한다.) 반면에 '사실적인 역사 허구물(realistic & historical fiction)'은 다른 항목은 모두 접근 가능[+]한데, (B) 목록들의 동일성은 접근 가능하지 않다[−]. 이 항목은 '텍스트의 실제 세계(TAW, the textual actual world)'와 '실제 세계(AW, the actual world)'가 같은 대상을 갖추고 있을 때, TAW가 AW에 접근 가능한 경우인데, 허구물인 경우에는 비록 TAW와 AW의 공통적 대상들이 동일한 자질을 가지더라도(가령, 항목 A) 실제 세계의 인물이나 대상물이 존재하는 것은 아니기 때문이다.

이와 같은 목록표들의 적용을 통해서 신화의 장르적 특징을 파악할 수 있으며, 의미론적 체계를 수립하는데 유용하다. 라이언은 다양한 허구 장르를 설정하면서 신화 장르를 따로 설정하지는 않았지만, 전설(legend)이나 요정담(fairy tale)의 경우를 적용시켜 논하고 있다. 신화 장르는 전설이나 요정담과 마찬가지로 (E) 물리적 양립 가능성과 (F) 분류학적 양립 가능성이 다른 장르와 달리 TAW와 AW가 접근 불가능한 점[−]이 가장 유표적이다. 다시 말해서 신화의 가능 세계는 일반적 실제 세계와 물리적인 자연 법칙을 공유하지 않는다는 점이 부각되며, 또한 이 연장선에서 분류학적인 종들의 차이가 부각되는 것이다.94) 이 같은 가능성 목록들 자체를 곧바로 한국 신화에 적용

---

94) 이상의 분류와 목록, 적용에 대한 논의는 다음 글 참고.
    Marie-Laure Ryan, 같은 글.
    Marie-Laure Ryan, *Possible Worlds, Artificial Intelligence and Narrative Theory*, Indian University Press, 1991, pp.32-33.

하는 것은 무리가 있으나, 이를 참조로 해서 서사가 재현하고 있는 특정한 세계상의 변별점을 드러내는 관계들을 정식화할 수 있을 것이다.

먼저 신화 세계 속에서 찾을 수 있는 세계의 법칙이나 질서에 주목해야 한다. 신화 텍스트에 나타나는 세계 질서는 크게 두 가지로 양분할 수 있는데, 신성 세계와 지상 세계의 질서와 원리이다. 건국신화와 무속신화 양 체계에서 공통적으로 나타나는 두드러지는 특징이 바로 현실 세계, 즉 인간의 실제 세계 이외의 다른 세계(other world)가 나타난다는 점이다. 지상 세계와 뚜렷이 구별되는 신성 세계와의 관련양상이 신화 텍스트 속에서 어떻게 나타나는지 면밀히 고찰해야 할 것이다.

둘째, 신화와 관련되는 신과 인간의 관계에 주목해야 한다. 한국의 신화 텍스트들을 단순히 신들의 이야기로 한정해서는 안 될 것이다. 다른 나라의 신화체계에서는 이러한 종류의 신화가 존재하지만[95], 한국의 신화 체계에서는 신들의 이야기만 독립되어 있는 신화의 경우는 찾기 어렵다.[96] 한국의 신화는 신

이러한 점을 염두에 둘 때, 신화는 특히 신적인 존재, 그리고 그들이 속한 공간의 물리적 질서, 환상적이고 이상한 경험을 받아들이는 인간들의 경험과 태도 등이 신화의 가능 세계를 밝히는 주요한 지표가 될 수 있을 것이다. Ⅲ장에서는 이러한 지표들을 중심으로 설정된 관계를 통해서 한국의 신화들의 세계상의 구성 원리와 산출되는 이념·가치 등에 대해서 살펴 볼 것이다.

95) 대표적으로 〈그리스·로마 신화〉의 경우, 그 체계를 '1. 신들의 시대, 2. 영웅의 시대, 3. 인간의 시대'로 크게 3부작으로 볼 수 있다. 이 경우 '1. 신들의 시대'에 해당하는 이야기는 인간과 직접 관련이 없는 신들 고유의 세계에 대한 이야기들이 다수 존재한다.
Ovidius, 『변신 이야기(Metamorphses)』, 이윤기 역, 민음사, 1994.

96) 건국신화의 경우에는 신 내지 신적 존재가 인간세계에 출현해서 왕국을 건설하는 내용이므로 당연히 인간세계가 중심적으로 드러난다. 반면 무속신화에서는 특정한 직책을 맡은 신들이 어떻게 신이 되었는가에 초점이 맞추어진 이야기이다. 이때 인간에서 신으로 화한 이야기의 경우에는 인

내지 신적 존재와 인간 존재와의 교류, 소통에 관한 이야기이므로, '신-인간' 관계에 특히 주목해야 한다. 신은 인간에게 단순히 종교적 숭배의 대상으로 그치는 것이 아니라, 다양한 관계 양상으로 존재한다. 이를 통해서 인간에 대한 신의 역할이나 기능이 결정되며, 인간은 신화적 세계상을 어떻게 인식·수용하는지 알 수 있다.

마지막으로 신화 텍스트에서 양산된 가치의 체계를 살필 것이다. 신화 세계 속에서는 어떤 대립 체계가 형성되는지 찾음으로써 서사의 가장 기본적인 의미망 고찰이 가능해 질 것이다. Ⅱ장에서 분석했듯이 신화 서사에서는 인물의 행적과 인물의 행위가 중심적으로 서술된다. 서사 속 인물들을 중심으로 어떤 대립 체계를 형성하는지를 밝히고, 이를 통해서 어떤 가치가 유표화(有標化)되는지, 나아가 어떤 세계의 질서가 전범으로 선택되는지를 밝힐 수 있을 것이다.

이상의 세 가지 기준을 통해서 밝힐 수 있는 세계상의 논리는 신화 해석에 있어서 의미론의 체계를 형성하는데 기여할 것이다. 서사에서 재현된 세계상의 의미가 파악됨으로써 다음 단계로 신화 서사가 궁극적으로 추구하는 이념이 무엇인지 파악할 수 있을 것이다. 개별 신화의 의미론의 체계를 바탕으로 추상화할 수 있는 상위의 이념을 밝힌다면, 한국의 두 신화 체계인 건국신화와 무속신화의 서사적 이념 내지 장르적 이념이 무엇인지 알 수 있을 것이다.

간과 인간세계가 나타나는 것은 당연하다. 그러나 주인공이 신으로 변신할 때, 인간적 존재로 애초에 등장하지 않는 경우가 있는데, '성주'신의 경우가 그러하다. 이런 경우라 하더라도 신들이 맡게 되는 직책은 인간세계와 직접적인 관련을 맺는 것이지, 신들 고유의 영역에 해당하는 직책을 맡는 경우는 없다.

이 장에서는 건국신화의 경우, Ⅱ장에서 분석한 여섯 편을 전부 다루지 않고 유형별로 대표적인 텍스트만 다루기로 한다. 건국신화에서 다루었던 신화 여섯 편은 세 가지 유형으로 분류할 수 있다. 신이 직접 강림해서 건국하는 신화로 <단군신화>·<해모수신화>, 난생한 신적 존재가 성장 후에 왕으로 추대되는 신화로 <수로신화>·<혁거세신화>, 지상에서 난생한 존재가 신격 획득을 위한 과정을 거친 후 즉위하게 되는 신화인 <주몽신화>·<탈해신화>로 분류할 수 있다. 각 유형에서 상대적으로 내용이 풍부하고, 전형성이 강한 <단군신화>, <수로신화>, <주몽신화>를 분석 대상으로 한다. 물론 논의의 확장이나 정리 시, Ⅱ장에서 다룬 나머지 신화들도 언급하도록 하겠다.

무속신화의 경우는, 이야기를 분류하는데 다소 난점이 있다. 가령, 희생자의 성격을 중심으로 아내, 자식, 아내와 자식으로 분류할 수도 있고. 1대와 2대의 유형, 즉 남편과 아버지를 수혜자로 설정 분류 가능하다. 또 <칠성풀이>나 <이공본풀이>의 경우는 1대인 아내의 희생과 2대인 자식의 희생이 모두 나오는 확장형이다. 무속신화는 Ⅱ장에서 제시한 5편 모두를 대상으로 분석하고, 이후 다시 유형별 정리 가능한 부분을 제시하도록 하겠다.

2. 건국신화의 세계상과 이념

(1) 신-인간 차이화를 통한 세계상의 재현

1) <단군신화>

가. 재현된 세계와 법칙

<단군신화>에서는 환웅의 원(原) 출신지인 천상 세계와 환웅이 건국하게 되는 지상 세계의 이중적 세계가 제시된다. <단군신화> 서두에는 환인이 다스리는 세계가 제시되며, 그 세계 속 존재였던 환웅이 인간 세상에 관심을 가져 강림하는 것으로 나온다. 환인이나 환웅이 속해있던 천상 세계는 인간의 지상 세계와는 분명히 구별되는 세계 질서를 갖고 있다. 천상 세계에 대한 직접적인 세계상을 파악할 만한 내용은 없지만, 환웅을 통해서 그 세계의 법칙을 어느 정도 파악할 수 있다.

환웅은 원출신지인 천상 세계 출신답게 인간들이 행할 수 없는 신이한 능력을 과시한다. 무리를 이끌고 천상에서 지상으로 강림하며, 천부인(天符印)을 소유하며, 자연 법칙을 조절할 수 있는 능력을 지녔다. 또한 환웅은 지상적 존재자를 변신시킬 수 있는 신이한 능력을 소유했으며, 자신의 모습을 또한 변화시킬 수 있다. 이를 통해서 천상 세계와 현실의 지상 세계는 '물리적 양립 가능성(physical compatibility)'과 '분류학적 양립 가능성(taxonomic compatibility)'의 항목에서 두드러진 차이를 보인다.[97] 현실 세계의 물리적·분류학적 가능성이 환웅의 세계에서

---

97) 각주 91) 참고.

는 접근 불가능하다.

환웅이 천상에서 무리 삼천을 이끌고 지상으로 내려온다는 점, 비·바람·구름의 자연 현상을 조절한다는 점은 물리적 법칙이 현실 세계의 그것과 차이 나는 것에 대한 대표적인 예이다. 현실의 인간세계에 적용되지 않는 물리적 법칙을 통해서 드러내고 싶은 것은 결국 환웅의 초인간적 능력이다. 물리적 양립 가능성이 불가능한 것을 통해서 <단군신화>는 현실적 세계를 통제하고 조절하는 강력한 주인공의 탄생을 이야기하고 있다.

지상 세계는 이러한 능력을 갖춘 환웅이 왕으로 즉위함으로써 새로운 국면을 맞이하게 된다. 그러나 이것이 곧바로 지상에다 천상 세계의 질서를 옮겨온다는 의미는 아니다. 인간세계의 질서가 신성한 존재인 환웅에 의해 새롭게 창조되고 완성되었다는 의미이다. 환웅이 강림하기 이전의 인간세계는 무질서의 혼란 상태였다면, 환웅이 이를 질서 있고 조화로운 것으로 바꾼다는 점이 무엇보다 중요하다.

환웅이 강림함으로써 지상 세계의 카오스(chaos)는 코스모스(cosmos)로 전화된다. 환웅이 강림하고 나서야 인간 세상의 360여 가지 일이 제대로 질서를 잡게 된다. 환웅은 "곡식을 주관하며, 명(법률)을 제정하며, 질병을 다스리고, 형벌을 처리하며, 선악을 판단"98)하는 등 당시 인간 사회의 가장 핵심적인 질서를 수립하게 된다. 경제적 문제, 정치·법률적 문제, 질병 문제, 도덕·윤리 문제 등은 인간의 가장 기본적인 질서의 예들이다. 360여 가지의 인간사가, 환웅이 강림해서 나라를 세움으로써 비로소 온전할 수 있다는 점이 강조되고 있다.

<단군신화>에서는 호랑이와 곰으로 대표되는 동물의 세계가

---

98) 『三國遺事』, 卷一, 紀異, 古朝鮮, 主穀主命主病主刑主善惡. 이후 <단군신화>에 대한 원문 인용의 출처는 생략한다.

나온다. 지상의 세계는 인간세계와 동물 세계가 공존하고 있다. 호랑이와 곰은 스스로 인간으로 화하고자 하는 능동적 욕망을 지닌 주체로 표현된다. 곰이 웅녀로 화하는 과정을 통해서 환웅의 등장은 지상의 인간세계뿐 아니라 동물 세계와도 관계를 맺고 있음을 알 수 있다. 이 대목에서도 분류학적 세계 질서가 현실적 세계에 적용되지 않음을 알 수 있다.

현실 세계를 기준으로 볼 때, 곰과 호랑이는 인간적 존재와 구별되는 분류표의 위치를 가질 것이다. 이야기에서도 곰과 호랑이가 인간과는 다른 유적(類的) 존재라는 점이 명시되어 있다. 특히 곰과 호랑이가 인간이 되고자 욕망한다는 점은 인간적 존재와의 뚜렷한 차이를 지시한다고 볼 수 있다. 곰이 환웅이 내린 금기를 준수하고 인간으로 화한다는 것은 물리적 세계 법칙이 현실의 것에 위반된다는 것 뿐 아니라, 인간과 곰이라는, 다시 말해 인간과 동물이라는 분류학적 기준에도 역시 위반되는 현실 세계에서의 불가능한 일인 것이다. <단군신화>에서 찾을 수 있는 이 같은 가능 세계의 법칙은 결국 신화에서 드러내고 싶은 주요한 의미와 관련을 맺고 있다.

곰이 인간으로 화함에 따라 지상 세계의 기존 질서, 혹은 무질서의 세계는 환웅 중심의 새로운 질서로 재편되게 된다. 그런데 여기서 웅녀의 변신 과정을 통해서 새롭게 알 수 있는 사실은, 동물들이 아무렇게나 인간으로 화할 수 있는 것이 아니라는 점이다. 환웅은 인간으로 화하려는 호랑이와 곰에게 금기를 내리는데, 이 금기를 지킨 자만이 욕망을 성취할 수 있다. 환웅이 직접 다스리고 1차적으로 관여하는 세계는 지상의 세계 중에서도 인간세계의 영역인데, 이 환웅의 통치 세계에 편입되기 위해서는 환웅의 금기를 지켜야 하는 것이다. 환웅은 문화영웅(cultural hero)으로서 세계 간의 차이를 유표화하고 경계 지음으로써 자신의 세계

질서를 확고히 한다.99)

 텍스트 상에서 전개되는 세계는 신적 존재인 환웅의 등장으로 인해서 인간세계 질서의 완성, 혹은 인간세계 질서의 새로운 변모를 드러낸다. 환웅의 등장으로 비로소 인간세계의 질서가 수립됨을 천명하고 있는 것이다. 이는 다시 말해서 신적 세계를 모델로, 신의 의지에 의해 인간세계가 구성되었음을 의미하는 것이다. 지상적 존재들은 이러한 신적 존재들에게 복종하고 결합해야 함은 당연한 이치일 것이다.

 나. 신과 인간의 관계 양상

 다음으로 <단군신화>에서 찾을 수 있는 신과 인간의 관계에 대해 살펴보자. 이야기에서 신격, 내지 천상적 존재는 다수이지만, 서사를 이끌어 가는 중심 행위자는 단연 환웅이다. 서사에서 직접 신으로 제시되는 환웅을 중심으로 형성되는 관계를 통해서 '신-인간' 관계를 파악할 수 있다. 환웅은 무리 3천을 이끌고 태백산에 하강해서 신시를 열고 왕위에 오른다. 그리고 인간의 360여 가지 일을 관장한다. 이는 환웅으로 대표되는 신과 인간의 관계가 종교적인 의미, 즉 환웅은 숭배 받고 인간은 환웅에게 복종하는 전통적인 신-인간관계를 넘어선다는 것을 의미한다. 환웅과 인간의 관계는 실제 현실 생활 속에서의 정치·

---

99) 문화영웅에 대해서 캠벨은 '영웅은 일상적 삶의 세계에서 초자연적인 경이의 세계로 떠나 신비로운 모험을 통해 자기가 속한 사회 전체의 소생에 필요한 수단을 가지고 현실세계로 돌아온다."고 설명하고 있다. 이 같은 논의를 참고할 때, 기본적으로 신화의 주인공들은 새로운 문화창조, 공동체의 생명·활력 부여 등의 역할을 모두 수행하기에 문화영웅이라고 할 수 있다.
   Joseph Campbell, *The Hero with Thousand Face*(1949), Prinston University Press, 1973.

사회적 지배와 피지배의 관계임을 의미하는 것이다.

신은 지배자로서뿐 아니라 인간에게 원조자로서의 역할도 수행한다. 곰과 호랑이가 인간으로 화하고자 했을 때, 그들의 욕망을 실현시켜줄 수 있는 원조자의 역할을 할 뿐 아니라, 웅녀가 잉태하고자 소원할 때에도 환웅은 인간으로 잠시 변해서 웅녀와 결혼, 잉태시켜 준다. 또한 <단군신화>의 주인공을 환웅이 아니라 단군으로 볼 때, 환웅은 단군이 조선을 건국하게끔 원조해 주는 역할을 한다고 볼 수 있다.[100]

환웅으로 대표되는 신격은 <단군신화>에서 인간과의 가족 관계를 맺는데, 이점의 문화적 의미가 중요하다. 환웅은 웅녀와 결혼하는데, 신과 인간의 관계가 부부관계로 표현된 것이다. 또한 웅녀가 낳은 인간의 왕 단군을 통해서 부자관계가 설정됨을 알 수 있다. 가족은 인간 사회 집단의 가장 최소의 단위체로, 인간 공동체 생활의 근간이 되는 것이다. 국가나 민족의 개념이 확대된 가족 개념으로 흔히 쓰이는 것은 공동체의 일체감 강조를 위해서이다. 환웅은 새로운 국가를 세우고 인간을 다스리고 교화하고, 인간의 욕망을 실현하기 위해 도움을 주며, 또한 가족 관계를 형성함으로써 공동체의 완성을 꾀하고 있는 것이다.

다. 가치체계

<단군신화>에서 재현된 세계 속에서 찾을 수 있는 가치체계를 살펴보자. <단군신화>에서는 환웅으로 대표되는 신격의 천상계, 호랑이와 곰으로 대표되는 동물계와 인간계 둘을 묶어 지상계가 기본적인 대립 체계를 형성하고 있다. 천상을 대표하는

---

[100] 조현설은 건국신화의 신격 기능을 '파송자─원조자─실현자'로 3분해서 설명하고 있다. 〈단군신화〉에서는 환웅이 원조자에 해당한다.
조현설, 앞의 책, pp.288-289.

환웅의 성격을 보면, 먼저 존재론적 자질이 지상계의 존재와 뚜렷이 구별되는 변별점을 보여준다. 환웅은 신이한 능력을 소유하고 있는데, 이야기 속에서 두드러진 것으로 타인과 자신을 변화시킬 수 있는 능력이다. 곰과 호랑이가 인간으로 화하고자 하는 욕망을 실현시켜줄 뿐 아니라, 웅녀와의 결혼 과정에서도 신에서 인간으로 화한다. 환웅의 신이한 능력을 단적으로 보여주는 것이 바로 이 변신·변화의 능력이라고 할 수 있겠다. 반면 지상적 존재들에게는 이와 같은 능력이 없다. 환웅은 뛰어난 자질을 소유하기 있기에 당연히 사회적으로 지배자·통치자의 지위를 획득한다. 반면 지상적 존재들은 피지배자의 지위를 갖게 된다. 대립되는 존재들의 자질들을 비교해서 정리하면 다음과 같다.

환웅		곰과 호랑이	
존재론적 능력	변화를 가능하게 하는 존재	존재론적 능력	스스로 변화할 수 없는 존재
사회적 지위	지배자	사회적 지위	피지배자

<단군신화>에서 두드러지는 가치체계는 '천상 : 지상'의 대립체계를 통해 '지배 : 피지배'의 위계질서를 확립임을 알 수 있다. 천상적 존재의 신이한 자질 중, 특히 세계나 존재에 대해서 변화를 가능하게 하는 힘이야말로 <단군신화>에서 가장 핵심적인 능력이다. 변화를 가능하게 하는 이 힘이 창조적 능력이며, 문화의 창시자·국가의 건국자에게 대표적으로 요구되는 자질이라 할 수 있다. 이 자질은 <단군신화>에서 가장 부각되는 가치일 것이다. 이러한 중심 가치는 환웅의 아들인 단군에게서도 찾아 볼 수 있다. 단군은 환웅과 같이 직접적인 신격으로 인간

세계에 최초로 출현하지 않았지만, 인간 세상을 떠나 산신령으로 변신하는 것을 보여준다. 이로써 단군의 변신 능력을 통해, 부계 혈통이 보여주는 신성성을 자신도 소유하고 있음을 보여주는 것이다.

천상 존재		지상 존재	
행위 능력	변화의 능력 소유	행위 능력	Φ
결과	문화 창조	결과	Φ

천상과 지상은 철저히 상하 관계, 지배·명령과 복종의 관계로 표상된다. 그러나 지상적 존재들 사이에서도 서로 구별되는 가치를 실현하고 있다. 곰과 호랑이는 모두 인간으로 화하고자 욕망한다. 문제는 창조적 능력이 부재한 지상적 존재가 어떻게 욕망을 성취하는가 하는 과정에 있다. 곰이 욕망을 성취하고, 웅녀가 단군을 생산할 수 있는 것은 스스로 욕망했으며, 또한 신에게 의탁해서 신의 명령을 충실히 따랐기 때문이다. 결국 천상의 신격에 의해서 완성된 지상 세계는 신격의 명령에 순응하는 자를 선택하고, 그렇지 않는 자를 배제함으로써 가치체계를 뚜렷이 드러낸다. 신격에 의해서 새롭게 창조된 사회 속에서 배제와 수용의 논리는 결국 비문명(자연)과 문명의 가치를 표상하고 있는 것이다.

곰		호랑이	
행위	환웅의 금기 수행	행위	환웅의 금기 위반
결과	인간으로 변신 인간세계에 수용됨	결과	동물로 남음 인간세계에서 배제
표상된 가치	문화적 존재 (인간 존재)	표상된 가치	비문화적 존재 (자연적 존재)

<단군신화>에서는 천상과 지상의 대립을 통해 지배와 피지배의 가치를 뚜렷이 제시하며, 지상적 존재들 간의 대립을 통해 인간사회의 배제와 수용의 논리가 강조되고 있다. 이를 통해서 <단군신화>는 문명 대 자연(비문명)이라는 양항 가치가 대립을 이루며, 천상적 존재에 의한 인간세계의 새로운 문화 창조라는 중심 가치를 드러내고 있음을 알 수 있다.

2) <수로신화>

가. 재현된 세계와 법칙

<수로신화>에서는 수로 탄생 이전의 세계가 어느 정도 명기되어 있다. <단군신화>에서는 환웅이 강림하기 이전의 인간세계에 대해서는 전혀 언급이 없으나, <수로신화>에서는 구간(九干)이라는 사회의 지배집단이 존재했으며, 그들을 중심으로 사회가 구성·유지되고 있었다. 하늘에서 명을 내림으로써 지상세계 질서와는 다른 천상의 질서가 개입하게 된다. 인간 존재가 아닌 신군(神君)의 탄생은 분명 당시의 세계 질서에 부합되지 않는 기이한 사건임이 틀림없다. 가락국의 구간과 백성들은 이 기이한 사건을 수용하고 자신들보다 우월한 존재의 명령에 복종한다. 여기서도 뚜렷이 제시되는 세계 법칙의 차이점은 <단군

신화>와 마찬가지로 물리적 세계 법칙이다. 특히 천상에서 알이 지상으로 강림한다는 사실, 그리고 수로가 알에서 태어난다는 점에서 현실의 인간세계에서 일어날 수 없는 기이한 일이다.

그러나 수로의 등장과 탄생·성장 과정은 <단군신화>와는 뚜렷이 구별되는 점이 있다. 환웅이 등장할 때, 신이 인간에게 암시를 주거나 명령을 내리지 않는다. 인간들이 천명을 받아 신군을 맞이하는 과정이나 절차가 필요 없는 것이다. 신격의 직접 등장이 곧바로 통치로 이어지기 때문이다. 실제로 수로는 알로 강림하고 알을 깨고 나온 후, 일정 기간 구간 등 기존 질서 세력들에게 길러진 후 즉위하게 된다. 이러한 점을 미루어 볼 때, <수로신화>에 나타나는 신의 강림은 <단군신화>의 환웅의 출현과 같은 일방적인 신적 세계의 개입이라고 볼 수는 없다. 또한 환웅이 스스로 인간세계에 관심을 가져 태백산에 강림하는 것과는 달리, 수로는 자신의 의지보다는 더 상위의 존재자의 파견에 따른 것으로 볼 수 있다. 하늘에서 전한 소리, 즉 천상의 상위 신이 인간에게 미리 수로의 파견을 예언하고 있다는 점에서 차이가 있다.

수로가 즉위한 후에 인간세계는 보다 발전하는 면모를 보여준다. 수로가 갓 즉위했을 때에는 "임시 궁궐을 짓게 하여 들어가 살았는데, 단지 질박하고 검소하여 집의 이엉을 자르지 않았으며, 흙계단은 겨우 석자였다."[101]에서 볼 수 있듯이 국가적 면모를 제대로 갖추지 못한 상태였다. 이후 즉위한 지 2년 뒤, 수로는 도읍을 정하고 "1천 5백 보 둘레의 나성과 궁궐과 전각 및 여러 관사, 무기고, 곡식 창고"[102]를 짓는 공사를 행한다.

가락국의 국가 발전 양상은 이후 한 번 더 제시되는데, 수로

---

101) 『삼국유사』, 第二卷, 紀異 第二, 駕洛國記, 俾創假宮而入御 但要質儉 茅茨不剪 土階三尺. 이후 언급되는 원문의 출처는 생략한다.

102) 築置一千五白步周廻羅城宮禁殿宇 及諸有司屋宇 虎庫倉凜之地.

가 "구간 등이 모든 관료의 우두머리지만, 그 직위와 명칭이 더불어 모두 소인과 시골 사람의 호칭이며 고관직위의 호칭이 아니다. 만일 외지에 전해지면 반드시 웃음거리가 될 것이다."103) 라 말하고 관을 설치하고 직책을 나누는 등 국가 체제를 개편·정비한다. 여기서 주목할 것은 가락국이 체제 개편으로 두 번째 사회적 발전을 하게 되는 시점이다. 수로가 즉위하고 1차적으로 국가의 면모를 갖추는 공사가 있었다. 이후 허황옥의 등장하고, 신성혼을 치르고 나서 수로가 다시 국가 정비에 힘을 쏟는다. 가락국은 수로가 허황옥을 맞이해서 결혼한 이후 더욱 안정적으로 국가 질서가 완성되어간다.

<수로신화>는 불완전한 인간세계가 신적 존재의 등장과 신성한 배우자와의 결혼 등을 통해서 보다 완전하게 발전되어 가는 모습을 잘 보여준다.

나. 신과 인간의 관계 양상

가락국은 이미 지배세력이 기반을 갖추고 인간 사회를 통치하고 있었다. 그러나 하늘에서 명을 내리자 구간과 백성들은 하늘의 명을 받들어 수로를 맞이하는 행사를 치른다. 여기서 신은 명령하는 존재로, 인간은 그 명령을 듣고 수행하는 존재이다. 신의 명에 의해 출현한 수로는 인간들의 추대에 의해서 왕위에 오르게 된다. 알에서 나온 수로를 인간들이 길러 성장시킨 후에 즉위시키는데 이러한 모습은, 전술했듯이 <단군신화>에서는 찾아 볼 수 없는 특징이다. <수로신화>에 나타나는 기본적인 신－인간관계는 일방적이고 절대적인 수직 관계라기보다는 합의와 추대에 의한 수직 관계를 형성하고 있다.

---

103) 九竿等俱爲庶僚之長 其位與名 皆是宵人野夫之號 頓非簪履職立之稱 儻化外傳聞 必有嗤笑之恥.

<수로신화>의 또 다른 중심인물인 허황옥의 성격에 관해 살펴보자. 수로의 배우자인 허황옥은 분명 인간이지만, 신의 명에 따라 수로를 찾아와 결혼하게 된다. 허황옥 역시 천명(天命)에 의해 왕후로 결정되는데, 이는 수로가 즉위하는 과정과 유사하다고 할 수 있겠다. 다만 허황옥은 인간 존재이기 때문에 수로와 같은 신성한 존재와 결혼하기 위해서는 일정한 자격 획득이 요구된다. 허황옥은 우주여행을 통해 그 자격을 획득하고 수로와 동등한 결혼을 요구하기에 이른다. 허황옥의 부모가 꿈에 황천상제(皇天上帝)의 명에 따라 여식을 수로의 배필로 정하게 되고, 이후 허황옥은 결혼 예물을 구하러 신성한 공간을 여행하게 된다.104) 허황옥과 수로의 관계를 통해서도 알 수 듯이 <수로신화>에서는 남녀의 결혼에 있어서도 남성인 수로의 일방적이며 수직적인 면모를 찾아 볼 수 없다. 수로와 신하·백성들의 관계와 비교해 보면, 수로와 허황옥의 관계는 수평적이며 동등하다. 이러한 관계 양상은 <단군신화>와 대조적인데, <단군신화>에서 환웅과 웅녀의 관계는 비록 웅녀가 배우자임에도 불구하고 시종일관 수직적으로 나타난다.

다. 가치체계

<수로신화>에서 인물을 중심으로 두드러진 대립 체계를 통해 찾을 수 있는 가치체계를 살펴보자. 먼저 천상적 존재인 수로와 지상적 존재인 구간과 백성들의 대립 양상에서 신성성과 비신

---

104) 姜也浮海遐尋於蒸棗 移天夐赴於蟠桃
　　　바다를 여행하고 하늘을 여행해서 결혼 예물을 구한다는 것은 인간 존재인 허황옥이 신격인 수로의 배필이 되기 위해 존재론적 변화를 겪는 과정이라고 할 수 있다. 이러한 예물을 구하고 우주여행을 마친 허황옥은 이제 더 이상 평범한 인간 존재가 아니며 신성한 존재로 존재론적 변화를 완수했다고 볼 수 있다.

성성의 보편적 가치를 찾을 수 있다. 수로의 경우 신명의 징표가 뚜렷이 존재하기에 출현과 동시에 우월한 존재임을 타인에게 인정받게 된다. 이러한 존재론적 자질은 곧바로 지배와 피지배의 관계로 진행된다. 수로가 즉위한 후에는 앞서 언급한 대로 국가의 체계가 보다 안정적이고 발전적인 방향으로 변한다. 천상 출신의 신성한 존재라는 존재론적 자질은 현실 세계의 사회적 지위를 결정하며, 수로의 능력은 새로운 국가, 새로운 문화를 창조하게 하는 근원인 것이다.

수로		구간, 백성	
존재론적 자질	천상적 존재	존재론적 자질	지상적 존재
사회적 지위	지배자	사회적 지위	피 지배자

<수로신화>에서 인간 존재인 허황옥은 다른 인간 존재와 구별된다. 비록 허황옥은 인간의 소생으로 태어났지만 천명에 의해 배우자로 선택되며 존재론적 변화 과정을 거치게 된다. 허황옥이 수로의 배필이 되기 이전에, 신하들은 수로에게 황후를 맞을 것을 종용한다. 그러나 수로는 자신이 인간 세상에 내려온 것도 하늘의 명이었고, 황후를 맞는 것도 하늘의 명이 있어야 한다는 주장을 펴서 신하들의 의견을 거절한다.105) 이 대목에서도 알 수 있듯이 허황옥의 존재가 단순한 인간적 존재가 아니며, 하늘의 명을 받은 배우자감이라는 점이 강조되고 있다. 허황옥은 인간세계의 평범한 배우자감들과는 분명한 유표적 차이를 보여준다.

---

105) 九干等朝謁之次 獻言曰 大三降靈已來 好仇未得 請臣等所有處女絶好者 選入宮闈 俾爲伉儷 王曰 朕降于玆天命也 配朕而作后 亦天之命 卿等無慮.

허황옥		일반 백성	
존재론적 자질	신성의 개입, 변신	존재론적 자질	지상적 존재
사회적 지위	지배자(왕후)	사회적 지위	피지배자

수로나 허황옥이 등장하기 이전에도 지배와 피지배의 가치체계는 이미 형성되어 있었다. 수로 이전에는 구간이 백성들을 통치하며 지배세력을 형성하고 있었으나, 지배자가 교체됨으로써 가락국은 변모하게 된다. 이 변모과정에서 다음과 같은 가치체계를 찾을 수 있다.

수로, 허황옥		구간	
사회적 지위	신(新) 지배자	사회적 지위	구(舊) 지배자
행위 능력	사회 발전 능력 소유	행위 능력	Φ
결과	발전된 문화	결과	정체된 문화

<수로신화>에서는 천명에 따른 천상[神性]과 지상[非神性]의 대립을 통해서 지배와 피지배의 가치의 대립체계를 형성하며, 또한 신성한 지배자에 따른 발전된 문화가치 창출을 주된 가치로 제시하고 있음을 알 수 있다.

3) <주몽신화>

가. 재현된 세계와 법칙
<주몽신화>에서는 다소 복잡한 세계상이 얽혀 있음을 알 수 있다. 먼저 주몽의 아버지로 간주되는 해모수는 천상 세계 출신

의 신으로 등장한다. 유화는 수신(水神)적 존재로, 천상적 존재
는 아니지만 신성한 존재이다. 금와는 천명에 의해서 왕위에 즉
위한 신성한 존재로 인간세계를 지배하고 있으며, 당시 인간세
계의 대표자라고 할 수 있다. 여기서 해모수와 유화로 대표되는
신격을 인간의 세속적 공간과 대조되는 신성 공간의 인물이며,
이들로 응축되는 해당 출신 세계는 인간세계와 구별되는 세계
법칙을 따른다는 것은 자명하다.

주몽이 금와 별궁에서 난생하자 상서롭지 못하다고 해서 버
려지게 된다. 이때 주몽의 난생은 금와가 지배하는 인간세계 법
칙에서 수용되지 못하는 사건으로 인식되는 것이다. 주몽의 난
생이라는 다른 세계 법칙이 인간세계의 법칙과 모순을 일으키
자 인간세계에서는 이를 거부하게 된다. 인간의 출생과 관련해
서 주몽의 난생은 금와부여에서는 현실 세계에서 일어날 수 없
는 물리적 법칙이며, 그렇게 태어난 존재인 주몽은 인간 존재자
의 분류표에 속하기에 애매한 존재로 간주된다. 이는 수로와 혁
거세의 경우와 대조되는 모습인데, 주몽의 경우 천명(天命)의
직접적인 징표가 없기 때문이다.106) 수로와 혁거세는 알로 출현
할 당시 하늘에서 명령이 직접 있었음에 반해, 주몽은 유화의
몸에서 알로 태어난다.

주몽이 태어날 당시, 주몽의 난생은 분명 인간 사회에서 위배
되는 사건으로 인식되는데, 그 사회에서 이를 천상의 신성 징표

---

106) 주몽의 경우, 다른 건국신화의 주인공들에서 비해서 천상적 신성 존재
라는 징표가 직접 제시되지 않고 있다. 일광에 감응해서 알로 태어난
것은 기이한 출생이기는 하지만 징표로 수용되고 있지 못하다. 반면에
난생한 수로와 혁거세는 신성의 징표가 뚜렷이 제시된다. 수로의 경우
앞서 언급했듯이 하늘에서 직접 소리가 있었다. 혁거세의 경우, 육촌장
이 높은 곳에 올라 남쪽을 바라보니 우물가에 번갯빛같은 상서로운 기
운이 하늘에서 땅으로 비치고 백마가 절을 하는 형상을 하고 있었다.

144

로 수용하지 않았거나, 이 징표를 거부함으로써 다른 신화와 달리 주몽의 난생은 인간 존재자들과 비교해서 우월성을 획득하지 못하게 된다. 주몽이 다른 인간존재에 비해 우월성을 획득하는 것은 활쏘기 등의 능력을 과시하게 되면서인데, 이러한 자질 역시 신성성의 징표로까지는 인식되지 못한다. 오히려 인간적 질서 속에서 안정적인 질서를 위협하는 부정적 자질로 인식되어 죽음의 위기를 맞게 된다.

금와가 다스리는 현실의 인간세계는 주몽으로 대표되는 신이한 자질들을 수용하지 않음으로써, 그 세계의 질서가 강고함을 보여준다. 이렇게 본다면, <주몽신화>에서는 <단군신화>나 <수로신화>와 달리 신성 세계가 인간세계에 개입하는 힘이 약할 수밖에 없으며, 다른 말로 인간세계의 자체적 질서가 강하게 자리 잡고 있음을 의미한다. 이러한 세계 속에서 신이한 존재인 주몽은 배척당하고 쫓기게 된다. 그래서 주몽의 난생은 비록 유표적 자질임에도 불구하고 신성의 표상으로 받아들여지지 않는다.

나. 신과 인간의 관계

<주몽신화>에서 신, 혹은 신적 존재로 볼 수 있는 존재자는 주몽과 유화이다. 금와가 다른 이야기에서는 천명에 따른 존재로 나타나지만107), <주몽신화>에서는 금와의 신이한 출생에 관한 이야기는 없다. 유화가 수신(水神)인 하백의 딸이지만, 하백에게 내침을 당하자 걸식하게 되고, 이후에 금와에게 붙잡혀 별궁에 갇히게 된다. 주몽은 일광(日光)에 감응하여 탄생하고, 주문을 외워 도강(渡江)하는 등 여러 가지 신이한 행적을 계속해서 보이며 신적 존재임을 드러내지만 신적 존재로서 정당한 대

---

107)『삼국유사』, 紀異 第二, 東夫餘.

우를 받지 못한다. 주몽은 금와 밑에서 마굿간지기 노릇을 하며, 금와의 아들들에게 위협받고 쫓기는 신세가 된다. 다른 신화에서와 달리 <주몽신화>에서는 신적 존재들과 인간들과의 관계가 역전되어 제시된다. 신적 존재가 인간적 존재에게 오히려 지배당하는 형국이다. 또한 주몽과 금와의 왕자들은 왕위를 다투는 경쟁관계로 나타난다.

이러한 양상은 주몽이 부여를 탈출하여 졸본지역에 와서도 계속된다. 졸본지역의 선주(先住) 세력인 비류왕 송양과 주몽이 다투게 되는데, 송양은 주몽에게 쉽게 항복하지 않고 끝까지 저항한다. 여러 내기와 싸움에서 번번이 주몽이 승리함에도 불구하고, 주몽이 하늘에 청해 비를 내리게 해서 나라가 물에 휩쓸려 갈 때 이르러서야 송양은 항복하게 된다.108) 주몽이 신성성을 드러냄에도 불구하고 송양은 끝까지 주몽과 힘 겨루기를 하는 것은 다른 신화에서 찾아보기 힘든 특징이다. 신적 존재와 인간과의 관계가 투쟁적인 관계, 경쟁 관계로 나타나는 점은 <주몽신화>에서 핵심적 요소를 이루고 있다.

다. 가치체계

<주몽신화>에서의 대립 체계는 주몽과 직접 대립하는 인물들에서 잘 나타나는데, 먼저 주몽이 졸본지역에서 고구려를 세우기 이전에는 금와의 왕자들과 경쟁하게 된다. 주몽과 금와의 왕자들을 비교해 보면 다음과 같다.

---

108) 주몽이 졸본지역으로 이주해 와서 비류왕 송양과 경쟁을 하는 대목은 『삼국유사』에는 없는 대목이다. 이 대목은 『삼국사기』와 『동명왕편』에 전하는 내용인데, 후자가 더 상세하기에 이와 관련된 내용은 『동명왕편』의 내용을 대상으로 한다.
『東國李相國集』, 「동명왕편」, 卷第三, 古律詩.

주몽		금와의 왕자	
태생적 자질	신이한 탄생(난생)	태생적 자질	왕의 아들(인간적 탄생)
	이주 세력		선주(토착) 세력
사회적 지위	피지배자(축출 당함)	사회적 지위	지배자

유화와 주몽은 금와와 그의 왕자들에 비해 신성한 존재임에도 불구하고 이주 세력의 약점을 극복하지 못하고 경쟁에서 패배하거나 지배를 당하게 된다. 주몽은 부여에서 벗어나 졸본지역에 와서야 비로소 왕위에 도전하고 승리하게 된다. 그런데 송양 역시 금와의 왕자들과 동일한 자질, 비신성적 존재(인간적 존재)이며 선주 세력임에도 불구하고 주몽에게 패배하는 이유는 무엇인가?

주몽은 그 태생에 있어서 의문점이 많다. <주몽신화>에서는 주몽이 해모수의 아들이라고 밝히고 있으면서도 일광에 감응해서 잉태된 것으로 되어 있다. 주몽의 어머니인 유화는 금와의 별궁에 갇혀 있으면서 주몽을 낳게 되는데 이로 볼 때 주몽의 아버지는 금와일 가능성도 존재한다. 중국의 기록에서는 황제의 시비(侍婢)가 알을 낳고, 거기서 주몽이 태어난 것으로 되어 있다. 이러한 점들을 미루어 볼 때 주몽의 모계는 분명하지만, 부계는 분명하지 않음을 알 수 있다. 만약 주몽이 금와의 아들이라면, 아버지의 나라를 쳐서 왕위를 획득할 수 없는 태생적 한계를 지닌다.

또 다른 이유로는 금와의 전통성을 들 수 있다. 앞에서 계속 언급했듯이 『삼국유사』의 <주몽신화>에서는 금와의 출생에 관한 언급이 없지만, 다른 기록들에서는 분명히 금와도 천명에 따라 인간 세상에 출현하고 왕으로 즉위하는 인물이다. 이런 점을 감안할 때, 주몽 못지않게 금와도 신성성을 갖춘 인물로 볼 수 있으며, 오히려 천명이 직접적으로 제시되지 않은 주몽보다 금와가 훨씬 신성성을 더 많이 갖춘 인물로 볼 수 있다.109) 주몽이 금와의 소생인지 아닌지는 불분명하지만 금와의 신성성을 충분히 입증할 수 있기에, 결국 이러한 점을 통해서 주몽이 금와의 세력에게는 패하고, 송양에게 승리하는 것은 금와 세력이 가지는 전통성 내지 신성성 때문인 것으로 결론 내릴 수 있다. 또한 금와가 해모수의 아들 해부루의 후계자인 점을 감안한다면, 주몽과 해부루, 금와는 동일한 전통에서 국가적 전통성을 계승하고 있는 것이다.

금와, 왕자		송양	
존재론적 자질	해모수의 후예	존재론적 자질	Φ
결과	왕권(국가) 유지	결과	국가 패망

주몽의 경쟁자인 금와와 송양을 비교한다면, 금와가 다스리는 세계가 신성성에 대한 언급이 없는 비류왕 송양의 세계보다 훨씬 더 강고한 왕권을 가진 것으로 이해할 수 있다. 그리고 텍스트에서 주몽이 자신의 출신 성분을 명확히 천명하는 대목은 부여에서 졸본지역으로 향하는 도중, 도강(渡江)하면서이다. 이후

---

109) 『삼국유사』 「북부여」에는 금와왕의 신화가 독립적으로 전한다. 금와왕은 해모수의 후계자인 해부루가 산천에 제사를 올려 얻은 아들이다. 해부루가 제사를 지내고 가던 중 말이 큰 돌을 보고 눈물을 흘리자, 이상히 여겨 돌을 들추니 금빛 개구리 모양의 어린 아이가 있었다고 한다. 금와는 수로와 혁거세와 같이 거두어져 양육되고 성장하자 왕위에 오르는 유형으로 볼 수 있다. 또한 산천에 제사를 올린 이후에 얻은 왕자라는 점에서도 비슷하다.

148

부터 주몽은 신성의 도움을 빌어 경쟁자인 송양을 제압하게 된다. 부여에서는 아직 완전한 영웅으로 성장하지 못했으며, 특정한 자질을 갖추고 나서야 비로소 제대로 된 힘을 발휘할 수 있었던 것이다. 주몽은 비록 태어나면서부터 신성성을 인정받아 고귀하게 성장해서 왕위에 오르는 인물은 아니지만, 신성과 소통하는 능력을 통해서 자신의 신성성을 발휘한다. 특히 결정적인 위기 상황이라고 할 수 있는 금와 왕자들을 피해 졸본 지역으로 도주할 때, 그리고 송양과 경쟁할 때 신성의 도움으로 위기를 극복한다.110) 여기서 신성과의 소통 능력이 중요한 자질임을 알 수 있으며, 또한 주몽은 다른 건국 주인공들은 보여주지 않았던 용맹과 지혜로움을 겸비한 인물임이 부각된다.111)

주몽		송양	
행위 능력	용맹, 지혜 신성과 소통	행위 능력	Φ
결과	승리	결과	패배
	새로운 국가 건설		국가 패망

<주몽신화>에서는 주몽이 원출신지인 금와부여에서 벗어나 새로운 지역에서 나라를 세우는 과정에서 어떤 자질과 가치가 중요시되는지 살필 수 있다. 해모수의 전통을 잇고 있는 부여에

---

110) 行至淹水告水曰 我是天帝子 河伯孫 今日逃遁追者垂及奈何…… 於時魚鼈
成橋 得渡(『三國遺事』)
東明西狩時 偶獲雲色鹿 倒縣蟹原上 敢自呪而謂(「東明王篇幷序」)

111) 이러한 자질은 <탈해신화>의 주인공인 탈해에게서도 동일하게 발견된다. 탈해 역시 단순히 투쟁하는 인물이 아니라 호공의 집을 빼앗는 과정에서 볼 수 있듯이 지혜를 겸비한 인물로 제시된다.

서 주몽이 왕위를 오르지 못하는 것은 이미 강력한 질서를 수립한 안정적인 세계에서 왕위에 오르거나, 그 국가를 상대로 경쟁해서 새로운 국가를 건설하는 것이 용이하지 않음을 보여준다. 주몽이 왕으로 즉위할 수 있는 것은 신성한 자질에 의한 탄생 징표보다는 직접적인 투쟁에서 승리할 수 있는 조건들이다. 이는 <단군신화>나 <수로신화>등과는 차별적인 것으로, 새롭게 요구되는 가치라고 할 수 있다.

(2) 인간세계의 성화(聖化) 논리와 문화 창조

1) <단군신화>: 최초의 문화 사회 건설

신화에서 재현된 세계 질서의 교직 양상은 신성의 세계 질서와 인간의 세계 질서의 결합 양상으로 나타난다. 건국의 주인공들은 대부분 직접적이거나 간접적으로 천상 혹은 신성의 징표를 갖고 있거나, 혹은 신성의 도움을 받게 된다. 환웅 등장하기 이전의 인간세계는 무질서한 상태, 즉 카오스의 모습을 띠는데 환웅이 강림함으로써 질서 잡힌 세계가 된다. 신성의 세계 질서는 인간세계 질서를 압도하며, 인간세계에 새로운 질서를 수립하게 한다. <단군신화>나 <해모수신화>에서는 신이 직접 인간세계에 개입하고 자신의 뜻대로 인간세계 질서를 구축한다. 이 과정에서 신과 인간의 관계는 절대적인 상하의 수직 관계로 나타나며, 신은 명령하고 지배하고 통치하는 존재로, 인간은 복종하고 지배받는 존재가 된다. 신성과 인성의 대립 체계를 통해 절대적 우위를 점하고 있는 신성 존재가 지배자와 법의 창시자가 되며, 인간세계의 존재들은 그러한 지배자의 질서에 수용되기 위해서 신성의 법과 질서에 순응해야 한다.

　최초의 세계 질서의 수립에서 가장 필요로 하는 것은 바로 법의 제정과 시행이다. 환웅은 인간세계의 최초의 문화영웅이며, 자신이 직접 세운 국가의 모든 질서를 스스로 관장한다. 인간세계의 가장 핵심적인 일들과 모든 생활사와 관련된 360여 가지의 일들을 관장하는 것이다. 환웅이 등장해서 국가를 세우고 인간세계의 최초의 문화를 창조했다면, 웅녀는 바로 이러한 환웅의 세계에 순응하여 수용된 최초의 지상적 존재로 나타난다. 환웅의 등장 이전의 지상은 인간과 동물의 세계가 공존하는 일종의 '자연 상태'이다. 곰과 호랑이가 인간이 되고자 원했던 것은 곰과 호랑이로 대표되는 자연적 존재가 환웅이 다스리는 세계 속의 존재로 변하기 위한, 즉 문화적 존재가 되기를 욕망한 것이라고 할 수 있다. 이때 곰과 호랑이가 인간으로 변하기 위해서는 환웅의 명령, 즉 법을 지켜야 한다. 문화는 자연적 질서, 자연적 존재에 대한 금기에서 출발한다. 환웅이 곰과 호랑이에게 제시한 금기는 바로 자연에서 문화로의 이행에 있어 필수 조건인 것이다. 따라서 환웅의 금기를 지킨 곰만이 인간으로 화하게 된다.

　인간으로 변하게 된 웅녀는 자연적 존재에서 문화적 존재로 변화한 최초의 인간인 것이다. 웅녀의 문화적 의미는 여기에 있다. 환웅은 지상 세계의 최초의 문화 창시자이며, 신적 존재이다. 웅녀는 환웅이 만든 문화 세계 속에서 최초로 수용된 인간 존재로, 문화적 인간의 원초적 모델인 셈이다. 웅녀와 환웅의 결합은 이주민과 토착 세력의 결합이라는 단순한 논리를 넘어 문화 창시자와 그 문화의 최초 수용자의 결합으로 안정적인 문화질서의 수립과 완성이라는 함의를 갖는다.

　결국 <단군신화>는 최초의 문화 창조와 그 문화 속에서 탄생한 최초의 인간에 관한 이야기라고 할 수 있다. 그 문화의 기원은 환웅으로 대표되는 신성 존재에 의한 것이며, 이 신성 존재가 조선의 시조(始祖)를 존재하게 한다. <단군신화>에서는 최초의 국가 조선이 세워지는 배경, 즉 최초의 자발적 인간 문화 창조의 기원이 바로 환웅이라는 신성한 존재에 의한 것이라는 선민사상(選民思想)을 강하게 표출하고 있다.112) 이와 같이 <단군신화>는 신성의 출현과 인간세계의 교화와 문화 창조의 논리가 신에 의한 선택이라는 점이 강조되고 있다. 이러한 논리는 신과 인간의 차이화를 두드러지게 하며, 신격의 직접 강림이라는 강력한 힘의 제시, 모든 것을 새롭게 시작하게끔 하는 강력한 문화적 힘, 즉 자연에서 문화로의 이행을 가능하게 하는 거대한 힘의 제시를 환웅의 강림과 즉위 제의를 통해서 구성하고 합리화시킨다. 동일한 맥락에서 수립된 최초의 문화 세계에 편입되는 문명화된 인간상113)과, 그 인간들 속 제왕의 탄생을 각각 웅녀와 단군의 변신제의와 탄생의식·즉위식으로 표현하고 있다.

2) <수로신화>: 발전된 사회로의 전화(轉化)

<수로신화>에 처음 제시된 인간세계는 카오스의 단계는 아니다. 아직 국가적 체제가 정비되지 않았지만 구간들이 지배자가 되어서 다스리는 일정 단계의 문화적 세계이다. 이 세계에 어느 날 하늘에서 소리가 있어 천명을 전하게 되는데, 구간과 백성들은 천명에 따라 새로이 등장한 신군을 맞이하게 된다. <수로신화>의 세계상은 신과 인간의 세계가 서로 교접하고, 소통하는 양상이 제시된다. <단군신화>의 환웅은 인간세계에 일방적으로

---

112) 김두진, 『한국고대의 건국신화와 제의』, 일조각, 1999, p.31.

113) 금기를 따르게 함으로써 제도권 안으로 포섭, 주체에 따른 타자의 복종이 이루어진다. 환웅의 금기는 문화나 상징계를 형성하는 힘인 것이다.
   김승희, 「웅녀 '신화' 다시 읽기」, 안숙원 외, 『한국여성문학비평론』, 개문사, 1995, pp.10-12.

강림하여 정복하는 양상을 보여준다면, <수로신화>는 먼저 천명이 지상 세계에 내려지고, 이후에 인간들이 수로를 맞이하는 양상으로 전개된다.

그러나 <수로신화>에서도 신과 인간의 차이가 뚜렷이 강조되며, 이를 통해서 특정한 가치와 이념을 산출하고 있다. 수로는 구간이라는 기존의 지배자들보다 뛰어난 존재로 하늘에서 강림한 존재이며, 난생을 통해서 그 신이성이 부각된다. 이렇게 등장한 수로는 인간세계의 왕이 되어 기존의 세계를 새롭게 정비 발전시킨다. 또한 허황옥과의 신성한 결혼 이후 나라를 더욱 발전시킨다.

<수로신화>는 <단군신화>와 같은 최초의 문화 창시에 관한 이야기가 아니다. 수로 이전의 구간이 다스리는 인간세계가 이미 뚜렷이 존재하고 있다. 이 세계에 수로가 새롭게 등장함으로써 기존의 세계가 갱신되고 더욱 발전한다는 메시지를 전하고 있다. 어떤 집단이든 시간이 흐름에 따라 생명력을 상실하게 되는 것은 당연한 이치이다. 기존 질서나 문화가 더 이상 창조력을 발휘하지 못하고 그 능력을 상실하게 되면, 사회는 새로운 국면으로 변화되기를 요구받는다. 수로의 등장은, 바로 가락국의 이러한 문화적 국면에서 이해 될 수 있는 사회극(social drama)의 원리[114]로

---

114) 터너는 사회적 기능을 중심으로 제의를 파악했다. 제의는 인간 사회가 심각한 문제에 봉착했을 때 이를 해결하기 위한 사회적 장치이다. 사회문제를 해결하기 위해 법적인 과정이나 정치적 과정과 같은 현실적인 해결 방식이 아니라 사회극(socila drama) 속에서 제의라는 초자연적 힘에 기대어 인간이 행하는 형식화된 행위를 통해서 문제를 해결한다. 터너는 제의의 기본 구조를 게넵(A. van Gennep)의 통과제의의 절차에서 착안하고 발전시켰다. 그는 제의과정에서 벌어지는 집단적 유대감을 통해서 기존의 위계질서와 문화가 가지는 견고함이나 권위가 무너지고, 도전받게 되며 새로운 문화 창조의 가능성이 생긴다고 보았다. 사회극에 관한 논의는 아래 책 참고.

이해할 수 있다. 허황옥의 등장과 결혼 역시 같은 맥락에서 이해 가능하다.

수로의 등장으로 가락국은 이전의 사회 체제에 비해서 강력하고 안정적인 국가를 건설했지만, 보다 더 발전된 사회로의 전화(轉化)는 허황옥의 등장 이후에 가속화된다. 수로가 지배하는 가락국에 새롭게 허황옥이 등장하고, 수로와 허황옥의 결혼이 있은 후에 가락국의 발전 양상은 더욱 구체적으로 제시된다. 이러한 점을 통해서 허황옥의 등장과 결혼은 기존의 수로의 국가 체제에 새로운 문화의 이입이나 접목으로 이해할 수 있다. 그러기에 다른 신화와 달리 <수로신화>에서는 두 인물의 결혼제의가 강조되며 상세하게 진술되고 있다. 요컨대, 수로가 묵은 사회에 새롭게 등장하는 지배자로, 신맞이 굿의 과정을 거쳐서 등장하고, 이후 가락국은 또 갱신하기 위해 천상의 명을 받은 신성한 왕후를 맞이하게 된다.

다른 신화에 비해서 <수로신화>에서 나타나는 제의들은 축제적 성격이 강하다. 강한 힘을 소유한 존재의 일방적인 지배와 문화 수립이 아니라, 신성과 인간의 소통, 지배자에 대한 피지배자의 추대, 수평적인 관계 등을 찾아 볼 수 있다. 전자에 해당하는 신화가 <단군신화>와 <해모수신화>라면, 후자는 <수로신화>와 함께 <혁거세신화>를 들 수 있다. 새로운 세계로의 전화, 갱신·부활의 양상은 집단에서 요구되는 변화를 이루기 우한 구성원들의 자발적 욕망이 드러난다. 특히 이러한 양상은 <수로신화>와 유사한 형태의 <혁거세신화>에서 더욱 잘 나타난다. <혁거세신화>에서는 선주 토착 세력인 6촌장이 하늘에서 내려온 신성한 지배자이지만, 국가 발전의 한계 상황에 이르자

Victor Turner, *From Ritual to Theatre: The Human Seriousness of Play*, Performing Arts Journal Publication, 1982.

154

새로운 국면으로의 발전을 스스로가 도모하는 대목이 제시된다.

> "우리들은 위로 백성을 다스릴 임금님이 없으므로 백성들이 모
> 두 방자하여 제 마음대로 하게 되었소. 어찌 덕 있는 사람을 찾
> 아 군주를 삼아 나라를 세우고 도읍을 정해야 하지 않겠소."115)

기존의 문화 체계가 더 이상의 질서 체제로 유지될 수 없음을 스스로가 깨닫고 사회·문화적 변화를 도모하기 위해서 새로운 군주를 찾고 있는 것이다. 이러한 자발적인 변화의 욕구가 강하기 때문에 <수로신화>와 마찬가지로 <혁거세신화>에서도 신격의 일방적 힘의 과시보다는 집단의 축제와 같은 제전이 이루어질 수 있는 것이다.

수로의 강림(탄생)제의는 고대국가의 제천제의를 연상하게 하는데, 사람들이 산에 모여 집단 가무(歌舞)를 행하고 있다는 점에서 그러하다. 또한 수로와 허황옥의 결혼 역시 환웅이나 해모수의 결혼과 달리 국가의 공식적 행사로 거행되며, 왕과 왕후 사후(死後)에도 놀이적 요소가 가미된 집단 제전으로 재현되고 있다.116)

이렇듯 <수로신화>는 기존의 인간세계 질서가 생명력을 잃거나 변모해야할 상황에서 요구되는 문화적 변화·발전을 위해 행해지는 사회극의 기본 원리가 작동하고 있음을 알 수 있다. 가장 중심이 되는 것은 제의적 신화소인 수로의 강림제의와 허황옥과의 결혼제의인데, 이 두 제의는 축제의 성격 또한 강하게

---

115)『三國遺事』, 卷一, 紀異, 新羅始祖 赫居世王, 我輩上無君主臨理蒸民 民皆
　　　放逸 自從所欲 盍覓有德人 爲之君主 立邦設都乎.
116) 가락국기에는 수로와 허황옥 사후 이들의 결혼식을 재현하는 집단 제의에 관
　　　한 기록이 전한다. Ⅳ장, 2. '(2) 메시지 중심의 소통과 기록화' 참고.

나타나는 것이 가락국의 문화 창조 과정의 특색 때문이다. 사회의 변화, 발전을 위한 사회극적 성격을 가진 수로와 허황옥, 두 주인공의 탄강제의와 즉위식, 결혼식이 전체 서사의 세계상을 구성하는 주된 원리로 작동하고 있다.

3) <주몽신화>: 새로운 사회로의 분리

<주몽신화>에서 최초의 상황은 주몽으로 대표되는 신성 존재가 인간세계 속에서 수용도지 못하고 배제당하는 것이다. <주몽신화>의 배경이 되는 공간은 크게 두 가지인데, 금와가 다스리는 부여와 송양이 다스리는 졸본지역이다. 두 세계는 강력한 군왕이 존재하며, 상당히 발전되고 안정적인 질서를 유지하고 있는 사회이다. 이 세계에 주몽으로 대표되는 신적인 세계 질서가 개입하는 것이 용이하지 않다. 단적인 예로 주몽의 난생을 들수 있는데, 혁거세나 수로의 경우 난생이라는 신이한 사건은 신성의 징표로 여겨지고 긍정시되는 반면, 주몽은 지상 세계 질서에서 위배되는 일로 간주도며, 상서롭지 못한 일로 부정시된다. 강력해진 인간세계 질서 속에서 난생과 같은 신이한 일은 숭배되지 못하고 오히려 금기시 되는 것이다.

이러한 상황에서 신적 자질을 가졌음에도 불구하고 주몽은 인간과의 관계에서 우위를 점하지 못할뿐더러, 오히려 인간 존재들이 주몽의 경쟁자가 되는 상황에 놓인다. 주몽은 인간세계 속에서 환웅이나 해모수, 혁거세나 수로와 같이 쉽게 신격으로 인정받지 못하기에 자신의 지위를 상승시키기 위해 힘써야 한다. 주몽은 한국의 신화에서 처음 등장하는 투쟁적 영웅이라고 할 수 있다. 주몽은 신격의 호위를 받지만 스스로의 신격은 다른 존재들의 숭배를 받을 만큼 강력하지 못하며, 인간보다는 월

등한 능력을 소유하고 있지만 자신의 힘만으로는 타인을 완전히 제압하지 못한다. 주몽은 자신의 능력을 발휘할 만큼 성장을 해야 하며, 그 과정에서의 시련과 위기를 극복하고 자신의 세계 건설을 위해 한걸음씩 전진해야 한다. 이런 주몽이야말로 인간적 영웅의 면모를 잘 보여준다고 하겠다.[117]

주몽의 건국은 최초의 문화 창조도 아니며, 기존 질서 속에서의 갱신도 아닌, 하나의 체제에서 분리되어 나가는 문화체제의 양상을 보여주고 있다. 〈주몽신화〉는 주몽이라는 신격이 떨어지는 영웅이 자신의 약점을 어떻게 극복하고 어떤 자질을 획득하고 발현하느냐에 초점이 맞추어져 있다.

주몽은 비정상적으로 태어나게 되는데, 이때 비정상적 출생은 최초 상황에서 긍정적으로 작용하지 못하고 부정시된다. 고귀한 혈통임에도 불구하고 불리한 조건에서 출발하게 되는 영웅은 주어진 시련을 극복하고 과업을 완수해야 한다. 그 과정에서 보여주는 영웅의 모습이 새롭게 건국되는 국가의 문화적 가치의 핵심이 된다. 주몽과 같은 영웅은 반드시 입사식의 통과제의를 거쳐야 한다. 웅녀와 같이 기존 질서 속에 편입되기 위한 입사식이 아니라, 창조적 힘을 획득하기 위한 입사식으로 이는 신격이 되기 위한 입사식, 혹은 자신이 신격임을 증명하는 입사식이라고 할 수 있다. 주몽은 시간이 경과함에 따라 자신의 신성 징

---

117) 국문학계에서 통용되고 있는 '영웅의 일생' 구조에 해당하는 최초의 인물이 주몽이라고 할 수 있겠다. 환웅이나 단군, 해모수, 수로, 혁거세 등 건국 영웅들은 실제로 이러한 구조에 부합하지 않는다. 주몽에 와서 신성 영웅에서 인간 영웅으로 변모하고 있음을 추측할 수 있다. 건국신화의 유형을 볼 때에도 신의 개입이나 존재의 신격이 약화되어 인간적 투쟁이 요구되는 신화가 〈주몽신화〉와 〈탈해신화〉라고 할 수 있겠다. '영웅의 일생' 구조는 다음 글 참고.
조동일, 「영웅의 일생, 그 문학사적 전개」, 『동아문화』 10, 동아문화연구소, 1971.

표를 점점 강화한다. 또한 불리한 조건 속에서 경쟁자들과 싸움에서 승리하게 된다. 이 과정에서도 주몽의 여러 자질들은 다른 인간 존재들과의 차이를 브각시키는 지표가 된다.

<주몽신화>는 이미 강력해진 사회 체제 속에서 탄생한 뛰어난 영웅이 기존의 질서 체제에서 벗어나 자신의 세계를 구축하는 이야기라고 할 수 있다. 주몽은 다른 신화의 주인공에 비해서 신격이 떨어지며 그러한 약점을 극복하기 위해 시종일관 역경을 헤쳐 나가야 한다. 따라서 자신의 국가를 세우는 과정이 당면 최우선 과제이며, 영웅의 쟁투에 초점이 맞추어지는 것은 당연하다. 그러기에 <주몽신화>는 여타의 신화와는 달리 영웅 전승의 성격이 두드러진다. 그리고 자신의 문화 창조에 대해 정당성을 획득하기 위해서 주몽은 신성과 소통하는 모습을 종종 보여준다. 영웅이 통과제의의 과정에서 획득하거나 발휘하는 자질이나 능력은 새롭게 분화된 세계 질서 속에서 중식 가치이다. 다른 말로 이 가치를 획득하기 위해서 주인공 주몽이 통과제의를 치루어야 하는 것이다.

<주몽신화>는 한국의 문화전통에서 최초로 보이는 투쟁하는 남성 영웅상이라고 할 수 있다. 또한 주몽은 신적 존재라기보다는 인간적 존재로, 인간 영웅이 어떻게 신적 존재만이 왕위에 오르는 전통 속에서 자신의 지위를 향상시키는가를 보여준다. 다른 신화가 신에 의한 인간 세상의 창조 내지 교화라면, <주몽신화>는 신격을 획득하는 인간 영웅의 투쟁의 기록이라고 할 수 있다. 이 과정은 신격으로의 존재론적 변화를 위한 제의적 장치를 통해서 이루어진다고 할 수 있겠다.

이상에서 살핀 바와 같이, 각각의 건국신화에서 재현된 세계상을 통해서 찾은 중심 이념은 국가별 제반 조건에 따라 다르

158

게 나타난다. <단군신화>는 최초의 문화 창조와 최초의 문명화된 인간 존재에 관한 신화이며, <수로신화>는 문화의 발전단계에서 나타난 신적 존재의 탄생과 결합에 관한 신화이며, <주몽신화>는 한 집단에서 새로운 집단으로 분리해 나가는 과정에서 영웅적 존재의 투쟁에 관한 신화이다. 이들 각각의 신화가 표명하는 신화적 가치와 이념을 산출해내기에 가장 접합한 제의적 과정이 이야기 속에서 묘사되고 있다. 즉위식이 강조되기도 하며, 변신제의, 성인식, 결혼제의 등 여러 가지 구체적 개별 제의가 이야기 속에서 재현된다.

그런데 건국신화의 중심이념을 추상화시켜 보면 보편적인 논리를 찾을 수 있다. 신적 존재(건국주나 건국주의 부모, 배우자 등)들이 어떻게 인간세계를 성화(聖化)하는지가 건국신화의 주된 관심사이다. 다실 말해 인간세계의 성화는 신적 존재에 의해 건설되고 지배받게 되는 인간세계가 문화적으로 신생 내지 발전함을 의미한다. 이 성화의 논리를 위해 하늘에서 신격이 직접 강림하기도 하며, 신성한 존재들의 결혼이 강조되게도 하며, 탁월한 존재의 투쟁적 능력이 두드러지기도 한다. 모든 행위의 중심에는 신적 존재자들이 있으며, 그들의 의지가 있다. 최초의 왕은 그 우월함, 즉 왕권의 최초의 유표성을 획득하기 위해 강한 힘을 과시하여 신성을 선포한다.

이러한 힘의 과시는 주어진 조건에 따라 다양한 모습으로 나타날 수 있지만, 기본 논리는 항상 동일하다. 신과 인간의 차이화를 강조하면서 신성에 의한 정당성을 확보해야 한다. 앞서 살핀 바와 같이 건국신화에서 주된 가치나 이데올로기의 산출은 신성한 존재들의 존재론적 자질에서 기반한다. 이러한 신과 인간의 차이화를 위해서, 집단의 지배자의 입장에서, 왕의 권력이나 권위와 같은 정치적 힘을 만들어내는 조작이 필요하다. 이러

한 힘은 단순히 선험적으로 존재하는 것이 아니라, 제의적 절차
에 의해서 구성되는 것이다. 왕의 의식(cult)이 왕을 창조하며,
왕의 위엄을 결정하며, 세계 질서의 틀을 형성하는 것이다.[118]
고대의 제천제의에서도 볼 수 있듯이 천신(天神)과 지신(地神)
에 대한 숭배는 왕족의 시조(始祖)에 대한 숭배로 곧바로 현실
의 왕의 권위를 신장하는데 이바지한다. 풍요와 다산을 기원함
으로써 왕의 주된 역할에 신성한 힘을 실어준다. 또한 이러한
제의를 통해서 피지배자들은 자신들의 국가와 왕에 대한 정치
적 이해관계를 형성하게 되고, 이들을 통해 자신의 공동체에 신
성성과 정당성을 부여할 수 있게 되는 것이다.[119]

  건국신화에서 주되게 표현하고 있는 인간세계의 성화 논리는
'정치적 제의화'[120]의 원리에 강하게 지배받는다는 것을 알 수

---

118) Catherine Bell, *Ritual: Perspectives and Dimension*, Oxford
     University Press, 1997, p.29.
119) Catherine Bell, 앞의 책, pp.128-129.
120) 벨은 제의의 성격에 따라 통과제의(rite of passage), 주기제의(calen-
     derical rite), 교환과 친교의 제의(rite of exchange and communion),
     재앙 제의(rite of affliction), 단식 및 축제(feasting, fasting, and
     festivals), 정치적 제의(political rite)로 6가지 분류안을 제시했다. 제
     의에 대한 분류는 논자에 따라서 혹은 기준에 따라 천차만별이다. 앞서 언
     급했듯이 터너는 제의를 크게 삶의 중요 국면에서 행해지는 제의와 재앙을
     막기 위한 제의로 2분했다. 벨의 이 분류 체계는 안정적인 기준에 의한 것
     이라기보다는 주어진 현상을 중심으로 각 제의의 가장 핵심적인 특성을 추
     상화한 것이라고 볼 수 있다. 벨이 제시한 6가지 제의를 주요 특성별로 간
     단히 정리하면 다음과 같다.(같은 책, pp.94-135.)
     ① 통과제의는 게넵(A. van Gennep)의 개념으로 '분리-전이-통합'의
        절차로 이루어지며, 집단의 구성원의 삶의 사이클에서 주되게 변화, 성
        숙하기 위해 행해지는 제의이다.
     ② 주기제의는 계절제, 월령제, 신년제 등과 같이 일정한 시기에 주기적으
        로 반복되는 제의를 의기한다.
     ③ 교환·친교 제의는 신(神)이나 초월자, 타자와의 소통하기 위해서, 즉
        이러한 존재들과 긍정적인 관계 맺음을 위해서 행해지는 제의이다.

있다. 이 정치적 제의화는 두 가지 차원의 방식에서 힘을 규정하게 된다. 첫째, 가치와 목적을 공유하고 있는 공동체인 인간 집단을 묘사하는데 상징들과 상징적 행위들을 사용해서 제의의 효과를 얻는다. 제의에서 행해지는 언술이나 행위가 전승집단 내부에서 고도로 관습화된 약호(code)를 통해서 사용된다. 둘째, 정치적 제의화는 이러한 가치들과 목적들의 합법성을 공동체가 인식하고 있는 우주의 가치와 질서로 성상(iconicity)을 수립하는 것을 천명한다.121) 다시 말해 정치적 제의화는 공동체의 가치와 목적을 공유하게 하는 힘과 그러한 공유된 가치들을 우주적 보편 질서로 외현화하는 원리인 것이다. 이는 다시 말해서 건국 주인공들의 신성의 현시와 그에 대한 수용을 통해서 공동의 가치체계로 인식함을 의미한다. 건국신화의 이념은 이러한

④ 재앙 제의는 자연적인 재해나 재앙, 사회적 재해나 재앙을 맞아 이를 극복하고, 사회적으로 안정을 회복하기 위해서 행해지는 제의이다.

⑤ 축제는 한 공동체 속의 갈등을 풀기 위한 제의로 놀이나 유희의 성격이 강하며, 규범과 습관 등의 일탈을 통해 실현된다.

⑥ 정치적 제의는 왕의 즉위식, 대관식과 같은 국가나 공동체 차원에서 정치적 행사에서 주로 행해지는 제의를 의미한다.

이중에서 특히 건국신화에서 나타나는 다양한 제의의 작용 원리는 기본적으로 정치적 제의의 원리를 따른다고 할 수 있다. 여기서 용어 사용을 좀 명확히 할 필요가 있다. 본 논의에서 '정치적 제의'라고 함은 왕의 대관식과 같은 특정한 제의를 이르는 것이 아니다. 왕의 대관식(취임식)은 통과제의이기도 하다. 왕이 신년식을 정치적 목적으로 사용한다면, 주기제의와 정치적 제의가 겹쳐진다고 할 수 있을 것이다. 여기서 사용하는 정치적 제의는 제의의 목적이 뚜렷이 왕이나 정치지배자들의 이익을 위해 행해지는 것이나, 국가나 사회 집단의 공동 이익을 표방하는 것으로 제한한다. 제의의 형식적인 면(제의적 신화소가 구성되는 원리)으로 볼 때는 Ⅱ장에서 언급했듯이 '삶의 중요 국면에 행해지는 제의(life-crisis ritual)'와 '재앙 제의(ritual of affliction)'로 구분할 수 있다. 이렇게 행해진 제의가 어떤 목적과 이념을 가지는가, 효용 면에서 볼 때에는 정치적인 제의화와 종교적인 제의화(친교와 교환)로 구분할 수 있다.

121) 같은 책, p.29.

정치적 제의화의 원리에 따라 구성되는 것이다.

정치적 제의화는 특히 '과시하기(display)'의 방식을 통해서 특정한 의미를 생성하며, 강제한다. 풍요로움이나 둘질적 자원, 집단적 찬동, 강력한 물리적 힘이나 신비술과 같은 것들을 보여줌으로써 신화의 주인공은 신성을 획득하게 된다. <단군신화>에서는 무리 삼천을 이끌고, 천부인을 소지한, 강력한 청동기 무기로 무장한 환웅의 힘의 과시가 두드러진다. <수로신화>에서는 하늘의 명에 의해 알로 출생하게 되는 수로의 신이함을 과시하고 있다. <주몽신화>에서는 뛰어난 지략과 용맹으로 경쟁자를 압도하는 주몽의 영웅성이 과시된다. 이러한 과시하기는 각 신화들에 있어서 가장 핵심 사건에 해당한다. 압도적 과시는 행위 주체가 탁월한 능력을 소유하였다는 것을 직접적으로 드러내며, 집단 구성원들이 그러한 신성한 능력을 인정하고 받아들이게 한다.

건국의 영웅들은 이러한 자신의 우월함을 과시하기 위해 제의를 이용한다고 볼 수 있다. 혹은 그들의 활약상이 하나의 제의로 고정되고 전승된다고 말할 수 있다. 정치적 제의화는 자의적이고 습관적인 것을 필수적이고 자연스러운 존재로 전환[122] 시키는 신성(sanctity)의 과시인 것이다. 건국신화어서 찾아 볼 수 있는 이 정치적 제의화는 그 의미 작용이 일방적이며 강제적이다. 신 내지 신적 존재에서 인간 존재로 향하는 의미화, 즉 신성에 의한 가치의 창출 그리고 인간들의 수용과 복종은 건국신화에서 공통적으로 나타난다.

한국의 건국신화의 성화 논리를 통해서 재현된 문화 창조의 유형을 세 가지로 정리할 수 있다. <단군신화>와 <해모수신화>

---

122) Roy A. Rappaport, "Liturgies and list", *International Yearbook for Sociology of Knowledge and Religion* 10, 1976, p.81.

는 천신이 스스로 강림해서 인간 세상에 출현하고, 출현과 더불어 강력한 힘을 바탕으로 인간세계에 나라를 세우고 새로운 문화를 창조하는 유형이다. 왕이 되는 존재의 자질이 중요시되는 건국신화에서 환웅과 해모수는 환인의 아들, 천제로서 강력한 신군(神君)의 권능을 보여준다. 서사에서도 그들의 이러한 능력을 보여주는 것을 중요하게 다루고 있다.

<수로신화>와 <혁거세신화>는 하늘의 명에 따라 인간세계에 새로운 군왕이 탄생하고, 인간들은 이들을 왕으로 추대함으로써 보다 발전된 국가를 형성하게 된다. 수로가 국가를 세우는 가락국에는 구간이라는 기존의 지배세력이 존재하며, 혁거세의 신라에는 육촌장이 나라를 다스리고 있었다. 그러나 수로와 혁거세가 천명에 의해 지상에서 탄생하자 그들을 중심으로 새롭게 국가를 정비하고 보다 발전된 문화를 이룩하게 된다.

<주몽신화>와 <탈해신화>는 이미 국가적 형태를 제대로 갖추고 있는 지역에 탄생한 영웅들로 왕위에 오르거나 건국하기 용이하지 않은 상황이다. 이 신화의 영웅들은 자신들의 신성한 출생을 인정받지 못하고, 원출신지에서 배척받고 쫓겨나게 된다. 주몽이 태어난 부여는 이미 신성한 존재들이 왕위를 계승하고 있으며, 탈해의 용성국이나 그가 왕위를 도전했던 가락국이나 신라역시 마찬가지이다. 주몽과 탈해와 같이 신성한 존재들은 새로운 세계를 찾아 자신의 지혜와 능력으로 왕위에 오르는 개척적인 영웅상이다.

3. 무속신화의 세계상과 이념

(1) 신-인간 교섭을 통한 세계상 재현

무속신화는 건국신화와 달리 서사 내 여러 가지 세계가 제시되며, 서로 관계 맺는 양상 또한 다양하게 나타난다. 주로 주인공 자신이 속한 공간을 벗어나 이동하는 양상이 두드러지며, 이 과정에서 특정한 자질을 획득하거나 과업을 완수하기도 한다. 신과 인간의 관계 역시 다양하게 제시되는데, 특히 신적 존재들은 상위의 신격에서 하위 신격의 차이가 두드러지기도 하며, 신성과 인성이 혼재된 인물들도 등장한다. 이러한 신화적 세계 속에서 각 인물들은 대립체계를 형성하고 특정한 가치를 드러낸다.

1) 〈바리공주〉

가. 재현된 세계와 법칙

〈바리공주〉에서는 여러 가지 세계가 제시된다. 공간별로 정리해 보면, 첫째 어비대왕이 다스리는 세계가 있고, 둘째 바리공주가 거두어져 양육되는 비리공덕 부부가 사는 세계, 셋째 생명수를 갖고 있는 무장승의 세계가 있다. 각각의 세계는 접근 가능성에 있어서 이미 뚜렷하게 차이를 보인다. 일단 실제 인간의 현실 세계로 볼 수 있는 것이 바리공주가 애초에 태어났던 세계, 즉 어비대왕의 세계이다. 반면에 비리공덕 부부가 사는 세계나 무장승의 세계, 바리공주가 여행하는 공간 등은 이 현실 세계의 물리적 양립 가능성이나 논리적 양립 가능성이 성립하지 않는 세계이다. 바리공주는 각각의 공간을 모두 여행하게 되는데, 그 여정을 중심으로 정리하면 다음과 같다.

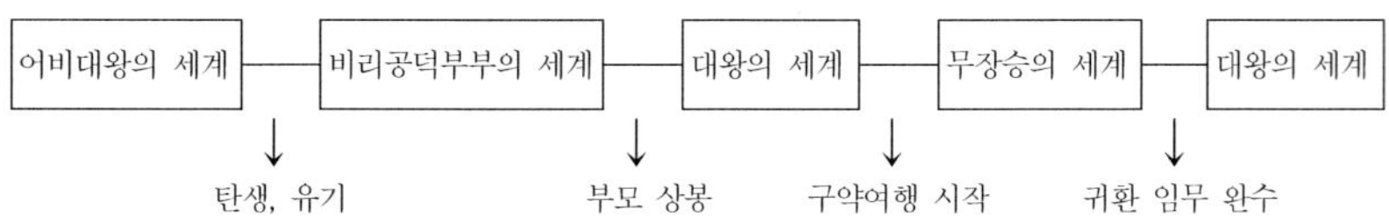

어비대왕이 다스리는 세계는 이야기에서 지상의 인간세계로 볼 수 있다. 반면 비리공덕부부가 사는 세계나 무장승이 사는 세계는 분명 지상의 인간세계와는 차이가 나는 다른 세계(other worlds, 他界)이다. 현실 공간인 어비대왕의 세계에서 이 타계로 가기 위해서는 특정한 경계 공간을 통과해야 하며, 이 경계를 통과하는 것은 결코 쉬운 일이 아니다. 어비대왕의 세계는 세속의 인간세계로 신적 영역의 세계질서를 위반함으로써 왕이 죽게 되는 위기에 빠진다. 어비대왕 부부의 득병의 직접적인 이유는 복자의 예언, 즉 금기를 위반한 것이기 때문이다. 현실 세계의 문제점을 해결하기 위해서 바리공주는 현실 세계 너머 타계로 여행을 해야 한다.

바리공주가 태어나자마자 아버지로부터 버려져 석가에게 구원되어 살게 되는 비리공덕부부의 세계나 무장승이 살고 있는 세계는 현실 세계와 뚜렷이 구분되는 경계를 가진 세계이다. 바리공주를 찾기 위해서 대왕의 신하가 비리공덕부부가 살고 있는 천궁으로 오게 되는 과정에서 인간이 침범할 수 없는 공간으로 묘사되고,123) 바리공주가 무장승이 사는 공간으로 이동하

---

123) 전승본 마다 차이는 있지만, 이러한 타계는 현실 세계와 구별되는 공간이며, 계간 공간 이동의 부분에서 현실의 인간은 침범할 수 없는 공간의 징표가 뚜렷이 제시된다. 비리공덕 부부가 살고 있는 태양 서촌은 "밤이면 서기 방공하"고 "낮이면 운무 안개 자욱한" 곳으로 묘사된다. 또 태

는 과정은 지옥의 통과라는 험난한 여정으로 묘사된다.124) 이렇
게 뚜렷한 경계의 설정은 신성과 인성의 세계가 별개의 공간으
로 분할됨을 의미하며, 공간 사이의 이동은 현실 세계의 법칙에
서는 불가능하다는 것을 보여준다. 이러한 불가능한 세계 법칙
을 깨고 타계로 이동하는 존재가 바로 문화 영웅이며, 이 이동
으로 말미암아 주인공은 신성성을 획득하게 되는 계기를 마련
한다.125)

　〈바리공주〉는 현실 세계의 문제를 해결하기 위해 타계, 즉
신성한 공간으로 주인공이 이동하는 여정을 주로 이야기하고
있다. 이 신성한 공간의 차별적 세계 법칙은 두드러지지 않지

　　양 서촌의 입구에 있는 사자들은 대왕의 신하에게 "귀신이냐 사람이냐?
날새 길짐승도 못 들어오는데 천궁을 범하는가?"라고 묻고 있다. 이 질
문은 비리공덕 할아버지도 똑 같이 되묻고 있다.
　　〈말미(바리공주)〉(문덕순 구연, 『한국무가집』 1)

124) 생명수가 있는 무장승의 세계는 가장 신성한 공간으로 묘사되며, 따라서
그 공간으로 가는 여정 또한 가장 험난하다. 바리공주는 인간세계에서부
터 "육노 삼천리"를 왔으며, "험노 삼천리"를 가야 한다. 그 길은 석가세
존이 바리공주를 불쌍히 여겨 인도해 준다. '험노 삼천리'는 "칼산지옥,
불산지옥, 독셔지옥, 한빙지옥, 구렁지옥, 배암지옥, 물지옥, 혼암지옥, 무
간, 팔만사천지옥"을 지나 "짐생의 깃도 가라 않고 배도 없는 바다"를
건너야 한다. 바리공주를 만난 무장승은 "사람인가 귀신인가 열 두 지옥
웃지 넘어 오며/청성이 하날에 닿았는대 바람도 쉬어 넘고 오며/신지이
슈진이 해동창 보라매라도 다 슈어 넘는 곳인데 웃지 넘어 오며/약수
삼천마난 웃지 넘어왔느냐"라고 말 한다.

125) 무속신화 중에서도 특히 〈바리공주〉는 이러한 공간 분할과 공간별 경계
넘기가 상세한 텍스트이다. 〈바리공주〉에서는 특히 현실계와 타계 사이
의 경계 공간에 대해서도 뚜렷이 묘사되어 있는데, 이는 바리공주가 이
러한 경계를 실제로 넘나드는 그 과정 자체를 중요시하기 때문이다. 바
리공주가 맡게 되는 신직이 이승에서 저승으로 옮겨가는 사령(망혼)을
위한 무조신(巫祖神)이라는 점과도 관련되는 바가 크다. 죽음을 다룬 무
속신화의 경우에서는 특히 경계 공간의 문화적 의미가 중요하다.
강유리, 「죽음을 다룬 무속신화의 시간과 공간 구조 연구」, 서강대학교 박
사학위 논문, 2001, pp.134-138.

만, 생명을 소생시키는 약수나 약초 등이 존재하는 것으로 미루어 현실 세계와는 다른 자연 법칙이 지배하는, 지옥에서 볼 수 있듯이 현실의 물리적 법칙이 적용되지 않는 공간임을 알 수 있다. 현실계와 타계는 분명히 구분되지만, 이 두 세계를 중개하는 존재가 등장함으로써 현실 세계의 문제를 해결할 수 있는 것이다.

나. 신과 인간의 관계

<바리공주>에 나오는 신과 인간의 관계에 대해 살펴보자. 이 이야기에서 신적 존재는 바리공주가 황천강에 유기되었을 때 구원해주는 석가세존을 들 수 있다. 석가세존은 절대적 상위의 신격으로 바리공주가 죽음의 위기에 처했을 때, 바리공주가 약수를 구하기 위한 공간 이동을 할 때 그녀를 도와준다. 또 비리공덕부부나 무장승 역시 인간적 존재가 아닌 신적 존재로 이해할 수 있는데, 이들은 석가에 비하면 격이 낮은 존재라고 할 수 있겠다. 이러한 신이나 신적 존재들은 시종일관 바리공주의 원조자 역할을 한다.

<바리공주>에서 서사 전개상 가장 비논리적 부분은 바리공주의 아버지인 어비대왕의 존재이다. 그는 인간적 존재의 특성뿐 아니라, 신적 존재의 특성을 함께 지니고 있다. 바리공주는 인간적 존재에서 신격으로 변화되는 인물이지만, 어비대왕은 죽음 앞에서 나약한 인간적 존재이면서도 바리공주와 무장승에게 신직을 부여하는 상위의 신격이기도 하다. 이점을 어떻게 이해할 것인가? 어비대왕은 오구대왕이라고 불리며, 사령제(死靈祭)에서 바리공주보다 상위의 신격으로 모셔지기도 한다. 이렇게 본다면 어비대왕이 단순히 개인으로서 인간적 존재에 그치는 것이 아니라, 현실 세계의 대표자로서 공동체 자체를 상징하는 인

물로 볼 수 있다.

<바리공주>는 다른 어떤 신화보다 자기희생이 강조된 이야기로, 자신을 버린 부모를 의해 자신의 목숨을 바치는 존재이다. 이렇게 자신을 희생시키면서까지 소생시킬 가치를 가진 존재는 부모이기 때문이라는 효(孝)의 논리가 이야기의 중심 가치로 인정되기 쉽다. 하지만 희생제의의 논리는 단순히 특정한 가치나 이데올로기를 위해서만 작동하는 것이 아니다. 인간세계의 문제를 해결하기 위해 희생된 희생양은 다시 인간에 의해 신성화되는데126) 여기서 많은 사회적 이념이나 가치관이 얽히게 된다. 이러한 관점에서 보자면 바리공주에게 신직을 주는 존재가 바로 인간사회의 대표자인 어비대왕이라는 점은 타당하다. 이와 관련된 문제는 뒤에서 더 다루도록 하겠다.

요컨대 <바리공주>에서 두드러지는 신과 인간의 관계는 먼저 신들, 내지 신적 존재들은 기본적으로 선량하며, 자기를 희생하는 주인공인 인간을 돕는 원조자로 나타난다. 그리고 <바리공주>에서는 인물에 따라서 신적 존재인지 인간인지가 정확히 구별되지 않는 그러한 인물이 등장한다. 무속신화에서는 이와 같은 신과 인간의 성격을 모두 지닌 인물들의 등장이 공통적인 특성이라고 할 수 있다.

다. 가치체계

<바리공주>에서 재현된 세계상에서 찾아 볼 수 있는 가치체계를 살펴보자. 이 이야기에서는 인물별로 주된 대립체계를 형

---

126) Réne Girard, *Viloence and the Sacred*, The Johns Hopkins University Press, 1977, pp.10-13
희생제의와 관련된 내용은 '(2) 희생 논리와 인간세계의 문제 해결'에서 자세히 다룰 것이다.

168

성한다. 특히 바리공주와 그의 아버지가 특정한 가치를 표상하는 존재로 파악된다. 이들은 각각 어떤 자질을 갖고 있으며, 인물들을 통해 이 이야기가 어떤 가치체계를 형성하고 있는지 살펴보자.

서사 내에서 바리공주와 대립되는 인물은 바로 어비대왕이라고 할 수 있다. 이 어비대왕은 한 국가의 왕이자, 한 가정의 가장이다. 즉 지배자이며 남성이다. 반대로 바리공주는 딸로, 즉 여성으로 태어남으로써 사회적으로 쓸모없는 존재로 인식되며, 무장승에게 시집가서 가사 노동을 해야 하는 피지배자로서 여성이다. 두 인물의 대립은 경쟁 관계가 아니며, 일방적으로 한 쪽에서 힘을 행사하는 관계이다.

사회적으로 피지배자의 신분이며 약자이지만, 바리공주는 어비대왕에게는 결핍된 자질을 가지고 있다. 어비대왕이 스스로의 잘못으로 죽게 되며, 그 죽음 앞에서는 무기력하고 나약한 존재인 반면, 바리공주는 전혀 그렇지 않다. 태어나자마자 황천강에 버려져 죽음의 위기를 맞게 되고, 부모를 살리기 위해 지옥을 통과하는 시련을 겪게 된다. 특히 두 번째 시련은 자발적으로 선택한 것이라는 점에서 어비대왕과는 다른 모습을 보여준다. 바리공주의 주된 시련은 바로 죽음과의 마주침이며, 바리공주는 이를 당당히 극복하고 있다. 바리공주는 무장승과 결혼하여 아들만 일곱을 낳는데, 이는 딸만 일곱을 낳은 어비대왕과 대조되는 상황이다. 즉, 부모에게는 결핍된 생산성을 갖춘 여성의 자질이 강조되고 있다. 공주이지만 무장승에게 가사노동을 제공하는 점도 생산성과 관련시켜 이해할 수 있다. 또한 바리공주는 신성과의 소통 능력 내지, 신성과의 교섭 능력을 갖고 있다. 어비대왕이 복자의 예언을 무시하고 결혼하고 바리공주를 유기하는 과오를 저지르는 것과 대조된다.

이상에서 살펴 본 바리공주와 어비대왕의 대립 양상을 정리해 보면 다음과 같다.

어비대왕		바리공주	
생물학적 자질	남성	생물학적 자질	여성
가정 내 지위	아버지, 가장	가정 내 지위	자식(딸)
사회적 지위	지배자	사회적 지위	피지배자
행위 능력	신성과의 소통능력 부재 죽음 앞에서 무능 비생산성(여아 생산)	행위 능력	신성과의 소통능력 소유 희생, 인내 생산성(남아 생산) 가사 노동 수행
표상된 가치	Φ	표상된 가치	죽음을 초월

서사 내에서 어비대왕과의 관계처럼 직접적인 대립 체계를 형성하고 있지는 않지만, 바리공주와 무장승 역시 대립되는 자질들이 대응을 이루고 있다. 무장승은 지상적·세속적 인간 존재라고 할 수 없으며, 죽은 자를 소생시키는 생명수를 소유하고 있는 신성한 존재로 볼 수 있다. 서사 후반부에 바리공주와 함께 어비대왕의 세계로 와서 신직을 받게 되지만, 무장승은 분명 인간적 존재는 아니라는 점이 문면에 명시되어 있다. 무장승은 결국 생명수를 얻으려는 바리공주에게 가사노동을 요구하며, 나아가 결혼해서 자식을 낳아줄 것을 강요한다. 무장승은 바리공주에게 명령하는 존재이며, 바리공주와 결혼을 통해서 남편과 아버지의 지위, 즉 가장의 지위를 획득하게 된다. 물론 생명수를 바리공주에게 전함으로써 원조자의 역할을 수행하기도 한다. 무장승과 바리공

주의 관계를 통해서 형성하고 있는 가치체계를 정리하면 다음과
같다.

무장승		바리공주	
존재론적 자질	비인간적 존재 (천상적 존재)	존재론적 자질	지상(인간) 존재
행위 능력	생명수 소유	행위 능력	가사노동 수행
사회적 지위	지배자(명령)	사회적 지위	피지배자(복종)

바리공주는 두 명의 상위격의 남성 존재에게 이익을 주는 여
성이다. 아버지인 어비대왕의 목숨을 살려내며, 또한 무장승이
결혼하여 가족을 구성하게끔 한다. 바리공주는 자식으로서 요구
되는 가치와 아내로서 요구되는 가치를 실현하고 있는 여성인
것이다. 서사 내 중심 사건은 죽은 부모를 회생시키는 것이기에
바리공주는 아버지인 어비대왕과 대조되는 특정한 자질이 부각
되는데, 그것은 죽음을 극복하는 힘이다. 하지만 바리공주에게
는 이러한 획득 자질 이외에도 많은 이상적 자질을 보여준다.
무장승에게 있어서 바리공주는 가사노동을 훌륭히 수행하고, 자
식을 생산하는 이상적 아내이기도 하다. 바리공주는 부모를 살
리기 위해 자신의 목숨을 기꺼이 버리고 희생하는 과정에서 이
같은 가치들을 획득하게 되고, 결국 망자의 혼을 천도하는 무조
신으로 좌정된다. 바리공주를 통해서 실현되고 이상적 가치를
정리하면 다음과 같다.

바리공주	
생물학적 자질	여성
가정 내 지위	딸(자식), 아내, 어머니
행위 능력	선함(효), 순종, 인내
	죽음 극복, 생산성(출산 능력)
최종 결과	부모 회생, 가족 구성, 무조신으로 좌정

　<바리공주>는 죽은 부모를 살리기 위해 죽음을 극복하고 사령을 관장하는 신이 되는 여성의 파란만장한 삶을 다루고 있다. <당금애기>와 더불어 한국의 대표 2대 무가인 <바리공주>는 죽음을 극복하는 최종 가치뿐 아니라, 여성으로서의 삶에서 가장 중요하게 요구되는 가치를 실현하고 있는 인물이다. 당금애기가 아내로서, 어머니로서의 가정 내 역할과 지위에 요구되는 가치를 실현한다면, 바리공주는 딸로서, 아내로서 그 역할과 지위에 맞는 가치를 실현하고 있다.

2) <당금애기>

가. 재현된 세계와 법칙

　<당금애기>에서는 천상과 지상의 크게 이분된 세계가 배경 공간으로 나온다. 스님은 서사 초반부에 내력 소개에서 천상적 존재로 제시되며, 인간 세상으로 '내려온다'는 식으로 표현되어 있다. 특정한 공간이 상정되어 있지 않지만 스님의 출신지나 원거주 공간은 분명 세속의 공간이 아님이 분명하다. <시준굿>(박월레 구연)에서는 당금애기가 아들 3형제와 함께 박씨줄을 따라 찾아간 공간이 금강산의 암자로 되어 있다. 여기서 이 공간은

172

단순히 인간 세상에 있는 현실 공간으로 볼 수 없다. 스님의 행위나 자질을 볼 때, 또한 박씨줄을 따라 가는 행위 등은 현실적 공간이기보다는 초월적인 불교적 세계, 비세속적 타계를 의미한다고 보는 것이 타당할 것이다.127)

당금애기의 원거주지는 서천서역국으로 되어 있으며, 오히려 이곳이 신성한 공간인 것으로 묘사되어 있다. 이 공간에 대한 묘사 중, "나는 새와 기는 쥐두 용납지 못할 대궐 안인데……"128) 라는 구절은 〈바리공주〉에서 신성 공간으로 제시된 천궁에 대한 묘사와 동일하다. 그러나 이러한 대목은 전체 이야기 전개를 염두에 둘 때, 연행 과정에서 보이는 관례적인 것으로 보이며, 당금애기의 원거주지는 지상 세계로 지상적 윤리규범이 지배하는 세속적 세계로 보는 것이 타당하다. 스님이 동침을 요구하자 당금애기가 이를 거부하는 논리나, 처녀가 가족의 허락 없이 외간 남자와 사통(私通)하고 임신하자 가문의 명예를 더럽힌 죄명으로 죽을 위기에 처한다거나 하는 것은 현실의 인간세계의 질서·규범과 일치하는 것이다. 반면 변신술을 사용하며, 미래를 예언하는 스님은 인간적 존재가 아니라, 신이함을 갖춘 신성 존재이다. 대조적으로 당금애기와 그의 일가족은 세속적 규범을 따르는 세속적 존재이다.

---

127) 〈당금애기〉는 불교적 성격이 많이 가미된 무속신화로 신격인 남성 주인공이 스님으로 나온다. 제석신이라는 명칭에서도 그러한 점이 잘 드러난다. 그런데 전승본에 따라서 스님은 세속적 세계에서 업신여김을 받는 비천한 존재로 종종 묘사된다. 이는 상대적으로 불교적 색채가 약한 〈바리공주〉의 무장승과 비교해 볼 때 큰 차이라고 할 수 있다. 이는 무속과 불교가 습합되면서 불교에 대한 당대 민중들의 사고가 반영된 탓으로 볼 수 있겠다. 당금애기가 처벌받는 것은 미천한 존재인 승려와 혼인했기 때문이 아니라, 부모의 허락 없이 혼인하고 임신한데 있는 것이다. 건국신화에서 해모수와 유화의 결합도 동일한 맥락에서 이해할 수 있다.

128) 〈시준굿〉, 박월례 구연, 『한국무가집』 1, p.200.

스님은 당금애기와 사통한 후 자신의 세계로 돌아가 버리고, 홀로 남은 당금애기는 지상에서 아버지 없이 아들들을 키운다. 아들들이 성장하자 아버지를 찾아 어머니와 함께 천상으로 올라간다. 당금애기와 3형제가 천상으로 이동하여 가족들이 상봉하고 결합하는 과업을 완수하게 된 당금애기는 스님으로부터 생산신의 신직을 받게 된다. 이 신화는 가족의 결합이라는 과업 완수를 위해 지상적 존재가 천상으로 이동함으로써 신격으로 좌정되는 이야기라 할 수 있다.

나. 신과 인간의 관계

<당금애기>에서 신과 인간의 관계는 뚜렷하게 제시된다. 이야기에 등장하는 신 내지 신격은 스님으로 확정할 수 있다. 스님은 분명 신적인 존재이며, 당금애기와 그 가족들은 모두 인간이다. 여기서 신은 인간에 대해서 지배자 혹은 시험자로 나타나며, 인간은 신의 명에 따를 수밖에 없는 운명의 존재로 나온다. 스님은 당금애기가 착한 성품을 가진 존재인지를 테스트하며, 운명과 관련된 사주책을 보여주고 자신의 운명을 받아들이라고 명령한다. 신의 시험에 통과함으로써 인간인 당금애기는 존재론적 변화를 성공할 수 있으며 신격이 될 수 있다.

이야기에서 제시되는 신과 인간은 부부 관계로도 표상된다. 부부 관계에서는 가부장적 질서의 논리가 작용하며 남성과 여성의 관계를 신과 인간의 관계로 확장시키고 있다고 볼 수 있다. 결국 이야기의 전체 흐름은 여성의 복종과 희생이 남성적 가부장 중심의 가족의 결합과 완성을 이루게 하는데. 여기서 여성의 삶의 방향과 운명이 가부장적 논리 속에서 결정되고 있음을 알 수 있다.

그런데 당금애기가 이야기 속에서는 비록 상위 격인 스님에게 일방적으로 운명이 결정되는 수동적인 존재이기는 하지만, 신격인 스님이 인간세계의 존재와 결혼하여 자식을 얻는다는 점을 주목한다면, 인간과 신의 관계를 일방적·수직적 관계와는 다른 시각에서 바라볼 수 있다. 신은 비록 인간보다 상위의 존재이지만 인간과의 결합을 통해서 비로소 완전한 존재가 될 수 있는 것이다. 신격인 스님은 자신에게 걸맞은 훌륭한 인간 배필을 얻음으로써 자식까지 얻게 되고 완전한 가정을 꾸리게 된다. 다시 말해서 인간과 신의 상호 교섭, 상호 소통을 통해서 인간뿐 아니라 신 또한 보다 완전한 존재가 된다는 의미이다. 이러한 관계는 무속신화에서 흔히 찾아 볼 수 있는 특징이다.

다. 가치체계

<당금애기>에서는 스님과 당금애기가 각각 천상과 지상을, 그리고 남성과 여성을 대표하는 인물로 등장하며, 이들의 대립 관계 속에서 신화 세계의 가치체계가 형성된다. 스님은 신성한 존재로 천상 세계 출신임에 반해, 당금애기는 인간 존재이며 지상 세계의 존재이다. 특히 스님은 미래를 예언하는 능력을 당금애기에게 보여줌으로써 신성성을 인정받고 당금애기를 굴복시킨다. 서사의 주인공인 스님과 당금애기의 관계 양상을 정리하면 다음과 같다.

스님		당금애기	
존재론적 자질	천상(신적) 존재	존재론적 자질	지상(인간) 존재
행위 능력	신이한 능력, 예언	행위 능력	Φ
사회적 지위	지배자(명령)	사회적 지위	피지배자(복종)

　당금애기가 스님의 배우자로 선택되어 결국 생산신이 되는데, 이렇게 되기까지는 몇 가지 조건이 있다. 스님은 당금애기를 만나서 그 인품을 시험하고, 이후에 변신술과 신이함을 과시하고 자신의 배우자로 맞이한다. 스님은 시주쌀을 일부러 흘려서, 당금애기에게 한 톨 한 톨 주워 담아 주기를 요구한다. 결국 스님은 당금애기가 선한 성품인가를 시험하는 것이라고 할 수 있다. 또한 예언서를 보여줌으로써 자신의 권위에 순종적인가를 시험한다. 이후 마지막 시험은 남편 없이 홀로 자식들을 낳아 기르는 것으로, 한국의 문화전통 속에서 가장 힘든 과제를 제시하고 있는 것이다.129) 한국의 문화전통에서 아버지 없이 자식이 성장한다는 것은 상당히 복잡한 문제를 함축하고 있다. 공동체 의식이 강한 전통 사회에서, 사회의 가장 근간이 되는 최소 공동체인 가정의 대표인 가장의 부재는 사회적 공동체의 일원으로서 자격 상실을 의미한다고 할 수 있다. 특히 아버지 없는 자식들은 그 출신성분이 불분명하다는, 다시 말해 존재론적 기반이 확실하지 않다는 정체성에 있어서 심각한 문제를 안고 있는 것이다.

　당금애기는 스님의 모든 시험에 통과하고 결국 인간에서 신격으로 변화하게 된다. 당금애기의 이러한 뛰어난 자질이 직접

---

129) 아버지 없이 성장하는 아이는 가장 심각한 문제 상황에 놓인 것이라 할 수 있다. 한국의 전통 설화에서 영웅은 반드시 그 부계 혈통의 고귀함, 내지 신성성이 주되게 부각되며, 남성 영웅들은 대체로 아버지 찾기를 통해서 자신의 정체성을 찾게 된다. 이러한 '아버지 찾기'의 모티프는 신화에서도 잘 나타나는데, 대표적으로 〈주몽신화〉에서의 유리왕자를 들 수 있다. 무속신화에서는 〈이공본풀이〉의 할락궁이, 〈칠성본풀이〉의 7형제 등이 이러한 아버지를 찾는 남성 영웅들이다. 대부분의 아버지 찾기 과업을 수행하는 주인공들은 미성년의 단계에 있다. 자신의 정체성을 찾는 시기는 소년기에 해당하며, 이 과업을 수행한다는 것은 성장·성숙을 의미한다. 다시 말해서 '아버지 찾기'는 성인식의 전통적 유형이라고 볼 수 있다.

비교되는 존재는 문면에 제시되지 않지만, 대략 다음과 같이 정리할 수 있다.

당금애기	
생물학적 자질	여성
가정 내 지위	아내, 어머니
행위 능력	선함, 순종, 인내
	생산성(출산 능력)
최종 결과	가족 구성, 생산신으로 좌정

당금애기가 제석신인 최고신에게 선택되어 생산신(삼신신)이라는 신격으로 좌정되는 것은 가부장적 질서 속에서 여성의 소임을 완전하게 수행하기 때문이다. 이 소임을 수행하는 과정에서 보통 인간으로서는 감당하기 어려운 시련을 극복해냄으로써 신성성을 획득하게 된다.

3) <성주풀이>

가. 재현된 세계와 법칙

<성주풀이>에서 재현된 세계는 크게 두 가지이다. 하나는 천상 세계로 황우양이 토목공사를 하기 위해 올라가야하는 신성의 세계이다. 다른 하나는 지상으로 황우양 부부가 살고 있는 황산뜰과 소진랑이 살고 있는 소진뜰이다. 이 신화에서는 다른 신화들과 달리 신격으로 좌정되는 인물인 황우양이나 그의 부인, 그리고 황유양의 경쟁자인 소진랑은 인간적 존재라고 보기

힘들다. 등장인물들은 변신을 한다든지, 쇳가루로 연장을 만든다든지 하는 여러 가지 신이한 재주를 가진 존재들이다. 그러나 황우양과 그의 부인이 이후에 신격으로 좌정되는 것, 그리고 황우양의 이동 경로를 통해서 드러나듯이 천상과 지상의 경계가 분명하다는 점 등은 이들의 속한 세계가 천상의 신성 공간과는 대별된다는 것을 알 수 있다. 이 같은 대립 체계를 통해서 주인공들이 거주하는 공간은 지상적, 인간적 현실공간이며, 인물들은 신격보다는 격이 낮은 비신격 존재라고 할 수 있다.

　황우양은 황산뜰의 주인이고 한 가정의 가장이며, 천상으로부터 그의 능력을 인정받은 뛰어난 존재이기도 하지만, 완전한 조건을 갖춘 영웅은 아니다. 이야기 전반부에서 황우양의 모습은 영웅의 당당한 모습과는 상당히 거리가 멀다. 천상으로 올라가는 것을 두려워하며, 아내가 연장을 마련해 줘야 비로소 일을 할 수 있게 된다. 이러한 황우양이 천상으로 간 이후 특정한 과업을 완수하고 나서 지상으로 다시 하강할 때는 상당히 성숙하고 발전된 모습을 보여준다. 지상적 존재가 천상으로 이동한다는 것은 존재론적 자질이 그만큼 향상됨을 의미하고, 가정의 복원을 위한 시련을 극복하고 주어진 문제를 해결함으로써 최종적인 신격에 오르게 된다. 이러한 점은 바리공주가 즈어진 문제를 해결하고 신격으로 좌정되기 위해 공간 이동을 하는 것과 마찬가지이다. 황우양은 지상에서 천상으로 그리고 다시 지상으로 내려오게 된다. 그리고 지상의 문제를 관장하는 신이 된다.

　이상으로 <성주풀이>에서 제시된 천상과 지상의 두 세계는 각각 신성한 공간과 인간적 공간으로 구별됨을 밝혔다. 그러나 주인공들이 거주하고 활동하는 지상 공간이 인간세계라고 단정하기는 어렵다. 무속신화에서 자주 드러나는 특징 중 하나가 인물이나 공간이 신성의 자질과 세속적·인간적 자질이 뒤섞여 나타나는 경우가 많기 때문이다. 다른 신화들에 비해서 특히 <성주풀이>의 인물들과, 그들이 거주하는 지상 공간은 신적 요소와 인간적 요소가 공존하고 있다.

나. 신과 인간의 관계

앞서 계속 언급했듯이, <성주풀이>에서는 신과 인간의 관계를 명백하게 설정하기가 어렵다. 먼저 이야기의 등장인물인 황우양, 그의 부인, 소진랑은 인간으로 볼 수도, 그렇다고 신으로 볼 수도 없는 존재들이기 때문이다. 그러나 굳이 구별하자면 황우양을 데리러 오는 차사의 존재는 분명 인간적 존재가 아님이 확실하다. 그리고 황우양을 천상의 토목공사를 시키는 주체는 천상에 거주하는 상위의 신격임은 분명하다. 그리고 황우양과 부인, 소진랑은 이야기 결말부분에서 모두 신격으로 좌정되는데, 이러한 점을 볼 때, 이들 인물들은 최초에는 비신적 존재로 간주할 수 있다. 논의의 편이 상 황우양과 그의 부인이 과업을 완수하고 가족을 복원해서 신으로 좌정하기 전까지는 인간적 존재로 간주하고 신과 이들 인간들의 관계 양상을 살피도록 하겠다.

신과 인간의 관계 양상은 천상의 신격이 지상에 거주하는 인간적 존재인 황우양에게 천상의 토목공사를 맡기는 것에서 드러난다. 전승본마다 약간씩 차이는 있지만 천상에서 자신을 호출한 것에 대해 황우양이 처음에는 거부하는데, 차사가 등장해서 황우양을 강제로 천상으로 끌고 간다. 이러한 점들을 미루어 볼 때, 기본적으로 신과 인간의 관계가 지배와 피지배의 관계임을 알 수 있다. 그러나 신과 인간의 관계가 무조건적으로 명령하고 복종하는 일방적인 차원은 아니다. 지상적 존재인 황우양이 천상의 공사를 맡는다는 것은 그의 능력이 탁월하며 천상적 존재와 소통이 가능한 존재, 내지 천상에서 인정하는 능력을 소유한 존재라는 것을 보여준다.

다. 가치체계

<성주풀이>에서 주되게 대립되는 관계 양상은 황우양과 소진랑의 관계에서 찾을 수 있다. 주인공인 황우양은 영웅로서의 조건도 갖추었지만, 우둔한 성격 또한 함께 가지고 있다. 이에 비해 소진랑은 교활하며, 야비한 존재이다. 두 남성 인물과 달리, 남편인 황우양이 결국 과업을 성취하는데 결정적으로 기여하는 그의 부인은 이들 남성인물들과는 대조적인 자질을 소유하고 있다. 세 인물의 자질고 능력을 비교해 보면 다음과 같다.

	황우양	소진랑	부인
생물학적 자질	남성	남성	여성
행위 능력·자질	우둔함	교활함	총명함

황우양과 소진랑의 대립에서 결국 황우양이 승리하는 것은 어떤 차이에서 비롯되는가가 이 이야기의 중심가치를 밝히는데 있어서 핵심이다. 먼저 황우양은 소진랑에 비해서 탁월한 행위 능력을 소유하고 있는데, 천상에 가서 공사를 할 수 있는 능력, 다시 말해서 신성한 존재와 소통할 수 있는 능력을 가지고 있다. 다음으로 황우양에게는 천상의 공사와 가족 복원이라는 두 가지 과업을 모두 성취할 수 있게 원조해준 부인이 존재하는 반면, 소진랑은 그렇지 못하다. 소진랑은 딱히 드러나는 원조자가 없는 반면 황우양은 총명하고 능력 있는 부인을 두고 있기에 최종적으로 대결에서 승리할 수 있게 된다.

황우양		소진랑	
행위 능력	신성존재와 소통 천상 과업 수행	행위 능력	Φ
원조자	부인의 도움	원조자	Φ
결과	승리, 가족 복원	결과	패배

결국 이 이야기는 가정 내에 아내의 역할을 강조하고 있으며, 어떻게 가정을 이루고 살아야 하는지에 대한 전범을 제시하고 있다고 할 수 있겠다. 비록 천상의 과업을 수행하는 능력을 가진 황우양이라 하더라도 소진랑에게 속임을 당하고 아내를 빼앗기게 된다. 황우양이 다시 아내를 찾고 신직에 오를 수 있는 것은 그의 부인의 원조가 가장 결정적인 것이다. 또한 남편과 아내가 구성원으로 이룩하는 한 가정의 유지·존속이 중요한 가치임을 역설하고 있다.

4) <칠성풀이>

가. 재현된 세계와 법칙

<칠성풀이>에서는 천상과 지상이라는 이분화된 세계가 제시된다. 칠성님과 매화부인이 애초에 살고 있었던 공간은 천상 공간으로 묘사되는데, 특정한 천상적 세계 법칙이 강조되고 있지는 않다. 그러나 이후 소박맞은 매화부인과 7형제가 쫓겨나서 거주하는 공간은 칠성님의 거주 공간에 비해서 낙후된 세계임은 분명히 드러난다. 특히 7형제가 성장하여 아버지를 찾아가는 대목에서 천상으로 올라간다는 것은 두 공간에 대한 가치 부여가 차별

적으로 이루어지고 있음을 단적으로 드러낸다.

아버지로부터 버림 받고 어머니와 살게 된 7형제의 성장 과정에서 드러나는 공간은 세속적 인간세계이다. 7형제가 자라서 서당에 다니게 되는데, 동접들에게 아비 없는 자식이라는 놀림을 받게 되는 장면은 세속적 인간세계의 단면을 그대로 드러내고 있다. 이러한 대목은 아버지 없이 자라는 아들들이 세속의 인간세계에서 겪는 전형적인 시련이기도 한데, 무속신화 중 <당금애기>에서도 동일한 장면이 나온다. <당금애기>에서는 남편인 스님이 당금애기를 임신시키고 떠나자, 홀로 아들 3형제를 낳아 키운다. 아들들이 서당에 가서 아비 없는 자식이라는 놀림을 받자 아들들은 어머니에게 아버지의 존재를 묻게 된다. 아버지 없이 자란 시련을 겪은 아들들은 아버지를 찾아 새로운 세계로 향하게 되는데, 이 경우 아버지는 주로 존재론적으로 상위의 인물로서, 인간적 세속 세계에 존재하는 인물이 아니다. <당금애기>나 <칠성풀이> 모두 아버지를 찾아 비세속적 세계로 이동하게 된다. <칠성풀이>에서는 아버지를 찾아 7형제가 천상으로 올라가는 것으로 묘사된다.

칠성님의 거주 공간이 현실적 인간세계가 아님을 드러내는 또 다른 예로 금사슴의 등장이 있다. 7형제가 옥녀부인의 계략으로 죽게 되었을 때, 옥녀 부인의 계략을 폭로하고 7형제를 구원하는 존재로 금사슴이 등장한다. 이 금사슴은 현실의 인간세계에서는 볼 수 없는 존재로 현실 세계 자연 법칙에서 수용될 수 없으며, 현실 세계의 목록표상에서 예외적 존재이다.

그러나 이야기 전체를 두고 판단할 때, 칠성님의 거주 공간이 완전한 신격이 사는 신성한 세계로 단정 짓기는 어려운 점이 있다. 이는 앞서 살핀 <성주풀이>의 경우에서 보았듯이 무속신화의 인물과 그들이 속한 공간이 다층적으로 구성되어 있기 때문에 특정한 하나의 자질로 일관성 있게 나타나지 않기 때문이다. 칠성님과 매화부인, 옥녀부인의 처첩 갈등, 아들 형제와 계모의 갈등 등은 지극히 인간적인 것이다. 인물들이 그러한 갈등을 해결하는데 있어서는 신성의 도움이나 천상에로의 여행 등이 나타나지만, 그 들이 속한 세계상 자체는 지극히 인간적인 것으로 묘사된다. 또한 칠성님의 거주하는 세계가 비세속적인 세계, 즉 천상이기는 하지만 칠성님이 완전한 신격이 아니라는 점은 Ⅱ장에서 살핀 바이다. 이러한 점을 감안할 때, 무속신화 <칠성풀이>에서 재현되고 있는 세계상은 인간적 세계와 비인간적 세계, 즉 천상으로 표현되는 신성한 세계가 정확하게 구별되지 않는다. 다만 매화부인과 7형제가 쫓겨나기 전의 공간과 쫓겨난 이후의 공간은 가치론적으로 위계가 성립되어 있음은 분명하다.

나. 신과 인간의 관계

<칠성풀이>에서 인간과 구별되는 신으로 설정할만한 뚜렷한 인물이 제시되어 있지 않다. 비록 칠성님은 천상에 거주하는 비인간적 존재인 점은 확실하지만, 그의 행위나 행위 능력을 볼 때, 신적인 존재로 간주하기는 힘들다. 이는 매화부인이나 옥녀부인도 마찬가지이다. 그 실체가 이야기 속에서 특정한 역할을 수행하면서 지속적·구체적으로 드러나지는 않지만 초월적 존재가 등장하는 대목이 있다. 칠성님으로부터 소박을 맞고 매화부인이 아들 7형제를 물에 유기하려하자 아이들을 버리지 말라는 훈계를 하는 존재가 나타난다. 전승본마다 차이를 보이는데, 허공에서 목소리만 나는 경우도 있고, 도승이 나타나서 훈계하기도 하며, 용왕님이 훈계하기도 한다. 비록 아이를 버리지 못하게 훈계하는 존재의 양상은 다양하지만, 그 존재들은 분명히

인간적 존재와는 뚜렷이 구별되는 신격인 것은 자명하다. 여기서 알 수 있는 신의 역할은 선량하고 불쌍한 존재인 인간에게 도움을 주는 원조자이다.

이야기 후반부에서 초월적 존재의 출현이 또 한 번 나타나는데, 후실부인과 7형제에 대한 심판 대목이다. 7형제를 제거한 줄 알고 후실부인이 잔치를 열게 되는데, 아들 7형제가 다시 그 잔치에 참석하게 되고, 옥녀브인의 병이 재발한다. 결국 옥녀부인과 아들 7형제가 칼자루와 칼날을 물고 하늘의 심판을 받게 된다. 이 심판을 끝으로 옥녀부인은 죽어서 짐승이 되고, 서사의 중심 갈등이 해소되게 된다. 여기서 신은 인간세계의 잘잘못을 따지고, 악을 징치하는 심판자의 역할을 하고 있음을 알 수 있다.

다. 가치체계

<칠성풀이>에서는 먼저 칠성님과 매화부인이 7형제 출산을 계기로 헤어지게 되고, 갈등을 겪게 되며, 대립적인 관계 양상을 띠게 된다. 먼저 칠성님은 한 집안의 대표, 즉 가장으로서 아내인 매화부인을 소박할 수 있는 권위를 가진 지위에 있다. 매화부인이 소박을 맞아 집에서 쫓겨나게 되는 이유가 7형제를 한 번에 출산했다는 이유이다. 이 같은 이유는 윤리적인 선·악의 문제가 아니다. 결국 매화부인의 부당한 이유로 소박을 맞은 것이다. 그럼에도 불구하고 매화부인은 아무런 저항이나 반박도 하지 못하는 가정 내에서 약자, 피지배자의 지위에 있다. 칠성님과 매화부인의 관계 양상을 정리하면 다음과 같다.

칠성님		매화부인	
존재론적 자질	남성	존재론적 자질	여성
가정 내 역할	남편·가장	가정 내 역할	아내
사회적 지위(관계)	지배자(명령)	사회적 지위	피지배자(복종)

다음으로 대립 관계를 형성하는 인물로 후실부인인 옥녀부인과 직접적인 갈등을 겪게 되는 아들 7형제를 들 수 있다. 매화부인이 죽고, 아들 7형제가 아버지를 찾아오게 되자, 후실과 전실 소생의 갈등이 시작된다. 옥녀부인이 간계를 꾸며 아들 7형제를 제거하고자 하나 결국 하늘의 도움으로 7형제는 위기를 모면하고 옥녀부인은 벌을 받게 된다. 여기서 옥녀부인은 아내로서, 혹은 어머니로서 요구되는 기본적 자질인 순종적인 자세를 보이지 않고 계략을 꾸며 자신의 이익을 도모하는 사특한 인물이다. 반면에 7형제는 부모의 뜻을 거역하지 않으며 부모를 위해 희생을 감수하는 순종적이고 선량한 인물이다. 그러나 간계와 술수에도 불구하고 옥녀부인이 패하게 되는데, 여기서 옥녀부인은 원조자가 없는 반면, 아들 7형제에게는 신성한 원조자들의 도움을 받게 된다.

옥녀부인		아들 7형제	
가정 내 지위	계모	가정 내 지위	(전실의)자식
행위능력·자질	영악·사특함	행위능력·자질	순종적·선량함
원조자	Φ	원조자	금사슴, 하늘(天)
결과	패배, 죽음	결과	위기극복, 승리

이야기 속에서 직접적인 대립 양상을 보이지는 않지만, 전실부인과 후실부인의 대립양상을 설정할 수 있다. 칠성님을 놓고 처첩의 갈등이 이 이야기의 전체적인 기본 대립 축인 점을 감안할때, 두 여성 인물의 성격이 중요하다. 전실인 매화부인은 순종적이며, 선량한 성품을 가졌음에 반해 후실인 옥녀부인은 영악하고, 사특한 인물이다. 물론 직접적으로 이러한 갈등과 대립을 해결하는 인물은 아들 7형제이다. 이들에 의해서 옥녀부인은 벌을 받게 되며, 매화부인은 다시 살아나게 된다. 옥녀부인에게는 자식이 없었음을 볼 때, 대화부인의 아들 출산은 비록 소박의 구실이 되기는 했으나, 최종적 결과로 볼 때 가장 중요한 가치를 획득했다고 볼 수 있다. 이야기의 결말에 제시되는 매화부인과 옥녀부인의 대조적인 운명은 서사의 주요한 가치체계가 이 여성 인물들의 대립 관계를 통해서 표상되고 있음을 나타낸다. 두 여성 인물의 대립 양상을 정리하면 다음과 같다.

옥녀부인		매화부인	
행위능력 · 자질	영악 · 사특함	행위능력 · 자질	순종적 · 선량함
	생산성 부재		생산성(출산능력)
원조자	Φ	원조자	초월적 존재 아들 7형제
결과	죽음 짐승으로 변신	결과	소생 신격으로 좌정

<칠성풀이>의 기본 갈등축은 전실과 후실의 갈등인데, 이 갈등은 직접적으로 대립하는 양상으로 전개되지는 않는다. 전실은 이미 죽고 그의 자식들과 후실이 직접적으로 대립하게 된다. 그러

나 다른 신화에서도 찾아 볼 수 있듯이, 남편에게 버림을 받았으나 혼자의 힘으로 자식을 성장시키는 희생과 시련을 겪은 여주인공인 매화부인이 최종적으로 아들들의 힘에 의해서 재생하고 신격으로까지 좌정하게 된다. 한 가정 내에서 어떤 자질과 행위 능력이 여성(아내·어머니)과 자식으로서 갖추어야 하는 중요한 덕목인지가 서사에서 두드러지는 가치체계라고 할 수 있다.

5) <이공본풀이>

가. 재현된 세계와 법칙

<이공본풀이>에서도 다른 무속신화와 마찬가지로 신성 공간과 지상의 세속 공간으로 이분화된 세계가 제시된다. 원강도령이 원강아미와 결혼해서 살고 있다가, 저승의 서천 꽃밭을 지키는 꽃감관으로 간택되어 이승을 떠나게 된다. 여기서 서천꽃밭이라는 비현실적 세계는 죽음과 관련된 즉, 이승의 대비 공간으로서 저승을 의미한다. 저승 세계가 현실 세계와 뚜렷이 구별되는 자질은 인간의 삶과 죽음과 관계된다. 원강도령이 맡은 신직은 서천 꽃밭의 꽃감관인데, 이 직책은 인간의 삶과 죽음을 관장하는 것이다. 서사에서 표상된 인간세계의 두드러진 자질은, 삶과 죽음이 인간의 의지나 능력으로 통제될 수 없다는 점이며, 이와 대립적으로 저승은 삶과 죽음을 원천적으로 통제할 수 있다는 점이다.

삶과 죽음을 관장하고 통제하는 것은 서천 꽃밭의 꽃을 통해서인데, 이 꽃밭을 지키는 꽃감관은, 다시 말해서 인간의 생사를 관장하는 신인 것이다. 저승 세계의 가장 두드러진 자질인 이 꽃밭의 꽃, '악심꽃'과 '환생꽃'은 인간의 현실 세계에는 존재하지 않는 꽃으로 자연적 존재물들의 목록표에는 존재하지 않

으며 분류학적 논리에도 어긋난다. 이 삶과 죽음의 꽃으로 대표되는 저승 세계의 자질과 법칙은 이 신화에서 표상하는 주요한 가치나 이념과 결부되어 있다. 죽은 자를 소생시키고, 산 자를 죽게 하는 힘은 이 이야기의 중심 사건과 연결되며, 주인공에게 요구되는 핵심 행위 능력이기도 하다.

저승 세계와 대립되는 세속의 이승 세계는 인간들의 세속적 공간으로 묘사된다. 이 속의 인물들은 세속적 욕망과 갈등을 보여주며, 기본적으로 현실 세계의 법칙에 종속되어 있다. 원강아미가 원강도령을 떠나보내고, 만년장자 집에서 종으로 살면서 아들을 낳고 키운다. 만년장자는 탐욕스럽고 포악한 인물로 자신의 지위와 권력을 이용해서 원강아미를 겁탈하려고 한다. 주-종의 관계에서 주인인 만년장자의 악덕과 횡포는 인간 세상에서 흔히 볼 수 있는 일이다. 남편의 출세를 위해서 자신을 희생하는 원강아미 또한 한국 문화전통에서 볼 수 있는 전형적인 여성이다.

서사가 재현하고 있는 세속의 세계, 즉 인간세계는 이렇듯 현실적 세계 법칙의 지배를 받는다. 하지만 다른 무속신화에서도 찾아 볼 수 있듯이, 이야기 속 인간세계의 현실적 법칙에 위배되는 자질들이나 목록들이 나타나기도 한다. <이공본풀이>에서도 이와 같은 자질을 찾아 볼 수 있다. 할락궁이가 도주할 때 만년장자는 천리동이개, 만리동이개를 보내 뒤쫓게 한다. 이 동물들은 인간적 현실 세계에서 볼 수 없는 신이한 동물이다. 이 동물들은 현실 세계의 물리적·자연적 법칙에 어긋나는 존재들이다. 신화 서사의 기본적 특성상, 인간의 세계로 한정된 공간이라 할지라도 비현실적이고 신이한 자질이나 목록들이 드러나는 것은 일반적인 경우라고 할 수 있다. 그러나 이러한 자질들이나 목록들 때문에 전체 서사 전개상 인간세계의 법칙이 깨어지거나 혼란스럽게 되지는 않는다.

나. 신과 인간의 관계

<이공본풀이>에서 인간과 구별되는 신은 원강도령이다. 원강도령은 인간적 존재였지만 신의 선택을 받아 신격으로 좌정되는 인물이다. 다시 말해서 원강도령은 애초에는 신이 아니라 인간인 것이다. 이 이야기에서 완전한 신격, 즉 처음부터 완전한 신성을 갖춘 존재는 직접 드러나지 않는다. 그래서 신과 인간의 직접적인 관계를 파악하기는 힘들다. 다만 원강도령을 중심으로 형성되는 관계 양상을 살펴 볼 수 있다.

원강도령을 신적 존재, 내지 신이라고 할 때, 그의 아내인 원강아미는 인간적 존재이며, 마찬가지로 그의 자식 할락궁이도 애초에는 인간이다. 이 가족관계를 보면, 신과 인간의 관계가 가족, 즉 부-부 관계와, 부-자 관계로 표현된다. 이러한 신과 인간의 가족관계는 다른 신화에서도 찾아 볼 수 있다. 대표적으로 <당금애기>에서 스님과 당금애기, 스님과 아들 형제를 들 수 있다. 건국신화인 <단군신화>에서도 환웅을 중심으로 웅녀와 단군이 이 같은 가족관계를 형성한다.

다음으로 원강도령의 가족과 만년장자와의 관계를 들 수 있다. 원강도령은 이미 서천 꽃밭의 꽃감관인 신격이며, 그의 가족은 신격과 관계를 맺고 있는 존재들이다. 인간 존재인 만년장자가 원강아미와 할락궁이에게 가한 악행으로 말미암아 원강아미는 죽게 되고, 할락궁이는 도주한다. 이후 아버지를 찾아 온 할락궁이가 악심꽃과 환생꽃을 얻어서 만년장자 일가를 몰살시키고 어머니를 환생시킨다. 여기서 할락궁이가 복수를 하게끔 원조하는 인물은 그의 아버지 원강도령이다. 간접적으로 신격인 원강도령이 인간 존재인 만년장자를 심판, 처단하고 있다. 이렇게 본다면, 신은 인간의 심판자 역할을 한다고 말할 수 있을 것이다. 또한 할락궁이를 도와 어머니와 자신의 복수를 수행할 수 있도록 돕는 것으로, 원조자 역할을 하고 있음을 또한 알 수 있다.

다. 가치체계

<이공본풀이>에서는 신격으로 좌정되는 원강도령과 인간 세상에서 종노릇하며 아들을 홀로 키워야 하는 원강아미가 대립적 관계 양상을 띤다. 원강도령은 서천 꽃밭의 꽃감관으로 선택되어 저승으로 가면서 임신한 아내를 인간세계에 혼자 남겨두고 떠난다. 더군다나 원강아미는 종노릇을 하며, 자식을 출산·양육해야 하는 시련과 고통을 겪게 된다. 원강도령과 원강아미는 가부장적 질서 속에서 남성과 여성, 가장인 남편과 종속적인 아내의 관계를 잘 드러내고 있다. 원강아미는 사회적 지위를 획득한 남편의 출세길에 방해가 되지 않기 위해서 자신을 희생하고 고통을 감내한다. 이 관계 양상을 정리하면 다음과 같다.

원강도령		원강아미	
존재론적 자질	남성	존재론적 자질	여성
가정 내 역할	남편·가장	가정 내 역할	아내
추구 가치	사회적 출세	추구 가치	희생과 원조

다음으로 대립 관계를 형성하는 인물 관계로 원강아미와 만년장자의 관계를 들 수 있다. 만년장자의 종이 된 원강아미는 만년장자의 횡포에 시달리면서도 끝까지 정절을 지키고, 아들을 보호한다. 만년장자는 세속적 세계의 지배자를 표상하며, 원강아미는 이러한 지배자에게 억압받는 피지배자이기도 하다. 또한 이 관계가 주－종의 사회적 지배·피지배 관계뿐만 아니라, 여성인 원강아미를 겁탈하려는 만년장자의 행위는 남－녀의 지

190

배·피지배 관계를 형성하고 있다. 두 인물은 지배와 피지배 관계를 넘어서 윤리가치적인 선/악의 관계까지 드러낸다. 이들 인물의 관계 양상을 정리하면 다음과 같다.

만년장자		원강아미	
사회적 지위	주인(지배자)	사회적 지위	종(피지배자)
생물학적 자질	남성	생물학적 자질	여성
행위능력·자질	폭압적, 탐욕적	행위 능력·자질	희생, 정절수호
표상된 가치	악	표상된 가치	선

서사의 중심 갈등과 그 해소는 만년장자와 할락궁이의 직접적인 대립과 할락궁이의 복수를 통해서 전개된다. 만년장자에게 종속되어 있던 할락궁이가 아버지를 찾게 됨으로써 그에게 벗어나 새롭게 존재의 정체성을 획득하게 되며, 만년장자를 응징하고 어머니를 회생시킬수 있는 능력까지 획득하게 된다. 할락궁이와 만년장자의 대립 관계를 정리하면 다음과 같다.

	할락궁이	만년장자	
사회적 지위	전) 피지배자(종)	사회적 지위	지배자(주인)
	후) 꽃감관, 꽃감관의 후예		
원조자	아버지(원강아미)	원조자	Φ
결과	복수 성공, 꽃감관 직책	결과	죽음
	가족 복원(어머니 소생)		일가족 몰살

<이공본풀이>에서 주되게 드러나는 갈등은 만년장자와 할락궁이의 가족들과의 대립을 통해서 형성된다. 대립적인 관계 양상 역시 마찬가지이다. 이 신화는 사회적 관계에서 드러나는 선/악의 대립구조가 뚜렷이 제시되는 것이 특징인데, 무속신화에서는 쉽게 찾기 힘든 의미론적 체계라고 할 수 있다. 신화에서는 선/악의 대립이 뚜렷이 형성되지 않는 것이 일반적이다. <바리공주>에서나, <당금애기>에서 주인공이 시련을 겪고 고통을 당하지만 이러한 시련과 고통의 원인이 상대방 악인에 의해서가 아니라 아버지나 남편에 의해서이다. 신화는 초월적 세계와 그 존재들의 행위, 자질들을 통해서 주요 가치와 이념을 형성하지 인간적 세속의 가치가 신화의 주된 이념 형성의 바탕이 되지는 않는다. 그런데 <이공본풀이>이와 <칠성풀이>에서는 상대적으로 뚜렷한 선/악의 대립이 제시되며, 이야기의 전개 역시 선한 존재에 의한 악한 존재의 징치로 결말 맺는다. 이러한 특징은 신화의 본질인 신성성의 약화라기보다는, 세속적 가치의 개입을 통해서 이야기의 흥미와 극적 전개를 위한 장치라고 보는 것이 타당할 것이다.

<이공본풀이>에서 최종적으로 강조하고 있는 가치는 선/악의 대립과 악에 대한 징치뿐 아니라, 가족에 대한 가치가 뚜렷이 제시된다. 만년장자와 할락궁이의 가족의 대립에서 만년장자가 우위를 점하고, 할락궁이의 가족이 시련을 겪게 되는 것은 할락궁이의 가족이 해체되기 때문이다. 할락궁이가 아버지를 찾음에 따라 관계는 역전되고, 결국 할락궁이는 어머니를 소생시켜 온전히 가족복원을 성공하게 된다. 반면에 만년장자는 자신뿐 아니라, 일가족 전부가 죽게 된다. 이를 통해서 무속신화의 중심 가치인 가족복원, 가족의 중요성, 가족 내에서의 역할 등이 잘 드러나고 있다.

(2) 희생(犧牲) 논리와 인간세계의 문제 해결

1) <바리공주>: 재생을 위한 희생과 죽음의 극복

<바리공주>는 서사의 핵심사건이 구약(救藥) 여행이기도 하지만, 전체 서사가 주인공이 태어나서 버려지는 순간부터 온통 공간 이동의 여행담 형식이다. 이러한 공간 이동을 통해서 주인공이 특정한 자질을 갖춰 나가는 것이 서사 전개의 주동력이다. 이 공간 이동은 삶의 현실적 공간에서 다른 세계, 즉 타계(他界)로의 이동이며, 이 이동을 통해서 삶과 죽음의 이원적 제약을 뛰어넘게 된다. 타계로의 이동은 단순한 공간의 위치 바꿈이 아니라 타계의 존재들, 즉 신성 존재들과의 소통을 의미하는 것이기도 하다. 바리공주는 이러한 공간 이동을 통해서 어비대왕을 소생시키고 사령을 위무하고 천도하는 직무를 맡게 된다.

이와 같은 공간 이동은 단순히 외부 세계를 여행한다는 사실 자체에 중요한 의미가 있는 것이 아니라, 이 과정에서 어떤 문화적 가치를 획득하는가가 중요하다. 바리공주는 현실계와 타계를 여행함으로써 서사의 핵심적 문제인 죽음의 문제를 극복한다. 이 공간 이동은 서사 내에서 주인공이 아닌 다른 인물들은 할 수 없는 행위이다. 서사 속에서 주인공이 가치를 실현하는 것은 결국 문화적 공간의 구조적 경계를 넘기 때문에 가능한 것이다. 무속신화의 공통 구성 원리가 공간의 이동, 즉 타계 여행인데 이는 성무식의 절차와 대응된다. 마치 인간인 무당이 신격을 받드는 신성 매개자가 되듯이, 무속신화의 주인공들은 비신적 존재에서 신적 존재로의 변화한다. 이러한 성무식의 절차는 <바리공주>뿐 아니라 다른 무속신화에서도 잘 나타난다.130)

바리공주가 실현하는 가치는 자신이 신격이 되는 것이기도 하지만, 사실 이것을 목표로 여행을 했던 것은 아니다. 바리공주의 탐색 대상은 어비대왕을 살리는 약수이며, 주인공의 여행의 목표는 부모의 '재생'이다. 바리공주의 아버지인 어비대왕은 죽었다가 다시 소생한다. 한 국가, 한 공동체의 대표자의 죽음은 바로 그 집단의 흥망을 좌우하는 중대사이다. 대왕부부를 소생시키는 일은 곧 그 사회에 다시 생명력을 주는 것을 의미한다. 또한 바리공주 자신도 부모를 재생시킨 대가로 신격으로 재생하게 된다. 인간적 존재에서 신격으로 다시 태어나는 것은 무속신화의 보편적인 주제이지만, 이 재생의 과정과 관련된 가치 실현과 획득이 가장 구체적으로 나타나는 신화가 바로 <바리공주>이다.

이러한 재생이 가능한 것은 바리공주의 희생을 통해서인데, 이와 같이 문제 해결을 위해 특정 인물을 희생시켜 안정을 찾는 행위가 바로 희생제의인 것이다. 희생제의는 제의의 제요소 중에서 특히 '희생되는 존재' 즉 제의의 대상, 제물(祭物)이 가장 부각되는 제의이다. 희생제의의 제물인 희생양은 사회의 문제와 실제로 관련이 없음에도 불구하고 자신을 희생함으로써 사회의 안정을 되찾는다.131) <바리공주>는 이러한 희생제의의

---

130) 김열규는 한국 신화의 보편적인 특성으로 첫째, 신화가 '내림굿' 내지 '맞이굿'의 절차를 그 줄거리로 삼고 있다는 점을 든다. 두 번째 특성으로는 이들 신화가 성무식(成巫式)과정에서 요구되고 있는 이른바 타계 여행 내지 우주여행의 절차를 줄거리로 삼는다는 점이다. 이는 무속의 원리가 한국 신화의 기본틀이 된다는 그의 전제와 일맥상통한다. 무속신화에서는 특히 희생당하는 주인공이나 신격으로 존재론적 변화를 하는 인물들은 성무식 과정의 공간 이동을 통해서 새로운 가치를 실현, 획득한다는 점을 주목해야 한다.
   김열규, 「한국 신화와 무속」, 김열규 외, 『한국의 무속문화』, 박이정, 1998, pp.63-64.
131) Réne Girard, 김진식 역, 『희생양』, 민음사, 1998, pp.44-45.

논리가 잘 적용되고 있다. <심청무가>가 신격으로 좌정되는 이야기가 아님에도 불구하고 오늘날 무속제의에서 대표적인 무가로 불려지게 되는 이유도 주인공 심청이 바리공주와 같이 자기 희생을 통해 공동체의 주요 가치를 실현하고 있기 때문이다.

2) <당금애기>: 가족 공동체를 위한 희생과 생산성의 획득

<당금애기>는 신성한 존재가 보다 온전한 신격으로 자격을 갖추어 가는 과정에서 결혼과 자식 출산·육아라는 점을 강조하는 신화이다. 여기서 여성 주인공 당금애기는 자신을 희생해서 상위의 신격인 스님이 가족 구성이라는 과업을 완수하는데 이바지한다. <당금애기>에서도 여성의 희생제의가 서사의 핵심적인 원리라고 할 수 있다. 당금애기가 겪은 고통과 시련, 테스트는 여성의 출산·육아 등에 초점이 맞추어져 있으며, 이는 이후 당금애기가 받은 신직, 즉 삼신신의 역할과 직결된다.

당금애기는 두 번의 공간 이동을 하게 되는데, 최초의 세계인 자신의 원거주 공간에서 스님과 사통한 이유로 뒷동산 돌함에 갇히게 된다. 그리고 이 돌함 속에서 3형제를 출산하게 되는데, 이 공간은 시련의 공간으로 스님과 자신의 가족을 위한 당금애기의 희생을 두드러지게 한다. 시련을 겪고 나서 집으로 돌아오게 되고, 이 세속 공간에서 다시 성장한 아들들과 함께 스님이 거주하는 신성 공간으로 이동하게 된다. 신성 공간에 도달함으

_________, *Viloence and the Sacred*, The Johns Hopkins University Press, 1977, pp.10-13.
서사 속에서 나타나는 희생제의의 구조는 아래 글 참고.
오세정, 「희생서사의 구조와 인물 연구」, 『어문연구』 30권 4호, 한국어문교육연구회, 2002.

로써 당금애기는 존재론적으로 격상하게 된다.

당금애기는 양가집에서 귀하게 자란 막내딸로, 비극적 운명을 타고난 바리공주와는 달리 평범한 세속적 세계의 인물이라고 할 수 있다. 이러한 당금어기가 시련을 겪게 되는 것은 바로 남편인 스님 때문이다. 바리공주가 '효'라는 강력한 사회적 이데올로기에 의해서 희생당하지만, 당금애기는 처음 만난 스님과 부부의 연을 맺음으로써 시련을 겪게 된다.

당금애기가 스님을 남편으로 선택하고 받아들이는 대목에는 다소 논란의 여지가 있다. 규율이 엄격한 양가집에서 자랐으며, 부모 허락 없이 남자와 사통한다는 것은 당시 세속적 윤리관에 분명히 위배된다. 그러나 강금애기의 선택은 스님이라는 신성한 존재의 명에 따른 것으로, 인간적 존재로서 거역할 수 없는 일이라고 볼 수 있다.

스님은 쌀시주를 요구하며 고의로 쌀을 흘려 당금애기에게 주워 담을 것을 요구한다. 이는 당금애기의 선한 품성을 테스트하는 것으로 볼 수 있다. 스님이 동침을 요구하자 처음에는 당금애기가 거부한다. 이후 자신의 운명을 적은 사주책을 보여주자 그때서야 당금애기가 스님의 요구를 받아들인다. 인간 존재인 자신이 거부할 수 없는 운명을 받아들이는 것이다. 이는 무속신화에서 두드러진 특징인 신과 인간의 교섭, 소통을 의미하는 것으로 당금애기가 이후 신격으로 상승할 수 있는 중요한 장치인 것이다. 이렇게 본다면 서사 내 핵심적인 문제 상황의 발발은 스님이 당금애기를 자신의 배필로 적당한가 아닌가를 판별하는 과정에서 생겨난 것임을 알 수 있다.

스님은 당금애기를 임신시키고 떠나게 되지만, 세속 공간 속에 남은 당금애기는 가문의 명예를 실추시키고, 세손적 윤리관을 저버린 존재로 죽음의 위험을 맞게 된다. <바리공주>에서는 신성한 금기를 위반하고 딸을 유기하기 때문에 어비대왕이 죽게 된다. <바리공주>가 신성한 존재의 금기에 대한 위반이라는 처벌의 정당한 사유가 주어짐에 반해서 <당금애기>는 신성한 존재에 의해서 세속적 윤리를 위반하게 된다. 신성한 존재인 스님에 비해 하위격인 세속적 존재인 당금애기는 일방적으로 희생당할 수밖에 없는 운명인 것이다.

요컨대 이 이야기는 아버지로부터 독립해서 남편으로 옮겨가는 여성의 운명에 관한 것이기도 하다. 당금애기가 남편을 만나 새로운 가족을 구성하기까지의 과정이 시련과 자기희생으로 이루어져 있음을 보여준다. 이렇게 본다면 이 이야기는 한 여성의 성인식, 즉 결혼과 출산, 육아로 이어지는 전형적인 여성의 과업을 완수하기까지 모습을 보여준다고 하겠다. 특히 <당금애기>는 여성의 출산과 육아에 중심 가치를 부여하고 있다. 여성의 성인식이 남편과 자식, 즉 가족 공동체를 위한 자기희생의 과정과 동일하다는 것을 알 수 있다.

3) <성주풀이>: 남편을 위한 희생과 가정의 안녕

<성주풀이>는 부부로 대표되는 가정의 구성원들의 관계가 어떠한 것이어야 하는가를 보여주는 신화이다. 주인공 부부의 결합과 분리, 다시 재결합하는 과정이 서사의 주된 골격을 이루고 있다. 이러한 전개 과정은 통합된 세계에서 분리를 겪고 다시 통합된 세계로 진입하는 통과제의의 성격을 단적으로 보여준다. 재통합된 단계에 이르러서는 이전 단계에 비해서 보다 성숙된 존재로 변모하며, 새로운 국면을 맞이하게 된다. 신화의 중심 가치와 신성의 획득은 이러한 통합단계에서 잘 드러난다.

통과제의의 절차는 '분리 – 전이 – 통합'이다. 기존의 세계 질서

속의 구성원이 새로운 세계 질서 속으로 편입되기 위해 행해지는 통과제의는 '기존 세계 – 과도기 – 새로운 세계'에서 중간 단계인 과도기에 행해진다. <성주풀이>는 성주신이 존재하기 이전 세계에서 성주신이 존재하기까지의 과정을 담은 이야기이다. 이렇게 본다면 <성주풀이>는 황우양의 입사식이 전체 서사의 구조라고 할 수 있다. 성주신은 인간 생활과 생존에 있어서 가장 근간이 되는 집과 가정을 수호하는 신이다. 다시 말해 성주신이 존재하기 때문에 인간의 가장 기본적 생활과 생존의 바탕이 마련되며 유지될 수 있는 것이다.

성주신인 황우양은 가정이 해체되는 위기를 겪게 되고, 이를 해결함으로써 신격을 받게 된다. 황우양이 겪은 시련과 고통은 이후 자신이 맡은 신직과 직접적인 관련을 맺는다. 서사 내의 핵심 갈등 내지 주인공이 겪는 시련이 주인공의 신직과 직접적인 관련을 맺는 것은 앞에서 살핀 다른 무속신화에서도 공통적으로 찾을 수 있는 특징이다. 바리공주는 죽음을 극복하고 사령을 위무하는 무조신이 되고, 죽음의 고비를 넘기고 출산과 육아를 성공적으로 마친 당금애기는 삼신신이 된다. 동일한 맥락에서 황우양은 가족이 해체되는 시련을 극복하고 가족과 가정을 수호하는 성주신이 된다.

전체 서사의 논리가 가정의 분리와 전이, 통합을 다루고 있지만, 그 속의 개별 행위자들은 존재론적 변화를 위해 전이의 단계에서 특정한 자질을 획득해야 한다. 남성 주인공인 황우양의 경우, 먼저 지상에서 천상으로 공간 이동을 통해서 존재론적 지위를 향상시키며, 이후 경쟁자와의 쟁투를 통해 최종적으로 자격을 획득한다. 황우양의 부인도 최종적으로 신격을 획득하게 된다. 부부가 모두 비신격에서 신격으로 변모한다는 점을 놓고 보면 두 주인공 모두 특정한 지위 획득을 위한 취임식 내지 성인식을 거친다고 말할 수 있다.

그런데 황우양의 부인의 존재론적 지위 변화 과정에서 보여주는 양상이 남편인 황우양과는 다르다. 부인은 주어진 조건 속에서 자신을 희생하고, 남편을 원조함으로써 자격을 획득하게 된다. 이 과정에서 여성 주인공도 공간을 이동하는데 자신이 거주하던 황산뜰에서 소진랑의 소진뜰로의 강제로 옮아가게 된다. 이 이동은 상위 공간으로 이동하여 존재론적 변화를 꾀하는 무속신화에서 나타나는 일반적인 타계 여행이 아니라, 시련의 공간으로 이동하는 것을 의미한다. 가장인 남편의 잘못으로 인해서, 그리고 소진랑의 겁박에 의해서 황우양의 부인은 소진뜰이라는 시련의 공간에 갇히게 된다.

한 가정을 이루는 두 중심축인 남편과 아내는 각각 공간 이동을 하게 된다. 남편은 천상의 명에 따라 주어진 과업을 수행하러 상위의 공간으로 이동하는 반면, 여성은 남편이 집을 비우게 되자 경쟁자에 의해서 납치되어 어쩔 수 없이 가정을 벗어나 공간 이동을 한다. 남성이 일을 위해서 가정을 비우는 것과 달리, 여성이 가정을 비운다는 것은 그 가정의 붕괴를 의미한다. 물론 이러한 가정의 붕괴의 원인은 소진랑의 개입이 있기 때문이지만, 근원적으로 황우양이 아내의 금기를 지키지 않았기 때문이다. 문제의 해결은 황우양이 경쟁자를 징치하고 아내와 함께 다시 가정으로 복귀함으로써 일단락된다. 이때 여성 주인공은 가장인 남편을 원조하는 역할을 충실히 수행한다.

<성주풀이>의 남성 주인공은 타계로 이동하여 과업을 성취해서 다시 지상으로 내려오는 성무식의 원리에 따라 신격화되며, 여성 주인공은 자신보다 상위의 존재를 위해 자신을 희생하는 희생제의의 원리에 의해 신격화된다. 두 주인공 모두 신격을 받아 존재론적 지위가 향상되지만 그 과정은 다르게 나타난다. 다

른 무속신화와 마찬가지로 여성 주인공은 반드시 희생제의의 과정을 거친다.

4) <칠성풀이>: 가장(家長)을 위한 희생과 가정의 복원

<칠성풀이>는 칠성님을 중심으로 한 가정 내에서 일어나는 갈등과 대립을 중심 사건으로 다루고 있다. 특히 전실과 후실, 혹은 전실 자식과 후실과의 갈등과 대립을 통해서 완전한 가정을 이루게 되는 과정이 잘 드러난다. 이 과정에서는 분열되고 헤어졌던 가족 구성원이 재결합한다는 의미를 넘어서서 잘못된 가족 구성원을 징치하고 해소시킨다는 의미가 첨가되어 있다. 이 갈등과 대립, 그리고 해결을 통해서 특정한 가치가 두드러지며 칠성님은 온전한 가족 공동체의 가장이 된다. 이야기에서는 가족을 복원하기 위해서 아내인 매화부인과, 자식인 아들 7형제가 희생하는데, 문제의 최종 해결은 아들 7형제가 수행한다. 가족이 완전하게 결합하게 되고 가족 구성원들은 신으로 좌정한다. 이 대목에서는 주로 아들 7형제에게 초점이 맞추어지는데, 7형제는 주로 북두칠성과 관련된 신으로 좌정된다. 이 신격들은 경제적 생산 즉, 다산·풍요와 관련된 것으로 알려져 있다.

<칠성풀이> 역시 여성의 희생제의와, 자식들의 희생제의가 서사의 핵심적인 원리이며, 주인공들은 공간의 이동을 통해서 시련을 겪고 가치를 획득한다. <칠성풀이>에서 매화부인은 두 번의 공간 이동을 한다. 칠성님과 함께 살던 천상 공간에서 소박을 맞아 지상으로 내쫓기게 된다. 그리고 죽게 되는데, 자식들의 도움으로 다시 소생해서 고향으로 돌아오게 된다. 매화부인에게 있어서 지상 공간은 시련의 공간이며, 그 시련의 극한으로 지상 세계에서 죽음을 맞이하게 된다. 다시 천상으로 회귀함

은 존재론적인 변화, 단순히 생물학적 생명을 다시 얻는 차원이 아니라 신격으로의 상승을 의미한다.

아들 7형제는 애초에는 천상에서 태어나지만 어머니와 함께 지상에 버려지게 된다. 아들 7형제의 지상행(地上行)은 어머니인 매화부인과 마찬가지로 시련을 의미하며, 또한 이 시련의 공간에서 성장하게 된다. 성장한 후 아버지를 찾아서 천상으로 이동하는데, 7형제의 천상이동과 아버지 상봉은 존재론적으로 상승함을 의미한다.

<칠성풀이>의 전반부는 주로 매화부인의 시련에 초점이 맞추어져 있고, 후반부에는 7형제의 시련과 활약상에 초점이 맞추어져 있다. 7형제는 후실인 옥녀부인의 간계에 의해서 죽을 위험에 빠진다. 7형제는 옥녀부인의 꾀병에 속아 자신들의 간을 내어 놓으려고 하는데, 이때 금사슴의 출현해서 옥녀부인의 간계를 폭로하고 7형제 대신 죽는다. 7형제가 금사슴의 도움으로 1차 위기를 넘기고, 옥녀부인과 대면해서 최종적인 심판을 받게 된다. 이때에도 하늘은 7형제를 도와 목숨을 구해주고, 옥녀부인은 죽음을 맞게 된다. 아들 7형제는 가장 위급한 순가 신성한 존재들에게 도움을 받게 된다. 다시 말해서 신성한 존재와 소통이 가능한 인물들이 문제를 해결하는 것이다.

여성 주인공인 매화부인의 입장에서 보자면, 이 이야기는 여성의 출산, 육아가 중심 사건이며, 남편 없이 자식들을 키우는 시련이 가장 부각되고 있다. 매화부인의 희생은 <당금애기>의 여자 주인공 당금애기, <이공본풀이>의 여주인공 원강아미와 동일하다. 무속신화의 여성 주인공들은 공통적으로 남편들과 자식들을 위해서 시련을 겪고, 희생하는 인물들이다. 이들의 희생제의를 통해서 남편과 자식들이 성장하거나 과업을 완수하게 된다. 이러한 여성들의 희생을 통해서 여성에게 가장 필수으

로 요구되는 결혼과 출산, 육아로 이어지는 전형적인 과업을 완수하기까지의 과정이 드러난다. 여성의 시련의 제의들은 남편과 자식, 즉 가족 공동체를 위한 자기희생의 과정과 동일하다.

아들 7형제의 입장에서 보자면, <칠성풀이>는 아버지 없이 성장하는 시련을 겪고, 이후 부모에 대한 효성으로 자신들을 희생하는 이야기로 볼 수 있다. 이런 점에서는 <바리공주>와 유사한데, 자식이 부모를 위해서 목숨까지 버려야 한다는 세속적 가치관을 잘 반영하고 있다. 비록 계모이기는 하지만, 옥녀부인의 병을 치유하기 위해서 7형제는 자신들의 목숨을 버릴 각오를 한다. 이러한 가치관은 <바리공주>, <심청무가>에서도 동일하게 볼 수 있는 것으로, 자식의 희생을 통해서 가정을 복원하고자 하는 전통적인 희생제의의 이념을 살필 수 있다.

5) <이공본풀이>: 가장(家長)을 위한 희생과 정체성 찾기

<이공본풀이>에서도 가족의 대표격인 가장을 위해서 희생하는 두 주체가 등장한다. 신격으로 좌정된 원강도령을 출세를 위해서 아내인 원강아미가 임신한 몸으로 만년장자의 종이 된다. 가장의 출세와 성공을 위해 아내와 자식이 희생하는 것으로, 무속신화에서 쉽게 찾아 볼 수 있다. 가장의 부재는 여성인 아내와 자식에게 있어서는 단적으로 시련을 상징한다. 특히 남편 없이 다른 남자가 속한 공간에 있다는 것은 여성으로서는 가장 혹독한 시련을 의미한다. 이와 같은 상황은 <성주풀이>의 황우양 부인의 경우에서도 동일하게 발견된다. 단지 남편이 없는 경우는 당금애기와 매화부인의 예인데, 이 경우 혼자서 자식을 양육해야함에 비해서, 전자의 황우양 부인과 원강아미의 경우는 다른 지배자 남성에게 겁탈의 위협을 받게 된다.

그런데 <이공본풀이>에서는 가장의 부재가 주는 시련이 자식인 할락궁이에게도 심대한 영향을 미친다. 일반적으로 아버지 없이 출생한 자식들은 그 정체성에서 혼란을 겪게 마련이다. 아버지의 부재는 자신의 존재의 뿌리의 부재를 의미하며, 사회적 구성원으로서의 기본 자격이 결핍을 의미한다. 그런데 <당금애기>의 아들 형제나 <칠성풀이>의 아들 형제보다 할락궁이의 경우는 이러한 정체성의 문제가 더욱 심각하다. 왜냐하면 어머니인 원강아미가 만년장자의 종이라는 종속적 관계 때문이다. 당금애기나 매화부인은 남편에게 버림받거나 헤어지고 나서 홀로 아들들을 양육했음에 반해, 원강아미는 임신한 채 만년장자의 종이 되며, 할락궁이는 만년장자 집에서 태어났다. 이 경우 할락궁이는 만년장자에게 종속될 수밖에 없으며, 진짜 아버지 찾기의 탐색이 이루어져야 한다.

원강아미는 남편의 출세를 위해서 자신과 자식을 희생한다고 볼 수 있다. 그러나 자식이 성장하자 아버지를 찾게 하기 위해서 도주시키고 다시 홀로 남아 시련을 겪게 된다. 결국 원강아미는 만년장자에게 죽임을 당하게 된다. 남편의 출세와 성공, 그리고 아들의 아버지 찾기를 위해 희생한 원강아미는 무속신화에서 보편적으로 찾을 수 있는 여성의 자기희생을 잘 보여주는 인물이다.

만년장자의 손아귀에서 벗어난 할락궁이는 신격을 획득하는 인물들의 보편적 과정인 타계 여행을 하게 되고, 저승으로 옮겨간 이후 아버지를 만나게 된다. 아버지 없이 자란 아들이 아버지를 만난다는 것은 결국 성장기의 핵심 시련이었던 정체성의 혼란에서 벗어남을 의미하는 것이며, 사회의 구성원으로 자신의 역할이 생긴다는 것을 의미한다. 그러나 할락궁이에게는 또 다른 과업이 남았는데, <칠성본풀이>의 아들 7형제들과 마찬가지

로 죽은 생모를 찾아 소생시켜야 한다.132) 할락궁이가 아버지로
부터 받은 신비한 꽃을 들고 부모를 소생시키고, 만년장자를 응
징한다. 이로써 할락궁이의 입장에서 볼 때는 온전한 가족의 복
원을 완수하며, 자신의 어두운 정체성의 그림자를 완전히 해소

---

132) 〈이공본풀이〉와 〈칠성본풀이〉에서는 아버지 없이 자란 아들(들)이 아버
지를 만나지만 그것으로 주어진 과업을 모든 끝낸 것이 아니다. 두 이야
기 모두 어머니의 죽음이라는 과제가 남았기 때문이다. 반면 〈당금애
기〉의 경우에는 어머니와 함께 아버지를 찾기 때문에 아버지와의 상봉
자체가 서사의 중심 문제 상황이 해결된다. 어머니가 죽은 후에 아버지
를 찾게 되는 두 이야기에서는 다른 신화에서 찾기 힘든 악인에 대한
징치가 두드러진다. 이러한 이유는 어머니의 죽음에 연루된 악한 존재가
있기 때문이며, 어머니를 소생시키기 이전에 이러한 악한에 대한 처벌이
선행해야 한다. 이 같은 선/악의 대립구도는 신화의 일반적 특성이라고
보기는 힘들다. 신화 서사의 기본적 이념은 신격의 획득이지, 선악의 구
분과 권선징악이 아니기 때문이다.
    선악의 뚜렷한 구분과 권선징악은 민담에서 흔히 찾을 수 있는 이념이지
신화에서는 그렇지 않다. 가령, 〈주몽신화〉에서 주인공 주몽을 죽이려하고
출생지에서 내쫓은 금와의 왕자들은 악행을 저질렀다고 할 수 있으나, 아
무런 처벌을 받지 않는다. 〈바리공주〉의 어비대왕은 갓 태어난 자식을 유
기하는 만행을 저지르고도, 〈당금애기〉의 스님은 처녀를 임신시키고 사라
져도 처벌 받지 않는다. 특히 〈성주풀이〉에서 남의 아내를 납치하고 겁박
하는 소진랑도 종국에는 신격으로 좌정되지 처벌받지 않는다. 이러한 특징
은 신화라는 서사 장르의 이념과 관계가 있다. 신화 속 인물들은 세속적 인
물이 아닌 경우가 대부분이고, 비록 세속적 인물이라 하더라도 완전한 인
간적 존재라고 할 수 없는 자질들을 갖고 있다. 이들에게 가장 세속적인 가
치인 선과 악의 잣대는 적용되기 힘들다. 〈칠성풀이〉와 〈이공본풀이〉에 나
오는 권선징악적 내용은 신화 전승에 있어서 지역적 특성이 일정정도 반영
되었거나, 혹은 무속신화와 다른 서사와의 교섭 과정에 변모된 성격으로
볼 수 있다.
    신화 속의 선과 악의 문제는 다음 글 참고.
    오세정, 「한국 신화의 폭력 메커니즘 연구」, 서강대학교 석사학위 논문,
1998, pp.69-70.
    오세정, 「〈창세가〉의 원형적 상상력의 구조와 의미체계」, 『구비문학연구』
20, 한국구비문학회, 2005
    송효섭, 「본풀이의 기호학」, 『설화의 기호학』, 앞의 책, p.141-142.

하게 된다.

다른 무속신화와 대비해 볼 때, <이공본풀이>는 어머니의 재생을 위해서 아들인 할락궁이가 희생을 한다기보다는, 악한과의 대결을 통해 자신의 힘으로 문제를 직접 해결한다는 점에서 변별된다. 이런 점을 감안하면, <이공본풀이>는 다른 신화에 비해서 세속적 이야기 장르의 성격이 강하다고 할 수 있다. 특히 선/악의 갈등이라는 민담적 혹은 소설적 구도와 유사한 점을 보이는데, 구도가 유사한 <칠성풀이>와 비교해 볼 때 더욱 더 그러하다. <칠성풀이>에서는 악한인 옥녀부인이 아들 7형제에 의해서 직접 징치되지는 않고 초월적 존재의 심판에 의해서 악인인 옥녀부인이 죽고 짐승으로 화한다. 여기서는 선/악의 대립과 해소가 초월적 존재의 영역 내지 역할로 명시되고 있다. <이공본풀이>는 다른 무속신화와 달리 남성 영웅이야기의 성격이 강하며, 한 가족의 자식인 할락궁이의 통과제의와 취임식이 다른 무속신화에 비해서 두드러지게 나타나고 있다.

요컨대, <이공본풀이>에서의 주된 문제 상황은 가장의 부재에서부터 시작된다. 가장이 부재한 상태에서 남은 가족 구성원인 아내와 자식은 죽음과 정체성 혼란이라는 시련을 겪는다. 기본적으로 이 서사는 가장을 위한 아내와 자식의 희생을 통한 가족 복원이라는 보편적 주제를 재현하며, 어머니 재생을 위한 자식의 통과제의의 성격이 두드러진다. 또한 여성 입장에서 보자면 가장뿐만 아니라, 자식을 위한 헌신과 희생도 강조되고 있다.

각각의 무속신화에서 재현된 세계상의 공통점은 특정한 문제 상황의 발생에 따른 해결 과정에서 잘 드러난다. 무속신화에서는 주로 상위의 신격 혹은 한 가정의 대표가 되는 인물이 문제를 야기해서, 가정이 일시적으로 해체되거나 구성원이 죽게 되는 위급한 상황을 맞게 된다. 이 과정에서 가장 두드러지는 서사 내 행위는 바로 '희생(sacrifice)'이다. 이 희생은 서사의 주인공이 일반적으로 겪는 시련이나 수난과는 차이가 있다.

앞에서 살핀 대로 한국의 무속신화는 가부장인 남성이 최종 수혜자로 나오며 이를 위해서 자식이나 배우자가 시련을 겪는 것이 일반적이다. 가령 <바리공주>의 경우, 부왕이 자신의 딸인 바리공주를 버림으로써 죽을병에 걸리게 된다. 부왕의 죽음은 한 가정으로 볼 때, 가장의 죽음이지만 국가적 차원으로 볼 때는 국가의 흥망과 관련된 심각한 문제이다. <당금애기>의 경우, 스님은 당금애기를 유혹하고 임신시키고 떠나버린다. 아버지와 오빠에게 종속되어 있는 여성이 집안의 허락 없이 배우자를 얻게 됨으로써 참형을 당한 위기에 빠진다. 죽음을 모면하고 나서도 애비 없이 홀로 자식을 키워야 한다. <칠성풀이>에서는 7명의 아기를 낳았다는 이유로 본처가 쫓겨나게 되고 아이들을 키우다가 죽게 된다. 또한 7형제는 후실의 구병(救病)을 위해 자신들이 죽기를 각오한다. <성주풀이>에서는 남편의 잘못으로 아내가 납치되어 겁간을 당할 위기에 빠진다. <이공본풀이>에서도 임신한 아내를 남의 집 종으로 팔고 남편 혼자 떠나버리기 때문에 아내는 결국 죽게 되고, 아들도 죽음의 위기에 빠진다.

무속신화에서 주어진 문제 상황들은 가장의 무책임한 행동이나, 과오로 말미암아 나머지 가족 구성원들이 죽게 되거나, 시련을 겪게 되는 것이다. 이 위기 상황을 극복하는 인물은 대부분 여성이거나 약자인 자식이다. 특히 자식이 여성인 경우에는 그 시련과 고통이 훨씬 크며, 희생의 강도 역시 커진다. 영웅의 두 가지 유형을 '스스로 여행을 선택하는 영웅'과 '여행 속으로 던져지는 영웅'으로 분류한다면[133), 무속신화의 여성 주인공이나 자식들은 후자의 유형에 속한다고 할 수 있다. 자신보다 강한 존재, 혹은 사회적 이념에 의해서 운명을 스스로 선택하기보다는 시련의 운명 속에 던져지는 존재들이다.

희생은 숭고한 개념으로 쉽게 인식되며, 인간의 한계적 상황에서 신체 내지 생명, 재산 등을 버림으로써 보다 높은 가치를 실현하는 것으로 인식된다. 희생당하는 존재를 희생양이라고 할 때, 이 말의 어원은 사람들의 죄를 대신해서 신에게 바쳐지는 제물을 칭하는데서 유래했다.134) 서구에서는 희생양의 모델을 비극적 죽음을 맞게 되는 신화적 영웅들의 삶에서 보편적으로 찾고 있다. 대표적으로 예수, 오이디푸스, 헤라클레스, 아더왕 같은 인물을 들 수 있다. 이들은 희생양의 전형적 인물이면서, 또한 서구 문학에서 전범이 되는 인물 유형이기도 하다. 한국의 신화적 영웅들은 서구의 경우에서처럼 비극적인 결말을 맞는 경우는 찾기 힘들다. 특히 남성 영웅들은 대부분 신의 명령이나 자신의 의지에 의해서 운명을 스스로 선택하고 개척하는 존재로 표현된다.

반면 무속신화의 여성 주인공들은 대부분 자신보다 우월한 존재에 의해서, 혹은 사회적 윤리가치에 의해서 시련의 운명 속에 내던져지게 된다. 이러한 인물들의 시련 극복과정에서 최종 목표가 자신의 이익보다는 타인의 이익이 우선이기에 희생의 성격이 강하다고 할 수 있다. 이야기에 따라 희생의 강도는 차이가 있지만 한국의 무속신화의 여성 주인공들은 보편적으로 희생양의 성격을 지닌다고 할 수 있다.135) 일반적으로 희생제의를 통해서 재

---

133) Joseph Campbell, 이윤기 역, 『신화의 힘』, 고려원, 1996, pp.246-247.

134) J. Chavalier & A. Gheerbrant, *A Dictionary of Symbols*, John Buchnan- Brown, trans., Blakwell, 1994, pp.832-833.

135) 신화의 주인공들은 새로운 문화를 창시하는 인물이며, 따라서 특별한 자질을 요구받는다. 신화의 인물은 특정한 두 세계를 중재하는 특성이 있는데, 경계적 공간을 가로지르는 행위를 통해서 이런 가치를 실현한다. 그런

앙이나 사회문제를 해결하고 나면 희생양은 신성화된다. 희생양의 희생이나 죽음으로 말미암아 신을 감동시키거나, 운명을 극복하여 주어진 재앙이나 사회문제를 해결하기 때문이다. 희생양의 숭고한 희생으로 말미암아 희생양의 정체는 신과 인간을 매개한 신성한 존재로 변모하게 된다. 한국의 무속신화의 주인공들이 주어진 현실의 문제를 해결하고 신으로 좌정되는 것도 희생제의 속 희생양과 동일한 맥락에서 이해할 수 있다.

무속신화에서 나오는 여러 가지 제의 양상은 희생제의와 성무식(신으로의 좌정의식)으로 특성화할 수 있다. 등장하는 주인공들은 자신이 속한 사회 혹은 가정의 문제를 해결하기 위해서 자신을 희생한다. 이 희생제의를 통해서 상위의 존재나 가족들이 신격으로 좌정하는 것을 돕는다. 또한 무속신화에서는 공간 이동을 통한 성무식을 통해서 신성 자격을 획득하고 신격이 된다. 희생제의 과정이 공간 이동의 성무식이 되기도 한다. 문제의 발생과 그 해결 과정에서 사회적으로 중요한 이념이 도출된다. 각각의 무속신화에서 주어진 개별 상황이나 좌정되는 해당신의 성격은 차이가 있지만, 가족의 해체와 복원이라는 문제와 해결은 보편적이다. 이를 위해서 주인공들은 효(孝), 절(節) 등의 가치를 실현하며, 극대화한다. 가혹한 박해나 시련, 심지어 죽음까지 감수하면서 희생되는 인물들은 이러한 가치를 실현한다. 그 결과로 희생자들은 재생하며, 신으로 좌정된다.

이와 같은 무속신화의 이념 형성은 공동체나 상위 존재의 이

데 한국신화 체계 속에서 여성영웅과 남성영웅은 새로운 문화창조의 자질이라는 공통성도 가지지만 또한 차이를 보여주기도 한다. 특히 여성영웅은 희생양으로서 자질이 공통적이다. 신화의 남성영웅과 여성영웅의 문화적 자질에 대해서는 다음 글 참고.
오세정, 「무속신화의 희생양과 희생제의」, 『한국고전연구』7, 한국고전연구학회, 2001, pp.345-358.

익을 위한 주인공의 희생, 그리고 성무식을 통해 이루어진다. 이러한 과정을 통해서 서사 속 주인공들은 존재론적 변화를 겪게 되고, 특정한 문제를 해결하며 신성과 소통한다. 무속신화는 '종교적 제의화'에 따라서 이념을 형성한다.

종교적 제의화의 두드러진 성격은 초월적 신성이 반드시 전제되며, 세속적 존재들이 이 신성과 직접 소통을 꾀한다는 점이다. 특히 무속신화의 궁극적 핵심이 신성과 인성의 소통이라면 이를 가능하게 하기 위해서 인간들은 신성 존재에게 무언가 직접적인 보상을 바라면서 바치는 행위가 요구된다.136) 제의에서는 신성에게 바치는 선물, 즉 제물(祭物)이 중요한 상징으로 작용하는데, 이 제물이 바로 신과의 소통 매개체가 된다. 신에게 바쳐진 대상, 제물 중에 가장 보편적이고 상징적으로 사용되는 것이 바로 '희생(sacrifice)'이다.

어떤 다른 제의의 형식보다 이 희생은 보편적인 유형이나 제도로 인식된다. 바쳐진 희생제물은 단순한 물질적 존재 차원을 넘어서서 제의 현장에서는 상징적·원형적·문화적 의미를 획득하게 된다.137) 무속신화의 주인공들이 바로 이 희생제의를 통해서 문제를 해결하고, 존재론적 변화를 겪게 되는 장본인들이다. 희생제물은 신에게 바쳐지는 과정에서 고난과 시련을 겪지만, 신과의 소통을 매개한 후 신성시된다.

신성과 친교를 맺기 위해 바쳐지는 제물은 신성과 인간을 매개하는 존재이며, 신은 이 매개를 통해 인간에게 응답한다. 이

---

136) Edward B. Tylor, *Primitive Culture*, vol.2, Harper, 1958, pp. 461-462.
　　　여기서 테일러는 인간과 신성 간의 이러한 상호작용을 선물이론(gift theory)으로 정리했다.
137) Henri Hubert & Marcel Mauss, *Sacrifice: Its Nature and Function*(1898), W.D. Hall, trans., University of Chicago Press, 1964, p.13.

응답은 당연히 인간들의 염원, 즉 인간 사회가 당면한 문제의 해결일 것이다. 무속신화에서는 공통적으로 심각한 문제 상황이 제시되는데, 이 문제는 인간의 능력으로 쉽게 해결할 수 없는 것들이다. 이 문제를 해결하는 주인공들은 인간적 범주를 넘어서는 과업을 성취함으로써 주어진 문제를 해결하는데, 주로 신격과 소통을 통해서이다. 무속신화에서 등장하는 신들이 대부분 인간적인 면모를 가지고 있으며, 반드시 인간적 존재들과 소통하고 결합하는 양상을 보여준다.

　<당금애기>에서의 스님과 같이 절대적 능력을 가진 신격이라 하더라도 당금애기를 유혹하는 대목에서는 보통의 인간과 다름없는 모습을 보여주기도 한다. 이러한 양상은 지상적 존재와 신격의 결합을 보여주는 <단군신화>의 환웅과 비교해 볼 때 큰 차이점이라고 할 수 있다. <성주풀이>의 황우양 역시 뛰어난 능력을 가졌음에도 불구하고 아내에게 도움을 받아야 하며, <바리공주>의 어비대왕은 자신의 딸에게 신직을 줄 정도의 능력을 소유했으면서도 인간적 존재인 바리공주의 도움을 받아야만 한다. 이런 신적 면모와 인간적 면모가 뒤섞인 존재의 등장은 신과 인간을 뚜렷이 구분하고 차이화를 강조하는 건국신화와는 대조적인 특징이라고 할 수 있다.

　무속신화에서 주인공들은 서사 내 중심 이념과 가치를 실현하기 위해서 반드시 신적 존재와 교섭하며, 소통한다. 건국신화에서는 신적 존재만이 신성과 소통하는 양상이 뚜렷한 반면, 무속신화에서는 그렇지 않다. 또한 신과 인간이 대면할 경우, 건국신화에서처럼 일방적인 소통이 아니라 신과 인간이 상호 소통하는 양상으로 전개된다. 이 같은 양상이 가능한 이유는 친교와 교환을 통해서 집단의 안위 보장과 동시에 신성에 대한 인간의 위무를 공존시키는 종교적 제의화의 원리 때문이다.138)

　요컨대 무속신화의 기본적인 서사구성은 가정 내 문제 상황이 발생하자 가족의 구성원 중 주로 여성이나 자식이 자신을 희생하거나, 시련을 극복하고 과업을 완수함으로써 문제를 해결한다. 서사에서 주어진 문제를 해결한다는 것은 최종적으로 가족이 복원됨을 의미한다. 가정 내에서 발생한 문제는 주로 가족 구성원의 이별이나 죽음이 대부분이기 때문이다. 문제를 해결하고 가족을 복원하는 과정에서 주인공은 반드시 특정한 공간으로 이동하며, 특정한 자질을 획득하는 기반을 마련한다. 무속신화는 주로 신성 공간과 세속 공간의 이원화가 뚜렷이 제시되며, 이러한 세계를 이동하며 매개하는 역할을 하게 된다. 무속신화의 세계상은 이러한 두 공간의 소통을 통해서 인간세계의 문제를 어떻게 해결하는가에 대해 이야기하고 있는 것이다.

4. 소　결

　서사는 인물들과 그 인물들의 행위들을 바탕으로 하나의 세계상을 재현하고 있다. 또한 주어진 세계 환경에 따라 인물들의 행위가 제약을 받기도 한다. 각 신화들의 공통적인 요소를 분석함으로써 신화에서 재현되고 있는 세계상, 신화의 가능 세계가 어떤 양상인지 살필 수 있는 것이다. 신화가 재현하는 독특한 세계상의 원리를 살피기 위해서는 다른 서사 장르가 재현하는

---

138) 종교적 제의 신과 인간의 소통이 강조되며, 인간은 신에게 특정한 선물을 주고 그 대가로 신도 인간에게 선물을 준다. 이로써 친교를 맺게 된다는 점에서 각주 120)의 제의 분류 중에 '교환과 친교의 제의(rite of exchange and communion)'와 성격이 유사하다.

세계상과의 차이점에 주목해야 한다. 그러기 위해서 신화에서 두드러지는 신이한 세계[他界]와 그 세계 법칙, 신과 인간의 관계 양상을 살피고, 이를 바탕으로 대립되는 인물들을 바탕으로 형성되고 있는 가치체계를 찾아야 한다.

건국신화의 세계상은 기본적으로 신과 인간의 차이를 유표화시키며 구성된다. 건국신화에서는 신성 공간 내지 신들이 속한 세계와 인간의 세속 공간이 기본적으로 변별되며 신적 천상 세계와 인간적 지상 세계와의 대립이 드러난다. 또한 건국의 주인공은 신격이나 천상의 명에 의해 등장하는 인물이거나, 인간적인 출생과는 거리가 먼 신이한 방법으로 출생하는 인물이다. 이들의 이러한 자질은 태생적 존재 자체가 인간적 존재와는 뚜렷이 구별된다는 점을 강조하는 것이며, 이러한 태생적 자질은 이후 서사에서 전개되는 행위 자질과 능력이 인간적 능력과 범위를 넘어선다는 것을 의미한다. 이같이 신과 인간의 차이화를 통해서 신적 존재들의 존재론적 자질과 행적에 신성성과 정당성을 부여한다.

건국신화는 신적 존재어 의해서 인간세계가 성화된다는, 즉 인간세계에 새로운 문화가 시작되거나, 과거에 없었던 새로운 문화가 창출된다는 보편적인 이념을 산출한다. 이때 개별 신화에 따라 문화 창조의 유형이 다르게 나타난다. <단군신화>와 <해모수신화>에서는 신성한 존재의 출현 자체에서 이미 인간세계에 대한 통치 이념이 수립된다. <수로신화>, <혁거세신화>에서는 천명에 의해 신성한 존재가 출현하고 신성혼(神聖婚)을 거쳐 보다 발전적인 세계로 진입한다. <주몽신화>와 <탈해신화>에서는 신이한 존재의 영웅적 투쟁으로 기존 질서에서 벗어나 새로운 국가를 세우거나 새로운 왕조를 개창한다.

무속신화에서는 건국신화와 마찬가지로 신적 질서와 인간적 질서가 서로 대립을 이루면서 세계상이 구성된다. 하지만 건국 신화 달리 무속신화에서는 엄격하게 구별되는, 분리된 성과 속의 세계로 제시되지 않는다. 신적 존재인지 인간적 존재인지 그 자체가 모호한 존재가 등장하기도 하며, 절대적 신격임에도 불구하고 평범한 인간의 모습을 보여주기도 한다. 또한 서사에서 재현된 세계상과 그 법칙도 마찬가지이다. 현실의 질서가 지배적인 세계에서 초현실적이거나 비현실적인 현상이 발생하기도 하며, 비인간적 세계에서 지극히 인간적인 세계 질서나 가치가 나타나기도 한다. 무속신화에서는 신과 인간의 차이를 강조하고 이 차이화를 통해서 문제를 해결하거나 가치를 실현하는 것이 아니다. 성과 속의 세계는 분명히 구별되지만, 이 구별되는 세계를 뛰어넘는 인물을 통해서 현실적 문제를 극복하고 가치를 실현한다. 다시 말해서 무속신화는 성과 속, 내지 신과 인간의 구별이 아니라, 아니라 상호 교섭이 중요한 목적이다. 무속신화에서는 신과 인간이 직접 교섭하기도 하며, 인간적 존재가 신과의 소통을 통해서 과업을 완수하고 신이 되기도 한다.

무속신화에서는 신적인 존재인 가장(家長)들이 자식이나 배우자를 통해서 가정을 복원하거나 새롭게 재탄생하게 된다. 무속신화는 애초의 사회에 문제가 발생하고, 이 문제를 해결하기 위해 희생자가 고난을 겪고 자신을 희생함으로써 그 문제를 해결한다. 전체 서사는 이 문제 해결 과정에서 작용하는 희생의 논리에 따라 중심 가치를 형성한다. 공동체 혹은 가장을 위해서 희생한 존재인 희생양은 신과 인간을 매개하는 역할을 맡게 되거나, 인간세계의 문제를 해결하는 신직을 맡게 된다. 무속신화에서의 희생 논리와 인간세계의 문제 해결은 상징적으로 가족의 복원으로 나타나는데, 이는 인간 사회의 가장 보편적이고 기본적인 공동체의 안위가 중심사임을 보여주는 것이다. 역으로 가정·가족의 해체야말로 인간 사회에서 가장 심각한 문제임을 알 수 있다.

사건으로서 제의들이 결합되어 한 편의 서사를 이루고, 이 서사가 재현하고 있는 세계상의 의미론은 제의화(ritualization)의 의미 작용에 따른다. 건국신화의 경우 정치적 제의호에 따라 신과 인간을 구분하는 신성한 힘을 과시함으로써 자의적인 기호작용을 역사적인 것으로 전환시킨다. 이를 통해서 신성의 일방적인 힘이 인간세계의 교화로 이어지며, 새로운 문화 창조가 완수되며, 인간들은 이를 기념한다. 구속신화는 신과 인간을 매개하는 존재의 희생을 통해서 신과 인간을 중재하는 교환과 친교의 제의, 즉 종교적 제의화의 원리에 따른다. 한국의 무속이 절대적인 신에 대한 경외와 숭배가 아니듯이 무속신화에서도 신과 인간이 서로 교섭하는 양상이 주되게 나타나며, 인격 내지 비신격이 신격으로 변신하는 과정을 이러한 느리 속에서 찾을 수 있다.

Ⅳ. 신화의 소통과 전승 원리

1. 의사소통으로서의 제의와 메시지로서의 신화

신화 메시지를 생성하고 소통하는 의사소통의 장으로서 제의
는 소통에 참여하는 구성원들에게 강력한 힘을 행사하는 틀
(frame)로서 기능한다. 일상적인 의사소통의 장(field)과 제의적
의사소통의 장은 구성 요소에서 이미 많은 차이가 있다. 일상적
의사소통의 장에서는 특별한 설정이 반드시 전제되는 것은 아
니다. 또한 일상적인 소통의 장에서는 의식적인 준비나 특별한
마음가짐이 필요한 것도 아니다. 반면 제의적 의사소통의 장에
서는 특별한 형식성이 요구되며, 갖추어진 격식이 필수적인 요
건이 된다. 이러한 형식이나 격식이 갖추어지지 않으면 소통 자
체가 지연되거나 이루어지지 않는다. 제의적 의사소통의 장이
펼쳐지게 되면 일상적 의사소통의 것과 구별되는 틀이 형성되
는 것이다.

인간의 여러 행위 중 일상의 것과 구별되는 특징적인 행위의
틀이 형성되면 틀 속 세계만의 규칙이 따로 존재하게 된다. 그
규칙은 소통에 참가하는 구성원들의 의식과 행위를 지배한다.
일반적으로 틀은 1차적 사고, 즉 틀 내에서의 사고나 규칙과 2
차적 사고, 즉 틀 속 세계에서 벗어나는 사고 과정이 동시에 이
루어질 수 있으며, 그러기에 메타적인 성격을 가지게 된다. 예
컨대 어린 아이들의 병원놀이나 학교놀이를 들 수 있다. 아이들
이 놀이에 참가하게 되면, 각자가 그 틀 속에서 행위하고 의식

하게 된다. 주변의 각종 놀이기구나 사물들이 병원의 기구나 학교 시설로 인식되게 된다. 그리고 아프지도 않은 아이가 아픈 환자의 역할을 수행한다. 그러나 그 틀 속에서만 행동하고 인식하는 것이 아니라, 금새 틀 밖으로 나와 1차 틀 속의 규칙에 대해서 언급하기도 하고 규칙을 개정하기도 한다. 이렇듯 틀은 하나의 고정된 형식으로 지속되거나 결정되어 있지 않기 때문에 일반적으로 틀은 한 개인의 경험의 구조화라고 할 수 있는 것이다.139)

그러나 제의의 틀은 일반적인 틀과 차이를 보여준다. 제의의 틀은 그 자체로 이미 결정되어 있으며 쉽게 바뀌지 않는다.140) 틀 속에서 벗어나 2차적인 사고를 할 수 없으며, 제의의 틀을 개인의 힘으로 수정하거나 재조직화할 수는 없다. 제의는 집단적이며 강력한 관습으로서 존재의미를 가지며, 이러한 제의의 틀 속에서 다른 사고를 한다는 것은 이미 그 제의의 기능이 상실되었음을 의미한다고 할 수 있다.

제의적 소통에서 틀이 변하지 않고 고정적이라는 말은 바꿔 말해서 제의의 형식이 불변하며, 정형화되어 있으며 그러한 형식 속에서 특성화된 메시지가 반복된다는 것을 의미한다. 그렇기 때문에 제의적 소통 속에서는 새로운 정보가 만들어지지 않는 것이다.141) 의사소통에서 새로운 정보가 없다는 것은 소통의 행위 자체가 의미가 없음을 뜻한다. 항상 정해져있고 고정적인 메시지만 산출되며, 반복되기에 제의의 참여자들이 새롭게 정보를 얻을 수 없음은 당연하다. 이와 같은 사정에도 불구하고 그

---

139) Gregory Bateson, "A Theory of Play and Fantasy", *Steps to an Ecology of Mind*, Ballantine, 1972, pp.184-185.

140) 제의의 형식상 특징에 대해서는 Ⅰ장, 각주 28) 참고.

141) Eric E. Rothenbulher, 앞의 책, p.22.

소통 양식이 계속 유지되는 것은 어떤 이유에서인가? 그것은 제의적 소통이 가져다주는 효과 때문이다.

터너(V. Turner)는 인간 사회의 갈등이나 문제를 해결하기 위해서 제의적 과정이 필수적이라고 한다.142) 인간 사회에서 발생하는 갈등이나 문제를 해결하기 위한 일반적인 방법으로는 정치적 과정, 법적 과정을 통한 해결이 있다. 그러나 법이나 정치적 힘을 통해서 해결할 수 없는 문제에 대해서는 바로 제의적 과정을 통해서 해결하고자 하는 것이다. 현실에서 발생하는 문제가 인간들이 감당하기 어려울 경우가 종종 있다. 인간의 존재적 한계 상황에서는 더더욱 그러하다. 가령, 공동체의 일원이나 가족의 죽음을 맞이한 산 사람들은 이러한 죽음을 어떻게 이해하고 받아들여야 하는가? 인간 개체의 죽음이라는 사건에 대해서는 인식하지만, 그 죽음의 의미와 죽음 이후의 세계에 대해서는 인간의 인식 차원에서 해결될 수 없는 문제이다. 과거에는 특히 자연재해를 겪게 되었을 때, 자연 현상에 구기력한 인간 존재에 대한 한계를 실감했을 것이라는 점은 쉽게 추측 가능하다. 이와 같은 상황에서 인간은 인간 존재 너머의 차원에 관한 의식이 발생하고, 그에 따른 행위가 요청되었던 것이다.

종교적 혹은 제의적인 모든 행위들은 이러한 인간의 존재론적 한계 상황에서 요청되는 것이라고 할 수 있다. 아무리 과학적 이성적 도구가 발달한다 하더라도 이와 같은 초월적 존재나 힘의 문제는 결코 해결되지 않는다. 제의는 바로 인간의 존재론적 한계 상황에 대한 반응인 것이다. 제의적 소통행위, 즉 제의를 통해서 얻게 되는 효흩은 다른 것으로 대체될 수 없는 인간의 존재론적 특징과 맞물려 있는 것이다.

---

142) Ⅲ장의 각주 114) 참고.

제의가 문제를 해결하기 위한 실제적인 행동이라고는 할 수 없는 것은 사실이다. 오히려 해당 문제에 대한 직접적이고 실제적인 방법이 아닌 우회적 방법이다. 제의에서 소통은 일반적인 소통이 아니라 절대자나 초월자라는 특수한 수신자를 향한 소통일 경우가 많으며, 소통 자체는 현실적 문제를 해결하는데 직접 작용하는 행위는 아니다. 실천하는 행위 대신 말로 표현하며, 말의 힘에 기대는 행위인 제의는 간접적이며, 극적 재현이며, 수사적 형상이다.143) 이처럼 제의는 현실의 문제를 간접적으로 다루지만 동시에 제의는 비현실적이거나 환상적인 상황을 전제로 하지 않는다. 현실의 문제나 갈등과 직접 관련된 상황을 전제로 한다. 그래서 제의는 역설적이며, 상징적이다.

그렇다고 해서 제의에 대한 효과는 심리적, 정서적 차원에서만 일어나는 것으로 그치지 않는다. 지라르(R. Girard)는 인간의 보편적인 문화인 제의가 가진 사회적 효능에 대해서 언급한다. 그는 서구의 문학·신화·제의 등을 연구하면서, 서구 문화의 가장 초석적인 본질로 '희생제의(rite sacrificielle)'를 발견한다. 그는 원시종교와 문학의 비교 연구를 통해서 겉으로 드러나지 않지만 동일한 원칙이 존재함을 발견했다. 질서와 평화와 풍요로움은 모두 문화적 차이를 근거로 할 때 가능하다는 것이다. 문화적·사회적 안정은 그 집단의 위계, 즉 차별화가 정확히 존재할 때를 의미한다. 이 차이가 없어지게 되면 사회는 불안정해지고, 파멸의 위기에 빠지게 된다. 차이가 없어진 곳에 차이를 만드는 일, 그것이 바로 문화인데, 이것은 제의를 통해서 이루어진다.144) 이러한 제의는 일종의 사회적 메커니즘으로

---

143) 송효섭, 『설화의 기호학』, 앞의 책, pp.151-152.

144) Réne Girard, *Viloence and the Sacred*, 앞의 책, pp.14-18.
_________, *The Hidden Things since Foundation of the World*,

서, 한 사회가 내외적인 위협을 극복하고 그 통합성을 유지하기 위해 자율적으로 이루어지는, 그 위협에 대한 사회구조적 대응 현상이라고 할 수 있다.[145]

제의의 이러한 효험은 제의적 소통이 바로 신성과 관련된다는 점이다. 제의적 의사소통은 절대자, 혹은 신성한 왕과 같은 초월적 존재와 소통한다. 발신자나 수신자가 신성의 존재와 관련된다. 이러한 존재의 특징은 유한적이며 가변적인 인간 존재에 반해서 무한하며 불변하는 존재이다. 제의에서 그 틀이 변화하지 않고 계속 유지되는 것은 인간의 시대적 상황이나 조건이 변한다 하더라도 제의적 소통에서 이 신성한 존재가 불변하기 때문에 가능하다. 신성한 존재가 불변하기에 그 존재에 대한 인간의 마음가짐이나 격식 등은 쉽게 변할 수 없다.

제의를 의사소통의 특정한 양식으로 파악할 때, 제의는 기본적인 의사소통 모델의 제요소를 모두 가진다. 야콥슨(R. Jakobson)은 인간의 일반적인 의사소통 행위를 구성 요소를 중심으로 분석하고 각 요소에 따른 기능에 대해서 연구했다. 그의 의사소통 모델은 6가지 요소로 구성되는데, 발신자, 수신자, 메시지, 약호(code), 매체, 맥락이다.[146] 제의 역시 특정한 유형의 의사소통

Stanford University Press, 1987, pp.10-19, 287-289.

145) V.I. Ciminna, *Viloence and Sacrifice: An Analysis of Girard's Interpretation of Ritual Action*, New York University Press Ph.d. dissertation, 1984, p.20.

146) Roman Jakobson, *Language in Literature*, Krystyna Pomorska & Stephen Rudy, ed., The Belknap Press of Havard University Press, 1987, p.66. 야콥슨의 모델에서는 6가지 구성 요소 중 '매체(medium)'가 아니라 '접촉(contact)'이다. 접촉이란 발신자와 수신자의 소통을 가능하게 하는 물리적 회로나 심리적 연계를 이른다. 물리적 회로는 일종의 채널에 가까운 것이며, 심리적 연계는 소통 상황에서의 대인적 관계와 관련된 것이다. 야콥슨의 모델은 일상적 대화 소통에 중점을 두고 기획된 것이기 때문에 제의

행위이므로, 이러한 의사소통 모델을 적용함으로써 어떤 특성이 두드러지는지 살필 수 있을 것이다. 의사소통으로서의 제의에서 6가지 요소들은 어떻게 구성되고 적용되는지 살펴보자.

먼저 의사소통에 있어서 가장 기본적인 주체인 발신자와 수신자가 제의에서는 어떤 양상인지 살펴보자. 1차적으로 제의적 소통에서는 발신자와 수신자는 제의 참여자로 나타난다. 인간들이 제의를 통해서 신에게 메시지를 전할 때, 발신자는 기본적으로 인간이다. 신의 명령이 있어서 이 메시지를 인간이 수용한다면 수신자는 인간이다. 제의에서 발신자와 수신자는 인간이 아닌, 신 내지 초월적 존재이기도 하다. 신이나 신군(神君)에게 제사를 올린다는 것은 인간이 신을 향해 특정한 메시지를 보내는 것으로 생각할 수도 있으며, 반면 신의 메시지를 제의 중재자가 매개하여 인간에게 들려준다고 볼 수도 있다. 소통은 일방적이기보다는 항상 피드백이 가능한 상호적인 것이기 때문에 제의 과정에서도 발신자와 수신자는 교체될 수 있다.

제의 과정에서 반드시 신화가 구술되는 것은 아니지만, 신화는 반드시 제의적 소통의 장 속에서만 존재했다. 이 소통과정의 메시지는 신화가 될 것이다. 메시지인 신화는 전승집단의 약호에 의해 조직되고 해석된다. 메시지의 성격에 대해서는 뒤에서 자세히 다루기로 하고 이 메시지를 전달하는 매체의 성격에 주목하자. 메시지를 전달하는 매체(medium)는 의사소통 상황에서 필수적인 요소로, 메시지를 채널을 통해서 전달하게끔 하는 신호로 전환하는 기술적·물리적 수단을 의미한다.147) 일반적인

와 같은 집단적이고 강력한 규범에 의해 이루어지는 소통체계에 특성을 나타내기에는 다소 부적절하다. 그래서 본 논의에서는 접촉이 아닌 매체란 개념으로 대체해서 사용한다.

147) John Fiske, *Introduction to Communication Studies*, Routlegde, 1990, p.18.

대화 상황에서는 매체는 직접적인 대면 접촉을 통한 목소리, 얼굴, 신체 등의 현시(presence) 매체가 될 것이다. 이 밖에 매체로는 어떤 유형의 텍스트를 창조하기 위해 문화적이고 심미적 관습을 사용하는 재현(represence) 매체, 전화, 라디오, 텔레비전과 같은 기술(mechanical) 매체가 있다.148)

단순히 생각하면 의사소통으로서의 제의에서 매체는 현시 매체로 생각할 수 있으나 사정은 훨씬 더 복잡하다. 제의적 소통 상황에서는 제의 참여자들은 분명히 직접적인 접촉을 통해 음성과 표정, 몸짓 등으로 소통한다. 그러나 또한 제의 상황에서 소통되는 메시지는 신들의 과거 내력을 특정한 소통 약호, 즉 심미적 관습을 사용해서 재현하기도 한다. 또한 제의 주재자나 무당은 중개자의 역할을 하며 기술 매체의 기능을 일정 부분 담당하기도 한다. 본 논의에서는 신화를 구연하거나 연기하는 제의 연행 자체를 매체로 간주한다. 주로 제의 주재자, 내지 무당의 1차적 연행 행위이며, 또한 그 연행에 참여하고 있는 참여자들의 연행 상황 자체를 포함한다.149)

매체는 접촉보다 훨씬 강력한 힘을 가지면서 소통 문제에 개입을 한다. 가령, 특정한 메시지를 텔레비전과 책이라는 상이한 매체가 전달한다고 가정할 때, 메시지는 매체의 영향을 많이 받게 될 것이다. 다시 말해 매체는 약호에 직접적으로 간여 한다.

매체가 소통 차원에 강한 영향을 미치는 것에 주목한 대표적인 학자가 맥루한이다. 맥루한은 소통 차원에서 메시지가 본질적인 것이 아님을 강조했는데, 메시지는 매체에 의해 결정되고, 따라서 메시지는 매체의 성격에 의해 좌우된다.

Marshall McLuhan, *The Medium is the Massage*, Random House, 1982.

148) John Fiske, 앞의 책, pp.18-19.

149) 전체 의사소통 행위로서의 제의와 매체로서의 제의는 뚜렷이 구분하기 힘들다. 이것이 또한 제의적 소통의 특징이라 할 수 있을 것이다. 구분을 한다면 전자는 전체 소통의 장, 여러 가지 조건이나 맥락을 두루 갖

제의적 소통에서 맥락은 제의가 발생하기 위한 여러 기본 조건들과 제의가 연행되고 있는 제의화된 시공간이다. 제의의 성격에 따라 제의는 특정한 일자에 행해지기도 하며, 특정한 문제 상황이 발생한 시점에 행해지기도 한다. 제의가 이루어지는 공간 역시 제단이 있는 신성 공간이 따로 설정되는 경우도 있으며, 특정한 문제 상황이 벌어진 현장이 제의적 공간이 되기도 한다. 정해진 시공간이든, 인간들의 문제가 발생한 현장이든 제의가 준비되고 시작되는 시점이면 그 시공간은 일상적 시공간의 의미를 벗어나 제의적 시공간으로 탈바꿈한다.

제의의 메시지는 크게 두 종류로 나눌 수 있다. 제의적 의사소통에서의 메시지는 연행 참여자의 현재 상황에 대한 정보인 '자기 지시적(self-referential) 메시지'이며, 다른 하나는 시·공간의 변화에도 불구하고 불변하는 정보인 '정전(正典)적(canonical) 메시지'이다. 이때 자기 지시적 메시지는 퍼스(C.S. Pierce) 기호학150)에서의 인덱스(index)에 의존하며, 정전적인 메시지는 상징(symbol)에 의존한다.151) 제의의 메시지를 이렇게 구분함으로써 얻을 수 있는 이점은 각각의 메시지가 어떤 기호학적 원리로 구

춘 장(field) 내지 전체 틀을 의미하고, 후자는 메시지가 전달되고 받아들이는 구체적 상황, 행위 자체에 초점을 맞춘다.

150) 퍼스에 따르면 기호를 대상과의 관계를 통해서 도상기호(icon), 지표기호(index), 상징기호(symbol)로 삼분했다. 도상기호는 기호와 대상의 관계가 유사한 자질에 의해서 연결되며, 지표기호는 대상에 의해서 실제적으로 영향을 받는 것이다. 상징은 유사성이나 인과성과 같은 특정한 관계가 없이, 그 기호가 나타내는 대상을 법칙에 의해 나타낼 때 그 대상을 가리키는 기호이다.
Charles Hartshome & Paul Weiss, ed., *Collected Papers of Charls Sanders Pierse2*, The Belknap Press of Harvard University Press, 1965, pp.142-144.

151) Roy A. Rappaport, *Ritual and Religion in the Mankind of Humanity*, 앞의 책, pp.52-54.

성되는지를 살피기 용이하다는 점이다. 애초에 기록문학으로 출발하지 않은 많은 문학 작품들은 구술 전승되는 가운데 많은 이본들을 낳게 된다. 이 경우 전승되는 내용이 변화하지 않고 전해지기 때문에 고정적 내지 전승적이며, 그렇지 않는 것은 개성적이거나 가변적이라는 현상에 대한 단순한 귀납적 단정을 내려서는 안 될 것이다. 왜 고정적이며 왜 가변적인지를 설명할 수 있어야 하며, 고정적인 것과 가변적인 것이 어떤 원리 속에서 작동하고 있는지를 설명할 수 있어야 한다.152)

퍼스의 인덱스는 대상에 의해 실제로 영향을 받은 것으로 표시한 대상을 지시하는 기호로 정의하고 있는데, 그 예로 먹구름이 비를 지시하고, 풍향계가 바람의 위치를 지시한다. 이러한 인덱스적 메시지는 대상에 영향을 받은 것으로, 인과적이거나 연속적이기 때문에 항상 진실할 수 있으며 현재적 상황과 관련

---

152) 홍태한은 무가의 사설과 관련해서 이러한 고정적인 메시지와 가변적인 메시지를 전승축과 개성축으로 나누었다. 여기서 개성축은 무가 연행의 과정에서 무당 개인에 따라 변개시키는 것이며, 전승축은 기본적으로 전승되어 온 것으로 무당 개개인이 변개시킬 수 없는 것이다. 이를 굿 자체의 성격과 관련시켜 전승축이 같은 고정성은 제의의 본래의 목적과 흐름인 제의축과 대칭을 이루며, 개성축은 굿판의 본래 목적과 벗어나는 놀이축과 대칭을 이룬다.
홍태한, 『한국 서사무가 연구』, 민속원, 2002, pp.79-80.
무가 사설의 성격과 제의의 성격을 관련시켜 논의한 점에 일정 성과가 있으나, 무당 개인이 변개시킬 수 있는 사설과 없는 사설이 어떤 것인지 그 원리에 대해서는 뚜렷한 해명이 없다. 굿판의 원래 목적 또한 굿의 성질에 따라 놀이의 성격이 강하게 나타나기도 하며 그렇지 않기도 하다. 그렇기에 고정적인 메시지와 비고정적인 메시지를 제의의 원래 목적과 유희성과의 직접 관련시키는 것은 설득력이 떨어진다. 동일한 제하의 텍스트라 하더라도 변개되는 메시지와 고정되는 메시지가 있다면 그러한 메시지의 성격을 보다 면밀하게 검토해서 그 원인을 찾아야 할 것이다. 이 장에서는 메시지 자체의 기호학적 성격과 제의라는 연행 상황과의 관련을 통해서 그러한 원리를 고찰한다.

을 맺게 된다. 그리고 이러한 대상에의 직접적 영향은 제의의 현재 참여자들에게 영향을 미치는 어떤 결과와 밀접하게 관련을 맺는다는 것을 추측할 수 있다. 반면에 상징적인 것, 즉 정전적 메시지는 그야말로 오래된 전례 규칙과 같이 엄격히 정해진 규범, 관습을 의미하는 것이다. 그래서 이러한 정전적 메시지는 외부 조건의 변화에도 불구하고 쉽게 변하지 않는 속성을 가진다.

가령 특정한 제의에서 제물을 바쳐야 한다는 것이 엄격하게 준수되고, 특정한 절차에 따른 것이라면 이는 정전적 메시지에 해당한다. 반면 계절에 따라서, 혹은 지역이나 당시 생산 환경에 따라 제물의 종류나 수가 가변적일 수 있다. 이는 자기 지시적 메시지에 해당한다. 이러한 기본적인 성격은 신화 메시지에도 적용 가능하다. 동일한 제하의 신화라 하더라도 내용상 차이를 보이기도 하며, 오랜 세월이나 지역적 차이에도 불구하고 동일한 면모를 보이기도 한다. 제의의 메시지는 이와 같은 두 가지의 성격을 지니지만, 이 두 성격 역시 역동적인 관계 속에서 조망해야 한다. 정전적인 메시지라 하더라도 외부 환경이 변화함에 따라 바뀌기도 하며, 자기 지시적 메시지가 시간의 경과에 따라 하나의 정형으로 자리 잡아 정전적인 메시지로 변모할 수도 있다. 그러한 관계의 역동성을 고려하면서 제의 메시지의 두 가지 성격을 살펴야 할 것이다.

건국신화와 무속신화가 제의에서 소통되는 메시지로 간주했을 때, 이 메시지의 성격은 소통 과정의 여러 조건들과의 관계 속에서 구성될 것은 주지한 바이다. 앞서 언급한 소통 과정의 제반 조건들을 고려하면서 제의의 메시지인 신화의 성격과 이 신화가 어떻게 수용되고, 전승되는지 그 소통 원리를 살펴보자.

2. 건국신화의 메시지의 성격과 소통 원리

(1) 정전적 메시지의 강조와 자기 지시적 메시지의 구성

건국신화라는 제의의 메시지는 연행되는 현재 제의 속에서 고찰할 수 없기 때문에 자기 지시적 메시지를 구체적으로 살펴볼 수는 없다. 그러나 몇 가지 제한적 범주를 설정하면 건국신화에서도 두 가지의 메시지 성격을 모두 고찰할 수 있다. 건국신화는 주로 고려시대에서부터 조선시대에 이르기까지 꽤 오랜 시간동안 문헌에 기록되어 전해졌다. 기록 시대나 기록자에 따라 동일한 제하의 신화의 내용이 공통적이기도 하며 차이가 나기도 한다. 비록 제의 과정의 현실적인 조건들에 의한 변화나 차이가 아니더라도 규범적인 메시지와 가변적인 메시지의 구분을 통해서 신화 메시지의 성격을 좀 더 구체적으로 파악할 수 있을 것이다. 이러한 메시지의 성격을 규명함으로써 이 메시지의 전승과정을 살피는데 도움이 될 것이다. 이 장에서는 개별 신화 텍스트의 성격 규명보다는, 앞에서 밝힌 대로 신화 메시지의 일반 성격을 밝히는 것이 목적이다. 따라서 개별 신화 텍스트를 모두 살피지 않고 전승본이 많은 신화를 선택, 비교와 대조를 통해서 메시지의 성격을 먼저 규명하고, 전체적 소통 방식과 관련시켜 논의하겠다. 건국신화의 경우에는 전하는 문헌의 수가 많거나, 문헌별 차이가 두드러지는 신화를 대상으로 한다. 대표적으로 <단군신화>와 <주몽신화>를 들 수 있다.

1) <단군신화>

한국에 전하는 건국신화 중 많은 전승본을 가진 대표적 신화로는 <단군신화>와 <주몽신화>가 있다. <단군신화>는 고려시대에서부터 조선후기까지 다양한 역사서와 지리서 등에 전하고 있다. <단군신화>를 전하는 문헌은 다수이지만, 거의 유사하거나 동일한 내용을 전하고 있기도 하고, 다른 전승본을 참고로 축약한 경우도 있다. 내용상 차이가 드러나는 문헌 중에, 시기별로 대표할만한 것을 소개하면 다음과 같다.

명칭	기록 문헌	기록자	기록 연대
고조선	삼국유사	일연	고려(13C)
	제왕운기	이승휴	고려(13C)
평양	세종실록지리지	맹사성 외	1454년
시고개벽동이주	응제시주	권람	1462년

<단군신화>를 전하는 문헌 자료 중 『삼국유사』, 『제왕운기』, 『세종실록지리지』에 전하는 이야기를 비교·대조하기 위해서 서사 단락으로 나누어서 제시한다.

A. 『삼국유사』
(1) 환인의 서자 환웅이 인간 세상에 뜻을 두다.
(2) 환웅은 환인으로부터 천부인 세 개를 얻어 인간 세상에 내려오다.
(3) 환웅은 천부인과 무리 삼천을 거느리고 태백산정 신단수에 내려 신시를 열다.
(4) 환웅이 인간 360여사를 다스리다.

(5) 곰과 호랑이가 사람이 되고자 환웅에게 빌다.

(6) 환웅이 쑥과 마늘을 주고 백일 동안 햇빛을 보지 말라고 곰과 호랑이에게 이르다.

(7) 곰이 금기를 지켜 여자가 되고 호랑이는 지키지 못해 인간으로 화하지 못하다.

(8) 웅녀는 단수 아래에서 자식 갖기를 빌다.

(9) 환웅이 사람으로 변해 결혼하여 아들을 낳으니 단군왕검이다.

(10) 단군이 평양성에 도읍을 정하고 비로소 국호를 조선이라고 칭하다.

(11) 단군이 1500년간 나라를 다스리고 1908세에 아사달에 숨어 산신이 되다.

B. 『제왕운기』

(1) 환인 웅에게 천부인 세 개를 주어 인간세상으로 보내다.

(2) 웅이 태백산정 신단수 아래 하강, 단웅천왕 즉위하다.

(3) 단웅천왕이 손녀에게 약을 먹여 사람으로 변신시키다.

(4) 손녀와 단웅천왕이 결혼하고 단군 출산하다.

(5) 신라·고구려·옥저·부여·예맥 등은 단군의 후예이다.

(6) 단군이 아사달 산신이 되다.

C. 『세종실록지리지』

(1) 환인의 서자 웅이 인간 교화에 뜻을 두다.

(2) 웅이 환인으로부터 천부인 세 개를 얻어 인간세상으로 내려오다.

(3) 웅이 태백산 신단수 아래 하강, 단웅천왕이 즉위하다.

(4) 웅이 손녀에게 약을 먹여 사람으로 변신시키다.

(5) 손녀와 단수신의 결혼해서, 단군을 출산하다.

(6) 조선·신라·고구려·옥저·부여·예맥 등은 단군의 후예이다.

(7) 단군이 비서갑 하백녀와 결혼하다.

(8) 부루 탄생하고, 동부여왕으로 즉위하다.

(9) 단군 즉위하고, 우임금의 도산 회합에 태자 부루를 파견하다.

(10) 단군이 아사달 산신이 되다.

세 편의 이야기는 분량상으로도 차이가 나며, 등장인물의 명칭에서도 차이를 보인다. 그리고 전승본에 따라서 빠져있는 에피소드도 있다. 먼저 세 편의 이야기에서 공통적인 요소를 골라보면 다음과 같다.

(1) 천상 존재인 환웅이 인간세계에 뜻을 두자, 환인이 환웅을 지상으로 보내다.

(2) 환웅이 강림해서 즉위하고 인세를 다스리다.

(3) 환웅이 인간으로 변신한 여성과 결혼해서 단군을 낳다.

(4) 단군이 즉위하다.

이는 Ⅱ장에서 살핀 바, 환웅의 탄강제의, 취임식, 결혼식, 단군의 탄생제의로 이어지는 핵심적 제의적 신화소의 전개 과정과 동일하다. 세편의 이야기에서 공통적으로 드러나는 것은 첫째, <단군신화>를 통해서 단군의 부계(父系) 혈통의 신성성에 대한 강조이다. 또한 환웅의 업적을 과시하고 모계인 웅녀의 변신과정을 공통적으로 이야기한다. 환웅을 중심으로 등장, 즉위, 결혼, 왕위 계승으로 이어지는 안정적인 전개 과정이 공통적으로 드러나는 메시지이다. 이러한 공통 내용은 <단군신화>의 정전적 메시지로 간주할 수 있다. 시대가 바뀌고 왕조가 바뀌어도 이러한 <단군신화>의 정전적 메시지는 그대로 유지되고 있다. 또한 기록자의 세계관이나 취사선택 과정에서도 쉽게 개작될 수 없는 부분이다.

이번에는 세 편의 이야기에서 찾을 수 있는 주된 차이점을 살펴보도록 하자. 먼저 곰과 호랑이가 인간이 되기를 기원하는 대목이 A에서는 나타나는 반면, B와 C에서는 이 대목이 나타나지 않는다. A의 이 대목에 대응하는 것으로는 B와 C에서는 '손녀(孫女)'에게 약을 먹여 사람으로 변신하게 한 후 결혼하는 대목이다. 문제는 A의 곰에서 변신한 웅녀가 B와 C의 손녀가 동일 인물인가 하는 점이다. 이 손녀에 대해서는 논란의 여지가 있는데, 누구의 손녀인지 뚜렷이 나와 있지 않기 때문이다. '손녀'라는 것은 '조부'라는 대칭쌍을 가지고 있어야 한다.

B와 C에 제시되기를, 약을 먹여 사람으로 변신시킨다는 것은 이 손녀가 사람이 아닌 존재임은 추측할 수 있다. 손녀가 사람으로 변신하는 존재, 이 점에 초점을 맞추는 논자들은 손녀를 웅녀의 오기로 단정 짓기도 한다.[153] 그러나 이 주장을 펼치는 논자들이 근거로 제시하고 있는 인간으로의 변신이라는 내용상 유사성과 웅녀와 손녀라는 글자의 유사성만으로는 해결되지 않는 부분이 있다. 손녀라고 기록한 B와 C에서는 곰에 대한 이야기뿐 아니라 호랑이의 등장도 빠져있다. 곰과 호랑이의 등장을 아예 빼버렸다는 것은 다른 의도가 있을 수 있음을 가정할 수 있다.

또 다른 차이점으로 A와 B에서는 단군이 왕위를 계승한 후의 치적이나 행위에 대해서는 별다른 언급이 없다. 반면에 C에서는 단군의 결혼과 그 후예에 관한 이야기가 제시되어 있다. C에서는 단군이 비서갑 하백의 딸과 결혼하여 태자 부루를 낳았다고 배우자의 정체와 후계자의 이름이 정확히 명시되어 있다.

---

153) 주승택, 「북방계 건국신화의 체계에 대한 시론」, 서울대학교 국어국문학과, 『관악어문연구』 7, 1982, pp.482-483.
　　　이지영, 『한국 건국신화의 실상과 이해』, 월인, 2000, pp.62-63.

이 대목은 오히려 고구려 건국신화인 <주몽신화>의 내용과 유사한데, 이렇게 본다면 C에서는 단군은 해모수와 동일한 인물, 내지 동일한 계열의 왕으로 가정할 수 있다.

『삼국유사』에서는 <단군신화>를 다루면서는 단군의 결혼과 후예에 관한 대목을 언급하지는 않았지만 「고구려」조에서 이 대목을 언급하고 있다. "『단군기』에는 군(君: 단군)이 서하 하백의 딸과 친하여 아들을 낳아 이름을 부루라고 하였다고 되어 있다. 그러나 지금 이 기록을 살펴보면 해모수가 하백의 딸과 사통하여 후에 주몽을 낳았다고 한다. 『단군기』에는 아들을 낳아 부루라 이름 하였다 하니, 부루와 주몽은 어머니가 다른 형제일 것이다."154)고 전하고 있다. 일연은 해모수의 아들로 나오는 주몽 관련 기사와 단군 관련 기사가 서로 상충된다는 점을 알고 주석을 붙여 나름대로 합리적인 해석을 내리려고 시도한 것으로 보인다. 그러나 『삼국유사』의 <해모수신화>에는 북부여의 해모수가 아들 해부루를 얻는 것으로 나오며, 금와왕 기사에는 금와가 해부루의 양자이며, 금와 밑에서 유화가 주몽을 낳는 것으로 나온다. 『삼국유사』 내의 독립된 이야기들에서는 이와 같은 내용들이 서로 상충하고 있다.

이 문제를 합리적으로 해석하기는 힘들고, 다만 고대의 한반도 북쪽 국가에서는 환웅에서 단군으로 이어지는 전통과, 해모수에서 주몽으로 이어지는 전통이 공존했으며 전자가 더 먼저 존재했고 이후 다른 이야기와 섞여서 전해진 결과, 다소 상충된 이야기들이 형성되었다고 추정할 수 있겠다.

또 지적할 수 있는 차이점은 B와 C는 A와는 달리, 단군 조선과 한반도의 여러 고대국가들의 직접적인 전통 계승 관계를 언

---

154) 壇君記云 君與西河河伯之女要親 有産子 名曰夫婁 今據此記 則解慕漱私河
　　 伯之女 而後産朱蒙 壇君記云 産子名曰夫婁 夫婁與朱蒙異母兄弟也.

급하고 있다는 점이다. 한반도 내의 고대국가들 중 시조격이 바로 단군 조선이며, 후대 국가들이 이 단군 조선의 전통을 계승하고 있다는 것을 드러낸다. 이러한 점을 통해서, B와 C의 기록자들은 한반도의 국가 계승 의식을 중시하며, 단군을 한반도 최초의 군왕으로 설정하고 이후 고대국가가 같은 혈통의 후예, 즉 공동체임을 강조고 있다는 것을 알 수 있다.

이상에서 살핀 내용상 이질감을 보이는 대목은 신화 기록자의 세계관과 당대 현실상황과 밀접한 관련을 맺고 있을 것으로 추측된다. A와 B는 고려시대의 기록이며, C는 조선시대의 기록이다. 개별 전승본의 특징을 살펴보자면, 먼저 A는 다른 기록에 비해서 신성성이나 환상성이 가장 잘 부각되어 있다고 볼 수 있겠다. B는 동물의 변신부분을 축소하거나 변형시키고 있으며, 한반도 고대 국가의 전통성 부분을 강조하고 있다. 이를 통해서 B는 A에 비해서 합리적인 요소와 역사 전통과 계승 의식이 강하다고 할 수 있다. C는 단군이 하백녀와 결혼하여 부루를 낳았다는 고조선의 왕권 계승 부분이 다른 전승본에 비해서 가장 두드러진다. 각각의 이러한 차이점은 당대의 현실 상황과 관련된 일종의 자기 지시적 메시지라고 할 수 있다.

A의 저자인 일연은 기이편 서문에 밝혔듯이 신이함에 초점을 두고 있으며, B의 저자인 이승휴는 유학자로서 합리적 세계관을 가진 인물155)로 일연에 비해서 현실적인 맥락을 더 강조하고 있다. 한국의 문화적 전성시대였던 세종대에 간행된 『세종실록지리지』에는 합리성과 더불어 역사적 전통성을 동시에 강

---

155) 이승휴(1224-1300)는 고려 당대 유형했던 불교에 심취한 인물이기는 하지만, 스스로를 "유학을 업으로 한다."(『動安居士集』, 권1, 「村居自誡文」)고 밝히고 있다. 일연이 『삼국유사』에서 보여주는 불교적 세계관보다는 확실히 유학적 세계관의 면모를 찾을 수 있다.

조하고 있다. <단군신화>는 기본적인 서사구조를 이루는 핵심적인 제의적 신화소의 전개 과정은 고정되어 전승되었지만 기록자의 세계관이나 당대 현실과 관련해서는 신화를 통한 다른 메시지가 강조되고 있음을 알 수 있다.

전승본에 따라 약간씩 차이는 존재하지만 <단군신화>의 전승본들을 통해서, 자기 지시적 메시지가 <단군신화>의 본질적인 부분을 훼손시키거나 변형시킨다고 결론 내릴 수는 없다. 문헌에 따라 거의 동일한 메시지 내용을 전하기도 하며, 자기 지시적 메시지가 존재하더라도 정전적 메시지와 부합하는 변형 정도에 그치고 있음을 알 수 있다. 이러한 자기 지시적 메시지는 당대의 세계관이나 기록자의 세계관 속에서 나름대로 합리화를 추구하는 방향에서 결정된다.

당대의 지배적 세계관이나 기록자의 세계관에 따른 합리화는 자기 지시적 메시지가 갖는 원리, 즉 단순한 관습이 아닌 인과성에 의존하는 인덱스의 성격에 따라 정해진다. 고정화되어서 전승되는 정전적 메시지는 변화된 상황 속에서 전면적으로 수용하는데 한계가 있을 수 있다. 특정한 시대적 흐름이나 지배적 사상에 위배될 수도 있으며, 사서를 편찬하는 개인의 가치관에 위배될 수도 있다. 이러한 사정 때문에 어쩔 수 없는 변개(變改)가 요구되고 허용될 수 있다. 그러나 앞에서 살폈듯이 <단군신화>의 전승본 비교를 통해서 정전적 메시지를 손상시키지 않는 한에서 개작하게 되고 있다. 그 개작은 당대의 세계관과 현실 속에서 진실로 받아들이는 범위 내에서 이루어지게 된다.

2) <주몽신화>

<주몽신화>를 전하는 문헌은 매우 풍부할 뿐 아니라 비문(碑

文)에서도 기록되어 전한다.156) 비단 한국에서뿐만 아니라 중국
에서도 주몽 관련 기사를 전하는 문헌이 많다.157) 비석문과 중
국 사서의 경우는 제외하고 대략 한국에 전하는 대표적인 문헌
을 시대별로 정리하면 다음과 같다.

명칭	기록 문헌	기록자	기록 연대
고구려본기	삼국사기	김부식	1145년
동명왕편	동국이상국집	이규보	1193년
고구려	삼국유사	일연	13C
	제왕운기	이승휴	13C
평양	세종실록지리지	맹사성 외	1454년

이 책에서는 Ⅱ장에서 대상 텍스트로 삼았던 『삼국유사』와 『삼
국사기』, 그리고 가장 풍브한 내용을 전하고 있는 이규보의 「동
명왕편」에서 전하는 이야기를 비교하기로 한다.

A. 『삼국유사』
(1) 해부루에서 금와로의 왕위계승 내력 소개.
(2) 금와가 태백산 우발수에서 유화를 얻다.

---

156) 대표적으로 〈광개토왕릉비〉(장수왕 2년, 414년), 〈중화 고구려동명왕
비〉(고종 29년, 1892년)는 기존의 〈주몽신화〉와 거의 유사한 내용의 온
전한 신화를 기록하고 있다. 비문의 원문과 해석은 다음 글 참고.
이지영, 앞의 책, pp.152-158.

157) 중국에서 전하는 문헌으로는 『魏書』 고구려, 『周書』 고구려, 『隋書』, 고구
려, 『北史』 고려, 『翰苑』 고구려, 『通典』 고구려, 『冊府元龜』 종족 고구
려, 등을 들 수 있다. 이상의 원문과 해석은 다음 글 참고.
이지영, 같은 책, pp.242-257.

234

(3) 유화가 자신의 사연을 금와에게 말하다.

(4) 금와가 유화를 별궁에 가두다.

(5) 유화가 일광에 감응하여 알을 낳다.

(6) 금와가 알을 내버리자 짐승들이 보호하다.

(7) 알을 깨고 주몽이 탄생하다.

(8) 주몽이 금와의 왕자들보다 능력이 뛰어나다.

(9) 주몽이 꾀를 써서 준마를 얻다.

(10) 왕자들이 주몽을 시기하여 죽이려 하다.

(11) 주몽이 왕자들을 피해 도망하여 강에 이르다.

(12) 주몽이 주문을 외자 물고기, 자라가 강을 건네주다.

(13) 주몽이 졸본지역에 이르러 도읍을 정하고 국호와 성을 정하다.

(14) 주림전의 내용 소개

B. 『삼국사기』

(1) 동부여의 금와왕 내력 소개.

(2) 금와가 태백산 우발수에서 유화를 얻다.

(3) 유화가 자신의 사연을 금와에게 말하다.

(4) 금와의 별궁에서 유화가 일광에 감응해서 알을 낳다.

(5) 금와가 알을 내버리자 짐승들이 보호하다.

(6) 알을 깨고 주몽이 탄생하다.

(4) 주몽의 능력이 금와의 왕자보다 뛰어나다. 활쏘기 능력이 뛰어나다.

(5) 주몽이 꾀를 써서 준마를 얻다.

(6) 왕자들이 시기하여 주몽을 죽이려 하자 도망하다.

(7) 주몽이 물에 고하자 물고기, 자라의 도움으로 무사히 도강하다.

(8) 주몽이 모둔곡에 이르러 세 사람을 만나 성과 직위를 부여하다.

(9) 주몽이 건국하였으나 국가적 위용을 세우지 못하다.

(10) 주몽이 이웃의 비류국 송양과 경쟁해서 승리하다.

(11) 하늘의 도움으로 궁궐을 짓고 나라의 위용을 세우다.

(12) 유화의 죽음, 주몽과 유리와의 상봉, 주몽의 죽음.

(13) 유리의 내력 소개.

C. 『동국이상국집』

(1) 천제의 아들 해모수가 강림, 건국하다.

(2) 해모수가 하백녀 유화와 사통하다.

(3) 해모수와 하백과의 신통력 내기에서 승리하다.

(4) 해모수에게 버림받자 하백이 유화를 내치다.

(5) 금와에게 붙잡힌 유화가 별궁에서 알을 낳다.

(6) 금와가 알을 내버리자 짐승들이 보호하다.

(7) 알을 깨고 주몽이 탄생하다.

(8) 갓난아기인 주몽이 활을 쏘아 파리를 잡다. 활쏘는 능력이 뛰
    어나다.

(9) 금와의 왕자들에게 시기를 받아 마굿간지기를 하며 준마를 얻다.

(10) 주몽이 동료들과 함께 왕자들을 피해 도망하다.

(11) 주몽이 활로 물을 치자 물고기와 자라가 강을 건네주다.

(12) 유화가 주몽에게 보리 종자를 비둘기로 전달하다.

(13) 주몽이 건국하였으나 국가의 위용을 세우지는 못하다.

(14) 이웃의 비류왕 송양과 활쏘기 경쟁에서 승리하다.

(15) 비류국의 고각을 훔쳐 속여 송양을 다시 물리치다.

(16) 송양이 선후로 부용(附庸)을 하고자 하자 주몽이 썩은 나무로
    궁궐을 지어 속이다.

(17) 주몽이 흰 사슴을 잡아 제사를 지내자 7일간 비가 내려 송양
    이 항복하다.

(18) 7일간 산에 구름이 끼고 소리가 들리더니 궁궐이 완성되다.

(19) 주몽이 승천하자 남겨둔 옥편으로 장례 치르다.

236

(20) 유리의 내력 소개.

<주몽신화>는 언급한 문헌 외에도 조선시대의 많은 사서와 지리서, 고구려 시대의 비석, 중국의 사서 등에 전하고 있다. 가장 많은 이본이 있는 신화라고 할 수 있으며 내용도 다른 신화에 비해서 가장 방대하며 복잡한 구성을 하고 있다. 특히 <주몽신화>는 주몽의 이야기뿐 아니라, 해모수, 부루, 금와의 부여계 신화들을 포함하고 있다. 주몽이 탄생한 곳은 금와가 다스리는 부여땅인 것은 대부분 공통적인 대목이다. 일단 소개한 A, B, C 세 문헌에 실린 <주몽신화>의 공통점을 정리하면 다음과 같다.

(1) 해모수와 유화가 사통하여 주몽을 잉태하다.
(2) 금와부여에서 난생한 주몽이 핍박을 받으며 성장하다.
(3) 주몽의 능력이 뛰어나자 시기를 받자 강을 건너 도망하다.
(4) 주몽이 나라를 세우고 즉위하다.

공통점만을 놓고 볼 때 <주몽신화>는 주인공 주몽은 신성한 혈통의 부모에 의해서 탄생하며, 성장기의 시련을 극복하고, 건국하고 즉위하기까지의 내용을 담고 있다. Ⅱ장에서 언급한 제의적 신화소의 전개는 대부분의 전승본들에서 공통적으로 찾을 수 있는 정전적인 메시지에 해당한다.

각 문헌에 실린 이야기들의 차이점을 중심으로 살펴보자. 먼저 A에는 없는데 B와 C에는 공통적으로 찾아 볼 수 있는 대목이 있다. A에서는 주몽이 도강하여 졸본지역에서 나라를 세울 때의 과정이 소략하다. 단지 졸본지역에 와서 나라를 건국하고 성씨를 천명하는 것으로 끝맺는다. 반면 B와 C에서는 주몽이 도강 이후 나라를 세우는 과정이 상세하게 기술되고 있다.

B와 C에서 나타나는 주몽의 도강 이후 활약상은 특히 이주세력인 주몽이 토착세력인 비류왕의 송양과의 경쟁을 벌여 부용(附庸)을 결정하는 부분이 두드러진다. 이때 주몽은 송양과 활쏘기 내기를 하는데, 주몽의 활쏘기 능력은 모든 문헌에서 공통적으로 밝히고 있는 대목이기도 하다. 이를 통해서 당시 활쏘기 능력은 군왕이 갖추어야 할 가장 우선적인 영웅적 자질임을 알 수 있다.

B와 C에서는 공통적으로 드러나는데 A에는 없는 대목으로 주몽의 건국 후 궁실을 세우는 대목을 들 수 있다. 세 이야기에서 모두 주몽이 처음 거처를 정할 때 미처 궁궐을 제대로 갖추지 못했음을 공통적으로 언급되고 있다. 그러나 A와 달리 B와 C는 하늘의 도움으로 새로운 성과 궁실을 축조하게 된다. 왕위에 즉위하는 것이 가장 중요한 사안임을 감안할 때, 송양과의 다툼은 필수적인 요소이지만 서사의 흐름상, 궁궐을 짓는데 있어서 신성의 도움을 반드시 받아야할 필요는 없다. A에 비해서 B와 C에서는 주몽의 탁월한 능력과 신성성을 강조하는 대목이 강조되고, 삽입되어 있는 것으로 볼 수 있다.

B와 C 또한 차이점을 보인다. 먼저 B에서는 다른 문헌의 이야기에서는 볼 수 없는 독자적이며 특징적인 사건으로 주몽이 도강하여 모둔곡에서 마의(麻衣), 납의(衲衣), 수조의(水操衣)를 입은 세 사람을 만나 성을 하사하고 재능에 따라 나라일을 맡기는 대목을 들 수 있다.158) 이 대목은 주몽이 금와부여를 탈출

---

158) 朱蒙行至毛屯谷 遇三人 其一人着麻衣 一人着衲衣 一人着水操衣 朱蒙問曰
子等何許人也 何姓何名乎 麻衣者曰 名再思 衲衣者曰 名武骨 水操衣者曰
名默居 而不言姓 朱蒙賜再思姓克氏 武骨仲室氏 默居少室氏 乃告於衆曰
我方承景命 欲啓元基 而適遇此三賢 豈非天賜乎 遂揆其能 各以賜事與之
俱至卒本川.

하여 졸본지역에서 자신의 세력을 확장하기 위한 일환으로 파악된다. 이주세력인 주몽은 토착세력들을 포섭·융화해서 자신의 영역과 힘을 키우게 된다.

A와 B에서는 없는데 C에서만 두드러지는 특징적인 대목이 있다. C는 다른 문헌보다 방대하고 풍부한 내용을 전하기 때문에 A와 B의 동일한 사건이라 하더라도 상세하게 기술하고 있다. 가령, 주몽과 송양의 경쟁에서도 B에서는 활쏘기 내기로 주몽이 송양을 꺾었지만, C에서는 이러한 내용 외에도 다른 내용들이 첨가되어 있다. 송양이 국가의 전통성과 역사성의 결핍을 약점으로 잡아 주몽을 위협하자 주몽이 비류국의 고각을 훔쳐오며, 또한 자신의 궁궐을 낡은 것으로 위조하여 송양을 속인다. 이 두 가지 에피소드를 통해서 주몽은 단지 용력이 출중하여 송양과의 경쟁에서 승리한 것이 아니라, 지혜를 갖춘 군주임이 부각된다.

그리고 주몽은 사슴을 잡아 하늘에 제를 올리고 주문을 외워서 장마비를 내리게 한다. 엄청난 홍수로 결국 송양은 주몽에게 완전하게 항복한다. 주몽의 신성성에 대한 강조가 부각되는 대목이라 할 수 있다. 특히 하늘에 제사를 지내서 절대자 내지 천신과 소통할 수 있는 사제자로서의 권능이 부각된다. 또 비를 내리게 한다는 것은 자연 현상을 조절할 수 있는 능력을 의미하는데, 이 능력이야말로 고대 사회의 지배자에게 있어서 아주 중요한 자질이다. <단군신화>에서도 절대자 환웅이 풍백·운사·우사를 거느리며 자연 현상을 조절하는 능력을 과시했다.

C에서 드러나는 또 다른 차이점으로 유화의 신성성과 활약이 강조된다는 점이다. A와 B에서는 주몽이 건국하고 과업을 성취하는데 유화의 도움이 드러나지 않는다. 반면 C에서는 유화의 활약상이 곳곳에서 드러나고 있다. 먼저 주몽이 금와부여에서 핍박

을 받아 마굿간지기를 할 때, 유화는 말들 중에서 뛰어난 준마를 찾아 골라준다. 또 주몽이 금와의 왕자들에게 쫓겨 달아나자, 비둘기를 통해서 곡식씨를 즈몽에게 전달한다. 고대 사회에서 식량이나 생산과 관련된 문제는 아주 절실한 문제로 특별한 의미를 가진다. 유화가 곡식씨를 주몽에게 보낸 것은 주몽이 새로운 국가를 건설함에 있어서 절대적으로 필요한 조건, 즉 생산과 관련된 문제를 직접 도왔다고 볼 수 있다. 또한 이 대목은 유화의 곡신(穀神) 혹은 대지신(大地神)으로서의 면모를 보여준다.

이상을 통해서 A, B, C의 세 편은 동일한 이야기를 기술하고 있지만, 약간씩 차이를 보이고 있음을 알 수 있다. 이러한 차이는 기록자들의 세계관이나 당대의 시대적 분위기와 관련된 것으로 보인다. 관련 기록에서 찾을 수 있듯이 『삼국사기』, 『삼국유사』, 「동명왕편」보다도 <주몽신화>를 먼저 기술한 문헌으로 『舊三國史』가 있다. 이 문헌은 현재 전하지 않지만 후대 기록자들이 <주몽신화>를 기록하면서 참고·인용했음을 확인할 수 있다. 동일한 선행 문헌을 참고·인용했음에도 불구하고 각 이야기는 기록자나 시대의 상황에 따라 변개될 수 있는 것이다.

B, 『삼국사기』의 <주몽신화>와 C, 「동명왕편」의 <주몽신화>에 대한 직접 비교가 가능하다. C의 저자 이규보가 B의 내용을 언급하고 있다. 이규보의 언급은 신화에 대한 중요한 당대 인식을 알 수 있다. 앞서 언급한 일연의 『삼국유사』의 기이편 서문과 마찬가지로 이규보의 서문에서도 당대의 시대적 상황과 기록자의 세계관을 알 수 있다. 이규보 당대의 신화와 관련된 두 가지 사실 중 하나는 흔히들 말하는 괴력난신(怪力亂神)하는 이야기, 즉 비합리적이고 신기한 이야기로서 주몽의 건국신화가 존재했다는 점이다. 다른 하나는 이러한 신화들을 괴력난신이라고 폄하하는 원인은 중국에서 들어온 유학의 가르침에 따른 것

240

이라는 점이다.

> 세상에서는 동명왕의 신이한 일에 대하여 말을 많이들 한다. 비
> 록 어리석은 남녀들까지도 역시 그 일을 능히 이야기한다. 내가
> 일찍이 이를 듣고 웃으며 말하길, "선사 仲尼께서는 괴력난신을
> 말씀하지 않았는데, 동명왕의 사적은 실로 황당하고 기괴한 일이
> 어서 우리들이 말할 바가 아니다."라고 하였다 …… (중략) ……
> 지난 계축년 4월에 『구삼국사』를 얻어 「동명왕 본기」를 보니
> 그 신이한 사적이 세상에서 이야기 하는 것보다 더했다. 그러나
> 역시 처음에는 이를 믿지 못하고서 귀나 환으로만 생각하였다.
> 그러다가 세 번 반복해서 읽고 그 뜻을 탐색하여 점점 그 근원에
> 들어가니 幻이 아니고 聖이요, 鬼가 아니고 神이었다.159)

『삼국유사』와 함께 최고의 사서로 중요성을 인정받고 있는 김
부식의 『삼국사기』에서는 『삼국유사』나 『동국이상국집』과는 다
른 입장을 읽을 수 있다. 먼저 『삼국사기』에서는 『삼국유사』에
실려 있는 고조선이나 북부여, 동부여, 가락국의 건국신화를 싣
고 있지 않거나 다른 이야기 속에 편입시켜 독립된 이야기로 기
록하고 있지 않다.160) 이는 김부식의 세계관·역사관을 짐작하
게 하는데, 그는 한반도의 국가 전통이 삼국에서 비롯되었다고
인식하고 있다. 또한 고구려, 백제, 신라의 시조에 관한 이야기
를 싣고 있기는 하나 『삼국유사』·『동국이상국집』과는 달리 상
당히 내용이 축소되거나 신성성이 약화되어 있다. 김부식의 이

---

159) 世多說 東明王神異之事 雖愚夫騃女 亦頗能說其事 僕嘗聞之笑曰 先師仲尼
不語怪力亂神 此實荒唐奇詭之事 非吾曹所說 …… (中略) …… 越癸丑四
月 得舊三國史 見東明王本紀 其神異之迹踰世之所說者 然亦初不能信之意
以爲鬼幻 及三復耽味漸涉其源 非幻也乃聖也 非鬼也乃神也.

160) 가령 부여의 제왕들에 대한 기록은 주로 주몽 관련 기사에 삽입되어 있
으며, 수로에 대한 기록은 열전에서 김유신을 다루면서 잠깐 언급할 뿐
수로에 대해서는 알 수 없는 인물이라고 기술하고 있다.

러한 서술태도에 대해 이구보는 「東明王篇 并序」에 다음과 같이 쓰고 있다.

> 김공 부식이 국사를 다시 찬술할 때에 자못 그 일을 소략하게 하였으니, 공은 국사는 세상을 바로 잡는 글이니 크게 이상한 일은 후세에 보여서는 안 된다고 생각하여 생략한 것이 아닐까?[161]

이러한 기록자들의 서술태도의 차이는 동일한 신화를 기록할 때 차이가 생기게 된 직접적인 배경이 되었을 것으로 판단된다. B는 국가 주도의 공식 사서 편찬 사업으로서 기록되었으며, 그 편찬자가 당대 최고의 유학자였던 김부식이었다. 이러한 점을 감안한다면, 유교적 세계관의 지배 속에서 신화의 내용을 가급적 합리적인 방향으로, 현실 세계의 인식 범주 내 포섭될 수 있는 방향으로 변개했을 것으로 추측할 수 있다. 그러나 개인작인 「동명왕편」에서는 사정이 다르다. 이규보 자신의 언급에서도 알 수 있듯이, 그는 신화의 본질적 속성을 이미 파악하고 있으며 비교적 유교적 세계관에서 자유로웠다. C의 내용에서 주몽의 신성적 자질이 부각되고, 주몽의 부모가 신성화되는 것이 가능한 이유가 여기에 있다.

이상에서 보듯이, 신화의 기록자나 신화 기록과 관련된 지배적 시대사상에 따라 신화의 내용은 변개될 수 있다. 그러나 아무리 당대의 특정 세계관에 충실했다 하더라도, 개인의 자유로운 창작 과정에서 새롭게 기록되었다 하더라도 신화의 정전적 메시지 자체를 훼손시키거나 변형시킬 수는 없었다. <주몽신화>의 핵심적

---

161) 金公富軾重撰國史 頗略其史 意者公以爲國史矯世之書 不可以大異之事 爲 示於後世而略之耶.

242

내용은 어떤 문헌에 전하는 내용이라도 일치하고 있다.

요컨대, <단군신화>와 <주몽신화> 모두 많은 문헌에 기록되어 전하는 신화이며, 이에 따라 많은 전승본이 존재하지만, 두 신화 모두 정전적 메시지는 변하지 않으며 유지되고 있다. 상황에 따라 가변적인 자기 지시적 메시지도 전승본에 따라 나타나지만, 특정한 인과적 원리에 따라 구성되며, 정전적 메시지를 강조하기 위한 장치로 기능하지 그 자체를 결코 훼손시키거나 바꾸지는 않는다.

(2) 메시지 중심의 소통과 기록화

건국신화의 전승과정, 즉 제의 연행 속에서 건국신화가 어떻게 전승되었는지를 살필 수 있는 직접적인 자료는 없다. 무속신화는 현재에도 제의 연행 속에서 전승되지만, 건국신화는 그렇지 않기 때문이다. 그러나 우리는 문헌 속에서 건국신화가 메시지로 소통되고 연행되었을 제의에 관련된 기록을 찾을 수 있다. 대표적인 일례로 '동맹제'를 들 수 있다.

다음은 『三國志』 東夷傳에 실린 고구려 동맹제에 관한 기록이다.162)

(1) 10월에 하늘에 제사 지냈는데 나라 사람들 크게 모여 동맹이라 이름 한다.163)

(2) 그 나라 동쪽 큰 굴을 이름 하여 隧穴이라 한다. 10월에 국중에 대회를 열고 隧神을 맞아 나라의 동쪽 상으로 모셔 와서 제사를 지내는데 神座에 木隧를 둔다.164)

---

162) 陳壽 撰, 裴松之 注, 『三國志』, 魏書 東夷傳, 中華書局, 1982.
163) 以十月祭天 國中大會 名曰東盟.

고구려의 동맹제와 고구려 건국신화의 관련성을 논할 때, 가장 우선적으로 시조 동명(東明)의 명칭과 제천제의의 명칭인 동맹(東盟)의 유사점을 주목한다. 당시 표기에 대해 정확히 알 수는 없지만, 동일한 대상에 대한 한자 표기였을 것으로 추정한다.165) 그러나 이러한 주장은 정확하게 검증될 수는 없기에 직접적으로 주몽과 동맹제를 연결시키기에는 무리이다. 오히려 이 기록에서 주목할 것은 동맹제에서 제사를 바치는 대상신에 관한 것이다. 동맹제가 당시 고대국가의 제천제의와 마찬가지로 기본적으로 하늘(천신)에 제사 지내는 것이지만 또한 수혈신에게 제사를 동시에 행하고 있다. 이 수혈신은 지상을 대표하는 신, 즉 유화에게 제사지내는 것으로 볼 수 있다. 그렇다면 고구려의 동맹제는 <주몽신화>의 내용과 직접적인 관련을 가진다고 판단할 수 있을 것이다. 『삼국사기』 제사(祭祀)조에 이를 뒷받침하는 내용이 있다.

> 고구려는 항상 10월에 하늘에 제사하며 음사(淫祠)가 많다. 신묘가 두 곳에 있다. 하나는 부여신(夫餘神)인데 나무를 깎아 부인상을 만들었으며 또 하나는 고등신인데 시조인 부여신의 아들이라 한다. 아울러 관사를 설치하고 사람을 파견하여 수호하게 하는데 대개 하백녀와 주몽을 이름이다.166)

가락국과 신라에서는 시조인 왕과 그의 비, 즉 수로와 허황옥, 혁거세와 알영을 함께 제사 지냈지만, 고구려에서는 주몽과 그의 어머니인 유화에게 제사를 지낸 것이다. 다른 국가들과 비

---

164) 其國東有大穴 名隧穴 十月國中大會 迎隧神還于國東上祭之 置木隧于神座.

165) 현용준, 『무속신화와 문헌신화』, 집문당, 1992, p.304.

166) 高句麗常以十月祭天 多淫祠 有神廟二所 一曰夫餘神 刻木作婦人像 二曰高
登神 云是始祖夫餘神之子 竝置官司 遣人守護 蓋河伯女朱蒙云.

244

교하자면, 왕과 왕후에게 제사지내지 않고 왕과 그 어머니에게 제사지낸다는 것은 상당히 보기 드문 경우라 할 수 있다. Ⅱ장에서 살폈듯이 가락국의 <수로신화>와 신라의 <혁거세신화>는 동일한 구조를 가지고 있으며, 왕과 왕후의 신성혼이 서사 전개상 핵심적 사건이다. 반면에 고구려의 <주몽신화>에서는 주몽의 결혼이 핵심적인 사건이 될 수 없으며, 오히려 어머니인 유화가 주몽의 원조자로, 때로는 신성한 존재로 묘사되고 있음을 살폈다. 이러한 신화의 내용이 후대의 제사에서도 동일하게 나타난다고 볼 수 있다. 다시 말해, 동맹제는 동명왕과 유화를 모시는 제의로 그 신화 내용을 재현한 제의로 추정할 수 있다.167)

또 『隋書』, 高麗傳에는 '패수(浿水)'의례가 전하는데 그 내용은 다음과 같다.

> 해마다 정월 초가 되면 패수 위에 모여서 놀이를 하는데, 왕이 요여를 타고 우의를 갖추고서 이를 구경한다. 이 놀이가 끝나면 왕은 옷을 입은 채로 물에 들어가고 사람들이 좌우 두 편으로 나뉘어서 서로 물을 뿌리고 돌을 던지면서 떠들고 쫓고 쫓기고 한다. 이렇게 두세 번 하고 끝난다.168)

이러한 물 속 싸움은 왕이 직접 참여하는 국가 행사로, 단순한 여흥거리가 아니라 신앙적 기반을 갖춘 국가제의였을 가능성이 크다. 물 속 싸움이 재현하는 내용에 대해서는 두 가지 가능성이 있다. <주몽신화>를 기반으로 생각했을 때, 하나는 유화

---

167) 大林太良,「日本神話と 朝鮮神話－支配者文化を 中心として－」,『講座日本文學 神話下』, 至文堂, 1977, p.72.
　　 현용준, 앞의 책에서 재인용, p.305.
168) 每年初 聚戲於浿水之上 王乘腰輿 列羽儀以觀之 事畢 王以衣服入水 分左右爲二部 以水相濺擲 喧呼馳逐 再三而止.

를 차지하기 위한 해모수와 하백의 싸움을 재현한 것일 수 있다. 또 하나는 주몽이 금와의 왕자들에게 쫓겨 강을 건너는 주몽의 투쟁과정에 대한 재현일 수 있다. 두 사건 모두 물과 관련되며, 직접적인 쟁투를 다루고 있다는 점에서 가능성이 있다.

신화 속 사건과 유사한 제의적 행위들에 대한 후대의 반복은 다른 국가의 기록에서도 찾아 볼 수 있다. <가락국기>에서는 수로와 허황옥의 사후에도 계속 이들의 결혼제의를 재연한 의식이 행해졌음을 살필 수 있다.

> 이러한 가운데 희락사모지사가 있었다. 매년 7월 29일이면 지역 사람과 관원 병졸들이 승점에 올라가 장막을 설치하고, 술과 음식을 먹고 마시고 환호하면서 동서쪽으로 눈길을 던져 바라보는 가운데, 건장한 청장년들이 좌우 두 편으로 갈라서 망산도로부터 세차게 말을 몰아 달리고, 서로 물에 배를 밀어 띄워서 북쪽을 향하여 고포 쪽으로 다투어 달려 나간다. 무릇 이것은 옛적에 유천간 신귀간 등이 왕후의 도래함을 바라보고 급히 임금에게 아뢰었던 자취이다.169)

이러한 기록들을 통해서 제의에서 연행된 특정한 메시지는 우리가 현재 접하고 있는 기록된 신화의 내용과 흡사하거나 동일하다는 것을 알 수 있다. 건국주(建國主) 사후에도 후대 왕들은 시조의 행적을 제의 과정에서 연행하고 반복했음을 알 수 있다.

메시지로서 신화는 인간세계가 건국 시조에 의해서 어떻게 문명화되는가, 즉 신격 존재에 의해서 세속적 인간세계가 성화되는 과정을 생생하게 전달한다. 메시지의 수신자들은 자신들의

---

169) 此中更有戲樂思慕之事 每以七月二十九日 土人吏卒 陟乘岾 設帷幕 酒食歡呼 而東西送目 壯健人夫 分類以左右之 自望山島 駭蹄駸駸 而競湊於陸 鷁首泛泛 而相推於水 北指古浦而爭趨 盖此昔留天神鬼等 望后之來 急促告君之遺迹也.

인간세계를 성화시켜 준 건국 주인공인 신격을 숭배하는 것은 당연하다. 건국신화의 메시지는 해당 국가의 가장 원초적 사건들을 담고 있다. 백성들은 과거의 일을 현재화함으로써 그 과거에 대해 성스러움을 경험하고, 신성한 기원으로서 자긍심을 가진다. 이 소통과정에서 수신자인 인간 백성들이 신화 메시지를 수용하지 않거나 달리 해석할 수는 없다. 신화 메시지는 결코 다른 의미로 해석될 수 없는 장치 속에서 존재하기 때문이다.

건국신화가 메시지로 존재하는 전체 의사소통의 장으로서 제의를 가정할 수 있다. 소통 상황을 전제하고 건국신화의 메시지의 내용을 통해서 전체 소통의 장에 존재하는 발신자와 수신자의 성격을 살펴보자. 건국신화가 메시지로 소통되는 의사소통의 장에서 발신자는 누구인가? 제의과정에서 신화 메시지는 제의의 주재자 내지 사제(무당)가 구술로 전달했을 것이다. 그렇게 본다면 겉으로 드러난 1차적인 발신자는 사제가 될 것이다. 수신자는 그 제의에 참여하고 있는 참여자들(백성)이 될 것이다.

좀 더 심층적으로 들어가 소통 과정의 발신자와 수신자를 살펴보자. 건국 신화 메시지는 건국 주인공이 인간 세상에서 행한 업적이다. 이렇게 본다면 결국 건국신화 메시지를 구술하거나 재연하는 제의의 현재 주재자 이전에 최초 발신자가 따로 존재했음을 가정할 수 있다. 그리고 제의 연행 중의 사제는 최초 발신자의 메시지를 중개 내지 매개하는 역할을 한다고 할 수 있다. 정리하면 다음과 같다.

○ 최초상황:

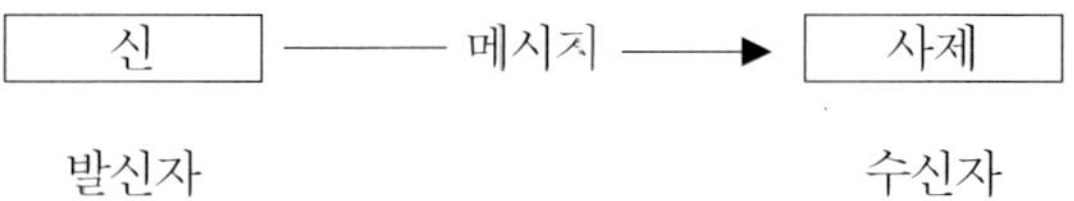

○ 제의상황:

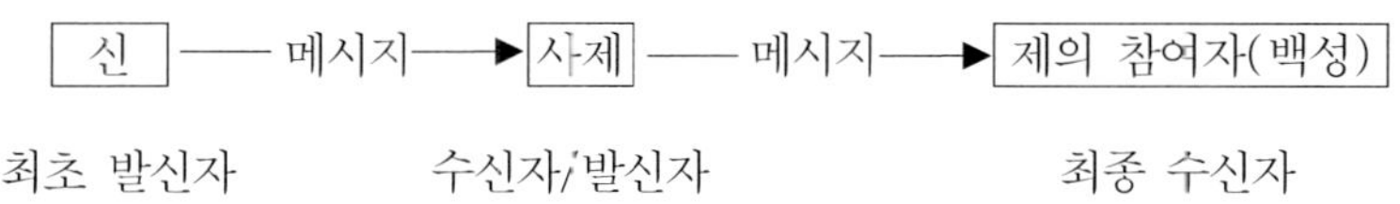

　이러한 소통 상황에서 제의 참여자, 즉 백성들은 신격의 메시지를 일방적으로 전달받게 된다. 수신자인 백성들은 자신들의 최초 군주의 내력과 그가 세운 자신들의 국가의 신성한 역사를 이 메시지를 통해서 받아들인다. 이때의 소통은 발신자에서 수신자로 향하는 일방적인 소통 방향을 보여주며, 이때 메시지가 고정성을 띠는 것은 당연하다. 고구려의 '패수의례'나 가락국의 '희락사모지사'와 같은 제의 기록에서 볼 수 있듯이 건국신화를 재연할 때는 신화 속 주인공이 처한 상황과 행한 행위를 그대로 재연한다. 현재 시점의 상황의 관련성보다는 당시의 과거 상황, 즉 신성한 역사를 기념하기 위한 재연이 주된 목적이다. 제의를 행하는 시기나 장소도 이미 결정되어 있어서 인간들이 자의적으로 바꿀 수 없다.

　건국신화의 구체적 내용들 중에 자기 지시적 메시지들은 약간씩 차이를 보이기도 하지만, 정전적인 메시지가 근간을 이루며, 이는 결코 변하지 않음은 주지한 바이다. 각국의 건국신화들은 주어진 환경 속에서 고유한 내용을 보이기도 하지만, 기본적인 서사의 구성 원리는 인간세계의 성화(聖化) 과정을 특정한 제의나 제의적 사건으로 기술하고 있음을 앞에서 살폈다. 이러

248

한 구성 원리는 제의라는 큰 틀 속에서 존재하는 메시지의 구성 원리로, 그 의미 작용 역시 이 틀에 의해서 이루어진다.

건국신화의 기호작용은 자의적(恣意的)인 것을 역사적(歷史的)인 것으로 변화시킨다.170) <단군신화>를 예를 들자면, 곰의 여인으로의 변신에 대해 성화된 세계 속의 수용된 인간 모델이라는 의미를 부여한다. <수로신화>와 <혁거세신화>에서는 주인공의 결혼을 신성족들의 결합으로 발전된 세계로의 진입이라는 의미로 강제한다. <주몽신화>에서 영웅의 투쟁은 신성의 권위를 실현하는 고귀한 행적으로 기억된다. 이렇듯 신화 메시지의 수신자들은 이 메시지의 내용을 진실한 것으로 받아들인다.

이러한 의미 작용은 건국신화 담론, 혹은 관련된 담론들의 제 요소들 간의 결합을 통한 제의화의 원리를 통해서 일어난다. 인간세계 외부에서 실현된 압도적 힘에 의해서 연결되어진 기호작용이다. 여기에는 특별한 인과의 원리나, 선택에 의한 원리가 작용하지 않는다. 이러한 의미 작용을 통해서 해석된 메시지는 다른 의미로 해석될 여지가 없다. 다시 말해 신화 메시지의 내용은 제의 참여자들에게는 진실한 역사로 각인되는 것이다. 이 진실한 신성 역사는 실제 생활에서 일어날 수 없는 유표적인 것이지만 기원의 강력한 이데올로기화를 통한 은유화로 인해서 진위 여부를 결코 의심받지 않는다. 건국신화의 전승은 제의화 원리를 통해서 해석되고 각인된 메시지를 수용하고 전달하는 차원을 넘어서서 실제로 그러한 신성의 상황을 창조하는 방식을 보여주는 것이다.171)

이와 같은 원리 속에서 건국신화 메시지는 생성되고, 소통·

---

170) Ⅲ장 각주 122) 참고.
171) Catherine Bell, Ritual: Perspective and Dimensions, 앞의 책, p.136.

전승된다. 건국신화가 자기 지시적 메시지의 성격보다는 정전적인 성격이 강한 것은 연행 맥락의 강조가 아니라, 역사 맥락이 강조되기 때문이다. 건국신화 메시지에서 찾을 수 있는 자기 지시적 성격 또한 역사화의 맥락과 관련을 맺는다. 이 자기 지시적 메시지는 자연적 인덱스가 아니라 구성적 인덱스에 기초한다는 점에 주목해야 한다.

인덱스를 '자연적 인덱스(natural index)'와 '구성적 인덱스(constructed index)'로 구분할 수 있다.172) 자연적 인덱스는 흔히 '징후(symptom)'로도 불리는데 우리가 쉽게 받아들이는 자연 질서, 내지 자연적 발생에 따른 인과관계에 기반 하는 것이다. 가령, 구름이 모이면 비가 온다. 다시 말해서 구름이 비를 지시한다. 발진이 홍역을 지시하고, 북극성이 북쪽을 지시한다. 이 경우 구름과 비, 발진과 홍역, 북극성과 북쪽은 각각 인과관계를 이루고 있는데, 인간들은 이 인과관계를 지극히 자연적인 것, 즉 자연 발생적인 것으로 수용한다. 이러한 자연적 인덱스는 인간의 인식 영역에서 의심받지 않는, 더 정확하게 말하면 의심의 대상에서 제외된 영역에 속한다.

반면 구성적 인덱스는 의도적으로 만들어지고 인간에 의해 지시하게끔 되어 있다. 가령, 바람의 방향을 지시하는 풍향계 기압을 지시하는 기압계, 수직을 지시하는 방향추, 누군가의 존재를 나타내는 문 두드리는 소리 등이 있다. 인과관계가 자연스러운 발생에 따른 직접적인 것이 아니라, 인간의 의식적·의도적 조작이 개입되어 있는 인과관계를 의미한다. 역사의 기록은 인과성을 추적하는 것이며, 왕실 주도의 역사는 특히 당대의 지배적 세계관에 입각한 정치적 논리를 바탕으로, 구성적 인덱스

---

172) Roy A. Rappaport, 앞의 책, pp.62-63.

를 통한 인과성의 확보, 즉 합리화를 추구한다. 역사에서 전면에 내세우는 특정한 사건은 국가나 왕실의 권위와 이념을 지시하기 위한 구성적 인덱스인 것이다.

건국신화의 서사 규약을 지배하는 제의적 논리가 정치적 제의와 관련된 것도 동일한 연장선에서 이해 가능하다. 소통 과정에서 가장 중요시되는 것이 바로 정형화된 메시지 자체이기 때문에 건국신화는 안정적으로 메시지를 전승할 수 있었다. 건국신화는 한 국가의 최초 역사가 됨에 따라 기록되어 사서(史書)에 실리게 된다. 일연의 기이편 인용문에서 살펴보았듯이 건국신화의 내용은 사서의 다른 기사들에 비해 분명히 유표적이며, 이질적이다. 그럴 수밖에 없는 이유가 바로 신화 메시지가 생성되고 소통되는 제의적 소통의 장 속에 있기 때문이다.

3. 무속신화의 메시지의 성격과 소통 원리

(1) 정전적 메시지의 변개와 자기 지시적 메시지의 강조

무속신화는 기록되어 전하지 않고 연행 현장에서 무당에 의해 구술되어 전승된다. 따라서 구술문학의 특징상 기술문학과는 달리 안정적인 체계로 전승되기 힘든 것은 당연하다. 그렇다고 해서 무당이 구술하는 내용이 무조건 비고정적인 것은 아니다. 일반적으로 무당들은 특정한 영역을 맡아 굿을 하게 되며, 전문 무당들의 전수 과정에서 고정적인 메시지의 전승이 이루어질 수 있었다. 그러나 기본적으로 무속신화는 기록되지 않고 전승되기에 비고정적인 면 또한 잘 나타난다. 무속신화 중에서 전승 분포가 가장 넓고 많은 전승본이 전하는 한국의 2대 무속신화인 〈바리공주〉와 〈당금애기〉173)를 중심으로 이러한 메시지의 성격을 살펴보기로 한다.

1) 〈바리공주〉

〈바리공주〉의 전승본별 차이점과 특성에 대한 연구는 서대석에 의해서 규명된 바 있다.174) 〈바리공주〉는 전승지역에 따라 서울경기지역, 동해안지역, 관북지역, 호남지역으로 나눌 수 있다. 각 지역별 공통 서사단락을 요약하면 다음과 같다.175)

A. 중서부지역

(1) 국왕이 즉위하고 결혼을 하려고 문복하다.

(2) 왕은 점쟁이의 말을 어기고 1년 앞당겨 결혼하다.

(3) 왕비는 점쟁이의 말대로 공주만 여섯을 낳다.

---

173) 〈바리공주〉와 〈당금애기〉의 전승본 목록과 자료 현황 아래 책에 자세하게 다루어졌다. 여기서는 생략하기로 한다.

김진영·홍태한, 「〈바리공주〉의 연구 성과 검토 및 무가권의 구획」, 『서사무가 바리공주 전집』1, 1997, 민속원. 이 글에서는 〈바리공주〉 전승본 44편을 소개 하고 있다.

김진영·김준기·홍태한, 「서사무가 당금애기 채록 상황 및 연구 성과 검토」, 『서사무가 당금애기 전집』1, 1999, 민속원. 이 글에서는 〈당금애기〉 전승본 60편을 소개하고 있다.

이후 홍태한의 조사에 따르면 더 많은 전승본이 채록되었는데, 〈바리공주〉의 경우 총 71편, 〈당금애기〉의 경우 75편이다. 자료 소개는 아래 책 참고.

홍태한, 『한국 서사무가 연구』, 앞의 책, 〈부록〉 서사무가 자료 총람.

174) 서대석, 「바리공주 연구」, 『한국무가의 연구』, 문학사상사, (초판 1980), 1997.

    ＿＿＿, 「바리공주의 신화적 성격」, 『한국 신화의 연구』, 앞의 책.

175) 전승 지역별 공통 서사단락 소개는 다음을 참고로 한다. 기본적인 내용은 최대한 살리되 가급적 간결하게 정리해서 제시한다.

서대석, 『한국 신화의 연구』, 앞의 책, pp.272-282.

(4) 왕은 왕자를 낳게 해달라고 신께 치성을 드리다.

(5) 왕과 비는 상서로운 태몽을 꾸고 아들을 기대했으나 딸을 낳다.

(6) 왕은 화가 나서 일곱째 공주를 강물에 버리다.

(7) 바리공주는 석가세존의 도움으로 비리공덕부부에게 거두어 양육되다.

(8) 왕이 병이 나자 꿈에 사자가 바리공주를 찾아 약수를 구해야 산다고 알려주다.

(9) 왕의 명을 받은 신하가 바리공주를 찾아 가족이 상봉하다.

(10) 바리공주는 신들의 도움으로 저승세계를 지나 신선세계에서 무장승을 만나다.

(11) 무장승의 요구를 들어주고 약수를 구해 돌아오다.

(12) 바리공주가 죽은 왕을 약수로 소생시키다.

(13) 왕이 바리공주를 무신으로 좌정시키고, 그의 가족도 신으로 좌정시키다.

B. 함남지역

(1) 수차랑선배와 덕주아는 천상에서 죄를 짓고 지상으로 귀양 오다.

(2) 둘은 결혼하여 부부가 되고 자식을 얻기 위해 기도 드리다.

(3) 딸만 여섯을 낳자 부부는 자식을 그만 낳기로 합의하고 부부 접촉을 끊다.

(4) 수차랑선배가 술에 취해 약속을 어기고 덕주아부인은 일곱째 아기를 잉태하다.

(5) 수차랑선배는 하늘로 올라가다.

(6) 덕주아는 일곱째로 낳은 딸을 버리다.

(7) 수궁용왕부인이 아기를 구출하고 자기가 낳은 딸로 수궁용왕을 속이다.

(8) 수궁용왕은 바리데기176)가 지은 조복을 입고 오제용왕에게 조

회 갔다가 친딸이 아님을 알다.

(9) 바리데기는 친어머니를 찾아가 언니들에게 조롱을 당하고 어머니와 단지합혈 후 모녀상봉하다.

(10) 어머니가 병이 들자 바리데기가 약수를 구하려고 서천서역국으로 가다.

(11) 바리데기는 약수를 찾아가는 도중 신선계 사람을 만나 부부가 되다.

(12) 바리데기는 약꽃과 약수를 발견하고 남편 몰래 훔쳐 귀가하다.

(13) 바리데기는 길 가르쳐 준 사람들을 만나 그들의 죄상을 설명해 주다.

(14) 바리데기는 죽은 어머니를 약수와 약꽃으로 회생시키다.

(15) 어머니는 재산을 다트는 여섯 딸을 모두 죽어버리다.

(16) 바리데기도 따라 죽다.

(17) 어머니는 바리데기의 제사를 지내러 가다가 대사어게 속아 재 올리는 구경을 다니다가 죽다.

C. 동해안 지역

(1) 오귀대왕이 왕비 길대부인과 불라국을 다스리고 살다.

(2) 길대부인은 딸만 여섯을 낳다.

(3) 대왕부부는 왕자를 낳으려고 시주를 하고 태몽을 꾸다.

(4) 일곱째도 딸이 태어나자 대왕이 딸을 버리라고 명하다.

(5) 부인이 바리데기라고 이름 짓고 바리데기를 산 속에 버리다.

(6) 바리데기는 산중에서 청학, 백학의 보호를 반도 산신령의 도움

---

176) '바리공주'는 주로 A. 중서부 지역의 전승본에서의 명칭이다. 다른 지역에서는 '바리데기'가 더 일반적이다. 이 책에서는 서사분석의 주 대상 텍스트를 서사구성이 안전적이며, 신성성이 강조된 A지역본을 삼았기에 〈바리공주〉로 대칭해서 사용했다. 그러나 다른 지역본에서는 '바리데기'로 쓰기로 한다.

으로 자라다.

(7) 대왕은 딸 여섯을 키워 출가시킨 뒤 큰 병이 들었는데 노스님
   이 찾아와 서천서역국의 약수를 먹어야 낳는다고 일러주다.

(8) 여섯 딸들에게 약수를 구해오라고 하였으나 모두 거절하다.

(9) 부인은 바리데기를 찾아가 궁중에 데리고 와서 약수를 구해올
   것을 부탁하다.

(10) 바리데기는 남장을 하고 서천국을 향해 출발해서 동사자가 지
   키는 약수터에 이르다.

(11) 바리데기는 동수자와 자다가 여자임이 드러나고 결혼하여 아
   들 삼형제를 낳고 약수와 약꽃을 얻어 귀가하다.

(12) 바리데기가 죽은 대왕을 약수와 약꽃으로 소생시키다.

(13) 바리데기는 북두칠성 중 첫째 별이 되고 오구문을 책임져서
   중생들을 극락 천도하고 아들은 삼태성이 되고 대왕부부는
   견우직녀가 되다.

D. 호남 지역

(1) 오구님과 오구부인이 결혼하여 딸만 일곱을 낳다.

(2) 오구님은 일곱째딸을 버리다.

(3) 바리데기는 동물의 도움으로 성장하다.

(4) 오구대왕이 병이 들어 시영산 약수를 먹여야 낳는다고 듣다.

(5) 버림받은 딸을 찾아 약수를 길어올 것을 부탁하다.

(6) 바리데기는 약수를 지키는 상국서를 만나 일해주고 아들 3형제
   낳아준 뒤 약수를 얻어 귀가하다.

(7) 바리데기는 죽은 부친을 회생시키다.

(8) 바리데기는 오구시리 받아먹는 신이 되다.

이상의 네 지역별 이야기의 공통 내용을 추려 보면 다음과 같다.

(1) 대왕부부가 딸만 여섯을 낳자 일곱째 딸을 버리다.
(2) 바리데기가 원조자의 도움으로 양육되다.
(3) 아버지(어머니)가 병이 들자 바리데기가 약수를 구하러 가다.
(4) 바리데기가 신선과 결혼하고 (출산하고) 약수를 구하다.
(5) 바리데기가 죽은 아버지(어머니)를 회생시키다.

대체적인 이야기의 내용은 '일곱 번째로 태어나 버림받은 바리데기(바리공주)가 부모를 살리기 위해 약수를 구하다'로 요약할 수 있으며, 이러한 내용은 전승본들 사이에서 동일한 내용으로 볼 수 있다. Ⅱ장에서 살핀 기본적인 제의구조는 대부분 동일하거나 유사하다. 여자 주인공 바리데기의 희생제의와 상위격 가장의 가족 결합·복원을 위한 재생제의가 기본틀이 되고 있다.

그러나 건국신화의 예와는 달리 무속신화인 <바리공주>는 내용의 편폭이 크다. 특히 같은 이야기 군으로 묶기에 힘들 정도로 이야기의 구조가 가장 이질적인 것은 B지역의 것으로 바리데기가 신으로 좌정되지 못하고 죽는 것으로 되어 있다. 이는 심각한 문제를 야기하는데, 무속신화가 신의 내력을 전한다는 기본 전제로 미루어 본다면 B지역 이야기는 신화라고 할 수 없게 된다. A와 C지역 이야기가 가장 안정된 구성을 보이며, 풍부한 내용 전개를 보여준다. D는 다른 지역과 비교해 볼 때 매우 소략하지만 전체적인 줄거리나 핵심 사건은 모두 갖추고 있다.

각 지역별 이야기의 특성을 비교해서 살펴보자. A에서 두드러지는 특징은 대왕부부가 딸만 일곱을 낳게 되는 문제 상황이 점쟁이의 금기를 위반한다는 점이다. 또한 병에 걸려 죽게 되는 문제 상황의 이유가 하늘에서 점지해준 비범한 바리공주를 유

256

기하기 때문이다. 이 역시 금기의 위반으로 볼 수 있다. 무속신화에서는 문제 상황의 제시와 이 해결이 서사의 핵심을 이루게 되는데 A의 이야기에서는 이 문제 상황의 발생의 근원이 신의 명령, 즉 금기를 어비대왕이 위반한다는 점이 부각되고 있다.

어비대왕의 금기 위반의 결과로 발생한 문제를 해결하기 위해 주인공 바리공주가 희생한다. 바리공주는 태어나자마자 딸이란 이유로 자신을 유기한 비정한 부모를 위해서 아무도 할 수 없는 고난의 구약여행을 자처한다. 구약여행 과정의 모든 시련을 극복하고 마침내 약수를 얻어 부모를 회생시킨다. 바리공주의 부모를 위한 희생적 행위를 중심으로 볼 때 이야기에서는 '효'가 중심적 가치이다. 그렇다면 <바리공주>는 효 덕목을 강조하는 이야기로 볼 수 있다. 하지만 최초의 문제 상황이 신의 명령을 거역하였기에 발생했다는 점을 감안한다면, 이 이야기에서는 신의 위대함을 인간에게 알려 신에게 숭앙감을 불러일으키게 하려는 신화적 의미가 강조된다고 볼 수 있다.[177] 그리고 이 이야기는 신성과의 갈등에서 신에게 복종하고 고통을 인내하는 바리공주의 활약상을 통해서 숭고미가 두드러진다고 할 수 있다.

반면 B의 이야기는 A에서 두드러진 신화적 의미, 즉 신에 대한 복종과 숭앙감의 강조가 사라지고 골계적 삽화가 큰 비중을 차지한다.[178] 특히 다른 지역 이야기에서는 찾아 볼 수 없는 대목들에서 골계적 요소가 잘 드러난다. 여섯 딸이 재산을 놓고 다투는 대목과 어머니가 여섯 딸을 모두 죽어 버리는 대목은 B에서만 볼 수 있다. 또한 바리데기가 언니들을 따라 죽어버리는 것은 서사의 인과적인 논리로 설명하기 힘들다. 어머니가 대사

---

177) 같은 책, p.274.
178) 같은 책, p.276.

에 속아 허무하게 죽는 대목에서는 천상계 출신이었던 덕주아 부인이 세속의 비루한 존재로 전락되었음을 보여주는데, 이 또한 논리 전개상 어울리지 않는다.

이처럼 B에서만 드러나는 내용은 서사적 논리가 파괴된 것으로 신화적 의미를 퇴색하게 하고 골계적 민담으로 변질되는 모습으로 볼 수 있다.[179] B지역 이야기는 가장 기본적인 골격인 일곱째 딸로 태어나 버림 받았다가 자신이 희생해서 죽은 부모를 회생시킨다는 것 외에는 동일한 이야기 군으로 묶기 어려운 것이 사실이다. 더구나 앞서 언급했듯이 바리데기가 신으로 좌정되지 못한다는 것 또한 동일한 이야기군으로 묶기 어려운 이유이기도 하다.

C의 내용은 A와 유사하며, 바리데기의 수난과 고행, 그리고 신성획득의 과정이 중심으로 전개되고 있다. 그러나 장면 묘사에 삽입가요가 많고 골계적 삽화가 대목대목 끼어 있는 점은 전체적 비장감을 차단하는 효과를 준다. 이와 같이 비장미와 골계미가 서로 교차하며 긴장과 이완을 가능하게 하는 것은 신화의 성격보다는 오히려 판소리의 기본 성격과 구조와 동일하다고 볼 수 있다. <바리공주> 관련 무속신화 중에서 이 지역본은 신성성을 강조하는 신화의 본래적 특성인 숭고미를 보여주면서도 동시에 판소리의 골계미를 함께 보여준다고 할 수 있다.[180] 무속신화가 인접한 구술문학인 판소리와 영향 교섭을 받았을 것으로 추정된다. 특히 내용면에서 유사한 <심청전>이 동해안 지역에서는 서사무가로 제의 과정에서 중요하게 불려지고 있다는 점은 주목할 만하다. 판소리가 조선 후기 민간 예술 중에서

---

179) 같은 책, p.277.
180) 같은 책, p.280.

가장 성행했으며 발달했던 장르임을 감안하면, 이 기간에 판소리와 무가가 서로 교섭, 서로에게 영향을 주었을 것으로 판단할 수 있다.

<심청무가>는 현재 동해안, 남해안 일대에 전승되고 있는 서사무가인데, 이 지역이 무속제의가 활발한 점은 감안하면 현재 한국에서 연행되고 있는 가장 인기 있고 대표적인 무가(巫歌)라고 할 수 있다. 그리고 이 무가가 연행되는 전체 굿인 별신굿에서 가장 중요하게 취급되는 서사무가라는 사실은 <심청무가>의 위상을 알 수 있게 해준다. 그러나 <심청무가>의 전체적인 내용은 소설이나 판소리 <심청가>와 거의 동일하다. 그리고 무속신화의 기본 전제인 신의 본풀이라는 점에서 볼 때, 심청이 신으로 좌정되지 않는다는 점은 <심청무가>가 애초에 무속신화로 불려졌다기보다는 특정한 시점에 특정한 굿에서 당대 인기 있었던 판소리가 도입되었을 것으로 추정하게 하는 단서가 된다. <심청무가>가 초기 무가 조사 때는 발견되지 않다가 특정한 시기에 특정한 지역에서만 집중적으로 조사된다는 점이 그 근거이다.181)

이상의 논의를 통해서 무속신화인 <바리공주>는 기본적인 정전적 메시지가 유지되고는 있지만 B에서 살필 수 있듯이 많은 개작이 일어나기도 한다. 서대석의 지적대로 지역별 전승본을

---

181) 1930년대 조사에 따르면 같은 지역에서 행해진 굿에서 <심청무가>가 없었는데, 1960년대 이후부터 나타나기 시작한다. 무당들의 증언이나 제보를 볼 때에도 이러한 상황은 사실로 판단된다. 무가가 아니었던 것이 무가로 불려지게 된 것은 사정은 굿이 행해지는 지역이 해안이라는 특수성과 이 지역을 담당하는 무당들의 성격, 그리고 소설과 판소리의 영향 등에 의해서이다.
김진영, 김영수, 홍태한 편, 「심청굿 무가의 변이 양상과 형성과정 추론」, 『서사무가 심청 전집』, 민속원, 2001.

비교를 통해서 서사구조뿐 아니라 미적 범주에서도 크게 차이가 난다는 점을 알 수 있다. 이와 같은 사실은 건국신화에 비해서 무속신화 메시지는 자기 지시적 성격이 강하게 나타남을 알 수 있다. 이는 무속신화가 애초에는 동일한 신의 내력을 구술했다 하더라도 전승과정에서 지역별, 연행자별, 연행 현장의 상황 등에 따라서 고정적인 메시지의 유지보다 현실 상황에 충실한 메시지가 필요했기 때문일 것이다.

2) <당금애기>

<당금애기> 역시 많은 전승본이 있다. 한국에 전승되는 무속신화 중 가장 많은 전승본이 있는 신화가 바로 <당금애기>이다. 서대석은 이 신화를 동북부, 서남부, 제주도 삼분해서 비교 검토하였다.182) 이 논의를 바탕으로 지역별 메시지의 특징을 살피고, 변화양상과 그 원리를 추적해 보자.

A. 동북부 지역
　(1) 딸아기의 가족들이 모두 볼 일을 보러 가고 딸아기만 집에 남다.
　(2) 중이 딸아기의 집에 도착하여 잠긴 문을 신통력으르 연다.
　(3) 중이 시주를 요청하자 딸아기는 중에게 시주하다.
　(4) 중이 자고 가기를 요청하다.
　(5) 딸아기가 자는 도중 잉태를 암시하는 꿈을 꾸다.
　(6) 중이 해몽을 통해서 아들 삼태를 예언하다.
　(7) 중이 자기를 찾는 법을 알려주고 떠나다.
　(8) 딸아기가 잉태하다.

---

182) 서대석, 『한국무가의 연구』, 앞의 책, pp.49-51.

(9) 딸아기의 가족들이 귀가하여 잉태 사실이 밝혀지다.

(10) 딸아기는 처형당하게 되었으나 참형을 모면하다.

(11) 딸아기는 감금되다.

(12) 딸아기가 감금된 채 아기를 낳다.

(13) 아이들이 글공부를 하다가 동료들의 시기와 조롱을 당하다.

(14) 아이들이 어머니를 졸라 아버지를 근원을 알아내다.

(15) 딸아기와 아이들이 중을 찾아가다.

(16) 중이 아들을 만나자 혈육임을 확인하는 시험을 통하 가족이 상봉하다.

(17) 중이 딸아기와 아이들에게 신직을 부여하다.

B. 서남부 지역

(1) 딸아기의 가족들이 모두 볼일을 보러 가고 딸아기만 집에 남다.

(2) 중이 딸아기 집에 도착하여 잠긴 문을 신통력으로 열다.

(3) 중이 시주를 요청하자 딸아기는 중에게 시주를 하다.

(4) 중이 시주받는 과정에서 잉태의 계기가 되는 행위를 하다.

(5) 중이 딸아기에게 자기를 찾는 방법을 알려주고 떠나다.

(6) 딸아기가 잉태하다.

(7) 딸아기의 가족들이 귀가하여 잉태사실을 알다.

(8) 딸아기는 처형당하게 되었으나 참형을 모면하다.

(9) 딸아기가 집에서 추방되다.

(10) 딸아기가 중을 찾아가다.

(11) 중이 딸아기를 만나자 중노릇 그만두고 세속살림을 차리다.

(12) 중이 아이들의 이름을 짓다.

C. 제주도 지역

(1) 딸아기의 가족들이 모두 볼일을 보러 가고 딸아기만 집에 남다.

(2) 부모가 집을 떠나며 딸아기를 감금하다.

(3) 중이 딸아기가 아름답다는 사실을 알게 되다.

(4) 중이 딸아기의 부친과 내기를 하다.

(5) 중이 딸아기 집에 도착하여 잠긴 문을 신통력으로 열다.

(6) 중이 시주를 요청하자 딸아기가 중에게 시주를 하다.

(7) 중이 시주 받는 과정에서 잉태의 계기가 되는 행위를 하다.

(8) 중이 딸아기에게 자기를 찾는 방법을 가르쳐주고 떠나다.

(9) 딸아기가 잉태하다.

(10) 딸아기의 가족들이 귀가해서 잉태 사실을 알다.

(11) 딸아기가 처형당하게 되었으나 참형을 모면하다.

(12) 딸아기가 집에서 추방되다.

(13) 딸아기가 중을 찾아가다.

(14) 딸아기가 아기를 낳다.

(15) 아이들이 글공부를 하다가 동료들에게 시기와 조릉을 당하다.

(16) 중이 아이들에게 직책을 부여하다.

전지역에서 공통적으로 찾을 수 있는 대목을 정리하면 다음과 같다.

(1) 딸아기의 가족이 모두 볼일을 보러 가고 딸아기만 집에 남다.

(2) 중이 시주를 요청하자 딸아기는 중에게 시주를 하다.

(3) 중이 자기를 찾는 방법을 일러주고 사라진다.

(4) 딸아기가 잉태하다.

(5) 딸아기의 가족들이 귀가하여 잉태한 사실이 드러나다.

(6) 딸아기는 처형당하게 되었으나 참형은 모면한다.

(7) 딸아기가 중을 찾아간다.

(8) 중은 아이들의 이름을 짓는다.[183)]

<당금애기>의 공통 단락을 중심으로 본 서사구조는 '당금애기가 집에서 혼자 있다가 스님을 만나 잉태하게 되다. 그 사실이 적발되어 가족에게 내침을 당한다. 당금애기가 다시 스님을 만나다.'이다. 이는 Ⅱ장에서 분석한 핵심적인 사건별 제의 구조와 동일하다. 여자 주인공 당금애기의 희생제의, 아들 형제의 시련극복과 통과제의, 가장인 스님의 결혼·가족결합을 위한 상위 제의 등이 신화 메시지에서 찾을 수 있는 공통점이다. 그런데 지역별 이본에 따라서는 당금애기가 신직을 받는 대목이 누락되어 있기도 하다. 앞서 살폈듯이 바리데기가 신격으로 좌정되지 못하는 것과 마찬가지로 이러한 신격 좌정 대목의 누락은 신화적 성격의 약화와 세속적 성격의 강화를 드러낸다. 심지어 정전적인 메시지만 놓고 볼 때에도 <당금애기>에서 중요한 대목들이 빠진 전승본들이 있다. 이 점은 전승본별로 내용의 차이가 심하다는 것을 의미한다.

A의 가장 두드러진 특징은 당금애기가 집에서 쫓겨나 혼자서 아들 3형제를 낳고 기른다는 점이다. B와 C에서는 잉태한 사실이 드러나자 가족에게 참형을 당할 뻔 하다가 죽임을 모면하고 곧바로 스님을 찾아간다. 그리고 스님과 살림을 차리고 살면서 아들을 낳는다. 즉, B와 C 지역의 전승본은 출산과 육아의 고통과 시련이 감소되고 있다. 이 점은 상대적으로 A의 이야기가 주인공 당금애기를 중심으로 전개되고 있으며, 주인공의 시련이 부각된다는 것을 의미한다. 주인공 당금애기의 시련과 고통이 클 때, 그 결과로 주어지는 보상 역시 클 수밖에 없다.

A지역의 이야기에서는 당금애기가 스님과 상봉한 후 신직을 받는 대목이 존재한다. 일반적인 무속신화의 최종 결말구조와

---

183) 서대석, 같은 책, p. 41.

동일하다. 흔히 당금애기는 삼신신(생산신)으로 알려져 있는데, 신격으로 좌정되지 않는다는 것은 신화 장르의 가장 본질적 성격이 퇴색됨을 의미한다. 임신한 채 스님을 곧바로 찾아가는 B지역 전승본과 C지역 전승본에서는 당금애기가 신직을 받는 대목이 빠지기도 한다. 이들 지역본에서는 신성 내지 신직과 관련해서 당금애기보다 오히려 아들들에게 더 초점이 맞추어진다. 아들들의 이름을 짓는 상징적 행위를 보여주거나, 당금애기는 제외하고 아들들에게만 신직을 부여하는 대목도 나타난다.

A와 달리 B와 C에서처럼 당금애기가 신직을 받지 않는다는 것은 어떤 의미인가? 신화가 신들의 본풀이라고 할 때, 신직을 받지 않는 당금애기를 주인공 신으로 인정할 수 없다. 그렇다면 서사의 주인공이 당금애기가 아니라, 오히려 신직을 받는 아들 형제가 주인공일 수 있다. 물론 Ⅲ장에서 살핀 대로 이야기에서 최상위 격인 스님이 완전한 가족을 구성하게 되는 결실을 얻는 수혜자이므로 주인공은 스님일 수 있다. 신격 좌정 여부에 따라서 서사의 주인공이 바뀔 수 있는 것이다.

또한 A에서는 당금애기와 아들들이 남편과 아버지 없이 자라는 고통을 인내함으로써 이후 보상으로, 신직을 부여받게 되는 것으로 나타날 뿐 아니라, 스님을 찾아가는 과정이 자세히 묘사되어있다. 이처럼 천상 내지 스님의 신성 공간으로의 이동이 중요한 사건으로 다루어지는 것은 시련의 극복 이후 존재론적 위상 변화를 위한 최종적인 과업 수행이기 때문이다. 아버지 찾기 모티프는 우리 전통 서사에서 중요한 것으로 자신의 정체성 찾기, 신성한 혈통의 강조와 직접 관련된다.

A는 이렇듯 신성성이 투각됨에 반해서 B와 C는 그렇지 못하다. 특히 C에서는 이야기 서두에 스님이 당금애기의 미모가 출중하다는 사실을 알고 나서 당금애기의 아버지와 내기를 한다. 이

는 신격인 스님의 행위로 어울리지 않는 비루하고 세속적 행각이다. B에서는 신격 내지 비세속적 존재인 스님이 당금애기를 만나자 파계하고 세속 살림을 차린다. 스님의 이 같은 행위는 종교적 색채를 지우고 세속적 흥미성을 강조하는 직접적인 메시지로 볼 수 있다. 이러한 사정은 <바리공주> 분석에서도 살폈듯이 신성성이 약해지면서 골계미나 해학미가 강조되면서 삽입되는 삽화로 볼 수 있다.

<당금애기>의 지역별 전승본을 비교 검토한 결과, 신화의 보편적 메시지, 내지 공통적 내용이 유지·전승되고 있지단, 지역별 전승본의 내용은 많은 편폭을 가지고 있음이 드러났다. 당금애기가 신격으로 좌정되지 못하는 전승본도 있으며, 아들 형제를 출산하지 않은 채 스님을 찾아와서 살림을 차리는 전승본도 있다. <바리공주>와 마찬가지로 <당금애기>에서도 동일한 이야기군으로 묶기가 곤란한 이야기들이 존재한다. 특히 신성성과 세속성이 서로 대립·충돌하거나, 세속성이 강해져서 신성성이 이야기에서 약화되거나 무화되기도 한다.

<바리공주>와 <당금애기> 두 편의 무속신화의 전승별 이본 대비를 통해서 무속신화의 메시지의 기본적 성격을 추출할 수 있다. 무속신화는 정전적 메시지가 일정 보존되지만 많은 부분 훼손되고 있거나 변형된다는 점을 알 수 있다. 정전적 메시지가 약할수록 자기 지시적 메시지의 성격은 강하게 드러난다. 두 신화 모두 지역별 전승본에 따라서는 신화의 기본적인 대전제인 신으로의 변신 대목이 누락되기조차 한다. 이는 신화의 정전적 메시지가 변개·훼손됨으로써 그러한 고정성에서 자유로울 수 있는 자기 지시적 메시지가 오히려 서사 구성에 주요 요소로 작용하기 때문에 일어나는 현상으로 볼 수 있다. 지역별로 차이

가 두드러지는 내용은 자기 지시적 메시지가 그 지역에서 다시 정전적 메시지가 되어 지역별로 고정 전승되었기 때문이다.

(2) 매체 중심의 소통과 연행화

무속제의의 원형이나 기원에 관해서 많은 논자들은 『삼국지』 동이전에 실린 고대 국가의 제천제의에서 찾는다.[184) 동이전에 실린 고대국가의 제천제의는 종합적인 제의의 성격을 다양하게 띠기에 현재의 무속제의와 직간접적인 관련성을 분명히 확인할 수 있다. 제천제의에서 찾을 수 있는 무속제의의 요소로 첫째, 무속의 다신(多神)적 성격을 들 수 있다. 천신을 섬기고 제사를 지내면서 또한 산신(産神)이나 귀신에게도 함께 제사했다는 기록을 근거로 들 수 있다. 둘째, 제사에서 음주가무(飮酒歌舞)하는 행위에 주목해서 무속제의가 갖는 오락적, 유흥적 성격을 찾을 수 있다. 셋째, 사제자 중에 중앙의 제사를 담당하는 자 외에 각 마을마다 사제자, 즉 무당의 성격을 지닌 존재가 있었다는 점을 들 수 있다. 특히 세 번째 요소는 고대에 이미 국가제의와 달리 민간에서 주도되는 제의가 존재했음을, 그리고 그 제사 주관자가 일종의 무당의 원형이었음을 추리할 수 있는 근거가 된다.[185)

---

184) 대표적인 예로 유동식은 '고대 한국인의 신앙형태'를 제천제으 속에서 찾는데, "광명신앙, 농경의례와 곡신신앙, 가무새신(歌舞賽神) 창조신앙"을 들어 무교(巫敎)와 관련시킨다.
유동식, 『한국무교의 역사와 구조』, 연세대학교 출판부, 1975, pp.49-56 참고.

185) 「동이전」의 韓傳에는 다음과 같은 기록이 전한다.
信鬼神 國邑各立一人主祭天神 名之天君. 又諸國各有別邑 名之爲蘇塗. 立大木 懸鈴鼓 事鬼神.

고대의 제천제의가 갖는 종합적 제의의 성격이 시간이 지남에 따라 분화되고 있는 모습을 추론해 볼 수 있다. 「동이전」에 전하는 고대국가의 제천제의는 국가 주도의 종합적 제의였는데, 이후 삼국 체제에 이르러서는 이러한 국중대회인 제천제의가 목적이나 기능에 따라 시조제(始祖祭,) 농신제(農神祭), 산천제(山川祭)로 세분화된다.186) 시조제사는 정치적 성격이 강조되었으며, 농신제에서는 경제적인 현실 문제가 부각되었고, 산천제에서는 천신에 대한 종교적 숭배가 강조되었다. 이때 국가가 주도하지 않았던 지방의 제사는 특히 민간의 무속제의로 전승되었을 확률이 크다. 그렇기 때문에 무속제의에서는 치병(治病), 사령 위무(死靈慰撫), 가정기복(家庭祈福) 등 사소하지만 보편적인 일상사의 문제에 주된 관심을 기울인다.

한국의 무속제의는 무교(巫敎)라는 종교적 체계 속에서 전승되었기 때문에 제의가 보여주는 여러 특징 중 특히 종교성이 두드러진다. 전체 무속제의는 인간들이 신을 불러, 인간들의 메시지를 전하고 다시 신들을 돌려보내는 형식으로 진행되는데, 이는 인간과 신의 직접적인 소통행위라고 할 수 있다. 이 소통

(귀신을 믿어 국읍에서는 각기 한 사람을 세워 천신을 주체하게 하는데 이를 천군이라고 부른다. 또 제국은 각각 별읍을 가지고 있는데 이를 소도라 부른다. 대목을 세워 방울과 북을 걸고 귀신을 섬긴다.)

186) 『삼국사기』나 『삼국유사』와 같은 삼국의 역사서에는 제사에 관한 기록이 많다. 특히 『삼국사기』에서는 祭祀조를 따로 편성하고 있다. 삼국의 국가 제사를 통해서 특정한 이념을 드러내거나 중요한 사건을 기념하고, 당시 사회적 문제를 해결하고자 시도했다. 제사조에 전하는 3국의 제사 풍속은 매우 다양한데, 이를 시조제, 농신제, 산천제의 세 종류로 유형화할 수 있다. 각국에서 볼 수 있는 제명만 대략 추려보면 다음과 같다.

   ○ 신라: 始祖祭, 五廟祭, 社稷祭, 風伯祭, 雨師祭, 靈星祭, 山川祭, 城門祭, 川上祭, 祈雨祭, 壓 岳祭, 辟氣祭

   ○ 고구려: 鬼神祭, 社稷祭, 零星祭, 天祭, 禭神祭, 王母神祭, 山川祭

   ○ 백제: 天神祭. 始祖祭, 天地祭

행위에서 무당은 신과 인간의 중개자 내지 매개자 구실을 한다. 무속신화는 제의 속에서 해당 거리에서 초청되는 신들의 내력을 푸는 본풀이이다. 이 제의적 소통과정에서 메시지의 발신자는 신(신이 내린 무당)이며, 메시지는 신들의 이야기이지만, 이 신들을 요청한 이는 수신자인 제의 참여자들이다. 무속신화가 소통되는 제의 상황은 건국신화가 소통되는 제의 상황보다 훨씬 인간적 필요와 욕구가 강하다.

무속신화는 컨텍스트(context)와 텍스트, 즉 제의가 요청되는 외부적 상황과 제의 속에서 구술되는 무속신화가 특정한 관계를 맺음으로써 의미 작용이 일어난다. 무속신화의 주인공들은 대부분 최초의 존재 양상이 신격으로 설정되지 않는다. 특히 시련을 겪는 주인공의 경우는 모두 그러하다. 다시 말해서 인간적인 존재로 등장하는데, 이들은 그만큼 실제 세계의 인간 존재와 친숙하다. 이런 주인공들의 서사 속의 행위들 역시 인간적 차원으로 이해되고 해석된다. 바리공주가 부모를 살리기 위해서 특별한 변장술을 쓰거나, 무력으로 타인을 진압하지 않는다. 당금애기나 매화부인 역시 마찬가지이다. 남편이 떠나거나 내쫓으면 군소리 없이 그 상황을 받아들인다.

무속신화는 제의가 요청되는 외부 맥락과 서사 텍스트의 동일시를 통해서 의미 작용이 일어난다. 제의를 통해서 사람들은 무속신화 속 인물들과 동일시를 이루거나, 그들의 행위에 감동하고 공감한다.187) 바리공주나 당금애기의 인내와 희생이 서사 내의 문제를 해결하듯이, 현실 인간세계의 문제도 이러한 무속

---

187) 김성례는 무속신화의 신화적 도식이 제의의 자기 소통적 과정에서 제의 참여자의 생애 이야기와 결합하기 때문에 일반성을 가진 문화적 도식으로 재생산된다고 본다.
김성례, 앞의 글, p.116.

신화를 재연하는 제의를 연행함으로써 해결을 도모한다. 무속신화의 인물들은 대부분 동일한 과업을 성취한다. 특히 주인공들의 활약이나 희생으로 가정이 재결합되거나 완성되는데, 이는 인간 삶에서 가장 근본이 되는 가족의 안정이 무속신화의 핵심 가치임을 역설하고 있는 것으로 볼 수 있다. 가족은 사회의 기초 단위이며, 축소판인 것이다. 그리고 이러한 가족의 복원과 행복의 추구는 모든 인간들의 보편적 염원이다.

무속신화가 메시지로 소통되는 의사소통의 장에서도 발신자와 수신자를 구별할 수 있다. 1차적으로 겉으로 드러난 발신자는 무당이며, 수신자는 제의 참여자들이다. 무당은 해당 굿거리에서 모셔지는 신들의 내력을 제의 참여자들에게 들려준다. 그런데 건국신화와 마찬가지로 무당을 신의 목소리를 전하는 매개자로 간주한다면, 무당 뒤에 숨어 있는 최종 발신자는 해당 신이 될 것이다. 도식화하면 다음과 같다.

○ 1차적으로 드러나는 제의상황:

신	—— 메시지 ——▶	사제	—— 메시지 ——▶	제의 참여자(인간)
1차 발신자		1차 수신자/2차 발신자		2차 수신자

무속제의는 현실의 문제를 신격을 통해서 해결하고자 하는 목적에서 인간이 신과 소통을 꾀한다. 이러한 과정은 인간이 신에게 메시지를 보내고, 그에 답한 신이 인간에게 다시 메시지를 보내 응답하는 과정으로 이해할 수 있다. 제의의 참여자들은 사람이 죽어 사령을 위무해야 한다든지, 가정의 평화와 안녕을 기원한다든지 하는 특정한 상황 속에서 제의를 요청한다. 제의 참여자들이 놓인 상황에 따라 해당 신이 불려지고, 그 신들의 내력이 이야기된다. 이렇게 본다면 신을 부른 인간이 최초의 발신

자가 될 수 있다. 소통의 장으로서 무속제의에서는 이와 같이 인간이 발신자이면서 수신자가 된다.

○ 2차적으로 드러나는 제의상황:

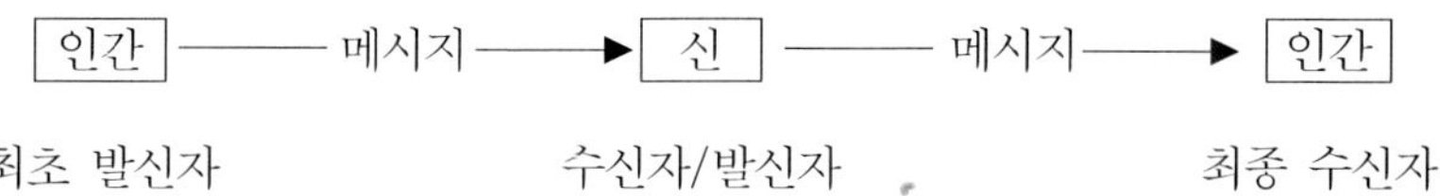

이와 같은 도식에서는 발신자가 인간과 신으로 2중으로 나타나는데, 그 결과 메시지도 둘이다. 실제로 이 메시지는 동일한 것으로 가정할 수 있다. 사령제에서 <바리공주>가 불려지고, 가정의 기복이나 출산을 위해서 <당금애기>가 불려지듯, 제의에 참여하는 인간이 놓인 상황이나, 신화 속 상황은 유사하거나 동일하다. 무속신화에서 확인할 수 있듯이 신으로 좌정되는 존재들은 애초에는 신격이 아닌 존재로 등장한다. 다시 말해서 무속신화는 인간적 존재들이 신으로 변신하는 이야기인 것이다. 건국신화가 신적인 존재들이 인간의 왕이 되는 이야기라면, 무속신화는 인간적 존재가 신이 되는 이야기로 대비를 이룬다. 이 점을 통해서 무속신화는 인간의 이야기이면서 동시에 신의 이야기일 수 있다. 그러기에 무속신화는 인간이 발신자가 될 수 있으며, 또한 신이 발신자가 될 수 있는 것이다.

무속제의에서 행해지는 소통 상황에서 발신자가 2중으로 나타난다는 것은 메시지를 주고받는 발신자와 수신자의 관계가 일방적이지 않음을 의미한다. 건국신화 메시지는 신들의 이야기가 일방적으로 인간에게 전달되는 것과는 대조적이다. 메시지 자체의 내용 역시 신과 인간의 차이가 유표화되는 건국신화와는 달리 무속신화에서는 신과 인간이 교섭하는 양상이 부각된다.

무속신화 메시지는 지역에 따라 정전적 메시지조차도 크게 훼손되거나 변형되기도 한다. 신성성에 입각한 숭고미보다 세속적인 골계미가 강조되기도 한다. 이는 메시지가 자연적 인덱스에 의존하기 때문이다. 자연적 인덱스는 구름이 비를 지시하는 것과 같이 자연적 질서 내지 보편적 인과관계에 기반 한다.

그러나 이 지시 관계는 자체로 모호하며, 구성적 인덱스와 같이 의도적으로 만들어지거나 인간에 의해 지시하는 관계가 아니다. 천둥이 지시하는 것은 막연하며, 발진이 지시하는 것은 매우 일반적이며, 먹구름이 지시하는 것은 불확실하다. 대조적으로 구성된 인덱스들은 막연하지도, 모호하지도, 일반적이지도, 불확실하지도 않다. 자연적 인덱스들은 단순히 실재하는 현상의 지각할 수 있는 측면이다.188) 이러한 자연적 인덱스에 기반 하는 자기 지시적 메시지는 공유할 수 있는 존재론적 상황 속에서 동화되고 동일시되어야 한다.189) 자연적인 것, 자연스러운 것의 의미는 특수한 원리나 구성된 원칙이 아니라 인식의 대상에서 제외되는 존재론적 상황의 공유를 통해서 형성된다. 정확하게 말하면, 대상에 대한 인식 작용 이전에 전제되어 있는 것이라고 할 수 있다. 이러한 원리 속에서 무속신화 메시지는 현실 상황에 민감하며, 거기에 의존적일 수밖에 없다. 무속제의는 제의 참여자들이 처한 상황, 즉 집단의 구성원들이 공유하는 존재론적 상황과 직접적인 관련 속에서 행해지기 때문이다. 죽음

---

188) Roy A. Rappaport, 앞의 책, p.63.

189) 가령 문화집단에 따라 비는 구름을 지시하는 인덱스일 수 있으며, 또 다른 집단에서는 구름이 기온의 변화를 지시하는 인덱스일 수 있다. 건조한 지역에서는 비가 풍요나 다산의 인덱스일 수 있으나, 강우지역에서는 비가 파괴와 재난의 인덱스일 수 있다. 이와 같이 자연적 인덱스는 실재하는 현상의 여러 면들과 관계되기 때문에 집단 속에서 공유할 수 있는 존재론적 상황이 전제되어야 그러한 인과 관계를 수용할 수 있는 것이다. 이는 논리적인 인과관계와는 다른 측면이라고 할 수 있겠다.

에 대한 존재론적 상황을 공유하기 때문에 구성원들은 사령굿에서 <바리공주>를 구연하면서 동일시를 이루며 공감대를 형성한다. 출산에 대한 경외심과 두려움, 희열을 공감하기 때문에 <제석본풀이>는 지역의 한계를 넘어서 보편적으로 불려질 수 있는 것이다.

무속신화는 특정한 상황 속에서만 재현된다. 건국신화가 특정한 시점으로의 회귀를 통한 신성한 역사에 대한 인식과 그 역사에 대한 기념과 반복을 목적으로 한다면, 무속신화는 특정한 시점의 존재가 끊임없이 현재 시공간 속에서 출현, 현재화하는 것을 목적으로 한다. 이 현재화를 통해서 인간들은 신들의 힘을 빌어 인간세계의 조화와 안녕을 꾀하는 것이다. 그러나 현재화된 그 시점은 인간이 인식할 수 있는 시간개념이 아니다. 신의 탄생은 인간의 시간과 무관하거나 인간의 시간으로 포착될 수 없기 때문이다. 또한 인간의 요구에 의해 요청되는 신은 특정한 시간의 시점보다는, 보편적으로 요청되는 인간 삶에서의 근원적 문제 상황 속에서 탄생하기 때문이다. 반면에 건국신화에서 국가관련 제사나 시조제는 특정하게 정해진 시간의 의미가 중요하다. 그 시간은 인위적으로 의미화되고, 시계의 역할을 수행한다.

일반적으로 무속제의가 연행될 때, 그 제의와 상관적인 외부 맥락이 존재함은 주지한 바이다. 가령 천도굿이나 씻김굿에서 <바리공주>가 연행되는데, 이는 제의에서 구술되는 메시지로서 신화의 내용이 제의가 연행되는 제의 현장의 맥락과 직접 관련을 가지는 것을 의미한다. 제주도 큰 굿에서 구술되는 무속신화의 도식을 "삶과 죽음의 경쟁에서 재생으로서의 순환"190)으로 볼 때, 특히 불도맞이 굿에서 무속신화는 이러한 문제를 드러내

---

190) 김성례, 앞의 글, p.118.

272

는 이야기로 구성된다. 불도맞이 굿은 산육신(産育神)을 맞아들여 기자(祈子)하는 제의이다. 당연히 이 굿에서는 산육신의 이야기가 구술되며, 출산에 관해 이야기된다. 여기서 소통되는 무속신화는 산육신인 불도할망의 <할망본풀이>를 비롯해서, 어린 아이의 질병인 마마를 일으키는 신 대별상의 <마누라본풀이>, 또한 아버지 없이 태어나 시련을 겪고 난 뒤 죽은 어머니를 회생시키는 꽃감관의 이야기인 <이공본풀이>도 소개된다.191)

　의사소통으로 무속제의 속에서 메시지인 신화와 관련해서 다음과 같은 등식이 수립된다.

　　○ 무속신화 속의 문제 상황 = 제의가 연행되는 현장
　　○ 신화 속의 인물 = 제의 연행 참여자
　　○ 신화 속 문제 상황의 해결 = 현실의 문제 상황 해결

　이와 같이 무속신화가 소통되는 제의에서는 특정 메시지의 내용 자체가 중요한 것이 아니라, 제의 참여자들이 제의의 메시지와 동일한 상황에 놓이느냐가 중요하다. 무속신화에서의 상황과 제의가 연행되는 현장의 상황, 텍스트 속 인물과 연행 참가자 간의 유사성은 마치 '미장아빔(mise en abyme)'과 유사하다. 제의 속의 이야기, 그 이야기 속의 제의의 관계나 이를 둘러싼 연행 현장의 관계가 서로 중첩되고 유사한 양상을 보여준다. 미장아빔은 '반복되거나 가려진 중복에 의해 서사의 앙상블을 반영하는 모든 내적 거울'192)로 정의 되는데, 이는 텍스트 내의 일부분이 전체와, 혹은 부분끼리 서로 조화를 이루면서 텍

---

191) 같은 글, p.121.

192) Lucien Dallenbach, *The Mirror in the Text*, J. Whitelely & E. Hughes, trans., The University of Chicago Press, 1989, p.36.

스트 전체의 핵심이 축소되어 보여진다는 것을 의미한다. 이러한 논의는 텍스트 속에서 이루어지는 것이지만 이를 확대해서 제의상황과 제의 속 메시지의 관계를 이와 같은 연결선에서 파악할 수 있다.

미장아빔의 이 같은 성격을 바탕으로 논의를 기호학적 관점으로 심화시켜서 미장아빔을 도상기호(icon)로 보기도 한다.193) 미장아빔의 성격을 공간적인 면, 시각적인 면, 메타포적인 면에서 유사성을 가지는 아이콘으로 규정할 수 있다는 것이다.194) 이 같은 논의를 무속신화에 적용해 볼 때 신화 메시지의 성격과 제의, 제의의 의미 작용에 대한 이해를 넓혀 줄 수 있다. 미장아빔의 성격을 이렇게 유사성의 수단을 통해 의미화되는 관련적이고 지속적인 양상을 지닌 기호로 볼 때, 제의 연행 속에서 소통되는 메시지를 제의 연행 상황의 아이콘으로 간주할 수 있다. 또한 연행의 참여자와 메시지 속의 인물과 유사성을 획득할 수 있다면 제의의 실제적인 효과를 이룰 수 있을 것이다. 특히 무속신화가 공간적 구성 원리에 따른다는 점, 소통의 양상이 상호적이며 인간과 신이 서로 교섭되면서 분리되지 않는다는 점은 전체 소통 상황 속에서 특정한 메시지인 무속신화가 갖는 기호적 성격을 파악하는데 도움이 될 수 있을 것이다. 건국신화는 이와는 달리, 동일시가 아니라 역사화의 방식을 선택한다는 점은 앞에서 살핀 바이다.

---

193) 도상기호는 기호가 지시하는 대상 자체와 서로 유사한 관계를 맺고 있는 경우로, 유사성의 원리에 따른다. 사진이나 그림이 대표적인 도상기호이다. Charles Hartshome & Paul Weiss, 앞의 책, pp.142-144 참고.

194) 마장아빔의 아이콘적 성격에 대해서는 다음 글 참고.
Mike Bal, "Relflections on Reflection: The Mise en abyme", *On Meaning Making: Essays in Semiotics*, Polebridge Press, 1994, pp.55-57.

　무속신화가 인간의 이야기이면서 신의 이야기이듯, 신과 인간은 서로 교섭하며 신으로 변신한 인간들의 행위와 상황이 현재의 인간들과 동일시됨으로써 제의 속 소통이 이루어진다. 무속신화 메시지가 특정한 문헌에 기록되지 않는 것은 무속제의의 소통 방식이 바로 이러한 동일시를 추구하기 때문이며, 메시지 자체에 관심이 아닌 동일시의 현재적 방식, 즉 제의에 참여하기 그 자체에 의미가 있기 때문이다.

4. 소　결

　신화 서사는 삶의 중요 국면에 행해지는 제의들과 재앙 제의로 구성되며, 각각의 시간과 공간의 구성 원리에 따라 결합되어 있다. 이러한 제의들이 결합하여 이루는 한 편의 서사는 정치적 제의화와 친교와 교환의 종교적 제의화의 원리에 따라 의미 작용을 한다. 신화 서사를 구성하는 요소들은 제의, 내지 제의적 사건들이며, 이들이 결합된 전체 서사의 의미 작용 역시 제의화의 의미 작용을 따른다. 이들 논의를 바탕으로 신화를 메시지로 생성·소통하는 의사소통으로서의 제의와의 관련 속에서 신화의 메시지로서의 성격을 찾을 수 있다. 의사소통 과정 속의 메시지의 성격은 다른 제 요소들과의 관계에서 결정된다. 이 메시지의 성격 규명은 전체 의사소통 차원에 대한 이해를 돕고, 나아가 그 속에서 메시지가 어떤 원리에 따라 소통되는지 밝힐 수 있다.

　건국신화의 전승본은 대부분 고려시대 이후에 사서나 지리서 등에 기록되어 전한다. 이러한 전승본들을 비교 검토해 볼 때, 건국신화의 메시지의 특성을 살필 수 있다. 신화의 메시지는 고정되어 쉽게 변개되거나 개작할 수 없는 정전(正典)적 메시지와 작가나 시대적 환경에 따라 가변적인 자기 지시적 메시지가 존재한다. <단군신화>와 <주몽신화>와 같이 많은 전승본이 있는 경우에도 핵심적 사건이나 인물의 중심 행위는 동일한 내용을 전하고 있다. 건국신화에서는 정전적인 메시지가 크게 변하지 않는 선에서 당시 세계관이나 기록자의 상황에 따라 자기 지시적 메시지가 구성된다. 자기 지시적 메시지가 구성될 때에도 정전적인 메시지가 당대의 상황과 세계관 속에서 보다 잘 수용되기 위한 목적에서 메시지가 구성된다. 다시 말해서 건국신화의 메시지는 정전적 메시지가 최대한 존중되며, 변모되는 메시지는 인과성과 합리성에 바탕을 두고 신화의 전체 이야기 구성과 논리를 위배하지 않는 선에서 구성되고 있는 것이다.

　무속신화는 애초에 구술되었으며, 현재까지도 무속제의 현장에서 구술되고 있다. 이러한 사정으로 말미암아 무속신화는 안정적인 전승체제를 갖지 못하며, 무당이나 지역에 따라 여러 전승본이 생겨나게 되었다. 무속신화 중에서 가장 많은 전승본을 보이는 <바리공주>와 <당금애기>의 지역별 전승본을 비교 검토해 보면 전승본마다 두드러진 특징을 찾을 수 있다. <바리공주>와 <당금애기>의 전승본은 지역에 따라 신화의 코편적 이념인 신으로의 좌정 부분이 누락되는 경우도 있다. 무속신화의 정전적 메시지는 전승본에 따라 크게 훼손되기도 하며, 상대적으로 자기 지시적 메시지가 강조되기도 한다. 특히 무속신화는 사회의 변화와 맞물려 무속 종교의 위상과 체계가 변화하게 되며, 조선후기에 발달한 다른 문학 장르와 교섭함에 따라 무속신화의 고유성 내지 장르적 이념을 고집스럽게 지키는 것이 어렵게 된다. 특히 판소리와 같은 주변 장르의 발달과 유행에 따라 무속신화가 판소리의 영향을 받게 되었으며, 민담과 같은 세속적 이야기 장르의 영향도 무시할 수가 없었을 것이다.

전승본마다 차이를 보이는 자기 지시적 메시지는 인덱스에 의존하는데, 건국신화와 무속신화의 자기 지시적 메시지는 각기 다른 원리에서 기호작용을 한다. 건국신화의 경우 자기 지시적 메시지가 구성적인 인덱스에 의존하며 무속신화는 자연적 인덱스에 의존한다. 인과성을 강조하는 구성적인 인덱스는 신화의 정전적인 메시지를 훼손시키지 않는 선에서 시대적 상황을 반영함에 비해서, 전승자들의 존재론적 상황의 공유된 맥락을 전제하는 자연적 인덱스는 연행 상황 자체에 상당히 의존적이다. 건국신화의 메시지가 안정적으로 전승되며, 무속신화의 메시지가 편폭이 큰 이유는 이러한 메시지의 기호적 성격에 기인하는 것이다.

정치적 제의화에 의해서 의미 작용하는 건국신화는 신에서 인간으로 소통되는 일방적인 의사소통 유형이다. 발신자인 신에서 수신자인 인간에게 전달되는 신화 메시지는 다른 존재의 개입이나 피드백 없이 항상 일방향적으로 진행된다. 건국신화는 신들의 업적이라는 신성한 메시지 자체가 강조되는 소통 유형 속에서의 메시지이다. 인간세계 외부에서 실현된 압도적 힘에 의해서 강제된 기호작용이 소통의 원리이며, 이 원리는 수신자에게 메시지를 신성한 역사로서 수용하게끔 강제한다. 기원에 대한 인식은 전승집단에게 특히나 중요한 함의를 가지는데 건국신화의 메시지를 수용하는 것은 바로 이 기원에 대한 인식을 의미하기 때문이다. 한 문화체계 속에서 모든 것의 최초 출발점이라는 인식을, 강력한 이데올로기화를 통한 은유화로써 강제한다. 따라서 건국신화 메시지는 의심받지 않는 진실한 메시지가 되며 전승집단 내에 생명력을 가지고 존재하게 된다.

무속신화는 종교적 제의화에 의해서 의미 작용하는 메시지로 여기서는 신과 인간이 상호 소통하는 쌍방향적인 소통 유형을 보여준다. 흔히 생각하기로 신화는 신성한 존재의, 신성한 이야기이므로 신에서 인간으로 향하는 일방적인 메시지로 간주하기 쉽다. 하지만 무속신화를 신에서 인간으로 일방향적인 메시지라고 한정하기는 힘들다. 무속신화의 주인공이 애초에는 인간적 존재였다는 사실, 그리고 무속신화는 인간의 요청에 의해서 행해지는 제의에서 불려진다는 사실을 기억해야 한다. 메시지의 내용은 비신적 존재 내지 인간 존재가 신격화되기까지의 여정이다. 또한 서사의 중심 대립이나 갈등 양상은 인간의 현실 세계 속에서 발생하는 보편적인 문제 상황과 결부되는 것이다. 무속제의 속 메시지에서는 메시지 자체가 중요시되기보다는 제의 참여자들의 존재론적 상황과 메시지와의 동일시가 중요시된다. 무속제의에서는 이러한 동일시를 이루는 것이 소통의 관건이며, 이 동일시의 성공은 제의 연행에 대한 직접적인 참여를 통해서 가능하다. 다시 말해서 무속신화는 매체가 강조되는 소통 유형의 메시지이다. 의사소통으로서의 제의 속의 메시지로서 신화의 성격은 해당 제의의 성격과 직접적인 관련을 맺게 된다.

V. 결론: 요약과 전망

　지금까지 한국의 건국신화와 무속신화를 제의라는 틀 속에서 살펴보았다. 제의는 강력한 규범과 형식을 가진 의사소통의 장(field)으로서 인간의 행위나 인식을 지배하는 틀(frame)을 형성한다. 의사소통으로서 제의 연행 속에서 소통되는 메시지인 신화는 이러한 제의의 직접적인 영향 관계에 놓인다. 신화의 서사 생성 규약과 제의 연행 속에서 소통되는 원리는 제의와의 관련성 속에서 규명될 수 있다.

　문학 텍스트는 해독되어져야 하는 기호들의 집합으로 우리 앞에 존재한다. 우리 앞에 존재하는 텍스트를 해독하기 위해서 우리는 텍스트의 약호(code)를 풀어야 한다. 약호는 기호의 제작(발화, 표현)을 위한 발신자와 수신자가 공유하고 있는 원리이다. 그러나 약호는 랑그(langue)처럼 정태적이며 결정적인 개념이 아니다. 랑그가 동일한 언어를 사용하는 언중들이 소유하고 있는 고정적인 언어규범이라면, 약호는 언중의 성격에 의해서, 혹은 의사소통을 이루는 여러 요소들에 의해서 다양하고 복합적으로 나타나는 가변적이며 유동적인 것이다. 의사소통의 상황 속에서 존재하는 메시지의 약호가 이같이 가변적이고 유동적인 이유는 메시지가 고정적인 물리적 실체가 아니라 소통의 장에 존재하는 여러 요소들의 관계 속에서 생성되며 구성되는 담론으로 존재하기 때문이다.

　신화에 대한 연구의 출발점은 여기에서 비롯된다. 신화를 담론으로서의 텍스트, 혹은 담론으로 구성된 텍스트로 간주할 때, 신화 텍스트는 단순히 랑그와 같은 규범적 법칙에 의해서 약호화(encode)되고 해호화(decode)될 수 없는 것이다. 신화라는 담론 체계 속에서 실현되고 있는 다양한 실행(practice)들을 지배하는 서사의 규약(convention)을 찾기 위해서 우선적으로 신화의 특성에 주목해야 한다. 신화는 가장 비현실적인 내용인 신성성을 다루면서 진실로 수용되는 이야기이다. 이와 같은 성격은 신화를 생성하고 소통하는 연행 맥락인 제의를 통해서 접근할 때 제대로 이해할 수 있다. 메시지인 신화의 분석을 통해서 메시지를 생성하고 소통하는 의사소통으로서의 제의의 성격을 찾을 수 있다. 또한 의사소통의 제요소와 전체적인 성격을 밝힘으로서 그 속에서 생성·소통되는 메시지의 성격을 재검토할 수 있는 것이다. 도출된 결론을 정리하면 다음과 같다.

(1) 건국신화에서는 서사의 중심 사건이 특정한 제의적 사건들, 즉 제의적 신화소로 구성되어 있다. 이 제의적 신화소들은 구체적인 행위로 표현되는데, 탄생(출현)의식, 결혼식, 성인식, 즉위식, 장례식 등으로 나타난다. 이와 같은 신화소들은 인간의 삶에서 '중요한 국면에 행해지는 제의(life-crisis ritual)'와 일치한다. 건국신화 각편들에서 보편적으로 찾을 수 있는 제의적 신화소로는 주인공들이나 부계 존재가 지상에 출현하는 탄생(출현)의식과 주인공들의 건국과 관련된 즉위식을 들 수 있다. 결혼식의 경우에도 일반적으로 건국신화에서 찾아 볼 수 있는 제의적 신화소이지만 신화마다 약간씩 차이가 있다.

개별 신화에 따라 중심이 되는 제의들은 다르게 나타나기도 한다. <단군신화>와 <해모수신화>에서는 신격이 집적 인간 세상에 강림해서 건국하는데, 이 경우에는 탄생의식과 즉위식이라는 건국신화의 보편적 신화소가 강조된다. 천명에 의해서 지상에서 난생한 존재가 건국하는 <수로신화>와 <혁거세신화>의 경우에는 탄생의식과 즉위식의 공통적인 신화소 외에 결혼식이 강조

되며, 배우자의 존재론적 자질이나 신성성에 관한 신화소를 찾을
수 있다. <주몽신화>와 <탈해신화>와 같이 지상적 존재에서 난
생한 주인공들은 신성에 대한 징표가 약하기 때문에 왕으로 즉
위하기까지 많은 시련이 따른다. 이 시련을 극복하고 왕으로서의
자질을 획득하기까지 주인공들의 성인식이 서사에서 강조된다.

무속신화에서는 주어진 상황의 차이에도 불구하고 기본적으로
두 가지의 제의적 신화소가 얽혀 있음을 알 수 있다. 먼저 문제를
유발시키면서, 자식이나 배우자의 희생을 통해 자신의 과업을 완
수하거나 재생하게 되는 수혜자의 제의와, 자신을 희생함으로서
각 텍스트에 주어진 문제 상황을 해결하고 이후 신직(神職)을 받
게 되는 희생자의 제의가 있다. 무속신화에서 찾을 수 있는 제의
적 신화소를 볼 때, 이는 '재앙을 막기 위한 제의(ritual of
affliction)'의 성격이 강하다. 재앙, 즉 문제 상황은 여러 가지가
있을 수 있지만, 무속신화에서는 상징적으로 가정의 해체와 관련
된 문제 상황이 주어진다.

<바리공주>에서는 아버지의 무책임한 행동으로 말미암아 발생
한 문제 상황을 딸이 해결한다. <바리공주>에서는 신의 금기를
위반한 아버지를 살리기 위해서 태어나자마자 유기된 바리공주가
희생한다. <성주풀이>에서는 남편이 부인의 금기 사항을 지키지
않음으로써 가정이 해체되는 위기상황이 발생하고, 남성 주인공
은 이 문제를 부인의 도움으로 해결한다. <당금애기>에서는 신격
인 스님의 결혼과 가족 구성을 위해서 그 부인이 희생하며, <칠
성풀이>에서는 가장의 무책임한 행동으로 소박맞은 전실과 그 자
식들이 시련을 겪게 된다. 전실은 죽게 되고, 아들 형제가 신격의
도움을 받아 악한 후실을 징치하고 죽은 어머니를 회생시킨다.
<이공본풀이>에서도 마찬가지로 아내의 희생과 죽음, 아들의 아
버지 찾기와 어머니 회생이 핵심 사건이다.

신화 서사에서의 제의적 신화소는 특정한 구성 원리에 따르는데, 건국신화는 시간적 구성 원리가 두드러진다. 건국신화는 '건국'이라는 신성한 사건을 기점으로 인간세계의 새로운 질서와 문화가 시작되는 것을 천명한다. 인간세계의 새로운 출발, 즉 새로운 시간의 시작은 신적 존재들의 행적에서부터 유래한다. 이러한 행적은 인간 사회에서 보편적으로 기념할 만한 시간 사이클에서의 중요한 분기점과 그대로 일치한다.

건국신화에서는 신적 인물들의 행적이 서로 관련을 맺으면서 진행되는데, 시간의 전개 방향과 마찬가지로 직선적이며, 한 인물에서 다른 인물로의 전개는 단선적으로 진행된다. 결혼 이후 출산, 출산 이후 성장과 같이 계기적으로 연결되는데, 이때 중심 사건들은 시간적 순서에 따른다. 인물들의 행동반경 역시 한 공간에서 다른 공간으로 이동하면 더 이상 이전의 공간으로 회귀하지 않는다. 건국신화의 주인공들이 인간 세상에서 삶을 마무리하고 신격으로 재생하는 경우를 찾을 수 있지만, 이때에도 더 이상 인간세계와 직접적인 관련을 맺지 않는 것으로 나온다.

무속신화는 공간적 구성 원리에 따라 서사가 전개된다. 특히 중심인물의 공간 이동을 중심으로 서사가 전개되는데, 신격을 획득하는 존재는 반드시 세속 공간에서 신성 공간으로의 이동을 해야 한다. 이 같은 공간 이동을 통해서 특정한 과업을 성취하고 신격으로 좌정되는 자격을 획득하는 것이 필수적이다. 이렇게 인간적 존재에서 신격으로 변신한 주인공들은 신성한 공간에서 자신의 삶을 영위하는 것이 아니라, 인간세계에서 자신의 역할을 수행하게 된다. 다시 말해서 무속신화의 인물들은 인간의 보편적인 시간의식 속에 존재하기보다는 항상 공시적인 형태로 존재한다고 볼 수 있다. 이는 공간의 가장 중요한 특성인 가역성과 현재성에 밀접하게 연관된다.

　또한 무속신화에서는 최종 수혜자가 희생자의 행위에 직접적인 영향을 받는다. 최종 수혜자의 과업 완수는 다른 희생자들의 과업 완수를 통해서 이루어지는 중층 구조이며, 가족의 해체와 복원이라는 핵심 서사구조는 최초의 가족 결합에서 분리, 이후 최후 재결합으로 순환적으로 전개된다. 희생자 역시 주어진 문제를 해결하기 위해서 자신을 희생하고 나면 문제를 유발한 존재로부터 신직을 받게 된다. 공간의 이동 경로 역시 단선적이지 않으며 최초의 공간으로 회귀하는 경우가 일반적이다.

　(2) 제의적 신화소로 구성된 서사가 재현하는 세계상을 분석함으로써 신화의 중심 의미, 즉 신화가 추구하는 이념을 도출할 수 있다. 건국신화의 세계상은 기본적으로 신과 인간의 차이를 유표화시키며 구성된다. 신성 공간 내지 신들의 세계와 세속 공간 내지 인간·지상 세계와의 대립이 세계상 재현에 있어서 중심축을 이룬다. 또한 건국의 주인공은 환웅이나 해모수와 같은 완전한 신격 인물이나 수로와 혁거세와 같은 천상의 명에 의해 등장하는 인물, 주몽과 탈해와 같은 비정상적 출생 방법으로 지상에 탄생한 인물들이다. 이들은 인간적 존재와는 뚜렷이 구별되는 자질과 능력을 보여준다. 신과 인간의 차이화를 통해서 신적 존재들의 행적에 신성성과 정당성이 부여된다.

　이같은 차이화를 통해서 건국신화에서는 신적 존재에 의해서 인간세계가 성화된다는, 즉 새로운 문화를 창조한다는 보편적인 이념을 산출할 수 있다. 이때 개별 신화에 따라 문화 창조의 유형이 다르게 나타난다. <단군신화>와 <해모수신화>에서는 신성한 존재의 출현 자체에서 이미 인간세계에 대한 통치 이념이 수립된다. <수로신화>와 <혁거세신화>에서는 천명에 의해 신성한 존재가 출현하고, 이후 신성혼(神聖婚)을 거쳐 보다 발전적인 세계로 진입하는 양상을 잘 보여준다. <주몽신화>와 <탈해신화>에서는 주인공의 영웅적 투쟁을 통해서 기존 질서에서 벗어나 새로운 국가가 건설된다.

건국신화와 마찬가지로 무속신화에서는 신적 질서와 인간적 질서가 서로 대립을 이루면서 세계상이 구성된다. 하지만 건국신화 달리 무속신화에서는 이 성과 속이 대립이 엄격하게 구별되거나 일관성을 유지한 채 제시되지 않는다. <바리공주>의 어비대왕이나 <성주풀이>의 황우양, <칠성풀이>의 칠성님과 같이 신적 존재인지 인간적 존재인지 그 자체가 모호한 존재가 등장하기도 하며, <당금애기>에서 스님은 절대적 신격임에도 불구하고 평범한 인간의 모습을 보여주기도 한다. 환웅이나 해모수, 수로와 혁거세와 같은 신격에게는 볼 수 없는 인간적 모습이다. 무속신화에서는 신과 인간의 차이가 아니라 상호 교섭이 중요시된다. 신과 인간이 직접 교섭하기도 하며, 인간적 존재가 신과의 소통을 통해서 과업을 완수하고 신이 되기도 한다.

무속신화에서는 신적인 존재 혹은 다른 인물에 비해 상위격의 존재인 가장(家長)들이 자식이나 배우자를 통해서 가정을 복원하거나 새롭게 재탄생하게 된다. 무속신화는 애초의 사회에 문제가 발생하고, 이 문제를 해결하기 위해 희생자가 고난을 겪고 자신을 희생함으로서 그 문제를 해결한다. 전체 서사는 이 문제 해결 과정에서 작용하는 희생의 논리에 따라 중심 가치를 형성한다. 공동체 혹은 가장을 위해서 희생하는 희생양은 신과 인간을 매개하는 역할을 맡게 되거나, 인간세계의 문제를 해결하는 신직(神職)을 맡게 된다.

사건으로서 제의들이 결합되어 한 편의 서사를 이루고, 이 서사가 재현하고 있는 세계상의 의미론은 제의화(ritualization)의 의미 작용에 따른다. 건국신화에서는 '정치적 제의화'에 따라 신과 인간을 구별하는 신성한 힘을 과시함으로써 자의적인 기호 작용을 역사적인 것으로 전환시킨다. 이를 통해서 신성의 일방적인 힘이 인간세계의 교화로 이어지며, 새로운 문화 창조가 완수되며, 인간들은 이를 기념한다. 무속신화는 신과 인간을 매개하는 존재의 희생을 통해서 신과 인간을 중재하는 '교환과 친교의 제의', 즉 '종교적 제의화'의 원리에 따른다. 신과 인간의 교섭을 통해서 신격에 대한 숭앙과 인간세계의 안위 두 가지 목적을 달성할 수 있다.

(3) 신화를 구성하는 요소와 이 요소들의 결합 방식, 신화 서사가 재현하고 있는 세계상과 의미 작용의 원리를 살폈다. 이를 바탕으로 신화를 메시지로 생성·소통하는 의사소통으로서의 제의 속에서 신화의 메시지로서의 성격을 고찰할 수 있다. 의사소통 과정 속의 메시지의 성격은 다른 제 요소들과의 관계에서 결정된다. 이 메시지의 성격 규명은 전체 의사소통 차원에 대한 이해를 돕고, 나아가 그 속에서 메시지가 어떤 원리에 따라 소통·전승되는지 밝힐 수 있다.

건국신화의 전승본을 비교해 볼 때, '정전(正典)적인 메시지(canonical message)'가 크게 변하지 않는 선에서 당시 세계관이나 기록자의 상황에 따라 '자기 지시적 메시지(self-referential message)'가 구성된다. 자기 지시적 메시지가 구성될 때에도 정전적인 메시지가 당대의 상황과 세계관 속에서 보다 잘 수용하기 위한 목적에서 메시지를 구성한다. <단군신화>와 <주몽신화>와 같이 많은 전승본이 전하는 신화의 경우에서도 기본적인 서사의 핵심 내용은 변함이 없다. 오히려 이 정전적 메시지를 기록자의 의도나 당대의 세계관에 따라 보다 더 합리적으로 강조할 수 있는 방향으로 자기-지시적 메시지가 첨가되거나 구성되는 것이다.

　<바리공주>와 <당금애기>의 지역별 전승본을 비교해 볼 때, 정전적인 메시지가 전승본에 따라 크게 변개되거나 훼손됨을 알 수 있다. 상대적으로 자기 지시적 메시지가 강조된다. 무속신화에서는 자기 지시적 메시지가 강조됨에 따라 오히려 정전적 메시지가 변개되며 그 결과 신화의 기본 전제인 신격으로의 좌정 대목이 아예 누락되어 버리는 전승본이 존재한다. 또한 신화가 보편적으로 갖는 신성성이나 숭고미가 사라지고 해학과 골계미가 두드러지기도 한다.

　전승본마다 차이를 보이는 자기 지시적 메시지는 인덱스(index)에 의존하는데, 건국신화의 경우 구성적인 인덱스(constructed index)에 의존하며 무속신화는 자연적 인덱스(natural index)에 의존한다. 인과성을 강조하는 구성적인 인덱스는 신화의 정전적인 메시지를 훼손시키지 않는 선에서 시대적 상황을 합리적으로 반영하는데 비해서, 전승자들의 존재론적 상황의 공유된 맥락을 전제하는 자연적 인덱스는 연행 상황 자체에 상당히 의존적이다. 따라서 건국신화의 메시지가 안정적으로 전승되며, 무속신화의 메시지가 편폭이 큰 이유는 이러한 메시지의 기호적 성격에 기인하는 것이다.

　의사소통으로서의 제의 속의 메시지로서 신화의 성격은 해당 제의의 성격과 직접적인 관련을 맺는다. 건국신화의 세계상에서, 신과 인간의 차이화를 통한 인간세계를 성화시키는 일방적인 논리를 찾을 수 있듯이, 건국신화 메시지가 소통되는 제의적 소통의 장에서도 신에서 인간으로의 일방적인 소통이 일어남을 알 수 있다. 이 소통 유형에서는 신들의 업적이라는 신성한 메시지 자체가 강조된다. 인간세계 외부에서 실현된 압도적 힘에 의해서 강제된 기호작용이 소통의 원리이며, 신화 전승자들에게 주어진 메시지를 신성한 역사로서 수용하게끔 강제한다. 건국신화는 바로 기원에 대한 이야기이며, 이로부터 문화가 시작된다는 모든 것의 최초의 출발점이라는 강력한 이데올로기화를 통한 은유화가 작용한다. 이로써 건국신화 메시지는 의심받지 않는 진실한 메시지로 존재할 수 있는 것이다.

종교적 제의화에 의해서 의미 작용하는 무속신화는, 신과 인간이 상호 소통하는 쌍방향적인 소통 유형의 메시지이다. 메시지의 내용은 비신적(非神的) 존재가 신격화되는 내용이며, 이야기에서 다루어지는 내용은 인간의 현실 세계 속에서 발생하는 보편적인 문제 상황과 직접적으로 관련된 것이다. 여기서는 메시지 자체가 중요시되는 것이 아니라 제의 참여자들의 존재론적 상황과 메시지와의 동일시가 중요시된다. 이러한 동일시를 획득하는 것이 무속제의에서는 관건이며 이 동일시의 획득은 제의 연행의 참여를 통해서 가능하다. 다시 말해서 무속신화는 매체가 강조되는 소통 유형의 메시지이다.

신화는 인간적 경험에 의해 수용하고 인식하는 세계 질서와 뚜렷이 구별되는 내용의 서사이다. 그러나 이러한 신화는 역사서에 기록되어 전승되며 전승집단의 신성한 기원으로 수용된다. 또한 신화는 21세기인 현재에 와서도 여전히 연행되며 민간 종교의 신성한 메시지로 전승되고 있다. 더욱이 신화는 오늘날 다양한 문화장르와 결합하면서 새로운 텍스트로 변모하거나, 새롭게 출현하는 텍스트의 자양분 역할을 충실히 담당하고 있다.

이와 같이 신화라는 서사는 문학적 담론의 성격뿐 아니라, 정치·역사적 담론의 성격과 종교적 담론의 성격을 모두 지니는 복합적인 것이며, 인간의 인식과 행위에 강한 영향을 미치는 힘을 가진 역동적 실체이다. 신화 서사의 이러한 성격은 신화의 담론화 장치인 제의와 직접적인 관련이 있다. 무속신화의 경우, 비록 오랜 역사적 변화 속에서 굴곡을 겪었지만 여전히 무속제의에서 현재까지 연행되고 있다. 반면에 건국신화와 관련된 제의는 단편적인 기록을 통해서만 그 흔적을 찾을 수 있을 뿐이다. 하지만 메시지를 분석함으로써 그 메시지를 생성·소통하는 전체 제의의 성격을 밝힐 수 있다. 또한 역으로 소통의 장, 소통의 유형을 파악함으로서 메시지의 성격을 파악할 수 있는 것이다.

한국의 신화가 애초에는 하나의 뿌리에서 출발했다고 하더라도 이후 사회적·물적 토대의 변화와 전승 주체의 태도 변화, 전승 방식의 변화 등으로 분명하게 구별되어 전승되었다. 신화 서사의 구성 요소와 구성 원리, 세계상과 의미 작용, 신화 메시지를 소통하는 전체 의사소통의 장에서의 소통 방식 등 많은 면에서 건국신화와 무속신화는 다른 모습을 띠고 있다. 한국의 두 신화 체계는 이러한 다양한 관계망 속에서 존재했으며, 각기 자신들의 담론의 영역 속에서 그 기능을 수행하고 있는 것이다.

문학 연구에서, 대상 텍스트를 바라보는 관점에 따라 다양한 연구 방법이 존재한다. 연구의 성과가 쌓이고 방법론적 모색이 계속되면서 최근의 문학 연구는 정태적인 대상물로서 문학 텍스트를 한정하지 않고 담론으로 간주하는 경향이 강하다. 또한 기호의 끊임없는 작용을 통한 새로운 가능 세계를 상정하고, 역동적인 해석을 추구하고 있다. 신화에 대한 연구는 특히 그 장르적 특성으로 말미암아 이와 같은 새로운 접근 방법이 인식의 지평을 넓혀주는데 유효하다. 신화를 특정한 기호학적 체계로 파악할 때, 기호들로 구성된 신화 텍스트가 재현하는 하나의 세계를 구축하고, 이 세계 속 의미 작용의 원리를 찾을 수 있을 것이다.

이 원리를 밝히는 것, 즉 문학 텍스트의 세계를 이해하고 해석하는 것은, 다시 말해서 대상과 기호를 연결하는 것은 선험적인 법칙에 따른 일방적 행위가 아니며, 결코 만날 수 없는 미끄

러짐의 허망한 연속도 아니다. 우리 앞에 놓인 당면 과제는 기호들의 지시(reference)들로 이루어진 다양한 실행들의 관습(규약)을 찾는 것이다. 이 규약은 구체적인 것들이며, 인간의 소통 양식 속에서 생성되고 작용한다. 한국의 신화에 대한 이해, 신화 세계의 의미 작용 원리에 대한 해명은 제의라는 의사소통의 틀 속에서 가능한 것이다.

　한국 신화의 체계를 전체적으로 수립한다는 거창한 목적으로 이 책이 기술되었지만, 얼마나 충실하게 그 성과를 이루었는지를 의문투성이다. 그러나 한국의 두 신화체계, 건국신화와 무속신화를 단일한 원리에 입각해서 조명한 것은 의의 있는 작업이리라. 아울러 신화가 갖는 타 서사장르와의 변별적 성격에 대해서도 생성과 소통의 측면에서 고찰한 점은 많은 시사점을 제시할 것이다. 신화는 다른 장르의 서사에 비해서 강력한 생성과 소통의 틀이 존재한다. 제의는 인간의 독특한 유형의 행위 양식이며 소통 양식이다. 이 같은 소통 양식의 성격을 조명하고 그 속에서 생성되고 소통되는 메시지에 대한 관계 연구가 계속해서 진척되기를 기대한다. 이 같은 연구는 1차적으로 구술문학, 혹은 연행 예술물 등의 생성과 소통 원리를 밝히는데 유용할 것이다. 문학 텍스트를 둘러싼 강력한 틀이 존재하지 않는 근대 이후의 글쓰기에서도 이 같은 논의는 유효하다. 실제적이고 구체적이며, 물리적인 소통의 틀은 사라졌지만, 다양한 제도로 혹은 이데올로기로, 혹은 담론의 효과로 문학 텍스트를 강제하고 있는 틀은 여전히 존재하기 때문이다. 보다 폭넓은 연구가 진행되기를 기대한다.

참고문헌

◎ 자 료

『三國志』, 중화서국, 1982.

『隋書』, 중화서국, 1973.

『三國史記』, 한국정신문화연구원, 1996.

『東國李相國集』, 민족문화추진회, 1980.

『三國遺事』, 이회문화사, 2003.

『帝王韻紀』, 역락, 1999.

『東國李相國集』, 민족문화추진회, 1980.

『高麗圖經』, 민족문화추진회, 1977.

『應製詩集註』, 해돋이, 1999.

『高麗史』, 신서원, 2001.

『高麗史節要』, 민족문화추진회, 1968.

『東國輿地勝覽』, 솔, 1996.

『新增東國輿地勝覽』, 민족문화추진회, 1969.

『增補文獻備考』, 정신문화연구원, 1984.

『朝鮮王朝實錄』, 서울시스템, 1997.

『海東歷史』, 민족문화추진회, 1966.

『朝鮮王朝實錄』, 서울시스템, 1997.

적송지성・추엽융. 심우성 역. 『조선무속의 연구』(1937), 동문선,

1991.

김태곤.『한구무가집』1, 집문당, 1971.

김태곤.『한국무가집』2, 집문당, 1976.

김태곤.『한국무가집』3, 집문당, 1978.

김태곤.『한국무가집』4, 집문당, 1980.

최정여·서대석.『동해안무가』, 형설, 1980.

현용준.『제주도무속자료사전』, 신구문화사, 1980.

한국정신문화연구원 편.『구비문학대계』, 정신문화연구원, 1979-1985.

한국민속사전 편찬위원회.『한국민속대사전』, 민족문화사, 1991.

진성기.『제주도무가본풀이사전』, 민속원, 1991.

김진영·홍태한.『서사무가 바리공주전집』1, 2, 민속원, 1997.

한국민속사전 편찬위원회 편.『한국민속대사전』, 민중서관, 1998.

김진영·김준기·홍태한.『서사무가 당금애기전집』 1, 2, 민속원, 1999.

Hastins, Tomes. ed., *Encyclopaedia of Religion and Ethics*, 13 vols., T.&T. Clark, 1911.

Cotterell, Ather. *A Dictionary of World Mythology*, Oxford University Press, 1979.

Chavalier, J. & Gheerbrant, A. *A Dictionary of Symbols*, John Buchnan-Brown, trans., Blakwell, 1994.

Ovidius.『변신 이야기(Metamorphses)』, 이윤기 역, 민음사, 1994.

Craig, Edward. ed., *Routledge Encyclopedia of Philosophy*, Routledge, 1998.

◎ 국내논저

강등학 외.『한국 구비문학의 이해』, 월인, 2000.

강유리.「죽음을 다룬 무속신화의 시간과 공간 구조 연구」, 서강대학
　　교 박사학위 논문, 2001.

곽진석.「전통문화의 원형과 신화」, 김승찬 외.『한국의 민속문학과
　　전통문화』, 삼영사, 2001.

김두진.『한국고대의 건국신화와 제의』, 일조각, 1996.

김병욱 외.『문학과 신화』, 예림, 1998.

김성례.「무교신화의 의례의 신성성과 연행성」, 서강대학교 종교신학연
　　구소,『종교신학연구』10, 분도, 1997.

김열규.『한국민속과 문학연구』, 일조각(초판 1971), 1982.

김열규.『한국 신화와 무속연구』, 일조각(초판 1977), 1982.

김열규.『한국의 신화』, 일조각(초판 1977), 1998.

김열규.『한국문학사』, 탐구당, 1983.

김열규 외.『『삼국유사』와 한국문학』, 학연사, 1985.

김열규 외.『한국의 무속문화』, 박이정, 1998.

김열규·신동욱 편.『삼국유사의 문예적 연구』, 새문사, 1982.

김영일.「한국무속서사시의 서사구조 연구」, 서강대학교 박사학
　　위 논문, 1986.

김융희.『예술, 세계와의 주술적 소통』, 책세상, 2000.

김인회 외.『한국무속의 종합적 고찰』, 고려대학교 민족문화연구소,
　　1982.

김재용.「동북아시아 신화의 갈등 구조에 관한 연구」,『문학이론과 비
　　평』1, 한국문학이론과 비평연구회, 1997.

김재용·이종주.『왜 우리 신화인가』, 동아시아, 1999.

김재원.『단군신화의 신연구』, 탐구당, 1982.

김태곤 외.『한국종교』, 원광대학교 종교문제연구소, 1973.

김태곤.『한국무속연구』, 집문당, 1981.

김태곤.『한국의 무속신화』, 집문당, 1985.

김태곤.「한국 무속신화의 유형」,『고전문학연구』4, 한국고전문학연구회, 1988.

김태곤 외.『한국의 신화』, 시인사, 1988.

김헌선.『한국의 창세신화』, 길벗, 1994.

김현.『폭력의 구조/시칠리아의 암소』, 문학과 지성사, 1993.

김현룡.『한국고설화론』, 새문사, 1984.

김현주.『구술성과 한국서사전통』, 월인, 2003.

김화경.「수로왕 신화의 연구」,『진단학보』67, 진단학회, 1989.

나경수.『한국의 신화연구』, 교문사, 1993.

노성환.『한일왕권신화』, 울산대학교 출판부, 1995.

노태돈 편.『단군과 고조선사』, 사계절, 2000.

박경신.「무가의 작시원리에 대한 현장론적 연구」, 서울대학교 박사학위 논문, 1991.

박경신.「한국 무가의 역사적 전개」,『구비문학연구』5, 한국구비문학회, 1998.

박광용.「단군 인식의 변천」,『한국사학사연구』1, 조동걸 선생 정년기념논총간행위원회, 1997.

박종성.『한국 창세서사시 연구』, 태학사, 1999.

박철희·김시태 편.『문예비평론』, 문학과 비평사, 1994.

사재동 편.『한국서사문학사의 연구』Ⅰ, Ⅱ, 중앙문화사, 1995.

서대석.『한국무가의 연구』, 문학과 사상사, 1980.

서대석.「고대건국신화의 현대구비전승」,『민속어문논총』, 계명대학교
　　출판부, 1983.

서대석.「한국 신화에 나타난 천신과 수신의 상관관계」,『국사학논총』
　　31, 국사편찬위원회, 1992.

서대석.『한국 신화의 연구』, 집문당, 2000.

서영대.「한국고대신관념의 사회적 의미」, 서울대학교 박사학위 논문, 1991.

서인석.『한 처음의 이야기』, 생활성서사, 1986.

성현경.『한국옛소설론』, 새문사, 1995.

소재영 외 편.『한국고전문학관계연구논저총목록』, 계명문화사, 1993.

손진태.『조선민족문화의 연구』, 을유문화사, 1947.

손진태.『조선민족사개론』, 을유문화사, 1948.

송효섭.「삼국유사 소재 시조전승의 서사문법」,『어문논총』9, 전남
　　대 어문학연구회, 1986.

송효섭.『삼국유사설화와 기호학』, 일조각, 1990.

송효섭.「단군신화의 문화기호학적 연구」,『석정이승욱선생화갑기념논
　　총』, 원일사, 1991.

송효섭.『설화의 기호학』, 민음사, 1999.

송효섭.『초월의 기호학: 뮈토스와 로고스로 읽는 삼국유사』, 소나무,
　　2002.

송효섭·최협.「한국 무속과 여성」, 전남대 사회과학 연구소,『한국무
　　속과 여성』, 1988.

신동흔.「경기지역 성주풀이 무가의 신화적 성격」,『태릉어문어문연구』
　　5·6, 서울여자대학교 국어국문학회, 1995.

오세정. 「〈창세가〉의 원형적 상상력의 구조와 의미체계」, 『구비문학연구』 20, 한국구비문학회, 2005.

오세정. 「신화소통에 관한 제의적 기호작용 연구」, 『기호학연구: 한국기호학의 미래』 16, 한국기호학회, 2004.

오세정. 「희생서사의 구조와 인물 연구」, 『어문연구』 30권 4호, 한국어문교육연구회, 2002.

오세정. 「제의적 공간과 신화적 인식」, 한국소설학회 편, 『공간의 시학』, 예림기획, 2002.

오세정. 「무속신화의 희생양과 희생제의」, 『한국고전연구』 7, 한국고전연구학회, 2001.

오세정. 「한국 신화의 폭력 메카니즘 연구」, 서강대학교 석사학위 논문, 1998.

오출세. 『한국서사문학과 통과의례』, 집문당, 1995.

위미숙. 「문화영웅담의 구조와 변이」, 『이정 정연찬 선생 회갑기념논총』, 탑출판사, 1989.

유동식. 『한국무교의 역사와 구조』, 연세대학교 출판부, 1975.

윤이흠 외. 『단군―그 이해와 자료』, 서울대학교 출판부, 1994.

이경엽. 『무가문학연구』, 박이정, 1998.

이기백. 『신라시대의 국가불교와 유교』, 한국연구원, 1978.

이민수. 『관혼상제』, 을유문화사, 1975.

이병도. 『한국고대사회와 문화』, 서문당, 1973.

이병도. 『한국사』 고대편, 을유문화사, 1959.

이상일 편. 『놀이문화와 축제』, 성균관대학교 출판부, 1988.

이수자. 「무속신화 이공본풀이의 신화적 의미와 문화사적 위상」, 『제주도연구』 10, 제주학회, 1993.

이수자. 「제주도 무속과 신화연구」, 이화여자대학교 박사학위 논문, 1989.

이은봉. 『한국고대종교사상』, 집문당, 1984.

이은봉. 『종교와 상징』, 세계일보, 1998.

이은봉. 「단군신화 연구의 경향과 과제」, 『단군학연구』, 단근학회, 1999.

이은봉 편. 『단군신화 연구』, 온누리, 1994.

이재선. 『한국문학주제론』, 서강대출판부, 1991.

이정숙. 「동아시아 역사 속에서의 정치와 신화」, 『기호학 연구: 환상, 네러티브, 신화』 15, 한국기호학회, 2004.

이종욱. 『신라국가형성사연구』, 일조각, 1982.

이종주. 「동북아시아의 성모 유화」, 『구비문학연구』 4, 한국구비문학회, 1997.

이종주. 「동북아의 건국신화」, 『구비문학연구』 12, 한국구비문학회, 2001.

이지영. 『한국 신화의 신격유래에 관한 연구』, 태학사, 1995.

이지영. 『한국 건국신화의 실상과 이해』, 월인, 2000.

이형구. 『한국 고대문화의 기원』, 까치, 1991.

임동권. 『한국세시풍속연구』, 집문당, 1985.

임재해. 『전통의례』, 대원사, 1990.

임재해. 『한국민속과 전통의 세계』, 지식산업사, 1991.

임재해. 『민족설화의 논리와 의식』, 지식산업사, 1992.

임재해. 『민족신화와 건국영웅들』, 천재교육, 1995.

장덕순 외. 『구비문학개설』, 일조각(초판 1970), 1993.

장덕순. 「영웅서사신화동명왕」, 『인문과학』 5, 1960.

장주근. 「신화학에서 본 한국문화의 기원」, 『한국문화인류학』 2, 한국문화인류학회, 1969.

장주근. 『한국 신화의 민속학적 연구』, 집문당, 1995.

정진홍. 「신화와 구조적 분석」, 『종교학서설』, 전망사, 1980.

조동일. 「영웅의 일생, 그 문학사적 전개」, 『동아문화』 10, 서울대학교 동아문화연구소, 1971.

조동일. 『한국문학통사』 1, 지식산업사(초판 1982), 2000.

조동일. 『구비문학의 세계』, 새문사, 1989.

조동일. 『동아시아 구비서사시의 양상과 변천』, 문학과지성사, 1997.

조현설. 『동아시아 건국 신화의 역사와 논리』, 문학과 지성사, 2003.

조흥윤. 『한국문화론』, 동문선, 2001.

진성기. 『남국의 무속』, 형설, 1987.

진형준. 『상상적인 것의 인간학 - 질베르 뒤랑의 신화방법론 연구』, 문학과 지성사, 1992.

천관우. 『고조선·삼한사연구』, 일조각, 1989.

최광식. 『한국고대의 제의연구 - 정치·사상사적 고찰을 중심으로』, 고려대학교 박사학위 논문, 1989.

최길성. 『한국 무속의 연구』, 아세아문화사, 1978.

최길성. 『한국 무속의 이해』, 예전사, 1994.

최남선. 『육당 최남선 전집』, 현암사, 1973.

최운식·김명자. 『한국민속학개론』, 민속원, 1998.

최원오. 『동아시아 비교서사시학』, 월인, 2001.

최원오. 「동아시아 구비서사시 이론 구축을 위한 사례 점검(Ⅰ)」, 『구비문학연구』 16, 한국구비문학회, 2003.

최인학 편저. 『한국민속학문헌총목록』, 인하대학교 출판부, 1999.

한국구비문학회 편. 『동아시아 제 민족의 신화』, 박이정, 2001.

한상수.『한국인의 신화』, 둔음사, 1988.

허경회.『한국의 왕조신화 연구』, 전남대학교 박사학위 논문, 1987.

현용준.『제주도의 무속연구』, 집문당, 1986.

현용준.『무속신화와 문헌신화』, 집문당, 1992.

홍기문.『조선신화연구』(1964), 지양사, 1989.

홍윤식.「불교의례와 무속의 비교연구」, 위원회 편,『월산 임동권 박사 송수 기념 논문집』, 집문당, 1986.

홍태한.「서사무가 <바리공주> 연구」, 경희대학교 박사학위 논문, 1997.

홍태한.『한국 서사무가 연구』, 민속원, 2002.

황경숙.『한국의 벽사의례와 연희문화』, 월인, 2000.

황루시.「무당굿놀이 연구-제의적 요소를 중심으로 한 민속연희와의 비교고찰」, 이화여자대학교 박사학위 논문, 1987.

황패강.「박혁거세신화의 한 연구」,『백산학보』3, 1969.

황패강.『한국서사문학연구』, 단국대출판부, 1972.

황패강.『한일신화의 연구』, 지식산업사, 1996.

◎ 국외 논저

Andresen, Jensine. ed., *Religion in mind: cognitive perspectives on religious belief, ritual, and experience*, Cambridge University Press, 2001.

Alan M. Olson. ed., *Myth, Symbol, and Reality*, University of Notre Dam Press, 1980.

Bal, Mike. "Relflections on Reflection: The Mise en abyme",

On Meaning Making: Essays in Semiotics, Polebridge Press, 1994.

Barthes, Roland. 정현 역, 『신화론』, 현대미학사, 1995.

Bateson, Gregory. "A Theory of Play and Fantasy", *Steps to an Ecology of Mind*, Ballantine, 1972.

Bateson, Gregory. 박지동 역, 『정신과 자연』, 까치, 1990.

Bell, Catherine. *Ritual Theory, Ritual Practice*, Oxford University Press, 1992.

Bell, Catherine. *Ritual; Perspectives and Dimensions*, Oxford University Press, 1997.

Cassirer, Ernst. *Essay on Man: an Introduction to the Philosophy of Human Culture*, Doubleday Anchor, Doubleday. 1944.

Cassirer, Ernst. *Philosophy of Symbolic Forms*(1923), trans., Ralph Manheim, Yale University Press, 1995.

Campbell, Joseph. *Myths to Live By*, Bantam Books, 1972.

Campbell, Joseph. *The Hero with Thousand Faces*, (1949), Princeton University Press, 1973.

Campbell, Joseph. 이윤기 역, 『신화의 힘』, 고려원, 1996.

Chatman, Symour. 김경수 역, 『영화와 소설의 서사구조』, 민음사, 1996.

Conford, F.M. *Thucydides Mythistoricus*, 1907, Greenwood Press, 1969.

Conford, F.M. *From Religion to Philosophy: A Study on the Origins of Western Speculation*, Harper & Bros., 1912.

Cook, A.B. *Zeus*, Cambridge University Press, 1915.

Dallenbach, L. *The Mirror in the Text*, J. Whitelely & E. Hughes, trans., The University of Chicago Press, 1989.

de Saussure, Ferdinand. 최승언 역, 『일반언어학 강의』, 민음사, 1995.

Derrida, Jacques & Vattimo, Gianni. ed., *Religion*, Stanford University Press, 1996.

Doležel, Lubomír. "Mimesis and Possible World", *Poetics Today* 9:3, 1988.

Doty, W.G. *Mythography: The Study of Myths and Rituals*. The University of Alabama Press, 1986.

Dupré, Louis K. 권수경 역, 『종교에서의 상징과 신화』, 서광사, 1996.

Durand, Gilbert. 유평근 역, 『신화비평과 신화분석-심층사회학을 위하여』, 살림, 1998.

Durand, Gilbert. 진형준 역, 『상상력의 과학과 철학』, 슬림, 1997.

Durkheim, Emile. *The Elementary Form of the Religion Life* (1915), Joseph Ward Swain, trans., Free Press, 1965.

Eco, Umberto, *Semiotics and the Philosophy of Language*, Indiana University Press, 1984,

Eco, Umbert. 김광현 역, 『기호: 개념과 역사』, 열린책들, 2000.

Eliade, Mircia. *The Scred and the Profane-The Nature of Religion*(1957), Hardourt, Brace & World, 1959.

Eliade, Mircia. *Pattens in Contemparative Religion*, Rosemary Sheed, trans., Meridian Book, 1963.

Eliade, Mircia. 이은봉 역, 『신화와 현실』, 성균관대 출판부, 1985.

Eliade, Mircia. 이재실 역, 『이미지와 상징: 주술적・종교적 상징체계에 관한 시론』, 까치, 1998.

Eliade, Mircia. ed., *The Encyclopedia of Religion*, MacMillan Publishing Company, 1987.

Firth, Raymond. *Symbol: Public and Private*, Cornell University Press, 1973.

Fisk, John. *Introduction to Communication Studies*, Routledge, 1990.

Flood, Christopher G. *Political Myht-A Theoretical Inttroduction*, Garland Publishing, Inc., 1996.

Foucault, Michel, *The Archaeology of Knowledge*, Sheridan Smith, trans., A.M., Tavistock, 1972.

Frazer, Jams George. *The Golden Bough: a study in magic and religion*, Macmillan, 1966.

Geertz, Clifford. *The Interpretation of Culture* Basic Books, 1973.

Girard, Réne, *Violence and the Sacred*, The Johns Hopkins University Press, 1977.

Girard, Réne. *To Double Business Bound*, The Johns Hopkins University Press, 1978

Girard, Réne. *Scapegoat*, The Johns Hopkins University Press, 1987.

Girard, Réne. *The Hidden Things since the Foundation of the World*, Stanford University Press, 1987.

Goffman, Eirving. *Frame Analysis*, Northeastern University Press, 1986.

Greimas, A.J. "*The Interpretation of Myth: Theory and Practice*", Pierre Marranda & Elli Köngäs Maranda, ed., *Structural Analysis of Oral*

Tradition, Pensylvania University Press, 1971.

Greimas, A.J. 김성도 편역, 『의미에 관하여』, 민음사, 1998.

Grimes, Ronald. *Reserch in Ritual Studies*, Scarecrow Press, 1985.

Harrison, J.E. *Ancient Art and Ritual*, Williams & Norgate, 1903.

Harrison, J.E. *Prolegomena to the Study of Greek Religion*, Cambridge University Press, 1903.

Harrison, J.E. *Themis: A Study of the Social Origins of Greek Religion*, 2d ed., Merdian, 1962.

Hartshorne, Charles & Weiss, Paul. ed., *Collected Papers of Charles Sanders Peirce 2*, The Belknap Press of Harvard University Press. 1965.

Hubert, Henri & Mauss, Marcel. *Sacrifice: Its Nature and Function*(1898), W.D. Hall, trans., University of Chicago Press, 1964.

Jung, C.G. *Essays on Analytical Psychology*, Pantheon Books, 1953.

Jung, C.G. *Phyche and Symbol*, Doubleday, 1958.

Leach, Edmund. *Culture and Communication: The Logic by which symbols are connected*, Cambridge University Press, 1976.

Leeming, David Adams. *Mythology-The Voyage of the Hero*(1973), Haper & Raw Publishers, 1981.

Lévi-Strauss, Claud. *Savage Mind*, Chicago University Press, 1966.

Lévi-Strauss, Claud. *Structual Anthropology*, Claire Jacobson and B.G. Schoepf, trans., Doubleday, 1967.

Lévy-Bruhl, Lucien. *Les Fonctions mentales dans les sociétés*

304

primitives inférieures(1910), *How natives think*, Lilian A. Clare, trans., Arno Press, 1979.

Lincoln, Bruce. *Theorizing Myth: Narrative, Ideologym and Scholaship*, The University of Chicago Press, 1999.

Lindgren, J. Ralph. "Semiosis as Ritual", Robert Kevelson, ed., *Law and the Human Science*, Pater Lang Publishing Inc., 1992.

Lindgren, J. Ralph & Knaak, Jay. ed., *Ritual and Semiotics*, Peter Lang Publishing, Inc., 1997.

Liszka, J.J. *Semiotic of Myth*, Indian University Press, 1989.

Lonergan, Bernald J. F. *Reality, Myth, Symbol*, ed, Olson, Alan M. *Myth, Symbol, and Reality*, University of Notre Dam Press, 1980.

Lotman, Y.M. *Uuniverse of Mind-A Semiotic Theory of Culture*, Indiana University Press, 1990.

Malnowski, Bronislaw. *Myth in Privite Psychology*, Negro University Press, 1971.

Marranda, Pierr. ed., *Mythology*, Penguin Education 1972.

McLuhan, Marshall. *The Medium is the Massage*, Random House, 1982.

Melia, Joseph. "Possible Worlds", *Routledge Encyclopedia of Philosophy*, Routledge, 1998.

Mirecki, P.A. *Magic and Ritual in the Ancient World*, Lerma, 2001.

Murray, Gilbert & Fregusson, Francis. *The Idea of Theater*, Prinston University Press, 1927.

Murray, Gilbert. *The Classical Tradition*, Cambridge University Press, 1927.

Perniola. Mario. *Ritual thinking: sexuality, death, world.,* trans., Massimo Verdicchio, Humanity Books, 2001.

Prince, Gerald. 이기우 · 김용재 역, 『서사학 사전』, 민지사, 1992.

Rappaport, Roy A. "Liturgies and list", *International Yearbook for Sociology of Knowledge and Religion* 10, 1976.

Rappaport, Roy A. *Ecology, Meaning, and Religion,* North America Books, 1979.

Rappaport, Roy A. *Ritual and Religion in the Making the Humanity,* Cambridge University Press 2000.

Rayan, Marie-Laure. "Possible Worlds and Accesbility Relations: A Semantic Typology of Fiction", *Poetics Today* 12:3, 1991.

Ryan, Marie-Laure. *Possible Worlds, Artificial Intelligence and Narrative Theory,* Indian University Press, 1991.

Reboul, Olivier. 홍재성 · 권오룡 역, 『언어와 이데올로기』, 역사비평사, 1994.

Ronen, Ruth. *Possible World in Literary Theory,* Cambridge University Press, 1994.

Rothenbuhler, Eric W. *Ritual Communication: From Every Conversation to Mediated Ceremony,* Sage Publication, 1998.

Sahlins, Marshall. *Culture and Practical Reason,* Chicago University Press, 1976.

Seagal, Robert A. ed., *Theories of Myth 3: Philosophy, Religious Studies,* Garland Publishing, Inc., 1996.

Seagal, Robert A. ed., *Theories of Myth 5: Riual and Myth-Robertson Smith, Frazer, Hooke, and Harrison,*

Garland Publishing, Inc., 1996.

Seagal, Robert A. ed., *Theories of Myth 6: Structuralism in Myth-Lévi-Strauss, Barthes, Dumézil, and Propp,* Garland Publishing, Inc., 1996.

Trías, Eugenio, "Thinking Religion", Jacques Derrida & Gianni Vattimo, ed., *Religion,* Stanford University Press, 1996.

Turner, Victor. *The Forest of Symbol: Aspect of Ndembu Ritual,* Cornell University Press, 1967.

Turner, Victor. *The Ritual Process-Sructure and Anti-Sructure,* Chicago University Press, 1969.

Tylor, Edward B. *Primitive Culture,* vol.2, Harper, 1958.

van Gennep, A. *The Rite of Passage,* Monika B. Vizedom and Gabrielle L. Caffe, trans., Chicago University Press, 1961.

찾아보기

· 저자 ·

오세정(吳世晶)   **· 약력 ·**

서강대학교 국어국문학과 졸업

서강대학교 대학원 국어국문학 석사

서강대학교 대학원 국어국문학 박사

부산가톨릭대학교, 부경대학교, 한라대학교, 서강대학교 강사

· 주요저서 ·

「〈창세가〉의 원형적 상상력의 구조와 의미체계」

「신화소통에 곤한 제의적 기호작용 연구」

「상징과 신화 – 신화 형성화와 의미화의 상징적 논리」

「제의적 공간과 신화적 인식」

「판소리의 제의적 특성과 구조 연구」 외 다수

한국 신화의 생성과 소통 원리

· 초판 인쇄	2005년 8월 30일
· 초판 발행	2005년 8월 30일
· 지 은 이	오세정
· 펴 낸 이	채종준
· 펴 낸 곳	한국학술정보㈜
	경기도 파주시 교하읍 문발리 526-2
	파주출판문화정보산업단지
	전화 031) 908-3181(대표) · 팩스 031) 908-3189
	홈페이지 http://www.kstudy.com
	e-mail(e-Book사업부) ebook@kstudy.com
· 등 록	제일산-115호(2000. 6. 19)
· 가 격	29,000원

ISBN   89-534-3061-5 93810 (Paper Book)
        89-534-3062-3 98810 (e-Book)